Tierra en los bolsillos

· **Dirección editorial:** Marcela Aguilar
· **Edición:** Susana Estévez
· **Colaboración editorial:** Natalia Yanina Vázquez
· **Coordinadora de Arte:** Valeria Brudny
· **Coordinadora Gráfica:** Leticia Lepera
· **Diseño de portada:** Carlos Bongiovanni
· **Diseño de interior:** Florencia Amenedo

-MÉXICO-
Dakota 274, colonia Nápoles,
C. P. 03810, alcaldía Benito Juárez, Ciudad de México.
Tel.: 55 5220–6620 • 800–543–4995
e-mail: editoras@vreditoras.com.mx

-ARGENTINA-
Florida 833, piso 2, oficina 203
(C1005AAQ), Buenos Aires.
Tel.: (54-11) 5352-9444
e-mail: editorial@vreditoras.com

Primera edición: septiembre de 2022

ISBN: 978-607-8828-30-2

Impreso en México en Litográfica Ingramex, S. A. de C. V.
Centeno No. 195, colonia Valle del Sur, C. P. 09819
alcaldía Iztapalapa, Ciudad de México.

LAURA G.
MIRANDA

Tierra
en los bolsillos

Para quienes me leen, en cada lugar del mundo al que llegan mis historias, porque ustedes hacen posible mi presente. Deseo que sus decisiones conviertan sus vidas, siempre, en un lugar mejor.

Para mi papá, un hombre honesto, bueno, ocurrente y sensible como ningún otro que yo haya conocido. Gracias por la tierra en tus bolsillos.

Para mi amigo Guillermo Longhi, por cada palabra y por nuestra Italia ancestral.

Para mis hijos, Miranda y Lorenzo, siempre.

Seguir

Sin tierra, el alma está vacía, pero sin relatos, la tierra está muda.

Muriel Barbery

Elegir

Prólogo

Nada sucede a espaldas de nuestra capacidad de decidir. A toda historia personal la precede otra de amor propio que, aun postergado, es protagonista y pelea por un lugar que siempre puede ser mejor.

Si se mira en dirección contraria a nuestras necesidades, si se insiste en donde no es, si se espera lo que no sucede, sin enfrentar que lo que no pasa es también una señal, el tiempo llegó y nos está hablando.

Si se alimenta la idea de que alguien va a cambiar sin considerar que puede no ocurrir, si no ponemos un límite a lo que toleramos y desconocemos que eso podría ser un indicador de cómo nos tratan, si somos soberbios frente al poder absoluto de nuestro reloj vital, es el momento de actuar.

Si al menos una vez al día nos cuestionamos el lugar que ocupamos en nuestro presente y cómo nos sentimos frente a él, si nos ubicamos en el rol de víctimas en vez de ocupar el de héroes urbanos de nuestra realidad, si no sabemos pedir ayuda o, peor todavía, ignoramos el modo de recibirla, significa que los cambios se imponen y suplican por su lugar.

Si somos distintos a nuestra familia sin haber sido cambiados al nacer y no decimos nada para para evitar conflictos –y vivimos en conflicto por callar–, si sentimos la misma culpa por no ser que por lo que somos, debemos entender que, a pesar de los años y de los daños, la vida es el lugar para volver a empezar.

Si algo de eso, o todo, nos pasa, es tiempo de pensar en una *transformación*. Es el momento de mirarnos al espejo y preguntarnos: ¿Quiénes somos? ¿Cuál es nuestro propósito? ¿Por qué la inacción frente a lo que nos incomoda? Nos golpearán dudas en medio de un ruidoso silencio. Una voz harta de esperar nos gritará desde adentro con la intención de empujarnos hacia el primer paso. Puede parecer simple empezar otro camino, pero para muchos no lo es.

No importa lo que otros esperan que seamos, no estamos en cada hoy para que los demás aprueben nuestras decisiones. Estamos aquí para vivir de acuerdo con nuestros deseos y para dar batalla ciega con la misma energía con que celebramos lo que nos hace felices.

¿Acaso sea hoy ese día en el que debemos decidir? ¿Por qué pensamos que puede ser mañana? ¿Existe otro tiempo que no sea cada ahora? No hay respuestas únicas. Los ayeres condicionan nuestra mirada y es difícil saber qué hacer con los pendientes de nuestra agenda emocional. No somos dueños del tiempo. En realidad, el tiempo es una creación de la mente. Lo que llamamos "pasado" es el lugar al que regresa la memoria con nostalgia, un ahora que dejó su huella y se convirtió en recuerdo. El "futuro" es apenas una promesa, esa imagen mental que se convierte en ansiedad si nos atrae o en miedo cuando los pensamientos adelantan que se estará peor. Mi verdad es el "Ahora", allí existen las posibilidades, solo allí.

En consecuencia, desconozco el motivo por el que muchos demoramos lo que deseamos hacer. Me pregunto hasta cuándo. ¿Qué nos impulsa a planear sobre un futuro completamente incierto? Me respondo que hay que decidir de inmediato lo que depende de nosotros, sin planes a largo plazo que, como ilusiones ópticas, nos guíen a ver certezas donde no es posible tenerlas. Dar ese paso al margen de la vida que hace lo que quiere sin siquiera avisar. Sus imposiciones nos cambian la realidad en un parpadeo. Y, aunque a veces regala alegría, otras arrebata lo que creíamos que no íbamos a perder. A lo bueno nos adaptamos instantáneamente, pero a lo que nos quita no. Y todo suma para restar bienestar.

¿Cómo seguir?

¿Dónde van las personas que fuimos y dejamos atrás? ¿Dónde se esconden las que se quedaron aun después de su partida? ¿Dónde encontramos el nuevo rol cuando los vínculos se rompen? Volver al recorrido final ¿es un modo de sanar la ausencia? ¿Mueren los lugares en donde hemos sido felices cuando ya no nos pertenecen? ¿Alcanza la memoria? ¿Se mide con nostalgia? ¿Qué pasa cuando el eje de nuestra vida cambia, porque la vida impone su ley de piedra?

Quizá hay un modo de procesar mejor las sacudidas inesperadas del destino que lo modifican todo. Tal vez sea una posibilidad considerar variables, antes de actuar frente a los duelos de todo tipo que nos cambian la existencia.

Los seres pueden definir lo inolvidable al momento de sentir y eso implica que se puede recordar y dejar ir.

Duelar duele y mucho. En el cuerpo y en el alma. En la cercanía y en la distancia. Desde la enfermedad hasta la salud y al revés. A veces no hay una muerte, pero siempre hay una pérdida. No es lo mismo, pero se siente parecido. *Algo no volverá a ser como era.* Se activan etapas preestablecidas como mecanismos de defensa: la negación, la ira, la negociación, la depresión y la aceptación. Tienen lugar, en mayor o menor grado, siempre que sufrimos un cambio, buscado o no, es cierto. Pero es también verdad que hay formas de transitar la vida mientras es dada, devorando la complejidad de cada hoy. Así resulta posible no tener pendientes al momento de enfrentar lo que ya no está a nuestro alcance.

Creo en etapas distintas y alternativas que podrían funcionar en seres que creen en nuevos caminos, en búsquedas y en verdades que habitan la sabiduría de quienes logran avanzar, aunque a veces retrocedan.

Determinaciones de otros fueron los sentimientos más emotivos que escuché jamás, me inspiraron y marcaron mi destino. Un viaje y la *Tierra en los bolsillos*, concebida desde la pura sensibilidad de la infancia, fueron las señales más precisas y preciosas que he tenido. *Siento que la finitud de los seres y las vivencias guardan directa relación con las decisiones que hay que tomar sin demoras.* No tengo respuestas, pero claro está, como la mayoría de las personas, tengo una lista de decisiones que tomar y de cuestiones que duelar de una vez. ¿Qué me detiene?

Pienso. Me enojo. Interpelo y audito a la mujer que soy. Reconozco en mi vida motivos para reír y también para llorar. Lo hago, a su tiempo. Me observo a carcajadas y me protejo de las lágrimas que me permito. Quizá, la clave sea aceptar que siempre deben convivir en nosotros los tramos de felicidad y de tristeza que nos habitan. Nadie es completamente feliz ni lapidariamente triste. Lo sé y está bien que así sea.

Somos cada momento que nos toca vivir y también somos lo que hacemos en cada circunstancia.

Respiro hondo, busco en el cielo. Me gusta la humildad de mirar hacia arriba y el sentimiento que me provoca agradecer. Algo en mí crece. Cierro los ojos. Guardo las manos en los bolsillos. Entonces, mis dedos se mezclan, despacio, con la tierra que elegí juntar. La acaricio y me conecta con todo lo que entendí y quiero compartir.

Ya nada me detiene.

CAPÍTULO 1

Familia

Las circunstancias nunca tienen la culpa. Se es víctima
o protagonista de la familia. No es fácil, pero es posible decidir
qué rol ocupar.

Eran familia. Eso permitía afirmar, desde el concepto mismo, innumerables cuestiones. La primera es que no eran perfectos. La segunda, que no había, ni tenía por qué haberlo, un acuerdo respecto de temas sensibles al momento de tomar decisiones. La tercera: todos tenían derecho a opinar diferente en un marco de libertad de expresión y respeto. La cuarta: a veces eso generaba roces verbales o, en otros casos, que los integrantes se dividieran entre los que dirigen, controlan e imponen y los que, en favor de una paz conciliadora, soportan todo en beneficio de la familia unida. También, era justo decirlo, en las peores situaciones –que no eran muchas, pero solían ser extremas y determinantes–, algunos lloraban de impotencia y bronca, mientras otros lo hacían de tristeza, por discusiones y distancias que podrían haberse evitado.

A partir de la cuarta, pensó Natalia De Luca, era mejor detener la lista. Llegar a los cincuenta años y tener que enfrentar la sensación de que había sido cambiada al nacer, porque no era posible que su hermano Guido y ella pensaran tan distinto. Y eso, sumado a sus propios conflictos terrenales y planteos existenciales, era insoportable.

¿Había una única verdad o todos podían sostener la bandera de su porción de razón y estar en lo correcto?

No es simple aceptar que la personalidad gana terreno y cobra fuerza con los años. Pasada la mitad de la vida, es casi una cruzada en el desierto del fracaso pretender que alguien simplemente sea quien no es. Eso no sucede ni en beneficio de la familia en general, ni de alguno de sus miembros en particular. Es en vano ilusionarse: las personas no cambian y las decepciones son nuestra responsabilidad, consecuencia de darles espacio y oportunidad a expectativas propias sobre otros.

Es una gran paradoja que nadie salga ileso de la familia, lugar que debería ser el primer refugio de amor. La familia es todo y eso significa que es también mucho de lo que no se elige.

Benito De Luca, el padre de Natalia y de Guido, casado desde cincuenta y cinco años atrás con Greta Mancini, vivía en Argentina, más precisamente en Ushuaia, capital de la provincia de Tierra del Fuego, junto a su esposa. Hijos de inmigrantes italianos, llevaban el trabajo como una señal en la agenda perpetua de sus vidas. Habían transmitido esos valores a sus hijos, junto al legado de la doble ciudadanía.

Natalia era madre soltera. Romina, su hija, tenía veinticinco años y las dos se llevaban bien. La comunicación era buena y se amaban. A veces no estaba de acuerdo con sus planes o decisiones, pero callaba para que no se libraran pequeñas batallas. Para eso, y para guerras acechantes, tenía su propia historia.

Sin embargo, reconocía que, a falta de un padre presente, con su propio esfuerzo y el apoyo de la familia, la joven se había convertido en una mujer que honraba su sangre. Sus roles de única hija, nieta y sobrina la colocaron en un trono para celebrar durante la infancia, para cuestionar en la adolescencia y para agradecer en su vida adulta, antes de partir y dejar a su clan en la incertidumbre total de no poder distinguir con claridad la diferencia entre ausencia, soledad, propia vida y vacío.

Romina había decidido dejar su provincia natal para mudarse e instalarse en Italia, concretamente en Milán, aunque la vida la había llevado a radicarse en Roma. Allí trabajaba en el Ayuntamiento como empleada administrativa.

Guido era viudo. Había elaborado su duelo, pero no había vuelto a formar pareja. Vivía en una casa pequeña a unas cuadras de la de sus padres. Los visitaba a diario. Durante el último tiempo, en que el transcurso de los años comenzaba a notarse en ellos, había asumido esa posición de "estar a cargo" de sus vidas, lo que incluía, en el mismo catálogo, la incómoda situación de creerse que lo sabía todo y la negación de reconocer que podía estar equivocado en ciertos aspectos de su dinámica diaria respecto de ellos.

La genética había mezclado un poco su trabajo y, como resultado, Greta Mancini y su hijo Guido eran iguales. Muy exigentes, según sus propias convicciones, miedosos en temas de salud, algo inseguros frente a lo desconocido, apegados a las rutinas con exactitud, organizadores determinados al extremo de intentarlo hasta con las cosas que no se podían controlar. Vivían el tiempo dividido en tres partes: pasado, presente y futuro. Tenían sus relojes sincronizados a un ritmo militar.

En el otro rincón del ring de la vida, Benito De Luca y Natalia también eran calcados. No le tenían miedo a nada, aceptaban el destino como se presentaba y, sobre los hechos, decidían sus acciones. Vivían en el "ahora" de cada día, seguros de que la vida era la justificación de la muerte, que nada empezaba ni terminaba con tener o no signos vitales. Sin embargo, mientras latiera el corazón, disfrutar y hacer lo que tenían ganas era un derecho que nadie debía quitarles. La alegría daba independencia. El bienestar los hacía libres aun en los peores escenarios. No pretendían decidir sobre la verdad de otros, menos hacerse responsables de rutinas ajenas. Entendían que ni siquiera el amor otorgaba ese poder sobre los demás.

Benito se había recuperado de un accidente cerebrovascular, gracias a que Guido estaba presente cuando ocurrió, lo advirtió de inmediato y llegó a Urgencias hasta con la hora precisa en que había sucedido el ACV. Es lo que se llama clínicamente "hora de oro", una ventana de tiempo que les permitió a los médicos practicar una cirugía poco frecuente y por eso Benito pudo volver de ese ataque sin secuelas físicas que lamentar. Eso era en sí mismo casi un milagro. Greta y Guido, que funcionaban como si fueran un equipo de entrenamiento y disciplina olímpica, entendían ese hecho como algo que obligaba a Benito no solo a la gratitud eterna, sino a exigirle a su cuerpo tanto como si tuviera cuarenta años otra vez. Pero tenía ochenta y cuatro.

Ese día Natalia llegó a casa de sus padres y recién entonces su hermano y su madre se fueron. Parte del orden del día era no dejar solo a Benito que, vale decir, estaba perfectamente lúcido y también harto de no tener la mínima posibilidad de sentirse cansado, definirse como roto por todos lados y, por ejemplo, no tener más ganas de conducir su automóvil, a pesar de haber renovado su licencia a instancia de ellos.

—Nos vamos, papá —avisó Guido—. La kinesióloga llegará en una hora. Natalia le abrirá. Luego, si no hemos regresado, almuerza lo que dejamos en el refrigerador y toma la medicación. Natalia tiene todo anotado. No te acuestes, camina por el jardín que no cualquiera nace dos veces.

—Tiene razón tu hijo, haz cosas por ti, que Dios, con nuestra ayuda, hizo el resto y por suerte estás aquí, con nosotros y bien —completó Greta.

Natalia y su padre observaban y escuchaban sin decir una palabra. Cuando la puerta se cerró, ambos suspiraron aliviados.

—¡Hola, papi! ¿Cómo estás? —saludó Natalia, que no necesitaba la respuesta.

—Me tienen completamente harto, hija. Tú me entiendes. Estoy encarcelado en casa, soy como un prisionero de guerra. Me dicen todo lo que debo hacer y lo que no. Si me preguntan cómo estoy y se me ocurre decir que me duele algo o quejarme, sus caras se transforman, como si eso significara que tengo lástima de mí mismo. Y encima están convencidos de que debo agradecerles a ellos, a Dios, a los médicos y qué sé yo a quién más. Ah, la kinesióloga, a ella —recordó. Su desahogo era evidente.

—Entiendo. Cada palabra…

—Quizá no debería quejarme, pero no es de ingrato, simplemente es agotador. Si no puedo decir cómo de verdad me siento, ¿para qué me lo preguntan? —reflexionó indignado—. Ellos lo saben "todo". ¿Son necesarias tantas indicaciones?

—Claro que no. Pero, para que no te sientas solo en esto, destaco que a mí me dejan todo anotado, como si no pudiera hacer nada bien improvisando o con una simple referencia verbal. Peor, como si tú no fueras capaz de decidir por ti mismo. Creo que la espontaneidad ha muerto en esta casa.

—Es así. Yo estoy viejo, lo que implica días buenos y de los otros, pero no soy un inútil —hizo una pausa—. Mejor aprovechemos ahora que no están —dijo con picardía—. ¿Qué sabes de Romina? Ayer me llamó, pero como estaba en la rehabilitación, y todos me miraban apurando la llamada, corté rápido. Sin embargo, sé que quería contarme algo –dijo con certeza. Era aliado y cómplice de su nieta.

–Está enamorada, papá.

–¿Tan rápido? –preguntó riendo.

–¡Sí! Pero aclaró que esta vez es diferente –respondió con una sonrisa también.

–Me imagino. Supongo que ese argumento no cambia nunca –dijo con sabiduría humorística–. ¿Cómo se llama? –preguntó como si eso le permitiera saber o intuir más.

–Fabio. Fabio Carnevale. Hicimos una videollamada y así sin avisar me lo presentó. ¡Imagínate!

–¿Y qué tal?

–Lindo chico. Tiene treinta y cuatro y trabaja con ella. Habla español e italiano como todos nosotros. Es argentino, pero vive allá y por él consiguió su trabajo en la Comuna.

–Es más grande, eso puede ser bueno. ¿Hace mucho que vive allá?

–No tengo idea. No le pregunté.

–No importa, solo curiosidad. Confío en ella, sabrá elegir al indicado. Nunca supimos por qué terminó su noviazgo aquí, pero seguro tuvo sus razones –afirmó Benito con orgullo–. A mí nunca me gustó –agregó, refiriéndose al novio con quien había roto antes de irse a Europa.

–Yo lo quería, pero, bueno, es ella quien debe elegir. También confío en ella, papá. En todo sentido. Lo único que sufro es su ausencia, me resulta insoportable tenerla lejos.

–Tienes que soltarla. Dejarla ser. Ella es nuestra mejor versión. Se anima a vivir sin ataduras. Lo hará bien. Tú no debes interferir, solo acompañar. Además, sabes que no le gusta ser cuestionada y ya tiene veinticinco años.

–Lo sé, lo entiendo, pero hay días en que no es fácil.

—Es parte del recorrido de ser padres. Tú también te fuiste a Italia cuando tenías más o menos su edad… —comenzó a decir.

—No sigas, papá. Recuerdo todo perfectamente. Supongo que el karma no tiene menú y sirve a cada uno lo que merece —dijo Natalia con cierta ironía.

—No seas dura contigo. Las cosas suceden. A cada quien, su destino.

—¿Eso crees de verdad?

—Sí. Tú regresaste, pero algo de ti nunca volvió.

—Es verdad. Ojalá no fuera así, pero es —los dos sabían de qué hablaban.

Un breve silencio los unió.

—Te haré una pregunta que es parte del camino de ser hija. ¿Qué puedo hacer por ti? —preguntó con el amor más sincero del que era capaz.

—¿En qué sentido?

—En el mejor. Si pudieras hacer lo que quisieras, ¿qué sería? —preguntó. La guiaba un impulso. Mientras se escuchaba, sentía que las palabras le eran dictadas por una voz, suprema y asertiva, que tenía un plan que ella desconocía.

—¿De verdad crees que tengo margen de acción? —ironizó. No me hagas pensar imposibles.

—Nada lo es. Cuéntame —insistió. Pensar que tenía ochenta y cuatro años la hacía mirarlo y disfrutar su compañía como si no hubiera un mañana. Por ley de vida, así podía ser. Benito tenía una conexión especial con su hija y solía suceder que ella preguntara lo que él había estado pensando.

—Hace días que imagino lo mismo —comenzó a decir, decidido a compartir su anhelo—. Me gustaría viajar contigo a Roma, visitar a Romina y conocer Amalfi.

Natalia se quedó callada un instante. Tenía la expresión de quien recibe un sacudón en el alma al mismo tiempo que un baldazo de agua helada en el cuerpo. Su rostro parecía el que dibuja una llamada a la madrugada. Las preguntas se le venían encima, todas a la vez. ¿Y si volver era el camino? ¿Y si el final de la culpa y el inicio de una vida más liviana estuvieran esperando por ella en el mismo lugar del que había huido tanto tiempo atrás?

Miró la biblioteca detrás del sillón, en el cuarto de estar, donde estaba sentado su padre. Todos los libros comenzaron a brillar y se destacaban sus lomos. Solo leía tres títulos alternados que no estaban allí, pero sí: "Volver", "Soltar" y "Vivir". Fue una imagen fantástica y real. Los ejemplares de Hemingway, Girondo, García Márquez, Neruda y Oscar Wilde, entre otros célebres, no eran lo que sus ojos veían, aunque estaban allí. Habían mutado.

Volver.

Soltar.

Vivir.

Solo esos títulos leía, como señales fluorescentes que la desplazaban de su yo a otro lugar más perfecto. Nunca supo cuánto tiempo duró ese estado.

—Hija, ¿estás bien? —preguntó Benito, girando para observar los estantes de libros que ella miraba absorta.

—Sí, papá. Estoy bien. ¿Estás seguro de que eso es lo que quieres? —preguntó. Había regresado de su breve trance.

—Tan seguro como de que solo puedo decírtelo a ti.

Natalia se acercó a él y lo abrazó.

—Te amo, papá —dijo, al tiempo que una decisión comenzaba a gestarse en su interior.

Incertidumbre, miedo y dudas habría siempre, vida y ganas, no.

CAPÍTULO 2

Comodín

En los naipes de la vida, el comodín
¿puede redimir las culpas?

ROMA, AGOSTO DE 2019

Vivir en Italia era, sin duda alguna, la mejor decisión que había tomado en su vida. En ese país todo late al ritmo natural de la plenitud. La pasión de la gente se vibra en cada detalle, un plato de pasta, una pizza, un grito de protesta urbana o un saludo gestual siempre acompañado de la palabra. Romina De Luca se había enamorado de Roma, aunque su plan inicial había sido instalarse en Milán, porque allí había múltiples oportunidades laborales. Conocer a Fabio Carnevale al poco tiempo de estar allí y, gracias a su recomendación, ingresar a trabajar en la Comuna lo habían modificado todo. No solo su lugar de residencia, sino su plan de estar sola, establecerse, tomar distancia de sus motivos y, si no podía perdonarse ni perdonar, al menos dejar de sentir bronca, resentimiento y culpa.

Amaba el tono del idioma que sonaba a música y el vigor implícito en la gente. Le divertía observar lo extremadamente emocionales que eran los italianos y cómo dejaban que sus ánimos se encendieran por cualquier cuestión cotidiana. Eran apasionados como muestra el cine.

Pero, sobre todo, Romina amaba el desapego a las apariencias que se respiraba en ese estilo de vida. El italiano era posibilista, ambiguo y conciliador, todo era posible y negociable, parecían buscar en todos los órdenes que ni el sí ni el no tuvieran carácter definitivo. Y eso implicaba, desde su joven mirada, la posibilidad concreta de vivir sin juicios de valor. Sería, tal vez, porque ella misma se había sentenciado por algunas decisiones de su pasado que no lograba dejar ir y también por las que había condenado a otros.

Nadie de su familia conocía las razones reales por las que había abandonado Ushuaia, no había querido decepcionar a su madre y menos preocupar a sus abuelos y a su tío. Afortunadamente, el concepto de conocer el mundo y radicarse en el extranjero estaba instalado entre la juventud argentina, por lo que había sido la máscara perfecta como salida de una ruptura. Irse suele ser la opción más común cuando se busca olvido. ¡Error! Los hechos viajan en el asiento de al lado y permanecen. No es el lugar, es lo que se lleva dentro.

Así, con más dudas que certezas, poco equipaje y más ganas que optimismo, había empujado sus verdades al fondo de su memoria y había decidido irse. A veces, partir es escapar y, en la huida, vive la mejor manera de quedarse con el final que se elige. Irse con el propósito de no volver la vista atrás. Alejarse en busca de oxígeno emocional que pinte la historia con el color de la libertad que se han ganado los que sufrieron por ser víctimas y también victimarios.

En Italia ser ella misma era más fácil. La tierra ancestral tenía su magia. Allí se disfruta de todo lo que se hace y se había sumergido en ese modo de vida diferente por necesidad y por placer. Aunque sus sombras no la abandonaban, tenía el poder de quitarles algo de fuerza.

Esa mañana, abrió su casilla de correo y allí estaba su pasado suplicándole por un lugar. Dos lugares, en realidad. Leyó dos mails y no respondió ninguno. Al menos respetaban no utilizar el celular, no la invadían con mensajes o llamadas que pudieran incomodarla. Fabio no sabía. No sabía nada. Eso no era justo y, si bien ambos se habían prometido que sería una relación sin secretos, ese mismo día, más temprano, habían pactado un comodín.

—Estoy enamorándome de ti. Quiero que estemos juntos, así, como ahora, siempre.

—Siempre es mucho tiempo. La palabra "siempre" me suena a un deseo temporal que se impone en circunstancias como esta.

—No lo digo porque estamos desnudos en mi cama. Es lo que siento —dijo y la besó con ganas una vez más.

—También siento que detendría mi vida en este momento, pero es porque estamos bien, descubrimos que funcionamos tanto en la cama como en la vida. Sin embargo, "siempre" me parece mucho. No quiero decir ni que me digas cosas que no podamos sostener —había dicho ella, con dulce sinceridad. Sus heridas ponían palabras a la conversación—. Me gustas mucho, pero lo cierto es que nos conocemos poco.

—No creo que siete meses sea poco. Es la calidad no la cantidad —defendió.

—Siete meses es poco, cariño —dijo, pero al escucharse pensó que quizá fuera suficiente tiempo. La experiencia le había enseñado que mucho tiempo al lado de alguien no era garantía de nada. No lo mencionó.

—Si así lo crees, dime todo lo necesario para que te conozca y yo haré lo mismo. Tenemos tiempo. Es domingo —bromeó—. Sin secretos —agregó. Dos palabras cuyo eco la envolvió hasta marearla de culpa.

Romina lo miró con detenimiento. Cada detalle de ese hombre le encantaba. No eran rasgos físicos, era mucho más peligroso, se estaba enamorando de su alma. La embriagaba de amor su forma de ser. Lo sentía perfecto desde la piel hasta su mirada, pero sabía muy bien que esa era la manera en que ella lo veía y eso podía distar mucho de la verdad.

—¿En serio dices "sin secretos"?

Él lo meditó un instante, lo había dicho sin pensar, pero aun sintiendo tanto por ella, no podía cumplir. Al menos no en esa tarde de domingo. No estaba listo.

—Lo dije de verdad, pero si te deja más tranquila y considerando que lo que quiero contigo es desde que te conocí y para siempre —insistió—, podemos hacer un pacto. Un comodín.

—¿Un comodín? ¿Qué sería eso? —preguntó, mientras sentía crecer el deseo en su cuerpo una vez más. Le gustaba tanto.

—Un comodín sería una carta que vale por un secreto, por algo que no tienes que contar hoy, puedes dejar lo que quieras para cuando sea el momento y si es nunca, también está bien.

Ella lo miró sorprendida, era una gran idea para sentir que era completamente honesta sin serlo.

—¿Solo yo o el pacto "Comodín" aplica también para ti? —preguntó Romina.

Fabio se dio cuenta de que ella había ido directo al punto. ¿Sospechaba que había algo que no le contaba o simplemente era parte lógica en la conversación? Como fuera, jamás podría imaginar de qué se trataba realmente y, en cualquier caso, merecía saber que había cosas sobre las que decidía no hablar.

—El "comodín" aplica también para mí. No lo propuse pensando en mí, pero no quiero mentirte, es un buen pacto. Hay cosas que no sé si quiero contarte. De momento, sé que no quiero hacerlo hoy. Eso seguro.

—Solo como recaudo, antes de aceptar el "pacto comodín", te haré algunas preguntas y respondes sí o no. ¿Te parece? —dijo aliviada de que fuera recíproco.

—Es razonable —respondió, mientras ella se subía sobre él y rodeaba su cintura con las piernas ejerciendo una provocativa presión—. Que sea breve el interrogatorio porque en esta posición no garantizo estar concentrado en lo que digas —agregó colocando sus manos sobre las caderas de ella.

—¿Eres un psicópata?

—No.

—¿Tienes antecedentes penales?

—No.

—¿Eres casado?

—¡No!

—¿Tienes hijos?

—No.

—¿Has lastimado a alguien?

—Sí.

—¿Era inevitable?

—Sí.

—¿Te arrepientes?

—Fue mi decisión… —comenzó a decir.

—Solo responde sí o no —lo interrumpió.

—No, no me arrepiento.

Ella lo besó en la boca. No necesitaba saber más. Podía entender el alcance de sus respuestas.

—Tu turno —agregó, mientras lo seducía desde el roce de su intimidad contra la de él. El deseo vencía al diálogo.

—Todo lo que quiero es estar dentro de ti. El pacto comodín está hecho. Quiero todo lo que puedes darme "ahora" —la acercó hacia su boca, giró sobre sí mismo y se ubicó sobre ella. La magia de sus cuerpos juntos hizo el resto.

Cada uno guardó en su memoria el naipe que puede sustituir a cualquier otro de la baraja y tomar su valor según le convenga al jugador que lo posee. Un pacto con un alcance muy general que cualquiera de ellos podía usar en muchos contextos diferentes. Como un gran permitido de silencios respecto de los cuales no había posibilidad alguna de reproches.

El comodín es una buena carta, pero hay que saber jugar. La cuestión era: ¿estaban jugando al límite?

CAPÍTULO 3

Abandono

Huir del abandono es tan difícil
como escapar de uno mismo.

Dejar Buenos Aires para ir a vivir a Ushuaia había sido una decisión tomada con celeridad suprema. ¿No pensada? Quizá para algunos, sí, pero para una mujer acostumbrada a vivir en los límites, solo había sido tomar otra curva de su ruta a 180 km por hora, arriesgándolo todo. Otro giro radical a su presente. Un modo de desaparecer del escenario para estrenar lugares, pretendiendo dejar atrás el pasado. Es que, cuando se han compartido momentos, buenos y malos, en un sitio, cualquiera que sea, ocurrido el abandono, las cosas, los espacios, las calles, las veredas, los árboles, los cafés, todo, completamente todo, queda impregnado del desastre en que se convirtió lo que podría haber sido y no fue. La nostalgia roba tiempo, a veces, para bien, pero otras, para retroceder, buscar culpas, ver fantasmas, paralizarse en el deseo de un regreso que puede transformarse en una obsesión, en una plegaria absurda centrada en que alguien cambie, en agonizar y, sufriendo, morir. No se trata de la muerte de los latidos, de dejar de existir, sino de la que ocurre cada día, al enfrentar la situación, pero sin dejar de respirar. Ahí, justo ahí donde hay que elegir valorar la vida y no estar muerto mientras se la transita o dejarse morir, así, andando, vacío, habiendo cortado a cuchillo todo nexo con la posibilidad de volver a empezar.

Es la pérdida, lo que no será. Lo que no fue. Lo que no es más.

Pisar el acelerador, en esas circunstancias, en vez del freno, es una opción interesante. Total, igual el choque de frente contra la realidad no se puede evitar. Eso le había ocurrido a ella, que ni siquiera iba en un vehículo. Es más, recordó que no había dejado aún su cama y ahí, a su lado, quien amaba la había abandonado, sin demasiada coherencia en su explicación breve.

Tiziana Baltar tenía veintiocho años, un pasado al que le había dado batalla y un presente que lanzaba sobre ella una realidad tremenda: estaba sola en el mundo y eso era literal. Solía pensar que la gente hablaba de la soledad con demasiada liviandad, como si solo fuera un posible fragmento de verdad en la vida de alguien. La soledad, la que ahoga y es capaz de matar o mirar a un ser morir, sin pestañear, esa, según su experiencia, era un tema serio, que pocos conocían en profundidad. La otra era el clásico cliché de los que creen que son dueños del sufrimiento, cuando es probable que solo hayan visitado la antesala letal del vacío de saberse solos, en nombre de la ausencia en alguno de sus modos leves.

Ella no tenía a nadie, ni siquiera al ser que la había habitado durante años. Aquella niña huérfana que se había convertido en obesa. La misma que a los dieciocho años había entendido que se era víctima una vez y el resto de las veces se era voluntaria. Insistir en lo mismo, repetir actitudes, completamente insatisfecha con los resultados, había sido su responsabilidad. Le gustara o no, esa verdad le había caído encima y había pesado más que sus más de cien kilos de entonces, hoy convertidos en setenta y cinco, cómodamente instalados en su metro cincuenta siete de estatura. Habían pasado diez años y nunca estaba del todo segura de haberse separado de su yo obesa. Un duelo que pulseaba contra los espejos y se metía por la grieta del recuerdo de ese amor que no había sido.

Tiziana miraba hacia afuera por la ventana. Un atardecer más en el fin del mundo. Literalmente, allí vivía y no era azar. Es que así reaccionaba su personalidad tremendista y extrema, siempre. Cuando había necesitado distancia no había zonas intermedias. Irse al fin del mundo había sido un modo de empezar donde terminaba ese lugar en el que no encajaba del todo. Quizá no lo había hecho nunca. El mundo, la vida, el destino, las razones, sus pensamientos eran filosofía de la que se aprende sin leer, a golpes, a fuerza de dolor, a pura herida intercalada con cicatriz. Sin embargo, y a pesar de la adversidad, quien no se apartaba de su lado desde que se acordaba era una sobreviviente. En sus peores momentos, cuando le tocaba a ella misma darse una charla motivacional, entender, aceptar, soltar, sufrir o rescatarse del silencio fulminante de sus sueños rotos, siempre descubría algo, un recurso en sus ideas que la sostenía, una actitud que la guiaba a dar pasos positivos hacia atrás, alejándose del borde del abismo que la tentaba a caer, como un modo de terminar con el agotamiento que conlleva vivir una vida que no se elige. ¿Por qué? Porque se había prometido no volver a permitir que su estado de ánimo dependiera de nadie más.

Nunca más.

De nadie.

El amor dolía. Seguía ahí, pero ella lo ignoraba, como si dándole la espalda al recuerdo, y habiendo eliminado un contacto en su celular, ese rostro no volviera cada noche a meterse entre su pretendido descanso y el insomnio involuntario.

La dependencia era silenciosa y traicionera. El abandono, siempre a un suspiro de distancia, era peor. No perdía vigencia ni presencia.

Lo sabía muy bien.

¿Por qué existía el abandono?

No lo sabía.

Convencida de que la felicidad existía, pero era efímera y convivía con angustias que le ganaban terreno todo el tiempo, su objetivo era ser un poquito feliz, cada día, sin que nadie tuviera el poder de determinar la manera. Solo ella.

Trabajaba en la oficina de alquiler de una compañía de catamaranes que llevaban a miles de turistas a conocer el canal de Beagle, el emblemático faro Les Èclaireurs, la isla de los Pingüinos, la isla Bridge y cada lugar de esa magnífica verdad natural que era Ushuaia. Le gustaba su empleo porque la gente iba allí con ilusiones. Estaba sola en un local pequeño frente al canal y los dueños eran buena gente. Sentía que su estado de ánimo era como el clima de ese lugar. Cambiaba continuamente. Y eso era exacto. Es decir, no cada día, sino cada cinco minutos. Podía helar, salir el sol, calor, llover y nevar, todo en una misma mañana. Así era ella, cambiante, pero no era voluntario. Soñaba con una vida estable y calma, pero no había ocurrido. No hasta entonces.

Alquilaba una vivienda al fondo de otra. Adelante vivía Gabriel, treinta y ocho años. Un pedazo de sol, gay, siempre impecable, tenía su *manicure* como si modelara joyas con sus manos, pero no. Aunque le habría gustado. En realidad, atendía una tienda de ramos generales y, como oriundo del sur, conocedor de los secretos del lugar, también era chofer de una camioneta 4x4 con la que paseaba a los turistas que, por recomendación de conocidos, lo contrataban como guía selecto, alejado de los tours apurados y tradicionales. Él era su único amigo. Otro solo, según su mirada, que se había enamorado de su última pareja y luego se había enterado de que él era casado y su esposa estaba embarazada. Ya no estaba dispuesto a soportar a los hombres que no asumían su homosexualidad.

Esa mañana no podía dejar de recordar. Las palabras se repetían como un eco con voz grave, ignorando distancias y tiempo. Cobraban la vida de su presente, sonaban a recién dichas. Molestaban hasta en el fin del mundo. El diálogo había regresado, como un padrenuestro del dolor y de la memoria, a invadir su soledad.

—No soporto recordar cómo era. Enterré a mi viejo yo, por eso no puedo estar contigo —había dicho él, todavía juntos en la tibieza de la cama que compartían.

Tiziana lo había notado extraño desde días antes, pero de ahí a esa confesión había años luz de diferencia. Sintió que se estrellaba contra la dureza de algo injusto y se rompía entera, por dentro y por fuera. Lo había entendido de inmediato. Sabía bien a qué se refería, pero no había sido capaz de anticipar la situación. Había supuesto mil posibilidades, pero esa no.

—¿Me amas? —había preguntado, empezando por lo único que quería saber. Sumergida en la ilusión de que, si la respuesta era un sí, todo lo demás podía tener solución, como en tantos libros o películas.

—No lo sé, pero no quiero hacerlo. No deseo lastimarte, pero no elijo más dormir cada noche con alguien que me recuerde mi vida de antes. Me hace mal y quiero ser mi prioridad. Volví a empezar y a tu lado no avanzo. No olvido. No puedo.

—El pasado es parte de tu vida. Aunque me saques de tu presente, nada cambiará el hecho de que, como yo, eres un obeso recuperado. Siempre viviremos al borde de ese abismo, lo sabes —había respondido con crueldad.

—Yo no. Mi pasado está muerto para mí. Terminó. No lo quiero ni en recuerdos. Comenzaré una nueva vida, sin nada ni nadie que me lo recuerde. Lo siento.

—Y, dime, ¿cómo harás para vivir sin ti, sin verte en el espejo cada día o hacer un esfuerzo delante de una pizza, un postre o una torta? —replicó con ironía—. Tú eres el testimonio continuo de lo que fuiste. Hagas lo que hagas, no podrás dejar atrás tu verdad.

—Lo haré —respondió rotundo.

Tiziana no lo reconoció. No era el mismo hombre que había conocido y frente a quien había desnudado su vergüenza y su peso, luego de que él le confesara sus frustraciones y pudores.

—¿Me estás dejando?

—Sí —no la miraba y ya se estaba vistiendo para partir. Así, breve como un disparo mortal.

—¡No puedo creerlo! —ya se había levantado también. No sabía cómo reaccionar. No podía llorar.

No había mucho para decir, salvo suplicar en vano. Su dignidad tenía valor y no iba a entregarla. No iba a convertirse en una de esas mujeres que piden cambios cuando no hay ganas y se han tomado decisiones a sus espaldas. Porque él no era como ella, probablemente llevaba meses preparándose para dejarla. Ese abandono crudo había comenzado mucho tiempo atrás. Estaba segura. Por eso podía. ¿Cuánto tiempo hacía que ya no estaban juntos a pesar de vivir en la misma casa? Tenían sexo cada vez menos, había señales, pero ella había mirado para otro lado. En ese momento, se dio cuenta. Solo él sabía cuándo había comenzado el principio de su fin y seguro había sido mucho antes de que se lo dijera ese día. Le dolió más darse cuenta de eso que quedarse sola otra vez.

—Tiziana, eres una gran mujer. Saldrás adelante. No puedo darte lo que mereces. Quiero estar bien y para eso necesito no verte. Me voy.

—Sé que me amas, aunque digas que no lo sabes y no quieres hacerlo —dijo convencida—. Tenemos una pareja unida por sentimientos y mucho en común. Hemos superado juntos lo peor, lo cual es el objetivo de la mayoría de las personas. ¿Eliges dejarlo atrás solo porque te recuerda que fuiste gordo? —preguntó poniendo palabras específicas a los hechos.

A veces escucharse es más fuerte que pensar. El sonido de la voz tiene una inusitada potencia que grita, sin hacerlo, la concreta realidad. Decir en voz alta obliga a enfrentar la brutalidad de lo que el otro decora en sus palabras. Lo que es es y punto final. No sirve la verdad por omisión. Las palabras sin referencia exacta, en esos momentos definitivos, tienen sabor a cobardía. Se percibe con claridad su aroma a negación y, en ese caso, puede verse perfectamente la desagradable forma del egoísmo.

—Fui obeso, me di asco y lo sabes. Nos dimos asco.

—Fuimos "gordos". Muy. Pero lo superamos, juntos.

—Yo no. Verte es vernos cuando nos conocimos… Siempre seremos los de la foto —se refería a una imagen de ellos dos juntos que cada uno guardaba.

—Definitivamente, no entendiste nada —había dicho ella. Recordaba el dolor con exactitud, como si volviera a suceder.

Ya vestidos ambos, Tiziana, abrió la puerta de su departamento y solo dijo: "No quiero verte nunca más. Quiero te vayas y te lleves a todas tus versiones de aquí. Al gordo, al flaco, al obeso, al hijo de puta en que te has convertido". *Al que amo*, había pensado, pero no lo dijo. En ese momento, se miraron a los ojos por última vez.

Tiziana no discutiría por sentimientos. El amor era. No se trataba de una elección o de un debate. Sabía muy bien cómo funcionaban los complejos. Adelgazar parece genial y en algún punto lo es, pero, así como los cambios de adentro se reflejan en el afuera, los cambios externos estallan con ruido propio en el interior de cada ser humano y no todos son capaces de sanar esa verdad.

El amor de su vida la había dejado porque ella le recordaba el sobrepeso de él o el de los dos. Era horrible, pero era también la verdad. La había abandonado para no ver en ella sus propios miedos proyectados. Acostumbrada a la guerra, había sentido que esa batalla no valía el esfuerzo de ser peleada. Ya cargaba con sus propios demonios como para sumar más. ¿Lo amaba? Sí, pero la razón le indicaba que "más tenía que amarse a sí misma". Lo merecía y se ocupaba de intentarlo. De pronto se dio cuenta de que estaba parada en la puerta de una chocolatería. El olor era una trampa. Miró su reflejo en la vidriera y, por un instante, vio a esa mujer de mucho sobrepeso, agitada y ansiosa, que la observaba con nostalgia y dolor. Cerró los ojos un momento. Luego se fue caminando a paso ligero, intentando no ser nadie más que un ser anónimo, sin memoria emocional. No podía ganarle a su herida, pero sabía andar con su realidad a cuestas. La enojaba ignorar la razón por la que no morían los recuerdos que ahogaba cada noche en su mente y que había matado de mil maneras distintas. ¿Por qué no podía ser sola también respecto de ellos? Así, sin familia, sin pareja, sin hijos, sin propiedades, sin automóvil, sin deudas, sin demasiados kilos de más, sin recuerdos, se preguntaba por qué.

¿Por qué tenía tan buena memoria? ¿Por qué el pasado regresaba a mostrarle su ausencia?

CAPÍTULO 4

Sombras

*Cada ser carga en sus espaldas
el peso de sus sombras.*

Vito Rossi llegó al Aeropuerto Internacional de Ushuaia Malvinas Argentinas. Una vez más, había recorrido en su automóvil los cinco kilómetros desde el centro de la ciudad para llegar a su empleo. Literalmente, trabajaba en un aeropuerto en el fin del mundo, en una pequeña península situada al sur de esa ciudad, ubicada entre las bahías de Ushuaia y Golondrina. No era que los detalles geográficos tuvieran demasiada importancia para él. Se trataba de ubicar, con exactitud, su sensación permanente de no estar del todo en paz ni siquiera en el límite más austral de su país.

Los extremos, las luces y sombras que convivían en él lo convertían en un ser dual, repleto de contradicciones, en permanente búsqueda de respuestas y una abstracta negación de sus razones. Él era sus aciertos y sus errores. Lo definían las consecuencias de ambos extremos. En su interior había soledad, pero no lograba ni calma ni silencio. Su vida entera le hacía ruido en los recuerdos y estallaba, cada día, en la memoria de lo que había ocurrido.

Todo se paga en este mundo. ¿Karma? Tal vez. ¿Justicia? Sin ninguna duda, pero no necesariamente la terrenal, no la de los tribunales, esa, a veces, se quita la venda de los ojos y otras, no. Sin embargo, la divina, la equitativa, la que le da a cada uno lo suyo, esa actúa más allá de todo. Es lapidaria y cruda como una sociedad indignada. Esa, salvo condenadas excepciones, es justa. Es ley que aplica a cada existencia.

El problema mayor quizá había sido creer que su prestigiosa vida académica lo convertía en un ciudadano perteneciente a una élite invulnerable a ciertos hechos. Ni su inteligencia, ni sus conocimientos, ni la consagración lograda en su profesión habían sido suficientes para darse cuenta de que era protagonista de la "pendiente resbaladiza", un fenómeno que empieza con pequeñas transgresiones a la ética profesional y luego se produce algo así como un "efecto dominó" que puede terminar en cualquier situación. Estaba formado para reconocer la pendiente y frenar. Sus pacientes, en cambio, podían caer por el abismo sin darse cuenta.

Psicólogo, de reconocido nombre en Buenos Aires, había dictado clases en la universidad y solía viajar por el mundo para dar conferencias en los ámbitos académicos más distinguidos. Diploma en mano a los veintitrés años, una brillante capacidad de análisis, una impecable oratoria, sus propias teorías y convicciones lo habían convertido rápidamente en una figura docente por excelencia. Era reservado con respecto a sí mismo, pero muy agradable en el trato con la gente. Lector metódico, disfrutaba beber su café caliente y estar en su casa tanto como salir. También atendía pacientes en su consultorio. Le gustaba ahondar en las conductas y buscar patrones. El conocimiento era su objetivo. Vivía de manera austera, aunque sus ingresos eran buenos. Para él, una ducha caliente, abrigo, libros, comida y música eran todo lo que necesitaba. Escuchaba de todo, pero le gustaba mucho Pink Floyd.

De joven no se había enamorado por decisión y había sostenido que no lo haría nunca. Pero, cuando llegaron los treinta años, "nunca" se derrumbó barranco abajo. Una de sus alumnas, de veinte, lo había enfrentado y fue una estocada directa a su ego. Había dicho en voz alta, en su clase, que –tal como refiere Oscar Wilde en *El retrato de Dorian Gray*–, los seres optan por mantener ocultas sus cualidades negativas, con la idea equivocada de que nadie podrá descubrirlas, mientras muestran su cara inocente al mundo, vestidas de personas de bien, ignorando las sombras que viven en su interior.

–¿No tiene usted un lado oscuro, profesor? –lo había provocado públicamente–. ¿No teme ser descubierto, como todos aquí? –había planteado desafiante, dando por hecho que era una verdad irrefutable.

Él había sentido que estaba liberando sus demonios contra alguien más que no era él, ni su clase y eso requería valor.

Vito se sintió atraído de inmediato, pero no por una belleza física en particular, sino por su intelecto y su osadía natural. Era imposible no ver, al mirarla, que ella era todo lo que un ser necesita para que otro pierda el control de su vida entera y traicione sus ideales.

–No estoy aquí para hablar de ninguno de mis lados, señorita… –había dicho, esperando que la joven develara su nombre.

–Bruna Chiesa. Soy Bruna Chiesa.

Cada uno detuvo la mirada en los ojos del otro en ese instante. Cada detalle se había tatuado en la piel de sus almas. Sabían que el destino había cambiado de plan. ¿Habían torcido su voluntad? ¿Era posible? No lo sabían, pero algo estaba fuera de discusión: lo ocurrido era irreversible. Ella, que no tenía el proyecto de una pareja, y él, que no deseaba enamorarse, estaban ahí en la misma escena de la pantalla grande de sus vidas. Hechizados por todo lo que negaban y ambos parte activa del mismo nudo que el presente había hecho con lo que no sabían.

—Bien, señorita Chiesa, como le decía, no estoy aquí para debatir sobre temas personales, pero creo que usted debe plantearse que la cuestión no son las sombras, sino que esos aspectos oscuros escapen de su control. En ese tema, como hemos visto en otras clases, Carl Jung es un referente. Para él la *sombra* es la energía psíquica reprimida que se proyecta en el exterior y la *persona* es la imagen que se da a los demás, la "máscara pública" que cada individuo posee. Un ejemplo para comprender este concepto son las redes sociales —dijo, ya dirigiéndose a todos sus alumnos. Había estudiado el tema en profundidad y tenía relación con la asignatura que dictaba.

Recordó el diálogo y confirmó una vez más, tal y como adivinara en aquel momento, que ese había sido el comienzo del fin.

Tres años después, no tenía duda alguna sobre la peligrosa verdad que conllevaban sus palabras de entonces. El lado oscuro podía apoderarse, a veces, de quienes menos sospechas evidencian sobre esa posibilidad siempre latente. Él era el ejemplo de su estudio.

Ya no daba clases, ni conferencias, ni atendía pacientes en un consultorio, en cambio, atendía al público y despachaba equipaje en un mostrador. Era una real ironía simbólica que, justamente él, pesara la carga ajena.

Vito y su pasado trataban de vivir el presente y conservar lo que quedaba sano de aquel hombre que había sido. El resto, lo roto y devastado, permanecía asfixiado en la bolsa hermética del olvido, donde hay vida a pesar de todo.

Sin embargo, no era tan fácil. Más allá de la decisión radical de volver a empezar en otro lugar, de cambiar su actividad y de continuar, eran demasiados los temas sin resolver en su interior y lo sabía.

Tenía treinta y tres años, quizás algo menos de la mitad de una vida promedio, y estaba perdido en la agonía de su culpa, en la grieta que separaba sus pensamientos de su condena. Había consecuencias y tenía que enfrentarlas, pero no sabía cómo ni por dónde comenzar. La variable del tiempo empezaba a pesar sobre su espalda. ¿Había retorno? La vida puede cambiar en un instante y lo hace sin pedir permiso. Tan drástica es que incluso puede terminar como si nada, como si nadie, como si nunca. Pone punto final del modo que tiene ganas a lo que sea y deja a los seres así, como a Vito, golpeados de realidad, latiendo las vísperas de más incertidumbre.

La memoria de Vito arrojaba sobre ese día la historia completa. Seguía doliendo. En cada rincón del hombre que quedaba, el dolor era el dueño del poder.

Tenía garantizada una herida abierta. Un proceso de esos que anuncian vigencia eterna.

En otras palabras, nada de paz, si no se ocupaba de ordenar el clóset de su pasado, los estantes de su aprendizaje y los cajones que cada día abría para asegurarse de ver el calvario que vivía. No habría serenidad posible si no enfrentaba la soledad de su único plato sobre una mesa para dos, convertida en su encierro junto a la ventana.

La foto de Bruna había perdido brillo. Se lo había devorado el tiempo junto a su decisión.

Mientras pensaba en todo aquello, atendía al público. Un pasajero llevaba una maleta que excedía el peso del equipaje permitido.

—Caballero, tendrá usted que viajar más liviano o pagar por el peso extra —al decirlo pensó en los sarcasmos de la vida, "viajar liviano", como si fuera tan fácil. El hombre había abierto la maleta y retiró de allí tres libros que ubicó en su bolsa de compras del *duty free*. Después, arriba de su campera se puso otra con piel, que evidentemente pesaba, y finalmente pudo partir con el peso permitido.

¿Cuál es el peso justo que una persona debe llevar consigo en un viaje? Y el resto del tiempo, ¿dice la vida en su tácito manual de instrucciones cuánto se debe cargar?

42   A él, que había sido siempre quien andaba el camino con la destreza de los seres libres de ataduras, lo agobiaba la realidad de llevar, como una extensión de sí mismo, los pedazos desgarrados de su historia, quitándoles oxígeno a sus pulmones y debilitando su corazón, cansado de latir al ritmo astillado de sus propios reproches.

Esa noche, una vez más, perdió la batalla contra el insomnio.

CAPÍTULO 5

Tierra

La tierra es la sangre del universo personal que se construye viviendo,
se proyecta sin fecha y permanece vital,
aun después de haberse perdido.
La tierra que se atraviesa y la que se junta nos definen.

USHUAIA, AGOSTO DE 2019

Cayetano Gael le había pedido a su hija que detuviera el vehículo y ella lo estacionó delante de una propiedad con un cartel que decía "En venta". Se notaba que no estaba habitada.

—¿Estás bien, papá? —preguntó Lorena, pensando que quizá quería tomar aire.

—Sí, estoy bien. ¿Bajamos? —respondió con otro interrogante.

—Claro.

Caminaban en silencio, en dirección a la entrada. Lorena, con curiosidad, y Cayetano, cuidando sus pasos, algo temblorosos por momentos, quizá debido a sus ochenta y cinco años. Los ojos le brillaban. Lorena lo observaba con amor y orgullo. Era el hombre más bueno, honesto, ocurrente y sensible que ella hubiera conocido jamás.

—¿Qué hacemos aquí?

—Volver —respondió él con una sonrisa.

—¿A dónde? —preguntó sorprendida, al tiempo que sonaba su celular.

La puerta estaba cerrada, como era de esperar, pero por el lateral podía accederse al jardín. Cayetano se adelantó, mientras su hija respondía.

–Hola… –saludó con el tono que se utiliza en las ocasiones en que no se quiere responder, pero se traiciona la voluntad. Cuando se sabe a ciencia cierta que esa llamada no sumará en lo más mínimo, que quien se comunica lo hace por su propio interés y no le importa nada de lo que le ocurre a la otra persona.

–¡Hola, Lore! Tienes que ayudarme. ¿Puedes venir? No te imaginas lo que me pasó –antes de que Lorena pudiera decir algo, continuó–. Me he peleado con mi jefe, Iván continúa sin querer verme y mamá me ha dicho cosas horribles, así que me fui de la casa y además…

–Marcia, ¡basta! –contestó con voz firme y tono severo.

Silencio.

–¿En serio no vas a escucharme?

–La verdad es que la no escucha eres tú. Estoy con mi padre y lo que me cuentas es lo mismo de cada día.

–Eres muy egoísta. Te digo que mi vida es un caos –insistió con enfado.

Lorena pensó en todo el tiempo que llevaba cargando el peso de la personalidad y las decisiones de vida de su amiga, quien llenaba de negatividad los momentos que compartían y la absorbía, o al menos intentaba hacerlo, cada que vez que podía. Era como tener tierra en los ojos que un huracán desalmado hubiera arrastrado hasta allí para siempre. Tierra cuyo exceso caía, se amontonaba entre sus pies y se convertía en barro denso que no le permitía avanzar. Cuando estaba a su lado, no podía pensar con claridad, porque la aturdía en medio de su mundo conflictivo.

No quería eso, estaba cansada. Tenía bastante con su realidad y su

esfuerzo cotidiano por salir adelante. Sabía bien que era su responsabilidad poner límites. No hacerlo era un indicador de cómo quería que la siguiera tratando. Lo había analizado de todas las formas posibles, incluso en terapia. Marcia era una "despotenciadora" de energía. Su conciencia era negativa, se resistía a la verdad, distorsionaba los hechos en favor de sus propias versiones, en las que siempre era víctima de alguien más, y todo era culpa de lo que venía desde afuera. Se resistía a la vida. Negaba la autocrítica como una posibilidad. Su radical opuesto. Permaneció sin responderle, mientras decidía si tenía ganas de decirle una vez más lo que pensaba.

—¿Sigues allí? ¿Por qué no me contestas? —insistió.

—Porque no soy egoísta y estoy pensando si tengo deseos de contestarte ahora.

—¡Solo eso me falta, una escena de tu parte! Siempre encuentras un motivo para echarme culpas que no tengo. Tal vez proyectas tus frustraciones y entonces…

—No sigas o vamos a pelearnos de manera definitiva —dijo Lorena decidida. La acusación era demasiado, no iba a tolerarla. Ella tenía mil defectos, pero era generosa y siempre estaba para su gente.

—No creo que te importe mucho —agredió.

—¿Ves? Ya estás agregando motivos nuevos a tu mal día. Hasta que no seas capaz de reconocer tus errores, nada cambiará. Lo siento, pero tú eres la egoísta.

—Voy a cortar. No tengo ganas de oírte —amenazó, pero no lo hizo.

—Tu vida no es lo que tú describes, la gente reacciona porque la agotas y solo piensas en ti. Jamás preguntas por el otro o te interesas en lo que le pasa. Te lo he dicho de muchas maneras, pero no lo escuchas y te enojas. Yo te quiero, pero no puedo ayudarte. Ya lo hemos hablado. No solo no tienes problemas serios, sino que no aceptas que nadie te enfrente a tus lados oscuros para que modifiques lo que te hace mal y aleja a tu entorno —recriminó de un tirón. No quería interrupciones.

Había alivio en su tono de voz. Decir la verdad de la mejor manera que halló para no lastimarla fue un desahogo.

—No estoy para tu psicología barata. No cuento contigo, una vez más —gritó antes de terminar la comunicación.

Lorena miró el móvil y luego al cielo, como si con eso elevara una plegaria en favor de lo imposible. No se arrepintió de haber atendido la llamada, a pesar de fracasar en su intento de ayudarla. Era más de lo mismo, pero ella había hecho lo correcto.

Suspiró. Luego, volvió a la escena, a la enigmática casa. Caminó hacia su padre. Él observaba unas ramas en lo alto y tenía la mirada sumergida en algún recuerdo.

Al acercarse, él se sentó bajo el árbol. Ella hizo lo mismo. Por un instante mágico, el tiempo se detuvo en un silencio reparador que dejaba espacio a los sonidos naturales de un presente que tenía el control.

Los dos pensaban y, a la vez, tenían la mente en blanco, ausente de preocupaciones, entregados a ese momento en que sus almas se enlazaban en algún nivel superior de conciencia y desnudaban sus pérdidas para aprender la forma en que podían sanar los vacíos.

—¿Cómo estás? —preguntó Cayetano unos minutos después.

—Cansada, papá.

—¿De qué, concretamente?

—De vivir esforzándome para algo y sentir que no es suficiente. Me casé enamorada y lo di todo, hoy tengo cuarenta años y un divorcio en mi currículum, un exmarido que me dejó de la noche a la mañana, no puedo superar el aborto espontáneo que ocurrió junto con su abandono y mi amiga es todo lo que está mal. Me consuelo pensando que el tiempo todo lo resuelve, pero no es tan así. Los días pasan y me siento peor a pesar de todo lo que hago para estar mejor. No me gusta estar sola.

—Hay cosas, hija, que no son fáciles. Simplemente, suceden sin pedir permiso y hay que aceptarlas, verlas desde otro punto de vista. La soledad puede ser muy buena, depende de ti. No creo que el tiempo por sí solo resuelva nada. Depende de cada uno procesar sus duelos.

—¿Duelos? —lo escuchaba atentamente.

—Sí, son duelos y duelen. Pérdidas que el tiempo no mata, pero con las que se aprende a vivir. A veces, la vida te da la chance de volver, sentir diferente y comprender. Se trata de otra perspectiva. De ver cuando miramos. Voy a contarte una historia.

Lorena lo miraba con admiración profunda. No importaba qué fuera a decir, adivinaba que tendría sabiduría y humanidad. Así era él.

—Te escucho.

—Cuando yo tenía siete años, vivíamos en una casa con parque y una higuera. Mis padres y mis cuatro hermanos. La alquilábamos. Yo jugaba allí y era feliz. Me trepaba al árbol y disfrutaba una infancia como las de entonces, sin más peligro que rasparte las rodillas por caerte. Sin embargo, tuvimos que mudarnos. Nadie me explicó las razones. En pocos días hubo que irse a un departamento, arriba de un cine, sin parque, ni verde, ni pájaros, ni árbol, ni nada.

—No sabía eso, lo siento, debe haber sido difícil si todavía lo recuerdas, ¿pero qué tiene que ver con lo que hablamos?

—Todo. Escúchame —pidió—. Yo volvía. Caminaba siete cuadras y llegaba a la casa, me trepaba a la higuera y me quedaba horas allí. Después, al bajar hacía esto —dijo, mientras juntaba un puñado de tierra en cada mano y la guardaba en los bolsillos—. Me llevaba una porción simbólica del lugar que había perdido y durante todo el camino de regreso, mis dedos se mezclaban con la tierra y me hacían sentir que algo bueno me unía a ese espacio. Me sentía mejor. Como si no lo hubiera perdido del todo.

—Ay, papi, ¿y qué hacía la abuela cuando llegabas?

—Dejaba la tierra en mis bolsillos hasta que me dormía y recién entonces lavaba la prenda para dejarla lista.

—¿Lista? ¿Para qué?

—Para el día siguiente. Al día siguiente, yo repetía el ritual —relató. Su mirada disfrutaba de ese recuerdo. Se notaba en su expresión—. La abuela ya no está y muchas cosas de mi vida tampoco. Sin embargo, la casa sigue aquí, estoy sentado con mi hija bajo la higuera de mi niñez y la tierra continúa dándome la posibilidad de confirmar que nada duele para siempre y que, cuando se transforma en un buen recuerdo, se convierte también en una batalla ganada. Intento hacer contigo lo mismo que hizo mi madre: acompañar tus duelos.

Lorena tenía lágrimas en los ojos. Entendió que no era cualquier casa. Había una razón por la que se habían detenido allí.

—No me gustaría quedarme sola, papá —confesó.

—¿No has pensado que hay personas que podrían preocuparse por ti y tú no las registras? La soledad no es tan determinante como parece.

—¿De verdad lo crees?

—Por si no lo has notado, tu madre ya no está y tú eres una mujer adulta. Sin embargo, no me siento solo. Viejo, un poco —bromeó—, pero solo, nunca. Me tengo a mí, a ti, a la vida.

Lorena permaneció callada, pensando. La verdad imponía silencio.

La vieja casa se veía más chica para Cayetano que en su memoria. Era la trampa de los recuerdos de la infancia, cuando todo parece grande. De pequeños, se atribuye a las cosas un tamaño que no tienen o que pierden al crecer, o al envejecer. Lo mismo sucede de adultos, cuando se permite que la adversidad gane territorio. El dolor es atemporal, anónimo, inevitable, universal, pero es también permeable a los mecanismos de superación con los que cada ser se anime a enfrentarlo. Lorena pensó que no tenía nada en los bolsillos, sino piedras en una mochila invisible que cargaba cada día sobre su espalda. Debía sacarla de allí y juntar un puñado de tierra que tuviera valor.

Ahí estaban, en el mismo lugar, aunque todo el entorno fuera distinto. Ya no había terrenos aledaños donde jugar a la pelota ni cuadras que caminar al descampado. Algo había llenado cada espacio, al mismo tiempo que otros sitios gritaban su vacío.

La nostalgia le había hecho un nudo en la garganta a Cayetano, que abrazaba un nudo parecido al que atravesaba a Lorena. Su casa de la infancia volvía a ser un refugio, una respuesta, una aliada para combatir las pérdidas. Una simbólica oportunidad para que su hija lograra superar sus debilidades.

Lorena hundió las manos en la tierra y llenó sus bolsillos. Comenzaba a trazar sus fronteras personales desde otra perspectiva.

Marcia volvió a llamar.

No respondió.

CAPÍTULO 6

¿Tóxicos?

Somos las personas que frecuentamos.
Evitar la cercanía de seres tóxicos es amor propio.

USHUAIA, AGOSTO DE 2019

Llovía. Iván Recalde conducía con destino a ninguna parte. Los limpiaparabrisas seguían haciendo su trabajo, despejaban el camino, pero él sentía que en cada tramo veía con menos claridad. En su *playlist* sonaba la canción "Secrets", de One Republic. El inicio, para él, definía la lluvia. Los instrumentos le hablaban dentro del vehículo igual que el clima lo hacía desde afuera. Solía pensar que los nombres de los temas que escuchaba en momentos como ese eran una señal o una burla del destino. Secretos no tenía muchos, pero definitivamente con uno alcanzaba para sentirse atrapado en un infierno personal. ¿Por qué ocupaba un lugar en su vida que no le gustaba? ¿Cuál era el motivo por el que la hostilidad con su presente ganaba la batalla cotidiana de su existencia?

Tenía una vida que funcionaba al ritmo de los estándares deseables. Esa suerte de parámetro social que da cuenta, para algunos, de lo que debe ser, de lo que está bien, de lo que todos quieren. Todos, menos él.

Iván Recalde, cuarenta y dos años, policía con rango de jefe, posición económica cómoda, dueño de una propiedad, divorciado, sin hijos. En pareja, o algo así, con Marcia Pereyra, una mujer a quien quería mucho, pero a la que también quería dejar, porque, en su balance de vida, restaba. Él no era feliz y ella tampoco, pero por alguna extraña razón, estaban juntos.

Definitivamente, todo había comenzado como una atracción física, que se mantenía, pero cada vez eran menos los momentos que podían compartir sin sábanas de por medio. Ella vivía desconforme con todo. A veces, tenía la sensación de que no importaba cuál fuera la cuestión, si se solucionaba, Marcia siempre encontraría otra para estar molesta. Su compañero de trabajo le decía que era "tóxica", un término muy preciso para definir a las personas que contaminan la vida de su entorno y la llenan de negatividad. Seres que garantizan una constante dosis de frustración. Quizá fuera verdad, pero no lo era menos que Gustavo Grimaldi, su par en las calles, no estaba legitimado para criticar a nadie. Él no era exactamente un ejemplo de nada. Tenía más de un vicio y varios malos hábitos

¿Por qué lo escuchaba? ¿Por qué eran amigos? ¿Por qué, incluso, lo cubría frente a su esposa? Muy simple: Iván juzgaba a las personas por lo que eran con él y Gustavo era incondicional y se lo había demostrado. El secreto que compartían sostenía ese vínculo más allá de cualquier diferencia. Un amigo con un legajo mentiroso que no mostraba sus verdades. La justicia era ciega, al menos la terrenal. Las pruebas de algunos delitos se convertían en dudas y la falta de certezas se traducía en beneficios. El resultado era nada, el orden de las cosas cuyo caos permanece en las sombras.

Su móvil no dejaba de sonar, era Marcia, con quien habían discutido. Finalmente respondió.

—¿Qué quieres, Marcia? Te dije que necesito espacio.

—Detesto que no respondas mis llamadas —se quejó.

—Y yo, que no me escuches.

—Me he peleado con Lorena y estoy mal. Además, en el trabajo conspiran en mi contra, he pedido el día y mi compañera dice que no puede cubrirme. Yo sé que es mentira porque…

—¡Marcia, basta! —la interrumpió.

—¿No entendiste que estoy mal?

—Marcia, ya lo hablamos.

—No, tú hablaste. Yo lloré.

—Sabes bien que eso no fue lo que sucedió —dijo con calma.

—¿Hablaste con Lorena? ¿Es eso? Los dos están en mi contra.

—No soy amigo de Lorena. No hablé con ella —se limitaba a responderle como si su ser fuera piloto de un avión y la nave estuviera en modo automático. Su mente estaba en otro lugar, ocupándose de buscar respuestas.

—Ven a buscarme —suplicó. Había cambiado el tono demandante por el de víctima.

—No. Marcia, debes buscar ayuda. Te quedarás sola o, al menos, no estaré yo… —se animó a decir. Pensó en voz alta. Había hablado como si estuviera solo. No tenía planeado dejarla de esa manera. Sonaba "Thinking out loud", de Ed Sheeran.

Un silencio sordo dio paso al sonido de los hechos.

—¿Me estás dejando?

—Intento que los dos estemos mejor y juntos eso no va a suceder —dijo de la mejor manera posible.

—Tienes otra mujer, estoy segura. ¿Te la ha presentado Gustavo? Ese hijo de puta, yo sabía que te llenaba la cabeza en mi contra —comenzó a recriminarle, mientras su tono de voz se elevaba.

—Gustavo no tiene nada que ver con esta decisión y no, no tengo otra mujer —respondió—. Date cuenta de que, en menos de un minuto, has pensado que tu amiga, Gustavo y yo estamos contra ti. El problema no somos los demás —agregó. Estaba cansado. Le gustaba, la quería, pero no aguantaba más sentirse así.

—Mientes y quiero que sepas que si me dejas voy a matarme —con esa frase cortó la comunicación.

Nunca la manipulación había llegado tan lejos. La llamó de inmediato y no le respondió. Lo preocupó. Se dirigió a la casa de ella instintivamente. En ese momento, el teléfono volvió a sonar. Era Gustavo.

—Amigo, ¿todo bien?

—He tenido momentos mejores. Discutí con Marcia. Intenté terminar una vez más y amenazó con matarse. Estoy yendo a su casa.

—No lo hagas.

—No puedo dejarla así.

—Lo que no puedes, o mejor dicho no debes, es permitir que te siga manipulando. No va a matarse.

—¿Cómo lo sabes?

—Porque te lo avisó. Los suicidas no avisan. Además, ya te lo dije, es tóxica.

—¿Tan claro lo tienes?

—Sí. Siempre se queja por todo, asume el rol de víctima, solo habla de sus problemas, no asume responsabilidades, miente, culpa a los demás de sus males, es celosa y, como te dije, te manipula.

—Suenas como un experto. No lo sé, me preocupa —evitó decirle que tenía razón para no azuzarlo.

—Conozco cómo se manejan las mujeres así —se limitó a decir.

—No la conoces a ella.

—¿Puedes hacerme un favor? —continuó, cambiando de tema. Marcia era más de lo mismo.

—Dime.

—Esta noche le diré a Adriana que nos quedamos trabajando. Que el fiscal nos citó y tuvimos que esperarlo.

—Parece que lo de asumir responsabilidades tampoco a ti te sale muy bien —dijo con ironía.

—Es diferente. Yo no soy tóxico, me cuesta ser fiel. Es muy distinto. ¿Me cubres?

—Sí.

—Ok. Gracias. No vayas. Hazme caso. En un rato te llamará otra vez.

Justo después de despedirse, Marcia volvió a llamarlo. Detuvo el vehículo y observó la pantalla del móvil. Nada estaba bien. Atendió.

—Iván, no me dejes —le suplicó llorando—. Eres lo único bueno en mi vida.

Un rato después, como si nada hubiera sucedido, se revolcaban en la cama de su departamento. Y unas horas después, estaba solo en su casa, porque ella le había pedido que se fuera.

Todo era ruido. Interferencia. Pensamientos que se empujaban unos a otros y tomaban el poder de su mente. Decisiones que no elegía parecían tomarse sin su voluntad, todo el tiempo. ¿Acaso él también era tóxico? Se sentía como un tóxico pasivo que se retroalimentaba con la dueña de ese rol. ¿Existía eso en una relación?

Cuando se detenía en su presente, todo era reprochable. Estaba atrapado en su propia vida y lo peor era el peso de la soledad que sentía.

Sonaba "Trouble", de Coldplay, en el ambiente. Una burla clara del título. Era obvio, que tenía un problema.

CAPÍTULO 7

Muerte

*A los muertos, cuando hay remordimientos pendientes,
se los entierra dos veces: una, en la fecha que partieron
y la otra, el día que se logra liberar las culpas.*

USHUAIA, AGOSTO DE 2019

Natalia estaba en su casa, recostada en su sillón blanco de dos cuerpos, escuchando música, completamente abstraída. Sonaba una canción que le gustaba: "Better days", de One Republic. Escuchaba todo tipo de géneros. La música la sacaba de su presente, casi siempre la trasladaba al pasado y aunque seguía doliendo ese lugar de su memoria, allí volvía tan seguido como la realidad y los recuerdos la llevaban. Lo hecho hecho estaba, pero no había un solo día de su vida en que no se cuestionara por qué no había actuado diferente. Solo ella sabía cuánto dolor había causado, no solo en otros, sino en ella misma por la culpa que cargaba desde entonces. El perdón era un concepto divorciado de su vida. No podía sentirlo respecto de sí misma.

Si tan solo hubiera podido ver en su juventud con la claridad de ese momento… Pero no había sucedido así. No podía volver atrás, las consecuencias estaban divididas entre ausencia, años y muerte.

Sentía ganas de estar bien, de disfrutar mientras vivía, de

desterrar de una vez y para siempre ese remordimiento eterno. Viajar junto a su padre se presentaba como una posibilidad. Quería poner en movimiento el tiempo detenido en aquel suicidio que había marcado su destino para siempre. Un disparo por fuera que la había matado a ella por dentro, mientras moría el padre de su hija. Nadie sabía las razones, mejor así. ¿Mejor así?

La historia de Natalia era un melodrama. En pocas palabras, había viajado con sus ilusiones y juventud a Roma. No encontraba su lugar en Ushuaia, siempre de un trabajo a otro y, sin haber estudiado, había hecho lo que otros tantos jóvenes: ir a probar suerte a Europa, con la ventaja que le daba su doble ciudadanía. Había partido enfrentada con su madre, que no deseaba que dejara la ciudad y con el apoyo de su padre, aliado siempre.

Al poco tiempo de estar en Roma, comenzó a trabajar en una pizzería como camarera. Patricio Gallace era el dueño, apenas unos años mayor que ella. Muy pronto empezaron una relación. Él se había enamorado completamente; ella lo quería, Patricio le daba seguridad, pero los sentimientos nunca habían sido recíprocos en intensidad. Quizá porque estaba sola en Italia, él se había convertido en su apoyo y compañía. Todo había sido bueno, hasta la primera Navidad en que él la invitó a conocer a su familia y pasar la celebración junto a ellos. Bastó esa reunión para que su vida cayera al abismo de la tentación. Patricio le presentó a su hermano Román, un joven de la edad de Natalia. A partir de ese momento, la historia de los tres comenzaría a escribirse con letras de pérdida y pasión. La atracción entre Natalia y Román había sido desde la primera mirada, a cada minuto, más y peor, completamente recíproca y simultánea. Lo demás, fácil de anunciar. Durante un mes se había visto enredada entre la verdad y el deseo. No podía confesarle a Patricio lo que sucedía y tampoco era capaz, a pesar de haberlo intentado, de dejar de encontrarse con Román de manera clandestina. Román tampoco ayudaba, estaba enloquecido con ella, tanto como para traicionar a su propia sangre.

Así las cosas, una tarde supo que estaba embarazada y, por las semanas, no tenía dudas de que el padre era Patricio. Había ido a casa de Román para poner fin a la relación y muy lejos de eso, terminaron acostados y tuvieron sexo desenfrenado. Hasta ahí, baja moral, comportamientos cuestionables, culpas o ausencia de ellas, pero nada, literalmente, fatal. Hasta que Patricio abrió la puerta una mañana. Tenía llaves y había ido de forma imprevista, en el horario de trabajo de su hermano, a buscar un listado de proveedores que había olvidado allí el día anterior, pero Román había faltado a su empleo.

Al ingresar, oyó la voz de Natalia y fue al dormitorio instintivamente. Allí los halló desnudos en la cama. Sin poder reaccionar, completamente al margen de los motivos por los que había ido, tuvo un pensamiento muy claro sumido en la decepción provocada por el dolor más insoportable de su vida y se fue velozmente. Tan rápido que los amantes no llegaron ni a cubrirse para alcanzarlo. Sin oportunidad de dar ninguna explicación, si es que había alguna posible, Patricio los dejó a ambos con sus culpas a flor de piel y desapareció. Horas después, en su departamento, se disparó en la boca para terminar con su vida.

Suicidio es el acto de quitarse deliberadamente la propia vida. ¿Es posible evitarlo? ¿Qué determina a alguien a disponer su final? ¿Tratan de alejarse de una situación de la vida que parece imposible de manejar? Las respuestas son muchas. Las variables y motivos son todavía más.

Lo cierto es que lo único que aplica a todos los casos de la misma forma es que la muerte es irreversible. En ella, no solo se va la vida, sino las verdades que no se dijeron, los hechos que no se develaron, los miedos, los fracasos, la posibilidad de que la justicia terrenal sea y de que se pueda ser testigo de su llegada, los tramos de alegría que hubieran sido, las promesas, los deseos.

El final de los latidos impone pensar en la finitud, como ese día inexorable que amenaza el futuro. La muerte arrastra todo a su paso, siempre, pero cuando es un suicidio, impacta con mayor intensidad.

Natalia no había sido capaz de ir al servicio fúnebre. Llena de culpa, vergüenza y embarazada de Romina, regresó a la Argentina. Solo Román sabía sobre su estado y le había suplicado que se quedara, pero ella no fue capaz. Había arrancado a la familia Gallace del alcance de sus ojos, aunque no de su memoria.

A partir de eso, el regreso a Ushuaia de Natalia, la noticia de su embarazo sin dar explicaciones a su madre y a su hermano, el trabajo que le había conseguido Greta en el banco, criar a su hija y seguir habían definido su vida. Intentó avanzar, cada vez con más carga en el equipaje de su silencio y había logrado apenas permanecer en el mismo lugar.

Benito sabía de boca de su hija toda la verdad, ella misma había elegido confiar en él y le pidió dejar todo eso atrás. Él, sin juzgarla, le había respondido que esa etapa continuaría abierta en tanto la mantuviera en secreto. Absoluta verdad. Sin embargo, respetó su decisión de no hablar más del asunto. De hecho, pocas veces durante esos años abordaron el tema, a pesar de que los dos lo tenían muy presente. Para Natalia, era un rincón encerrado de negación, para no enfrentar las consecuencias. Para su padre, una preocupación constante.

En su vida personal, Natalia había tenido solo alguna relación sin compromiso. Aceptó unas pocas parejas que mostraban ser algo que después no eran y lo había tolerado porque siempre se sentía peor que todos. Nunca presentó a ningún hombre como novio y llevaba una década sola. Había puesto un límite, ya no estaba para perder tiempo y derrochar emociones.

Desde que había regresado de Roma, nunca dejó de sentirse incómoda, exigida y presionada. No había vivido todo ese tiempo condenándose a sí misma, pero solo había sido feliz a través de la alegría de su hija.

61

Mantenía el pasado en silencio, como si eso hiciera posible que dejara de ser cierto.

Sin embargo, algo había cambiado en ella al darse cuenta de que más de veinte años después, Romina, quien desconocía su verdadera historia, respiraba el mismo aire de Roma, lugar en que había sido concebida. ¿Acaso el origen siempre regresa por aquello que le corresponde?

La soledad había enfrentado a Natalia a un encuentro con ella misma y no le había gustado su hallazgo. Entonces, comenzó a ocuparse. Y en eso estaba, cuando la idea de viajar con su padre se había convertido en una posibilidad concreta.

Desde la partida de su hija, aquellos hechos regresaban a su memoria con insistencia, quizá, en busca de recordarle que una muerte había sido su responsabilidad. Tal vez, también por eso, la idea de ir con Benito a Italia había dado vueltas por su mente de manera incesante. Sentía que el hecho de cumplirle un deseo y visitar a su hija la impulsaban, pero también la posibilidad de devolver sus culpas al lugar de origen la dotaba a ella y al plan de viaje de una energía inusitada. Sabía el costo de esa decisión en relación con su hermano y su madre. Sería un verdadero caos, pero todo le indicaba que los motivos valían enfrentar cualquier discusión.

Quería vivir mejor, sentirse libre y plena. Arrojar la cruz que pesaba sobre su espalda, quería terminar ese duelo que nunca había sido capaz de comenzar.

Era una gran paradoja de venganza poética del destino que su hija repitiera la historia de emigrar a Italia y se enamorara de alguien en ese lugar. ¿Era posible que hubiera patrones genéticos en las historias de amor? Solo pedía que su suerte y sus valores fueran diferentes a los suyos.

Benito había manifestado su deseo de viajar para disfrutar y ver a su nieta. Era verdad, pero también, y más importante, quería ir para intentar que su hija sanara esa herida abierta que veía en su mirada cada día.

Habían vuelto a conversar sobre eso varias veces y él comenzaba a creer que era posible. Natalia le transmitía entusiasmo. Si vivían para contarlo, sería la aventura de sus vidas y también un modo de enfrentar los fantasmas que la acechaban. La cuestión era cómo ponerlo en práctica.

Ella había visitado al médico de su padre para consultarle si estaba en condiciones de abordar un avión con destino a Europa y le explicó la situación. Un auténtico "dos contra dos" familiar. El profesional, quien conocía bien a la familia, había sonreído y, con absoluta aprobación, le dijo: "Natalia, si no es ahora, ¿cuándo? Tiene ochenta y cinco años", y le guiñó un ojo. De allí, había ido a la agencia de turismo. El costo del viaje, calculado en dólares, era bastante alto, pero ella tenía algo ahorrado, su padre también y podía pedir un préstamo.

Escuchó música un rato más y cuando terminó de sonar "Otherside", de Red Hot Chili Peppers, fue a casa de su padre. Sabía que su madre no estaba.

A solas con Benito, luego de la sesión con la kinesióloga, lo abrazó emocionada.

—Papi, podemos hacerlo —dijo, al tiempo que lo ponía al tanto de todo lo averiguado en esos días.

—¿En serio?

—Si tú quieres, sí.

—Claro que quiero, pero…

—Ya sé, también me preocupa la parte operativa, no sé cómo decirles a mamá y a Guido —lo interrumpió.

Benito se puso de pie y fue al escritorio, abrió un cajón y buscó en una caja. Sacó de allí su pasaporte italiano y también el argentino, miró las fechas. Estaban vigentes por un año más.

—Toma esto y espera —dijo, mientras se los entregaba. Sacó el cajón del mueble y tanteó con su mano en el hueco, mientras Natalia lo observaba—. Esto también, toma —agregó, mientras le daba un fajo de dólares y otro de euros—. Ahí hay una parte, el resto debemos sacarlo de la caja de seguridad.

—Papi —tenía un nudo en la garganta, se sentía feliz y entusiasmada—. ¿Cómo les diremos?

—Tú no te preocupes. Organiza todo para cuando te den tus vacaciones en el banco y cuando tengamos la fecha, un día antes inventamos alguna excusa y me llevas a sacar el resto del dinero —había rejuvenecido en un rato, la energía tenía el nombre de la ilusión para los dos—. Solo quiero preguntarte algo —agregó. Natalia imaginó que la interrogaría sobre cómo harían con su madre y hermano, pero no.

—Dime, volver a Italia… es enfrentar otra parte de tu historia. ¿Estás lista? ¿Buscarás a la familia del padre de Romina?

Un prolongado momento sin decir una palabra la separó de la primera vez que se oiría a sí misma pronunciar su verdad.

—Me alcanza con lograr enterrar a Patricio, papá. Aún no murió para mí.

.•. .•. .•.

Es imposible vivir atrapado en el pasado sin que eso implique alterar la vitalidad del presente. Los seres no mueren para todas las personas el mismo día. Cada uno arrastra sus muertos vivos por el tiempo que dura su proceso de duelo. La mayoría son almas en penumbras que deambulan por el silencio de la memoria, cansadas de andar el camino de los que no llegan a ninguna parte. Solo unos pocos entienden la muerte como la justificación de la vida y actúan de manera distinta. Otros cumplen los pasos y plazos establecidos en consultas con psicólogos y muchos, agotados de negar la mismísima negación, comienzan a entender, en el marco de mucho tiempo en vano, que las sombras solo se mueren cuando se derrama sobre ellas toda la luz posible y, para eso, hay que enfrentarlas.

CAPÍTULO 8

Vida

La vida siempre tiene un as en la manga
y nos obliga a jugar con sus reglas.

Romina se sentía muy cómoda con el pacto comodín que habían sellado junto a Fabio. Era tan denso su secreto que, cada vez que pensaba cuál sería el de él, concluía que no podía ser tan grave. A iguales comodines, si algún día rompían el silencio, estaba segura de que las expectativas más dañadas serían las de su novio.

Llegó a su trabajo aquella mañana y su jefe suplente, porque el titular estaba de licencia, la llamó a su oficina para darle algunas indicaciones. Era un hombre reservado. No llamaba por su nombre a ningún empleado. Todos eran "usted", un eficiente modo de no generar confianza. Actitud muy de autoridad, según se decía por los pasillos. Analizaba metódicamente las tareas y les hablaba lo mínimo e indispensable. Nadie sabía mucho de su vida. Estaba de paso en esa sección. Para Romina era amable. Luego, fue a su escritorio donde su compañera, Orazia Rinaldi, le había dejado listo el capuchino de cada mañana.

—¡Hola, Romina! —la saludó con esa sonrisa que marcaba sus hoyuelos.

Orazia era un pedazo de sol en su camino. Tenía veintiocho años y era la prueba viviente de que, así como había personas que podían estropearlo todo, había otras que convertían cada momento en algo mejor. Orazia era positiva, divertida y empática. Tenía siempre buen humor, había algo mágico en su energía que contagiaba entusiasmo por disfrutar. Le faltaba una materia y la tesis para diplomarse en psicología, aunque no tenía pensado dejar el trabajo en la Comuna hasta que económicamente su profesión le permitiera vivir cómoda. Le atraía todo lo que tuviera relación con un pensamiento reflexivo. A veces, esotérico, a veces, lógico y terrenal. Era simple y directa.

—Orazia, ¡eres la mejor! Lo sabes —respondió, al tiempo que dejaba su bolso en el perchero y degustaba el primer sorbo.

—¡Tengo algo que contarte!

—¿Qué pasó?

—Me invitó a cenar.

—¡Bien! Algo formal, pero está bien —agregó.

—Te equivocas, él mismo cocinará en su casa —aclaró con cierta picardía.

—¿Y de la nada a su casa directamente? ¡No pierdes el tiempo!

—Romi, es mi vecino. No es para tanto, vivo a cuatro pasos de su puerta, literalmente.

—¡Sí! Pero todo lo que sabes de él lo descubriste en el ascensor: que compra en el supermercado, que usa auriculares inalámbricos que se quita para saludarte y que tiene un gato. Lo cual es bastante poco —dijo con una sonrisa.

—En realidad, sí, tienes razón. No sé nada más que su nombre y lo que come, pero ¡cómo me gusta!

—Eso lo tengo claro. Me alegro por ti, pero ten cuidado de que no cierre con llave la puerta —dijo—. Dios, ya parezco mi madre —agregó sorprendida de sí misma—. Haz lo que tengas que hacer para pasarla bien, solo cuídate y no le creas incondicionalmente desde el día uno y…

—Romi, solo voy a ir a cenar, puede que no pase nada o que pase todo, pero claramente en una noche no se definirán sentimientos definitivos y mucho menos algo tan grande como la "incondicionalidad". Tranquila. ¿Qué es? —preguntó.

—¿Qué es qué? —preguntó sin entender.

—¿Qué es lo que te ha marcado tanto? Ese consejo no se da sin antecedentes emocionales registrados —respondió.

—Ya te lo contaré, pero no será hoy. Solo te cuido o intento hacerlo, quédate con eso.

—Bien, para todo hay un momento. Hoy está de mal humor —agregó con referencia al jefe suplente, mientras miraba en dirección a su oficina.

—¿Sí? Me trató bien hace un momento.

—Tuviste suerte. Conmigo no habló, pero se escuchaba que discutía con alguien por teléfono, antes de que llegaras.

—¿Sería algo de trabajo?

—Creo que sí, no se hizo lo que indicó con un trámite. En fin, no es nuestro problema —dijo. En ese instante, su móvil empezó a sonar. Era el *ringtone* de siempre "Wrecking Ball", de Miley Cyrus, pero, por alguna razón, Orazia, que tenía un sexto sentido, lo miró y dijo—: No quiero responder,

El teléfono parecía gritar. Era un número no agendado. Su expresión se había transformado de la vitalidad y alegría habitual a un rostro mudo que enfrenta una verdad inesperada.

—¿Por qué? ¿Quién es? —su amiga ya no le contestó. Elevó la mirada y deslizó su pulgar sobre la pantalla para responder.

—Hola… —la escuchó decir con cierta serenidad. Una energía detenida en el aire como un presagio sobrevolaba el ambiente que compartían. Romina no sabía qué sucedía, pero sí que su lugar estaba allí, con su amiga. La observó escuchar, mientras sus ojos se llenaban de lágrimas.

—Voy para allá —fue todo lo que la oyó decir. Cortó la comunicación, cerró los ojos y se quedó allí, pausada en algún recuerdo.

—Ori, ¿qué ha pasado? —preguntó apoyando la mano con fuerza sobre su hombro.

Silencio.

—Ha muerto mi padre.

—¡Dios mío! Lo siento tanto…

—Debo irme. Por favor, avisa por mí —dijo refiriéndose al jefe.

Se abrazaron un instante en el que la amistad dijo las palabras que no fue necesario pronunciar. No era tanto el tiempo que llevaban andando la vida juntas, pero la calidad lo convertía en el protagonista de un vínculo muy importante para las dos. Luego se fue.

Romina no sabía lo que era tener un padre, por lo que tampoco era capaz de sentir lo que significaría perderlo. Ella era hija de madre soltera, y ahí terminaba la referencia paterna en su vida. Por suerte, nunca había significado un conflicto para ella. Sin embargo, pensó en su abuelo, en su madre, su tío, su abuela y se le hizo un nudo en el alma. Estaba lejos, ¿y si el teléfono con una noticia así hubiera sido el suyo?

Tuvo ganas de llorar. Muchas. Se contuvo y fue a la oficina de su jefe, le comunicó lo acontecido y se ofreció para hacer las tareas de Orazia.

Tomó su móvil e hizo una llamada a su madre.

—Hola, mami —saludó. La congoja era evidente.

—¿Qué te pasa, hija? ¿Estás llorando? —Natalia no resistía que su hija estuviera mal. Nunca iba a poder acostumbrarse al vértigo que implicaba aceptar que los hijos tienen que pasar por sus propias verdades, con aciertos y errores. Romina no hablaba—. Dime, hija, ¡por Dios! ¿Estás bien?

—Estoy triste, mamá. Acaban de avisarle a Orazia que murió su padre y yo pensé que podía pasarles algo a ustedes... ¿Están todos bien? ¿El abuelo?

Natalia respiró, la muerte de un padre, por dura que fuera, era ley de vida. Entendía que se sintiera así.

—Hija, lo lamento mucho. Aquí estamos muy bien. Quédate tranquila. El abuelo está junto a mí ¿Quieres hablar con él?

—Sí.

—Papá, ha muerto el padre de Orazia, su amiga, está angustiada —le dijo en voz baja, mientras le daba el celular.

—Hola, Romi, lo siento cariño.

—¿Estás bien, abuelo?

—Estoy mejor que nunca. No te asustes, la muerte es parte de la vida. Tienes abuelo para disfrutar un poco más, seguro.

—No digas "un poco", por favor. Tengo miedo de no volver a verlos.

—Lo harás y antes de lo que imaginas —afirmó.

Su jefe la llamó con una seña en ese momento.

—Debo cortar, abuelo. Los amo.

Así eran las cosas. Cuando un hijo o nieto estaba lejos y llamaba, todo se volvía secundario, mientras duraba ese tramo de tiempo en que se había comunicado.

••·   ••·   ••·

Natalia y Benito, se miraron, todavía latía la angustia breve de esa llamada en sus oídos.

—Debemos hacerlo, hija.

—Sí —contestó sin dudarlo—. Es tiempo de definiciones. ¿Cómo les diremos a mamá y a Guido de nuestro viaje?

—No les diremos.

•• •• ••

Afuera comenzó a nevar de repente. Cambió el clima de la ciudad y enfrió las dudas de quienes se atrevían a ver cuando miraban.

Finalmente, cada persona, en Roma, en el fin del mundo o en el centro de su ser, o en todos esos lugares a la vez, es la eterna posibilidad de vivir su "ahora" de la mejor manera. La vida no espera por nadie. Las llamadas inesperadas, tampoco.

CAPÍTULO 9

Recaída

Recaer es el modo que tiene el dolor reprimido
de tropezar con el presente.

T iziana había regresado de trabajar, no había pasado una buena jornada. Nada en particular había ocurrido, nada diferente a otros días, pero, al levantarse, la ansiedad había ganado terreno y eso la llevaba al mismo lugar desde que recordaba: la heladera. Su debilidad era peligrosa; a pesar de sus esfuerzos, siempre podía vencerla. No la subestimaba. Sus deseos y pensamientos eran un tabú. Eran la información sobre sí misma que la excluía de sentirse igual a los demás.

En su casa no había alimentos calóricos adrede, para evitar atracones de los que después se arrepentía. Sin embargo, no eran sus pasos los que la guiaban, sino su angustia. Había cometido el error de llamar a su ex, pero ese número de teléfono ya era de otra persona. Ni siquiera tenía eso para dar lugar a la nostalgia.

Ella era buena. Había sido buena siempre. Pensaba que el problema de ser buena al máximo la había hecho cerrar los ojos a todo lo que era una amenaza a su alrededor y la había limitado a seguir aguantando.

Si revisaba con honestidad los rincones más oscuros de su memoria, siempre había sabido que él no se quedaría a su lado. Pero lo negaba, como si de esa forma lo que se anunciaba no fuera a ocurrir.

Un nuevo episodio de ansiedad la enfrentaba al dolor de todo lo que no habían sido después de lo que sí habían compartido. Esa frustración siempre le ganaba y era la antesala de sus recaídas.

Una hora después, se había devorado literalmente casi dos pizzas y un kilo de helado. Le dolía el estómago.

Recaer es perder la concentración, equivale también a perder energía. Hay que entrenar a diario la capacidad de separar una cosa de la otra con el mejor criterio posible, para que las sutiles distinciones de juicios de valor y autocrítica permitan avanzar, aun mientras se retrocede. Tiziana había recaído y se había defraudado a sí misma.

La culpa se había convertido en lágrimas cuando Gabriel llegó. Entró cantando "La isla bonita". Era fan de Madonna. Se detuvo en la mitad de la letra cuando golpeó la puerta de la casa de Tiziana y la escuchó responder, con congoja, que pasara. El escenario, dadas las circunstancias, era el peor. Observó las cajas vacías de cartón y el recipiente del helado sobre la mesada, también vacío.

Tiziana lloraba sentada en el sillón, mientras una película lanzaba sus diálogos sordos contra la nada.

—Bueno. No voy a preguntar qué sucedió, porque es bastante evidente —dijo con humor. Ella no respondió—. Tizi, tenemos pocas opciones aquí —continuó.

—Yo no veo otra que no sea el caos.

—Eso es bastante exacto, pero hasta el caos admite algunas opciones. O seguimos teniendo lástima de ti y pedimos más helado, o tomamos la cerveza fría que espera en el freezer por la ocasión indicada y me cuentas, o… todo a la vez —siempre había cerveza helada para combatir malos momentos y celebrar los buenos. Era una regla desde que se habían hecho amigos–. Te pido perdón por la honestidad.

–Genial, sumo alcohol y mañana no solo no podré levantarme para ir a trabajar, sino que querré suicidarme.

–No seas tremendista. Lo hecho hecho está y si vas a usar este día como "permitido" –dijo refiriéndose a la manera en que los nutricionistas denominan al día de la dieta en el que la persona puede darse un gusto–, bueno, que sea "permitidísimo" y listo.

–¿Y mañana?

–Mañana será otro día y lo resolveremos –dijo, al tiempo que servía los vasos con espuma. Había decidido que era mejor cerveza. Le entregó uno–. Te escucho –agregó y se acomodó frente a ella, en el otro sillón–. O, espera –se interrumpió a sí mismo–. Hagamos esto bien –dijo e inició la *playlist* desde el ordenador. Madonna cantaba "Live to tell", como si quisiera decir lo suyo–. Ahora sí, cuéntame. ¿Qué fue lo que te ha detonado el sistema existencial?

Tiziana había dejado de llorar y hasta le robó una sonrisa escuchar a su amigo.

–Ya no me queda de él ni un número de teléfono donde llamar para decirle que fue un real hijo de puta conmigo.

–Bien. Entiendo, pero ha pasado tiempo para esta escena. ¿Por qué hoy? ¿Por qué este retroceso? ¿Por qué te castigas con tu debilidad más fuerte que es la comida? Perdón, son muchas preguntas a la vez, pero no vi venir otra recaída.

–Perdón debería pedirte yo, por ser tan tonta. La respuesta es única. Porque soy una idiota. Ya sé, había llegado a la etapa de aceptar lo ocurrido, pero hoy lo extrañé. Y me odio por eso, pero es la verdad. Extrañé al hombre gordo que me miró cuando ni yo podía hacerlo.

–Ese hombre no existe más. No en tu vida y tal vez tampoco en la de él. Puedes tener una razón, no lo niego, pero la verdad es que el daño de cada recaída es siempre el mismo. Y la única víctima eres tú.

—Lo sé, pero no duele menos por estar ausente. Al contrario, está más presente que durante el último tiempo juntos. No quiero recordarlo más. No quiero comer como si no hubiera un mañana para tapar mi ayer.

—Bueno, todos hacemos algo para tapar el pasado. Es como querer tapar el sol con las manos, pero insistimos. La diferencia es que tú arriesgas mucho —agregó.

—Lo tengo claro, pero no puedo controlarlo. Imagino el futuro y no me gusta lo que veo, excepto por ti. Todo se anuncia triste y solitario. No me siento capaz de volver a creer en alguien, en el hipotético caso de que alguien apareciera.

—¡Te has tragado todo el pesimismo que había en la ciudad! Yo extraño al cretino de Rober más de lo que reconozco, pero no se me ocurre sentir que no conoceré a nadie más. Justamente, hoy estuve pensando, nuestro problema es que hemos hecho mucha caridad. Eso se tiene que terminar.

—¿Caridad? ¿De qué hablas?

—Eso, justamente. Tú has estado con un obeso cuando mereces mucho más y yo, aceptando a uno u otro, todos llenos de detalles que no me gustan, porque aparentaban ser algo que después no fueron.

—Indudablemente, mi autoestima hoy no es protagonista, porque siempre pensé que él había hecho caridad conmigo… —dijo con pena—. Hablas de detalles como si fuera un automóvil con "detalles de chapa y pintura" —repitió—. ¡Eres tan ocurrente!

—Y tú no puedes maltratarte así. ¿Cómo es que él hizo caridad contigo?

—Gabriel, yo pesaba más de cien kilos. ¿De verdad crees que podía ser atractiva para alguien?

—¿Y cuánto pesaba él?

—Unos treinta kilos más.

—Creo que tú hiciste caridad porque él, además de kilos, ha demostrado que tiene malos sentimientos y no es tu caso.

—Decóralo como gustes, amigo. El hecho es que lo extraño, me duele lo sucedido. Me duele la forma en que todo terminó y lo peor es la bronca de darme cuenta de que ha pasado tiempo y no lo supero. Sin mencionar que lo imagino ya en pareja con alguien más.

—¿Entonces?

—Hay días que no sé cómo seguir. Nada tiene demasiado sentido.

—Tu pasado no es el centro de tu mundo. Hablas de eso como si fuera necesario para establecer tu identidad y te refieres al futuro como si tu progreso dependiera de la suerte que estuviera asignada a tu vida y te equivocas. Te equivocas mucho. ¿Y yo? ¿Yo que soy? Eres injusta. No me valoras —dijo, algo herido, pero también con la intención de hacerla reaccionar.

Tiziana lo abrazó y lloró sobre su hombro.

—Perdóname, eres mi amigo. Eres mi todo, en verdad. Lo siento. Claro que te valoro, tú le das sentido a seguir.

La dejó desahogarse, mientras él mismo contenía sus propias lágrimas. No le gustaba lastimarla, pero a veces era necesario ser duro con ella.

—Bueno, retomemos el tema. Voy a fijar una regla para los dos —agregó sonriendo—. De ahora en más, el hombre a quien le demos tiempo y atención tiene que gustarnos mucho y ser divino. Invertiremos en calidad de envase.

—¿Calidad de envase? ¿Podrías ser más específico? —preguntó. Aunque imaginaba la idea motivadora de esa afirmación, quería escucharlo, él era muy divertido.

—Digo que si nos van a hacer sufrir, que al menos nos quede una linda foto para presumir. No más actos de fe o caridad. ¿Se entiende?

—Entiendo, tienes razón y eres muy optimista, pero vamos a creer que es posible —rio con ganas—. Gracias por estar cuando ni yo misma quiero quedarme conmigo.

—No me agradezcas, olvídalo, es todo lo que te pido. Así como nunca más has repetido su nombre y ni yo lo sé, bueno, del mismo modo, hazlo desaparecer de tu historia.

—No es tan fácil como no nombrarlo.

—¿Por qué nunca más mencionaste su nombre?

—Porque nombrar evoca la necesidad de estar cerca de esa persona y claramente no necesito eso.

—¿Debería dejar de nombrar a Rober, el cretino casado, gay no asumido?

—Sí. No volverá contigo y lo sabes.

—No seas tan radical. Me gusta pensar que podré estar con él por última vez y saber que es la despedida. Besarlo para no besarlo más.

—¡Gabriel! No sé quién de los dos está peor. Seamos realistas, por favor. Tiene esposa y es padre.

—Bueno. Supongo que tienes razón. Me dejé llevar.

—Me sigue pareciendo muy difícil volver a creer en el amor.

—El amor es. Nos ha ido bien —pausa— y mal —pausa—, más mal que bien, en realidad, pero aquí seguimos, apostando a ser felices. Y vamos a lograrlo. Lo prometo.

—A mí nunca me fue bien.

—Pues, de alguna manera, él te motivó y adelgazaste todos tus kilos de más, sin estar sola en un proceso tan difícil. Eso es quedarse con lo mejor de lo peor. Luego, es cierto, mejor ni recordar cómo ni por qué te dejó, pero insisto en que su aporte sumó en ese sentido.

Ambos elevaron sus vasos y bebieron más cerveza en nombre del deseo de ser felices. Tiziana pensó que no iba a subir a la balanza esa semana. De momento, iba a enfocarse en estar bien con ella misma y alejar definitivamente el pasado. Si lo lograba era más que suficiente, aunque fuera con algunos kilos de más.

CAPÍTULO 10

¿Mejor así?

La soledad idolatra el vacío que provoca
un presente lleno de dudas.

BUENOS AIRES, SEPTIEMBRE DE 2019

Era una estadística triste y lamentable. La suegra, en muchos de los casos, no se lleva bien con su nuera. Para Bruna no era la excepción. Su pareja, Ramiro Elizalde, de veintisiete, y su hija eran todo lo que le importaba. Sin embargo, las provocaciones cotidianas de Olga, su suegra, eran cada vez más intolerables. Quizá fuera porque él era hijo único o porque el noviazgo había sido breve, o porque algo, en su sexto sentido, que no decía de frente, la había condenado desde el primer encuentro.

Esa tarde Bruna no fue a trabajar, porque Marian, su pequeña hija, había amanecido con unas líneas de fiebre. Era secretaria en el consultorio de una odontóloga. Afortunadamente, por la tarde ya estaba bien. Cuando el timbre sonó, no imaginó que era Olga. La saludó con cortesía y la invitó a pasar.

—Hola, Bruna. ¿Cómo están?

—Bien —contestó algo sorprendida por la visita. No solía ir cuando Ramiro no estaba—. ¿Ha ocurrido algo?

—No. ¿Acaso no puedo venir a la casa de mi hijo sin avisar? —Bruna sentía que le remarcaba el hecho de que la propiedad no le pertenecía.

—Por supuesto que sí. Solo que no es lo habitual.

—He venido a llevar a la nena a dar una vuelta.

Esos últimos días estaba obsesiva con llevársela a solas a pasear. A Bruna no le gustaba la idea, no la sentía honesta en el vínculo. Al contrario, todo parecía forzado. Se hizo un silencio.

—Quizá sería una buena idea que me preguntaras si es posible. No me siento cómoda con tus decisiones unilaterales.

—Soy la abuela. Ayer, cuando fuimos al laboratorio, mi hijo me dijo que no había problema. Por eso estoy aquí. Tengo derecho a llevarla conmigo.

—Y yo soy la madre y tengo derecho a decirte que eso no sucederá hoy. Se ha despertado con fiebre y el pediatra me ha indicado que la observe.

—¿Tiene temperatura en este momento?

—No. De hecho, no, pero prefiero que la veas aquí, en nuestra casa —puso énfasis en la palabra "nuestra". Olga no pudo disimular su fastidio—. Puedo invitarte un café si lo deseas.

—No, volveré otro día —contestó y se fue de allí sin siquiera ver a Marian que dormía en su habitación.

Cada vez que interactuaba con Olga, Bruna sentía que lo peor de su ser estaba allí, latente, esperando por explotar. Era una cuestión más que de piel, se trataba de energía. Eran incompatibles hasta para compartir el mismo espacio. Además, Ramiro no colaboraba para nada. Decía que su madre era viuda, que su vida pasaba por él y responsabilizaba a Bruna por las diferencias. Para Bruna era una mujer enferma. No quería esforzarse en analizarla o comprenderla y por supuesto evitaba dejar a su hija a solas con ella. Si Olga la ofuscaba, la manera en que Ramiro manejaba las situaciones la enfurecía todavía más.

Al llegar, Ramiro estaba al tanto de lo sucedido, le había recriminado su accionar y una nueva discusión por el mismo tema había sido inevitable.

—¿Por qué autorizaste una salida sin consultarlo conmigo?

—Porque me preguntó cuando la llevé a hacerse sus análisis y solo dije que sí, como cualquier familia normal.

—Ella no es normal y lo sabes. No me quiere. No me tolera, en realidad, y no es cariñosa con Marian. ¿Por qué quiere llevársela a solas? A pasear ¿A dónde? Todavía no tiene tres años, es pequeña.

—Exageras, Bruna, como siempre. No le pones voluntad al asunto. Es mi madre y solo me tiene a mí y a Marian. Sabes que ha hecho todo por mí y que yo intento hacer lo mismo por ella.

—No exagero para nada. Tú lo haces "todo por ti" y por ella —repitió—. No sabes ni quieres decirle que no a nada. Lo que ella ha hecho es lo que las madres hacen, no es para que la idolatres.

—Basta, Bruna, me agota esta conversación. Siempre es lo mismo.

—¡Más me agota a mí! ¡Tú sabes bien cómo me trata! ¡Has estado presente más de una vez! Estoy cansada. Nuestra familia somos nosotros y tú permites que ella invada, haga y deshaga a su antojo —gritaba con impotencia.

—Yo no permito nada —él levantó el tono por encima del de ella y se fue a su escritorio. Ella, a la habitación de su hija.

Desde que vivían juntos, pocas cosas habían resultado como ella había imaginado. Lo cual no significaba que hubieran salido mal, sino que eran diferentes. Muchas noches se replanteaba su lugar. ¿Por qué permanecía allí? ¿Era feliz solo a veces y el resto del tiempo sentía que todo era lucha? ¿Acaso los momentos que no elegía formaban parte del concepto de la felicidad? ¿Cómo era ser feliz en la vida adulta?

Llevaba días sumida entre el enojo y la nostalgia. ¿Cómo hubiera sido su vida junto a Vito? Inmediatamente, recordaba todo lo demás y el interrogante caía al vacío de las dudas. Mejor así, se decía. ¿Mejor así?, le preguntaba un eco sordo dentro suyo. ¿Qué era lo que estaba mejor? Aquella joven sagaz, que se había enamorado de su profesor, con quien tenía diálogos inteligentes y disfrutaba un continuo juego de seducción, se había ido apagando lentamente. Se recibió de psicóloga, pero había desaparecido del ámbito universitario y nunca había ejercido su profesión. Enseguida se convirtió en una madre con más cuestionamientos respecto de sí misma y de su vida que deseos de cumplir el rol en su pareja y su familia. La alumna destacada de psicología, que luego fue licenciada, había aceptado enterrar su pasión para trabajar medio día como secretaria de una odontóloga. Junto a su decisión, se perdió la mujer que era. Amaba a su niña, pero había "un pero". Un pero que no le permitía disfrutar en plenitud. Le gustaba ser madre, pero no disfrutaba del todo su vida. Y no podía culpar a nadie. Ella la había elegido y permanecía en el mismo lugar. ¿Por qué?

De pronto, extrañaba su pasado, empezando por sus libros, sus ironías, su manera de desafiar el intelecto y las reglas. ¿Dónde estaba Bruna Chiesa, la alumna de psicología que adoraba leer a Oscar Wilde, la que admiraba y estudiaba a Jung y a tantos maestros? ¿Acaso se la había devorado a mordiscones su propia sombra? Esa Bruna paralela que había visto morir en vida aparecía, a veces, para recordarle que nada era definitivo. Luego se iba o ella misma la ignoraba, al extremo de volverla invisible, para no hacerse cargo de su presencia.

Durante esos tres años había pensado en Vito más de lo que le hubiera gustado. Tal vez, la estabilidad de un matrimonio implicara también una puerta abierta a imaginar la vida si se hubieran tomado otras decisiones. Sabía dónde estaba, se había radicado en Ushuaia y tenía su número de teléfono. Por supuesto, él no usaba redes sociales como para buscar alguna imagen que la acercara a su mirada actual. ¿Habría buscado él verla en alguna foto? ¿Tendría su número telefónico? Ya no era el mismo, pero había personas que los conocían a los dos y podrían facilitárselo si se los pidiera.

¿Y si lo llamaba?

Cada discusión con Ramiro, cada intromisión de su suegra en la vida familiar la enojaban en la misma proporción en que hacían crecer sus ganas de saber de Vito. Quizá fueran solo excusas y aunque tuviera una buena vida, que la tenía, más allá de las cuestiones que la irritaban, pensaría en él de todas formas. No lo sabía. Con sinceridad, estaba segura de que en el presente de cada quien hay un alguien del pasado que irrumpe en los pensamientos en busca de lo que quedó pendiente. Podía ser una palabra, una despedida, un perdón, un beso o la mismísima nada que, entre sus brazos, haría renacer la definición del concepto "vivir" o "haberse sentido vivo", que no era lo mismo.

Bruna no era una romántica, al menos eso creía hasta ese momento, en que se había descubierto imaginando vidas, soñando besos y recordando ayeres. Buscaba a diario reconocerse en un espejo que le devolvía a una desconocida. Se había soltado su propia mano, ya no sabía cómo darse una charla motivacional para cambiar lo que la enojaba y separarlo de pretextos o justificaciones. La cuestión de fondo de su malestar era otra y la había convertido en una observadora de sí misma, una testigo activa de la realidad de alguien que sentía cercana, pero no conocía en profundidad. Esa mujer que, triste, confundida y asustada, había exiliado a la Bruna de antes.

Mejor así, le repetían sus dos versiones, a lo inconcluso que reclamaba su propio final.

No excluía a Ramiro de iguales derechos. ¿Y si él también se preguntaba cómo habría sido su vida junto a alguien más? En ese punto de sus interrogantes, no le gustaba en lo más mínimo imaginar que otra mujer fuera la elegida en los pensamientos alternativos de su esposo. Lo amaba. ¿Lo amaba o era egoísta? Sentía que la nitidez de los sentimientos se perdía cuando los hechos fastidiaban a sus protagonistas. Justo cuando el pasado les golpeaba el hombro con insistencia para que volvieran a mirar atrás.

¿Acaso el "mejor así" era un consuelo universal? ¿Dos palabras atadas a la comodidad de quienes se conforman para evitar revertir, soltar o desnudar la verdad?

Marian se despertó y le sonrió desde su cama. Ella la besó con todo el amor del que era capaz. Empujó a los fantasmas para que se fueran y se repitió: "Mejor así". No pudo evitar, una vez más, escuchar el eco en su interior que encerraba ambas palabras entre signos de interrogación.

¿Mejor así?

CAPÍTULO 11

Avanzar

Para avanzar, es imprescindible detenerse.

La visita a la casa de la infancia de Cayetano había significado mucho para Lorena. Todo lo hablado allí con él la había hecho pensar en cuánta sabiduría había en sus palabras.

Lo amaba y admiraba más, si eso era posible, por su manera de volver a ese lugar, solo para recordarle a ella, una mujer grande ya, que la vida hace lo que quiere, las personas toman decisiones que no siempre explican, se sufre, todo se precipita en caída vertical y aunque se sienta el alma rota y la voluntad cansada, hay motivos para reconsiderar. Se puede capitalizar el dolor. Un plazo fijo emocional involuntario que paga con crecimiento si se es permeable a aprender de los resultados.

Cayetano, a sus ochenta y cinco, le había dado cátedra de vida. Todo puede presentarse difícil, nadie niega eso. La realidad lo prueba a diario. Sin embargo, un puñado de tierra en los bolsillos puede significar la diferencia entre llorar desconsoladamente y creer que se ha perdido sin revancha o darle un giro a la sensibilidad y poner a favor lo que queda, lo que siempre estará allí, a pesar de las circunstancias.

Volver era la clave. Así como Cayetano a la sombra de la higuera, ella tenía que regresar a sus partes rotas y sanarlas.

Desde que su ex la había dejado diciéndole que ya no sentía lo mismo y un "se dio así", como si las cosas ocurrieran por sí solas, ella llevaba algunos meses yendo a terapia. Hacía talleres de superación, de biodecodificación, y había leído mucho más que en su vida entera. Podría decirse que tenía los conocimientos, pero estaba trabada en la forma de ponerlos en práctica. La teoría y los hechos eran términos separados por la capacidad de hacer algo cada día para estar mejor. Distancia que modificaba el estado de ánimo, sin avisar.

Después de la conversación con su padre, había decidido hacer una lista. Pocas palabras eran un recordatorio de lo que tenía pendiente, lo que debía acomodar para sentirse bien. Acomodar sonaba a ordenar el clóset: tenía que hacer grandes cambios.

Aquella mañana llegó al banco a trabajar. Era un buen empleo, le gustaba ser cajera. La tarea empezaba y terminaba en el día. Si no había diferencias en el arqueo, salía en horario y cobraba un plus por el manejo del dinero. Su compañera era muy buena con ella. Solían tener conversaciones profundas, a veces, y otras, divertidas y descontracturadas. Aunque su hija se había ido a vivir a Italia, Natalia De Luca no perdía el buen humor en el trabajo y solía reírse de sí misma y de las diferencias con su familia.

—Se te ve pensativa hoy. ¿Estás bien, Lorena?

—Sí, Natalia. Gracias por preguntar. He tenido una charla con mi padre, muy positiva, pero me dejó reflexionando —dijo y le contó acerca de la casa, la higuera, la tierra en los bolsillos—. Estoy intentando superar de otro modo lo que me pasa.

—¡Ay, por Dios! Qué fuerte es eso. Pobrecito, me lo imagino pequeño, regresando a la casa… —dijo emocionada.

—Yo también. Primero me partió el corazón, pero después lo miré y su rostro enmarcaba la expresión de algo lindo. El recuerdo que contaba le traía nostalgia y felicidad también. Su mirada era pura emoción. Ni hablar de sus manos arrugadas sosteniendo la tierra. Me di cuenta de que tengo mucho que aprender.

—La verdad es que sí. No sé por qué, en general, es poca la gente que disfruta de las personas mayores. Yo amo a mi padre y tuve también una conversación muy interesante este fin de semana. Tenemos un plan.

—¿Un plan?

—Sí, pero primero cuéntame tú. ¿Cómo intentas superar lo que te pasa? —estaba al tanto de su vida personal.

—Hice una lista.

—¿Una lista? ¿De qué?

—De los lugares a los que debo volver. Digamos, donde está mi propia tierra para decidir si la traeré en los bolsillos o no.

—¿Y cuáles son esos lugares?

—Lugares y situaciones —agregó — Mi bebé. Soledad. Vivienda —enumeró—. Mi padre se refirió a duelos, "pérdidas que el tiempo no mata, pero con las que se aprende a vivir". Papá dijo que a veces la vida te da la chance de volver, sentir diferente y comprender. Habló de otra perspectiva, de ver cuando miramos. — Lorena trató de ser literal a su recuerdo del diálogo para que su amiga entendiera el alcance de esas palabras.

Natalia pensó en lo que acaba de oír. No pudo evitar asociarlo a su historia. Era muy cierto que había pérdidas que nunca se perdían de vista ni de memoria. Pérdidas completamente vivas y activas a pesar del tiempo.

—Creo que has abordado esto muy bien. Y, definitivamente, tu padre es muy sabio.

De pronto, Lorena vio con claridad la señal. Natalia era de esas personas que estaban siempre. Su vida tenía aristas, abismos y secretos. Sin embargo, intentaba avanzar. No era tóxica como Marcia. Focalizó en ella su atención.

—¿Qué me aconsejarías tú respecto de cada punto de mi lista?

—Lo doloroso de la pérdida de tu bebé es lo más difícil. Fue tu hijo por el tiempo que duró el embarazo y lo será siempre. Fue tu ilusión y la vida te lo arrebató sin explicación. No hay remedio para eso más que aprender a convivir con lo ocurrido. En situaciones parecidas, opto por pensar que cuando algo no pasa es también una señal.

Lorena la escuchaba con atención. Nunca lo había pensado de esa manera. Quizá estaba empezando a ver cuando miraba, como había dicho Cayetano.

—Nunca lo analicé así —confesó.

—Inténtalo. Podría ser una salida a tu dolor. La soledad, querida Lorena, está sobrevaluada. Yo sé de eso. La soledad es la presencia sin invitación que puede hostigarte o hacerte feliz.

—¿Cómo sería eso?

—Fácil. Si te piensas sola como víctima, tu casa se te vendrá encima. Te hundirás en recuerdos y nada será un programa. En cambio, si la vives como lo que es, una verdadera oportunidad de disfrutar, le has ganado. Verás. Yo llego a casa, no hay nadie. Pido un *delivery*, ceno y tomo helado en el sillón, mientras miro una película. De verdad, disfruto no tener que cocinar para nadie y darme ese gusto. ¿Entiendes?

—Creo que sí. ¿Pero no extrañas a tu hija? ¿No lloras?

—Claro que la extraño, pero entendí que tiene que hacer su vida y yo continuar con la mía. Lloré mucho, sí, pero ahora intento no hacerlo. A veces, lo logro y otras, no. Quizá no tengo la vida que quiero, pero tengo la que muchos sueñan, entonces, debo ser agradecida. Trabajo en eso.

—¿Y qué haces con tus demonios? Los tienes, tú me lo has dicho.

—Elijo cuándo enfrentarlos. A veces, converso con ellos y otras, los insulto y los echo de mi vida.

—Eres ocurrente.

—Soy una sobreviviente. Algún día te contaré mi historia completa. Cuando la haya superado al fin. Cuando se hayan ido los "demonios".

—Aquí estaré —prometió.

—Lo que no entiendo es lo de la vivienda. ¿Por qué está en tu lista? —continuó.

—Porque es el mismo departamento donde vivía con mi ex y todo son recuerdos.

—Bueno, tienes dos opciones: o pintas paredes, cambias muebles y reviertes la energía allí o te mudas.

—¿Mudarme?

—Ya sé, no lo habías pensado —dijo con humor.

—La verdad es que no. Ese departamento es mío. Papá me lo compró antes de casarme.

Una idea las atravesó a las dos al mismo tiempo. Y hablaron a la vez.

—¿Y si lo vendes?

—¿Y si lo vendo?

—No es una mala idea y enfocarte en eso te ayudaría con los otros dos puntos de la lista. Hay que avanzar.

—Puede que tengas razón en todo, Natalia. ¿Me contarás sobre tu plan?

—Quiero irme de viaje a visitar mi hija.

—¡Eso es genial!

—Sí, con mi padre.

—¿Tu hermano y tu madre qué dicen? —preguntó sin imaginar la respuesta.

—No lo saben.

—Ah… ¿Ese es el problema? ¿Cómo decirles? —agregó. Lorena conocía la dinámica familiar.

—No. Ese es el plan. Irnos y no decirles nada.

—Van a matarte, pero te apoyo. Por supuesto, cuenta conmigo para cubrirte aquí en el banco.

La vida les había mandado una clara señal a las dos. Las había hecho detenerse a conversar en el marco de un día cualquiera que, sin saberlo ellas, se había convertido en el punto de partida común hacia nuevos caminos. Estaban avanzando desde el momento en que sus mentes les habían abierto paso a las infinitas posibilidades del destino. Algo en el inconsciente de ambas sabía vencer la trampa del tiempo. Ese "ahora", con detalles del ayer y miradas sobre el mañana, había diseñado crecimiento emocional y las había acercado a lo que deseaban. Detenerse a hablar era un evidente modo de avanzar.

CAPÍTULO 12

Hechos

*No hay palabras que puedan matar los hechos ni promesas
que sean capaces de volver el tiempo atrás. Lo hecho hecho está.
Hay que hacerse cargo. Siempre.*

USHUAIA, SEPTIEMBRE DE 2019

Iván Recalde era jefe de Gustavo Grimaldi en la Policía Federal. Ninguno de los dos patrullaba las calles, a excepción de contadas investigaciones que, por diferentes motivos, Iván decidía llevar adelante personalmente, pero, por supuesto, mientras estaban en servicio y tratándose de delitos en flagrancia, actuaban ambos, juntos o separados.

Aquella noche, en la Departamental, todo parecía tranquilo. Ellos conversaban en la oficina de Iván a puertas cerradas. Las tareas para la jornada siguiente estaban definidas. De modo que se dieron espacio para hablar como amigos antes de irse de allí.

—¿La dejaste?

—No pude. Terminé en su cama, una vez más.

—En serio que no te entiendo. Eres libre. Tienes la vida que cualquiera quisiera tener. No le debes explicaciones a nadie y te involucras con una mujer que, debo decir, es deseable físicamente, pero es insoportable —hizo una pausa—. Perdón, pero sabes que es lo que pienso.

—Tienes razón en algunos aspectos, pero eres duro con ella. Justamente tú no eres el indicado para criticar a nadie.

—No la critico, son datos objetivos de la realidad. Marcia te consume lentamente. Te da placer, *okey*, pero también te enloquece de la peor forma fuera de la cama. Es peor que estar casado.

—Eres injusto con Adriana. Es buena esposa, te quiere y te aguanta. Te refieres al matrimonio como si fuera una cárcel.

—No diría que es una prisión, encierro sí, un poco, pero con la adecuada es bueno. Adriana es genial. Yo la amo, pero se me dificulta serle fiel. Es eso. El problema soy yo, no ella. ¿Qué es ser justo, amigo? La hago más feliz que muchos maridos fieles.

—¡Ah, bueno! Estás hecho un romántico hoy. Igual, paso con tus valores —dijo con humor irónico.

—Claro, porque tú eres un príncipe —recriminó con sarcasmo.

—No, por supuesto que no, pero intento ser un buen hombre —se defendió.

—Pues no te estaría saliendo muy bien. Los dos sabemos que no quieres seguir con ella —condenó lapidario—. Pero ahí estás, permitiendo que la tóxica tenga expectativas a tu lado —por alguna razón, esa verdad caló hondo en él. Era tan verdad que le molestó. Después de todo, era innegable que lo que más dañaba a las personas eran las expectativas que creaban en torno a lo que fuera. En consecuencia, con solo recordar los diálogos de la noche anterior con ella, se sintió fatal—. ¿Te dejé mudo? No eres mejor que yo. Eres solo un formato diferente y un envase algo mejor, Iván. Deja de engañarte —agregó.

En ese momento la puerta de la oficina se abrió de golpe, se oían algunos gritos y desorden. Los dos miraron a la vez y antes de que pudieran desenfundar sus armas, otro policía había disparado contra Gustavo. Tres tiros lo hicieron caer al piso.

Sangre. Más tiros.

El lugar se convirtió en un pozo ciego. Penumbras de un día que agonizaba justicia o peleaba por venganza. Un inventario de frustraciones sobrevolaba la escena.

El policía agresor tiró su arma y levantó las manos. Iván se abalanzó sobre él, lo derribó boca abajo sobre el suelo y le colocó las esposas.

—¿Te volviste loco, González? —alcanzó a decir—. Ocúpense —ordenó. Fue directo hacia su amigo. Lo sujetó—. Gustavo, responde —dijo. Perdía mucha sangre. Se desvaneció antes de ser trasladado al hospital.

"Qué hiciste ahora?", pensó Iván.

Sangraba su cabeza y el cuerpo en la zona media.

·•· ·•· ·•·

Hacer implica consecuencias inevitables. ¿Quién no ha sido decepcionado alguna vez? ¿Quién no ha concedido espacio de su vida para escuchar narraciones decoradas que pretenden suavizar "hechos" que dolieron? Esos que pudieron preverse y evitarse, pero se ejecutaron igual. Hay episodios de ira que suelen ser el mal momento que se atraviesa por el error de alguien más.

Existe una palabra clave, que siempre es verdad y es la misma para todos: "hechos".

La traición, la infidelidad, la deslealtad, la mentira, la envidia, los egos, las malas elecciones, tanto como las buenas, tienen consecuencias y las consecuencias tienen dueño, pertenecen a quien las originó.

CAPÍTULO 13

Domingo

El domingo es el día de la semana que intensifica las ausencias.
Es pregunta y es también respuesta.

El padre de Orazia había fallecido aquel jueves injusto y triste, que se convertiría en una fecha de pérdida y dolor. Los jueves tendrían en adelante ese recuerdo implícito, esa llamada que sonaría para decir lo mismo en la memoria de Orazia, una y otra vez. Siendo exacta, no importaba que hubiera sido ese día de la semana, porque ella había sentido el máximo dolor el domingo. El implacable domingo siguiente que llenó de sombras y vacío su cuerpo, sus manos, sus recuerdos y sus deseos. Ese domingo que, a pesar de todo, le habló al oído con el tono de una soledad helada, pero respetuosa de su silencio.

Era un hecho aceptado por ella, sin cuestionamientos, que nadie escapa a la muerte. Sin embargo, le hubiera gustado poder enfrentar a quien manejaba los controles de quién primero y quién después.

Es una gran paradoja nacer con una vida por delante que terminará para todos, irremediablemente, sin distinción de ninguna naturaleza. Se es dueño de una vida y también de una muerte. Patrimonio universal de cada ser. Más allá de esa verdad, Orazia no era capaz de comprender las razones del momento en que había sucedido la de su padre. Era joven, cincuenta y ocho años. Era sano y, sobre todo, era un muy buen hombre. Ese era el lado injusto, el que dejaba lugar a un reclamo que no había ante quien realizar. ¿Por qué las personas buenas mueren primero? Parecía un cliché, pero la realidad mostraba mucha gente que no merecía el tiempo que le era dado.

Todo había sido muy rápido. Un infarto en la calle. En la plaza. Muerte. Traslado al hospital más cercano. Papeleo. Velorio de una hora y cremación el viernes. Solo jazmines. Pequeña urna con sus cenizas, en el cuarto de estar de su casa, hasta que decidiera qué hacer. Así era Orazia. Expeditiva, no compatible con el negocio que algunos hacían a partir del dolor. Su padre pensaba igual. Y ella no tenía a nadie más. Su madre los había abandonado cuando era pequeña.

Romina estuvo a su lado todo el tiempo, respetando su espacio, pero sin dejarla sola ni un minuto. Dormía en casa de ella desde el mismo día que habían ocurrido los hechos. No la había visto llorar, tampoco hablaba del tema. Era como si un proceso mudo la estuviera preparando para lo que descubriría después.

Ese domingo, fue Romina quien preparó el desayuno y se lo llevó a la habitación. Pensó encontrarla dormida, pero no. Estaba vestida, sentada en su cama en postura de yogui, llevaba puesto el reloj de su padre y tenía una foto de ambos entre sus manos. Sonaba "Someone you loved", de Lewis Capaldi.

—Traje tu desayuno —dijo con tono cariñoso—. ¿Prefieres quedarte sola? —preguntó al observar la escena—. No quiero invadir tu duelo. Solo que sepas que estoy aquí para ti —agregó. Orazia la miró, mientras sus ojos brillaban las lágrimas que no eran. La canción la movilizaba en ese momento.

—Vivimos duelando, amiga. ¿Sabes que es un duelo? Un proceso que enfrentamos tras las pérdidas, es nuestra adaptación emocional. La muerte de papá no es el primero, pero es el peor hasta ahora —respondió ella misma.

97

—Dicho así, es verdad. Duelamos muchas cosas y momentos —reflexionó pensando en su propia historia—. De hecho, no puedo ponerme en tu lugar, porque nunca conocí a mi padre. Nunca lo tuve, de manera que no sé lo que implica perderlo —pensó que había vivido otras pérdidas, empujó lejos a su pasado, no era el momento, y se enfocó en su amiga.

—Sabes que lo mismo sucedió con mi madre. Ella nos dejó cuando era pequeña. No recuerdo su rostro —las dos se quedaron calladas, mientras daban un sorbo al capuchino—. Yo lo preparo más rico, pero gracias —agregó con referencia a la infusión y procurando no derramar angustia sino actitud.

—Lo sé. ¿Cómo puedo ayudarte?

—Estoy bien, Romina. Triste. Con una ausencia que forma parte de mí, pero, la verdad, no sé qué necesito. Mejor dicho, lo que necesito es que no se hubiera ido, pero eso no es posible.

—¿Entonces?

—Entonces, ve con Fabio. Estás aquí, incondicional. Lo valoro, pero la vida de ambas continúa y hay que avanzar. Mi padre decía: "Un día a la vez", cuando algo me hacía sentir angustia o preocupación o ambas cosas. Empezaré por seguir su consejo. Yo agrego: "Siempre avanzar".

—¿Estás segura?

—Completamente.

En ese momento, alguien golpeó a la puerta. Romina abrió. Un hombre de unos treinta años, con un paquete de panadería en la mano, la miró algo desorientado.

—Hola, soy Juan, el vecino de Orazia. Le traje algo para desayunar. Supuse que estaba sola, perdón…

—Soy Romina, su amiga, justo me iba, pasa. Nada que disculpar.

·· ·· ··

Unos minutos después, lo inesperado ganaba protagonismo una vez más. Orazia y Juan conversaban en la sala. La cena que habían previsto no había sido; por razones obvias, Orazia había cancelado.

—No es la idea que tenía de nuestro primer encuentro fuera del ascensor o el pasillo —dijo ella.

—Tampoco la mía. La verdad, soy tímido. No sabía si venir o no y, bueno, pensé que algo rico para comer siempre suma. Por eso fui a comprar unos *bagels* recién hechos.

—Gracias, eres muy … —Orazia dejó la frase sin concluir.

—Muy ¿qué?

—¿Sabes? Debería decir amable, considerado o no sé…

—¿Pero?

—Pero, la verdad, lo que pienso es que, si antes me gustabas, ahora más —él la observó sin reaccionar—. Acabas de decirme que eres tímido, ¿verdad?

—Sí.

—¿Sabes qué aprendí de la muerte de mi padre desde el jueves?

—¿Qué?

—Que no tenemos tiempo que perder. La muerte te enseña a vivir. Entonces, lo que es es. No vivo un gran momento. Tenía muchas ganas de nuestra cena, pero no pudo ser. Sin embargo, aquí estás con unos *bagels* y tu timidez en mano. Me gusta y no voy a perder tiempo en formalidades. Eres muy lindo, eso. Solo te digo lo que siento.

—Parece que deberé hacer un curso acelerado para dejar atrás la timidez —dijo con cierto nerviosismo, pero cómodo a la vez.

—No hagas nada, no tenemos que ser iguales. Solo ir rápido en sinceridad para no perder tiempo que no sabemos si tenemos —era tremendista su discurso, pero también era verdad.

—Estoy de acuerdo. ¿Quieres que salgamos un rato o ver una película?

—No quiero salir. Y aunque me siento triste, puede que ver una película contigo a media mañana de este domingo resulte algo bueno. ¿Puedo pedirte algo?

—Claro.

—No hablemos de lo que pasó.

—Entiendo. No lo haremos.

—Otra cosa...

—Dime —ella lo desconcertaba por completo, le gustaba tanto que no era capaz de decir que no a nada. Llevaba mucho tiempo mirándola sin animarse a acercarse.

—¿Puedes traer a tu gato?

—¿A *Zeus*? —dijo con referencia a la mascota.

—No sabía su nombre, sí. Me gustaría acariciarlo.

—Claro, es muy cariñoso. Voy por él —unos minutos después, Juan le entregó en brazos la inmensa bola de pelo gris más dulce del mundo. El gatito se acomodó con destreza en el regazo de Orazia. Tenía la mirada ausente.

—Tiene la mirada perdida, es tan hermoso —dijo mientras lo besaba.

—Es ciego, Orazia. Lo rescaté porque nadie lo quería por ese motivo. Nació perdiendo, para muchos, pero yo no lo veo así. Gané con él. Es un gran compañero y te juro que lo percibe todo.

100   Los momentos suceden. Los domingos ocurren. Los planes cambian. La vida hace lo que quiere. La muerte se impone. Y, a veces, ganamos algo, justo cuando creemos que lo estamos perdiendo todo. Hay un misterio detrás de cada encuentro, una pregunta que las almas se responden antes que las voces hablen. Un interrogante que mejora el mundo personal de cada ser cuando encuentra la respuesta recíproca y correcta.

"¿Eres tú?".

"Sí, soy yo".

ETAPA I

Silencio

Silencio es el estado en que no hay ningún ruido o no se oye ninguna voz. Una definición engañosa. Permite afirmar como cierto que alcanza con que alguien no esté presente para no escucharlo y también que la soledad, si estamos callados, lleva al silencio como pasajero único del alma. Me atrevo a sostener que la Real Academia Española ha dejado afuera del concepto una parte indeclinable de su significado: la de los hechos. Esos hechos silenciosos que no dejan de hacer ruido en uno mismo. La otredad del silencio. La vereda de enfrente y también la que se camina. El encuentro con las sombras, esa energía reprimida que nos habita y se proyecta en el exterior sin nuestro permiso.

¿Se ha convertido al silencio en un arquetipo? ¿Un modelo original que sirve como pauta para imitarlo, reproducirlo o copiarlo, un prototipo ideal de perfección de algo? ¿Un elemento desarrollado del "inconsciente colectivo", como refiere la psicología? No lo sé, pero podría ser.

La vida no era para ninguno de ellos, como no lo es para ninguno de nosotros, ni un análisis cerrado, ni un título académico, ni una certeza aproximada, ni todas esas ideas juntas a la vez. Ninguna vida es igual a otra y, sin embargo, todas tienen algo en común: la necesidad del silencio en momentos extremos.

La salud se pierde. La familia se enfrenta. Los hijos crecen y se van. Todo es una partida de naipes que reparte el destino. A veces, se reciben comodines y otras, una mala mano que puede reiterarse. Los cuerpos cambian, esconden miedos y revelan verdades, mientras se pierden kilos o se ganan. Los grandes amores se comparten, pero también se terminan. La injusticia es expansiva, las denuncias sociales gritan y las privadas pretenden. Los trabajos concluyen y no en todos los casos eso es justo. Las personas se mueven, los viajes venden oxígeno y, a la vez, nada es cuestión de geografía. No siempre se es dueño de la casa que fue el hogar, las mudanzas mutilan recuerdos,

al tiempo que la vejez, llena de nostalgia, pone en evidencia las debilidades. La gente tóxica promete y la que no se prioriza espera que cambie, sabiendo que tal vez no sucederá. Casi todo ser esconde, o guarda, o custodia, secretos que algún día vencerán su cautiverio. Hay víctimas, corruptos, honestos, equivocados y cómplices respecto de quienes el pretendido silencio tiene diferentes tonos de voz. Su interferencia es insoportable y nos separa, a ellos y a nosotros, de la calma necesaria para enfrentar un proceso, para entenderlo como un final que es excluyente atravesar para seguir.

¿Qué hacer cuando se pierde algo o a alguien? Quizá, el silencio sea el mejor comienzo. Pero no el de la definición, el otro, el más real y completo, el que nos llena de paz y se convierte en refugio. El que primero debe callar la multitud de interferencias, de voces, de gritos y reclamos que invaden el ser cuando los hechos explotan la dinámica diaria. El silencio convertido en el escenario de un lugar, o una persona, al que podemos volver. El silencio que solo llega con la labor consciente del ser. Y lo hace a pura indignación y dolor inevitables.

No es tan simple, ni la disciplina del autocontrol, ni la dieta emocional, ni la vida interna profunda, ni las prácticas esotéricas, alcanzan, a veces, para lograr el silencio necesario para tomar decisiones y avanzar en los momentos de máxima tensión, cuando el sufrimiento hace un nudo con el sentido común y caemos en la desesperación, porque los pensamientos son un ruido constante.

La vida parece desbaratarse de repente y comprendemos por qué hay personas que enloquecen, pero no. Solo se trata de encontrar el verdadero sonido mudo del silencio.

Era verdad. Finalmente, sumergida en un sordo silencio, lo había aceptado. El amor de su vida no había vuelto a la casa aquella noche. Ni las siguientes, ni nunca más. Su vida se había terminado en un espantoso instante. Al enterarse, se había quedado sin reacción. Un sentimiento de pérdida irreversible había hundido su ser en la oscuridad y se había devorado sus ilusiones. Todo estaba hecho añicos ante sus ojos.

Se había quedado sola de él. La ausencia se había integrado al vacío de su cuerpo y de sus emociones.

Sentada en el sillón, observaba su foto, extrañaba su sonrisa, veía en su imagen todo lo que juntos habían imaginado y no sería. Lo seguía amando tanto como era posible. La fuerza de sentir que era capaz de todo por él perdía su osadía al enfrentar la impotencia de saber que no había nada que pudiera hacer para traerlo de regreso a su lado.

A la par de su angustia, se potenciaba una obsesiva necesidad de respuestas. Nada era lo que parecía. El amor sabe. ¿Volvería a sentir paz alguna vez?

Alejada de todo su entorno, evitando consejos de manual y frases hechas, transitaba su duelo como podía, haciendo lo que su ser le pedía y eso era silencio. Estaba callada la mayor parte del tiempo y, cuando no lo hacía, solo pronunciaba estrictamente las palabras necesarias. Se había refugiado dentro de sí misma y estaba descubriendo que era un buen lugar.

La realidad inicial comenzaba a tomar otra forma en sus ideas. Asomaba cierta energía irreverente que le mostraba opciones. No tenía la claridad necesaria para decidir nada. Solo era capaz de analizar sus motivos y las variables.

El dolor continuaba siendo la unidad de medida de sus días.

Aceptar, para ella, no era resignarse. Aceptar implicaba valorar la energía que consumía el hecho de resistir lo que no se podía cambiar.

CAPÍTULO 14

Besos

Hay besos que se pronuncian por sí solos y condenan en silencio a la memoria. Sentencian al no olvido, ni en otros labios, ni en otras noches, ni en otras vidas. Hay besos que no mueren jamás.

ROMA, OCTUBRE DE 2019

Fabio Carnevale había caminado por las calles de Roma hasta llegar a su vivienda sumido en una mezcla de sentimientos. Se aproximaba su cumpleaños y las vísperas no le eran indiferentes. Sabía muy bien los motivos. Cumplir años suponía para él un balance que era tan inevitable como involuntario. Una suerte de inventario de vida, en el cual el pasado agrega columnas, aunque nada se escriba en ellas. A pesar de dejarlas en blanco, las líneas del deseo de olvido se escriben con recuerdos llenos de lo que no fue. Un Excel que no siempre suma valores y que no libera de culpas, aun cuando el presente sea genuino y se disfrute de una gran versión.

Romina De Luca había cambiado su vida. Estaba enamoradísimo de ella desde la primera vez que la había visto. Al mirarla, había pensado "la tengo que conocer" y cuando ella le había sonreído de manera casual, tuvo que bajar la vista un instante porque le provocó el mismo efecto que causa mirar el sol de frente. Era demasiado. Demasiado brillo, calor y luz. Lo había encandilado de expectativas.

Le seguía sucediendo lo mismo. ¿Por qué? Le encantaba tanto que adrede calculaba no ser meloso y respetar sus espacios, porque si por él fuera, estaría con ella todo el tiempo. Y los besos, ¡por Dios! Esos besos eran un exceso de perfección. Una poesía todavía sin escribir, un viaje de ida, una necesidad eterna, una solución antes de cualquier problema. Eran infinitos. Existían y se quedaban, hacían una diferencia, porque no eran iguales a los de nadie. Los besos de Romina tenían ese sabor a todo lo rico del mundo, a la antesala de un paraíso prohibido que abre sus puertas privadas. Besos que devoran el sentido de cualquier pensamiento que no sea esa boca, esos labios y ese gusto a "Es aquí. Es juntos". Los besos de Romina eran un lugar donde se detenía el tiempo. No podía sacarla de su cabeza ni de su corazón. Lo sorprendía, porque él no era el estilo de hombre romántico, o tal vez sí y no lo sabía, o quizá lo era solo con ella. En cualquier caso, ella tenía veinticinco y él cumpliría treinta y cinco. Diez años no era mucha diferencia, pero sí cuando su miedo a perderla amenazaba desde todas las perspectivas posibles la relación que tenían. No podía dejar de pensar en ella, pero tampoco en la posibilidad concreta de que un día lo dejara. Él había dejado parejas, en otras oportunidades, por eso la idea de que sucediera al revés le robaba tranquilidad. Las personas se separaban, con y sin causa. El amor se analizaba al margen de esa ecuación vital. Fabio sabía que el triángulo de amar, permanecer y aceptar al otro era difícil. La otredad es compleja, la empatía, también. Además, consideraba su familia en Argentina, las eventualidades de la vida, cualquier otro hombre, todo latía un temor para él. Todas esas cuestiones lo abrumaban. Ella estaba acompañando a su amiga, su padre había muerto, lo entendía, aunque no la extrañaba menos por eso.

••• ••• •••

Romina había ido a su casa a darse un baño y cambiarse de ropa. De camino, compró el último ejemplar de la revista *Ser yo*. Le gustaba mucho su contenido. Pensó en Fabio, sabía que durante esos días no le había dedicado tiempo a estar juntos. Lo extrañaba. De pronto, tuvo ganas de la intimidad que compartían y decidió ir a dormir con él. Lo llamó primero.

—¡Hola, mi amor!

—¡Hola, preciosa! ¿Dónde te encuentras?

—En mi casa, vine hace un rato. ¿Sabes? Orazia necesita espacio y yo no quiero estar sola. ¿Puedo pasar la noche contigo? —Fabio vivía solo, en un departamento pequeño. Todavía no se había animado a pedirle que se mudara con él.

—Claro que sí. Hace tres días que mi cama no sabe de ti y hasta las sábanas te extrañan.

—No exageres, nos hemos visto en el trabajo —contestó Romina.

—No es lo mismo. El resto del tiempo sin ti no es lo mío —agregó y de inmediato se arrepintió. Iba a asustarla con tanta necesidad de ella.

—Alguien tiene un ataque de amor…Y…

—¿Y qué?

—Y me encanta.

—¿Vienes?

—Sí, llamaré a Orazia y voy.

—Perfecto. Aquí te espero.

Romina llamaba a su amiga al tiempo que hojeaba la revista. Se detuvo en un título que captó su atención como una señal. Interrumpió la llamada para leer primero.

Muerte

Por Isabella López Rivera

¿Qué es la muerte? ¿La ausencia de latidos? ¿Dejar de sentir? ¿El final de las culpas? ¿La justificación de la vida? ¿Un cementerio? ¿Miles de pasos y pensamientos urbanos? La respuesta depende de a cuál de todas nos referimos. La del concepto universal, llena de ángeles y demonios en medio de seres que ponen fin a la enfermedad o asumen riesgos fatales, o se vuelven buenos solo por haber dejado de respirar. La del túnel de luz y la energía eterna, esa no es la que me ocupa, porque de esa no se regresa. Pero hay otra, más letal y menos visible. La que tiene que ver con el modo en que abordamos el sentido de nuestra existencia. La de la tragedia interior. Hoy la muerte es sentirse así, desgraciadamente viva, por esa pelea que se lucha sin saber manejar las armas. Esa es la que importa. La que constituye el motivo y el motor de un corazón roto. Poco a poco, perdemos parte de nuestro ser en una pulseada infranqueable contra las malas decisiones y pensamos que no hay razones para continuar. Esa es la muerte verdadera, la que duele y nadie define. La que no se entierra ni se crema. La que vive en cada hueso y en la piel. La que te hace sentir que se acabaron las chances de ser feliz. Estar atrapada en la rutina hostil de un remordimiento y solo escuchar la voz de los reproches. Las personas mueren a veces cuando ya no quieren vivir. De esa muerte quiero rescatarlas. De la que todas tenemos expectante en algún rincón de la memoria, porque de esa sí es posible volver. Revertir y renacer, pero primero hay que reconocerla y aceptarla. La vida golpea más fuerte que el final. Los desafíos nos sacan de los féretros cotidianos o nos sepultan en ellos. La única diferencia no radica en los latidos, sino en arriesgarse a pesar del miedo.

¿Qué es la muerte, entonces, para las mujeres que pensamos, sentimos y soñamos? La respuesta es simple. La muerte que nos incumbe es una oportunidad de sacar de nuestras vidas todo lo que sobra para impedirle actuar sobre la mujer que somos y que paradójicamente, solo quiere vivir y ser feliz.

Tú, ¿estás realmente viva?

Leyó dos veces. El pasado volvía, siempre lo hacía. En esa oportunidad, infiltrado en una columna editorial. Una vez más, Isabella López Rivera, la afamada periodista colombiana, la interpelaba desde la palabra. Se sintió identificada. La muerte, en una de sus formas, ocupaba un espacio que ella no quería darle. Pero, así era, usurpadora.

Después de echar los recuerdos su memoria, escuchó el sonido de notificaciones en su PC. Dos nuevos mails. Los borró sin leerlos.

Llamó a Orazia y le preguntó cómo se encontraba. Su amiga le dijo que miraba una película con Juan y que estaba tranquila. Se alegró de que estuviera acompañada por su vecino. Iba a decirle que leyera la revista, sabía que la recibía semanalmente, pero enseguida se arrepintió. No era el momento. Orazia la leería cuando tuviera que hacerlo. Nada era azar. Los textos llegaban en el momento exacto, ni antes, ni después. Tomó su abrigo y se fue a lo de Fabio.

Al llegar, inició un juego de seducción y lo llamó. Antes de que él hablara, le avisó:

—Estoy en la puerta y voy a entrar —tenía llave.

—Hazlo, pero quédate en la sala.

—¿Por qué?

—Porque primero voy a hacerte el amor con palabras.

—Fabio, tengo ganas de ti —dijo, al tiempo que ingresó y cerró.

—Mejor. Dime qué ropa llevas puesta —sugirió con el tono que ella reconocía. Solían hablarse así cuando se extrañaban mucho. Romina se detuvo y comenzó a sentirlo, aunque sus ojos no lo habían alcanzado.

—Un pantalón negro y una blusa cómoda —respondió y no pudo evitar imaginar sus manos acariciándola por debajo de las prendas.

Suspiró.

—¿Qué más?

—Un sujetador blanco —sentía el deseo avanzar.

—Quítate la blusa, muy despacio. Imagina que yo lo hago —ella accedió—. También el sujetador y mírate con mis ojos —lo hizo y no pudo evitar tocarse mientras sentía la humedad avanzar en su intimidad.

—Basta, por favor, iré a la habitación —suplicó.

Él escuchaba música, "Am I dreaming", de Lil Nas X *ft.* Miley Cyrus, y. si bien moría por sentirla, ese vértigo previo hacía crecer su deseo. La disfrutaba sin verla y quería más.

—Un minuto más.

—¿Un minuto? —recriminó.

—Piensa en todo lo que quieres que te haga y siente que lo estoy haciendo —su cuerpo respondió endureciendo sus pezones, cerró los ojos; besos imaginarios recorrían su cuello y le susurraban al oído. Reaccionó al estímulo mental con un temblor. Deseó un mordisco en el lóbulo de la oreja, lo sintió real, estaba sumergida en la situación, lo sentía tocarla cuando su espalda desnuda rozó el pecho de Fabio. Nunca supo desde cuándo estaba ahí. Besaba su nuca y susurró—: Te amo. Confieso que casi no puedo esperar. Estoy demasiado listo —bromeó, sin dejar de jugar con sus labios sobre sus hombros y apoyarle las manos sobre las caderas.

Ella tomó ambas y guio una hacia arriba y la otra a su centro. Fabio presionó su deseo y el placer la superó. Giró sobre sí misma y lo besó en la boca. Las caricias no postergaron los besos por un espacio de tiempo muy breve y después, la ropa se convirtió en decorado de una sala atemporal que destellaba sonidos de gozo. Cuando el éxtasis la alcanzó por segunda vez, él no podía dejar de sentir, sujetando sus firmes muslos al ritmo de su propio cuerpo.

–Quiero que siempre estés conmigo … –murmuró. Luego, se hundió en ella al límite de la entrega. Se habían vaciado en el otro. Sonaba una canción. "Stay", de Rihanna, ft. Mikky Ekko.

Por un instante, todo se detuvo. Romina, se quedó sin palabras. No pudo evitar comparar lo que vivía con lo que había dejado atrás. Lo besó en la boca, un poco por deseo y también porque no supo qué decir.

¿Qué significaba ese beso?

Era un secreto que le decía en la boca, sin palabras. Quería gastarle y gastarse los labios entre todos los besos que tenía para darle, que adivinara en ellos todo lo que nunca le había dicho. Que fueran el comodín que no quería usar jamás. ¿Cómo podían los besos verdaderos ser dados por labios capaces de errar al besar?

CAPÍTULO 15

Enfrentar

Hay tiempos en que el dolor es más poderoso que la vida.
Entonces, un amigo puede significar la diferencia.

Desde la última recaída, Tiziana había tratado de enfocarse en ella misma y en su bienestar. Conversaba con los turistas que iban a contratar la excursión por el canal de Beagle. Se mostraba amable y parecía contenta. Por momentos, se olvidaba de lo mal que se sentía por no superar su soledad. Valoraba a su amigo Gabriel como un tesoro, pero no era suficiente. La soledad y el abandono de toda su vida habían estallado con inusitada fuerza en su mente y dolían como si fueran un estreno abrupto de algo que no conocía. Eran interferencia continua de pensamientos que no deseaba. Momentos que regresaban como fotos a su memoria y provocaban estragos emocionales en su presente. No había tenido atracones, literalmente hablando, pero el tema era peor, se engañaba y se creía sus mentiras. Estaba comiendo a escondidas de Gabriel y de la parte de ella misma que tanto había hecho en favor de verse bien físicamente. Un chocolate de pasada al trabajo, total iba caminando. Después otro y una reserva de golosinas en su mesa de noche. Torta y galletitas con el café de la mañana en el trabajo. El "picoteo" cotidiano. Cambiar la vianda controlada en calorías y cantidad por almuerzo "chatarra". Harinas, condimentos, hamburguesas, sándwiches, gaseosas con azúcar. Todo lo que no debía era un sí insolente. Total, ¿qué importaba el cuerpo? ¿Qué importaba nada, en realidad?

Así, rápidamente, su ropa había comenzado a ajustarle mucho y algunos pantalones ya no le abrochaban, por más que se tirara en su cama, intentando esconder su abdomen. Ignoraba la balanza. No era para tanto, se repetía. Escapaba a los espejos al salir de la ducha. No se enfrentaba. Notaba su rostro más redondeado, dormía mal y había comenzado a tomar taxi en lugar de su rutina de caminata diaria. Evitaba mirar su imagen en donde pudiera reflejarse, incluida su sombra, y se vestía con ropa holgada. Acciones típicas de seres que luchan contra la obesidad.

Gabriel no sabía cómo abordar el tema, pero se daba cuenta. Esa noche, ella lo había invitado a cenar. Al llegar, vio que había cocinado, lo hacía muy bien, pero había comida como para un regimiento. Él esperaba el momento adecuado. Tenía que ser algo así como la "última cena en esa frecuencia de boicot a sí misma". Había engordado y se le notaba. Se sentía culpable por no haberse detenido antes. Evidentemente, tenía tendencia a engordar, porque no había pasado ni un mes desde la recaída que él había presenciado. Le costó mantener la conversación animada mientras comían y escuchaban música. Era lo que no se decía. Pensar una cosa recurrentemente y decir otra, otras, en verdad. Temas vacíos que empujan, al pozo de la evasión, el problema real.

Cuando ella trajo el postre, helado de los sabores más calóricos, ningún frutal o de agua, además, con nueces, almendras, salsa de chocolate, crema y dulce de leche, Gabriel, sintió que no podía aguantar más.

—No puedes quejarte, amigo, te estoy atendiendo como a un rey en un banquete.

—Muy rico, todo, Tizi —alcanzó a decir, enmascarado de actitud agradecida.

Todo en el interior de Gabriel quería gritar un "basta", enfrentarla a la verdad, sacudirla, traerla de regreso, pero en lugar de eso, devoró el postre apurado, tan rápido como ella.

Madonna cantaba "Sorry" y, en la introducción, junto a la palabra "perdóname" en español, como si hubiera visto una señal del destino que le adelantaba dolor, Gabriel se puso a llorar. De inmediato, Tiziana se acercó a él.

—¿Qué te sucede? ¿Qué ha pasado? ¿Por qué lloras? —preguntó realmente angustiada.

—Perdóname, Tizi, no puedo con esto.

—¿Con qué?

— Te pido disculpas, me voy —dijo y se puso de pie. Ella lo detuvo.

—Tú no vas a ningún sitio sin decirme antes por qué estás llorando. Estuviste algo raro toda la noche —Gabriel se sorprendió de tamaña negación y se sintió peor. Ella no se hacía cargo de lo que estaba sucediendo. ¿Era posible que no se diera cuenta?

Madonna seguía cantando. Sonaba "Sign of the times", de Harry Styles, cuando él se permitió un llanto desconsolado de un minuto, mientras ella lo abrazaba, y tomó coraje. Ser amigos era eso también, estar en las malas, sufrir al lado, decir, ayudar, contener, pero, sobre todo, ser abanderado de la verdad.

—Lloro porque voy a lastimarte, mejor dicho, va a dolerte lo que me pasa.

—Dime, somos amigos, te ayudaré —respondió pensando que había vuelto con su ex o había hecho algo que ambos sabían que ella no creía conveniente. Él estaba desconcertado, de verdad su amada Tiziana no se daba cuenta. Pensó cómo empezar, qué decir, cómo decirle lo que ocurría de la manera más suave posible. Su cabeza era un coctel de opciones, justo cuando su boca se abrió y de ella salieron las únicas palabras que no debía decir tan crudamente.

—Engordaste y se nota. ¿Te has pesado?

Ella se desprendió del abrazo.

—¿Es conmigo? ¿Es por mí? —preguntó sorprendida.

—Tizi, perdón por la forma. He sido brutal. No quería decirlo así, pero sí, es por ti. Estoy muy preocupado —todavía se le caían las lágrimas—. Desde tu recaída, no te he visto comer hasta hoy, lo haces rápido y la manera en que te vistes me indica que estás haciendo desarreglos y no los enfrentas. Recuerda que tú misma me has contado las trampas de ser obesa, los engaños. Estoy asustadísimo. No quiero que regreses a tu antigua tú, no por mí, sino por ti —expresó de un tirón.

Tiziana, lo miraba perpleja. Chocar contra sí misma y hacerse pedazos contra sus miedos, al oír cada palabra de su mejor amigo, la había paralizado.

—¿No dirás nada? —preguntó dispuesto a recibir una bofetada si era necesario.

Ella tenía un nudo en la garganta. Sentía vergüenza, frustración, pena, pesaba ser ella. De un modo muy simbólico y literal, se cargaba a sí misma como una cruz de agonía. Se estaba hundiendo sin peregrinar. Mientras lloraba lento y en silencio, caminó hacia un cajón y sacó de él dos fotos que estaban en el fondo.

—¿Ya ves esto? —preguntó y se la entregó.

La música había cambiado, sonaba "Demons", de Imagine Dragons, banda que a los dos les gustaba, pero que en ese momento sumó tragedia al escenario. Estaban enfrentando demonios, juntos, pero demonios al fin.

Gabriel miró las imágenes. No podía quitar los ojos de esa verdad.

Pensó: "¡Cielos!". La imaginación no era suficiente, a veces. Si no hubiera sabido que era ella, no la habría reconocido. Una mujer de lindos rasgos, obesa, sonreía junto a un hombre, también obeso, que la abrazaba por sobre su hombro en la primera fotografía y le sostenía la mano, en la otra, en que podían observarse los dos de cuerpo entero. Él era, sin duda alguna, el ex de su pasado al que no le conocía el nombre.

Estaba mudo. Veía a su amiga con la piel tan estirada por los kilos de más que parecía que iba a explotar. Sufrió por no haber estado con ella en aquel tiempo. Él, un tipo común, ni lindo ni feo, pero muy gordo, destacaba que era despiadado. No, en verdad eso no se veía en la fotografía, eso lo habían demostrado los hechos que, por asociación, transcurrían en su cabeza. Imaginó que debía ser de Libra, por los hoyuelos típicos en su rostro y además, por esa débil marca en el mentón que le recordaba a un novio de ese signo. Obvio, no iba a preguntar ¿A quién le importaba? Se enojó por perder, en ese momento, un pensamiento en algo tan trivial como inútil. Se condenó al instante por observar un detalle absurdo y asociarlo, sin sentido, a un pasado sin más connotación que esa. Regresó rápidamente a la escena. Entonces, la miró y se dio cuenta de que esperaba una respuesta.

—No, cariño. No es así como te veo. Lo siento. Perdóname. Te amo y lo sabes. Quiero ayudarte —dijo con dulzura—. ¿Por qué nunca me enseñaste estas fotos?

—¿Tú qué crees?

—Perdóname otra vez. Pregunté una obviedad.

—¿Qué debo hacer? —tragando lágrimas mudas.

El silencio se instaló entre ellos por un instante.

Ella lo escuchaba con atención. La cena parecía tan lejana como su niñez. La realidad lo había desplazado todo más lejos.

—Escucha, debes detenerte. Volver a empezar. Enfrentar el retroceso y aceptar que todos cometemos errores. Eso no es malo, lo malo es darles la espalda.

—¿Cómo sigo, Gaby? No tengo ganas. Estoy cansada —su tono evidenciaba la acumulación de un dolor eterno.

—Lo primero es saber dónde estamos situados. Ven, debes pesarte —le dijo y le tomó la mano.

—No puedo hacerlo —lloraba.

—Sí, sí puedes. Estaré contigo.

—Espera. Mañana. Lo haré mañana, temprano —recurrió a otro truco para pesar menos.

—No, cariño. Es ahora —sonaba "Next to me" de la misma banda. La tomó de la mano y la condujo al *toilette*, donde se encontraba la balanza. Ninguno de los dos pudo precisar cuánto tiempo pasó. Ella se quitó el reloj, las pulseras y su cadena con una cruz, regalo de su ex.

La balanza indicó doce kilos más.

CAPÍTULO 16

Traumas

Los traumas transitan sus propios procesos y llega un momento
en que solo quedan dos opciones: o se los enfrenta,
o las personas se vuelven cómplices de ellos.

USHUAIA, OCTUBRE DE 2019

Vito trabajó más horas ese día. Le habían solicitado colaboración con las tareas de arribo, porque llegarían ocho vuelos desde de diferentes puntos del país. Ushuaia era turismo internacional garantizado. Aceptó. Le pagarían horas extras. No era por el dinero, sino para estar ocupado y no pensar.

Al llegar a su casa puso música. Pink Floyd invadió el espacio de recuerdos. Pensó en ella, una vez más y ya iban infinitas veces. Bruna siempre sería la mujer de su vida. ¿Por qué? ¿Por qué ella se había casado con otro y él no lo había impedido? Cada día, mientras existiera, se arrepentiría de sus acciones y también de sus decisiones. El escándalo ocurrido se había quedado no solo con su reputación, sino también con la posibilidad de vivir junto a la única mujer que había logrado deslumbrarlo a primera palabra, en aquella clase, y de la que se había enamorado después.

La relación de ambos había sido vertiginosa, la pasión tanto física como intelectual los había devorado en cuerpo y alma.

La relación con Bruna era un secreto a voces que ninguno de los dos había reconocido para evitar cuestionamientos en el ámbito universitario porque ella era su alumna. Pensaban que a nadie tenía por qué interesarle esa cuestión. Eran adultos.

Todo era perfecto hasta que dejó de serlo. Había una paciente. Una en particular, a la que atendía con preferencia. Un punto débil. Manejar la atracción hacia un paciente forma parte del ABC de la formación de un psicoterapeuta. Si, a pesar de eso, al terapeuta se le hace difícil controlar la situación, debe pedir la supervisión de un colega o derivar el caso. Sin embargo, no siempre es así. Un psicólogo debería reconocer las señales de alarma. Debería saber que, si se siente atraído hacia una paciente, del modo que sea, o comienza a atenderla al final del día para alargar la sesión, toma decisiones por ella, deja de cobrarle honorarios o le cuenta detalles de su vida privada, está cruzando un límite peligroso.

No por estar enamorado de Bruna Vito había dejado de sentir preferencia por esa joven y jamás se había hecho cargo de que ella le generaba cosas que no podía controlar, aunque él creyera que sí y que se trataba de un caso más.

¿Una paciente había destrozado su vida? ¿O al revés? ¿Había sido él mismo? ¿Acaso podía un psicólogo ser víctima de las patologías que atendía o ser alcanzado por las que estudiaba? ¿Había fallado el consagrado licenciado Vito Rossi al momento de reconocer que él mismo necesitaba terapia? ¿Había cometido errores que no pudo prever? ¿Existían atenuantes al momento de valorar su conducta o solo era un número más en las estadísticas? ¿Cuándo dejaba un trauma de serlo? ¿Podía suceder sin ser tratado?

No tenía respuestas claras y definitivas, ni cuando ocurrieron los hechos, ni en ese momento.

Allí, en su casa de Ushuaia, mientras escuchaba "Poles apart", de Pink Floyd, recordó con tanta vehemencia que sintió vivir aquella jornada otra vez. La letra lo introducía en la trama completa de su vida, donde los roles de todos cambiaban y se mezclaban en sus líneas para ser protagonistas.

Polos aparte
¿Sabías ...
que todo iba a marchar tan mal para ti?
¿Y viste
que todo iba a salirme bien a mí?
¿Por qué entonces nosotros te dijimos
que tú siempre serías el chico de oro
y que nunca perderías esa luz en tus ojos?
Oye, tú,
¿Te diste cuenta alguna vez de en qué te convertirías?
¿Y viste
que no solo estabas huyendo de mí?
¿Lo supiste todo el tiempo, pero nunca te importó de todas formas?
Dirigiendo al ciego mientras yo observaba fuera del acero de tus ojos.
La lluvia caía lentamente,
sobre todos los tejados de incertidumbre.
Pensé en ti
Y los años y toda la tristeza se me fueron
¿Y supiste
que nunca pensé que perderías esa luz en tus ojos?

Tarareó en inglés, mientras se tragaba sus equivocaciones y las consecuencias. Al mismo tiempo que pensaba en Bruna y reprimía su necesidad de llamarla. Como un flagelo que merecía, se sentó frente al ordenador y tipeó su nombre en Google. Arrojaba entradas. Muchas.

Todas del mismo tenor en diferentes medios de comunicación. Databan de 2016, fecha de los hechos. No tuvo ganas de leer las últimos. Las previos a su viaje para radicarse al fin del mundo.

"Afamado psicólogo es denunciado por acoso"

"Acosador, docente de prestigiosas universidades es sometido a juicio académico"

"Pericias indicarían que Rossi podría haber abusado de su paciente"

"Le piden renuncia a profesor universitario por acoso"

"El Colegio de Psicólogos de Buenos Aires sanciona a Rossi"

"La víctima de Rossi no habla con la prensa"

"Los padres de la joven acosada dan testimonio"

"Primicia: La historia de vida del profesor acosador, Vito Rossi"

"Confirman que el docente acusado de acoso mantenía relación sentimental con una alumna diez años menor que él"

Cerró el ordenador. Encendió el último cigarrillo y miró el número de Bruna en la agenda de su móvil. ¿Podía llamarla? ¿Tenía sentido? ¿Acaso suponer que no podía ser feliz sin él era razón suficiente para volver a ella y romper en pedazos, una vez más, su presente?

Sus ganas contenidas empujaban desde todo su ser para salir, para que lo hiciera. Y lo hizo. El corazón le latía muy rápido, las dudas le hicieron sudar las manos. ¿Cómo sería escucharla tres años después de todo?

—Hola —dijo ella. No conocía el número, pero la característica 02901 era de Ushuaia. Pensó si sería la llamada que estaba esperando.

Vito sintió que el mundo volvía a tener sentido. Esa voz era todo.

—Soy yo... ¿Puedes hablar? —preguntó, al tiempo que pensó en su vida de casada y en la posibilidad de que esa comunicación le causara problemas.

Bruna tuvo deseos de él de inmediato. Imaginó volver el tiempo atrás, continuar la historia sin que hubiera sucedido lo que había pasado, no le salían las palabras. ¿Podía hablar? ¿Podía todo? ¿No podía nada? Estaba en su casa, sola con su hija. Podía.

Sin embargo, los traumas no siempre actúan de acuerdo con la voluntad de quien los carga.

—No —dijo y cortó la comunicación.

Cinco minutos después, Vito todavía permanecía prendado del tono de su voz cuando ella lo llamó.

—Hola... —respondió, sin estar seguro de qué decir.

—Te llamo para saber por qué. Solo quiero que me digas por qué. ¿Por qué lo hiciste?

—Nada es lo que parece —se defendió.

—No parece, es. Son hechos —afirmó.

—Lamento que pienses eso, supongo que tienes derecho. No debí llamar —dijo arrepentido—. No quiero hablar de la causa, yo...

—No me refiero al expediente judicial, ni a las denuncias, ni a tu paciente —interrumpió.

— Entonces, ¿de qué hablas? ¿Por qué, qué? ¿Qué quieres saber?

—¿Por qué no peleaste por mí?

Ella le preguntaba lo mismo que él no podía responderse. ¿Qué decir para no decepcionarla una vez más?

—Me hago esa pregunta cada día. Ganaron las sombras, supongo —dijo en alusión al día que se conocieron.

—Arrojaste tu ser a la oscuridad y pagaste el precio de perder tu alma y nuestras vidas —parecía que esas palabras hubieran estado listas en la puerta de su boca para ser dichas. Sin embargo, ella se sorprendió al escucharse. Los conocimientos, Carl Jung, las sombras, todo el desafío intelectual que compartían había quedado atrás. No pensaba en ellos desde que se habían separado. Fue en ese exacto momento en que pudo ver con claridad que con sus decisiones había mutilado su vida.

—Tienes razón. Me arrepentiré siempre por eso —contestó, seguro de que ya era tarde para todo.

—No me sirve tu arrepentimiento. Todavía me dueles.

—Bruna, perdóname —habría dicho que la amaba, pero no se animó.

—¿Cómo? —Marian comenzó a llorar, al tiempo que la llave de la puerta le avisaba que Ramiro estaba de regreso—. Debo cortar —dijo y lo hizo sin decir adiós.

CAPÍTULO 17

Lista

Hay que animarse, desde la razón,
a poner orden y nombre a los pendientes emocionales.

Bebé. Soledad. Vivienda. En ese orden había definido Lorena sus angustias y Cayetano, su padre, le había dicho que eran duelos. Desde la conversación con Natalia, luego de los consejos de su padre, Lorena había logrado triunfar en algunas pequeñas batallas cotidianas. Una noche había pedido comida a un *delivery*, se enfocó en mirar una serie en Netflix y había disfrutado. Sin embargo, a la noche siguiente, el mismo plan la encontró poniendo en pausa la TV y llorando.

Recordó la conversación con su padre.

—Papá, ¿tú tendrías problemas en que yo vendiera el departamento?

—¿Por qué lo harías?

—Porque está lleno de recuerdos y no deseo pintar, remodelar o decorar para convertirlo en un nuevo espacio. No tengo voluntad, en primer lugar. Además, creo que no es el color de las paredes nada más. Es el lugar donde imaginé momentos que no ocurrieron y no lo harán tampoco.

—Entiendo. Hazlo —había respondido con inmediata comprensión de la situación—. El departamento es tuyo. Te lo regalamos para que tuvieras tu techo. Nada impide que lo cambies.

—No hay tierra allí para mí, papi. No lo extrañaré.

—Tal vez podrías estar allí sin que signifique solo lo que no fue, pero no veo ventajas en que gastes tu energía en eso ahora. Tienes otras prioridades. Me pongo en tu lugar, es inteligente buscar un cambio, me parece una muy buena idea. Cada uno llena sus bolsillos con la tierra que necesita. Está bien. Solo aconsejo que reinviertas en otra propiedad.

Luego de la muerte de su esposa y de acuerdo con lo que habían convenido, Cayetano había vendido su propiedad para regalarle una vivienda a Lorena y él decidió alquilar.

—Eso desde luego, papá. Sé la importancia de tener un techo. Lo aprendí de chica —destacó.

—Vende. Haz lo necesario para volver a empezar —había dicho.

Rápidamente, la vivienda estaba tasada y en venta. Todavía no había aparecido ningún interesado, pero Lorena sentía que estaba avanzando.

Antes de ir a trabajar, ese día, caminó hacia la clínica y maternidad donde habían controlado su embarazo. También la habían asistido en su aborto espontáneo con casi cinco meses de gestación. No había regresado desde entonces, tampoco pasaba cerca. Evitaba el lugar, como si al hacerlo cambiara en algo los hechos, como si no ver alcanzara para olvidar.

Permaneció unos minutos observando la entrada desde la vereda de enfrente, la misma entrada por la que imaginó, muchas veces, que saldría en familia, con su marido y su hijo en brazos. Luego se fue, con un nudo en la garganta que, poco a poco, dejó espacio a una sensación de fuerza. Había podido dar el primer paso para enfrentar el duelo de ese lugar que dolía. De allí, pasó por el negocio de su ex y lo observó desde lejos un instante. Luego, mientras seguía caminando hacia su trabajo, pensó en la lista.

Su psicólogo le había hecho analizar ciertas alertas en su matrimonio que le indicaban que algo no funcionaba. "Para que una pareja funcione, tienen que darse cuatro aspectos a la vez: objetivos en común, valores en común, comunicación y sexualidad", le había dicho. Al analizarlo de ese modo, y poniendo los requisitos en una lista, no podía negar que los cuatro en simultáneo se habían cumplido en pocas oportunidades. No estaban de acuerdo en muchos temas de cara al futuro. De hecho, el embarazo había sido más su plan que el de ambos, iba cruz a la lista. En los valores podía poner una tilde a favor: era un buen hombre y coincidían en los pilares morales y éticos que definían a las personas, ambos los tenían; en la comunicación, para ser generosa, podía calificarla de intermitente, a veces sí, a veces, no. Se preguntó qué poner en la lista en este ítem, ¿cruz o tilde? Le pareció justo, en principio, no poner nada, como una gran garantía en favor de sumar. Sin embargo, lo pensó más, su psicólogo tenía razón, una pareja no habla de temas triviales durante cada cena. El diálogo no puede reducirse a un sistema operativo de horarios, gastos, obligaciones y la pregunta de rigor: "¿Cómo te fue hoy?". Si se comparte una vida, la comunicación debería atravesar aspectos del ser mucho más profundos. Entonces, cruz a la lista.

Y la última, la sexualidad. Era, tal vez, la más placentera al momento de compartir y la más humillante al momento de asumir que la cama era todo lo tranquila que podía ser. Ella se lo había dicho algunas veces, él no lo negaba, pero decía estar cansado. Aquí el discurso le había hecho ruido a Lorena. En terapia había concluido que hay cosas que no se hablan, simplemente son. El deseo era una de ellas. Existía o no. Cruz en la lista, entre ellos no se había dado.

O sea, si era honesta con ella misma, su matrimonio, considerando este análisis, estaba condenado a terminar. Él había ejecutado la decisión, de una manera breve, hasta cruel por la falta de explicación o intento de salvar la relación. "Se dio así", era mucho menos de lo que ella merecía, pero tenía que asumirlo. Quizá solo había permanecido a su lado por el embarazo, que se interrumpió de manera espontánea y entonces no quedó nada más que los uniera.

La propiedad en venta, el regreso a la clínica con la voluntad de aceptar lo sucedido, ver de lejos a su ex y la lista con solo un requisito a favor, una sola tilde a favor del matrimonio y tres cruces en su contra, la hicieron despertar. Se sintió renovada, con más energía. De pronto, pudo asumir que tenía que resignarse a sus pérdidas y aceptar que las decepciones podían ser un modo de hacer limpieza emocional en su vida. Se propuso sentir que sus expectativas no cumplidas eran el cierre de una etapa y no un fracaso.

Llegó al banco. Para la hora del almuerzo, había sonreído bastante más que lo habitual y Natalia lo notó.

–Te veo mejor, Lorena. Me alegra –comentó. Era muy respetuosa. No iba a preguntarle nada.

–Lo estoy, en verdad, creo que mi padre, tú y mi psicólogo me han ayudado mucho. Concretamente, siento que una lista mental vinculada a lo que fue mi matrimonio y algunos movimientos internos me han hecho despertar. No duele menos por eso, pero siento que avanzo.

–¿Cómo sería lo de la lista mental y algunos movimientos internos? Quizá me ayuden a mí también.

–Lo de la lista mental no es difícil –respondió y le explicó los cuatro aspectos que debían darse en una relación para que funcionara.

—En serio que es muy práctico tu psicólogo —dijo con cierto humor—. No creo que nadie que cuente la verdad pueda poner cuatro tildes en la lista. Tampoco creo que todos los que no lo logran se separen.

—Deberían. ¿No te parece?

—Tal vez. No lo sé. Cambiar de vida, dejar alguien atrás, no es tan fácil.

—Para mi ex lo fue.

—Sí, hay excepciones, claro. Hablaba en general. La pareja es una negociación permanente, eso creo.

—Pero tú estás sola, Natalia —dijo sorprendida, ante la afirmación que parecía de alguien acostumbrado a ceder.

—Justamente, por eso lo digo. A mí no me gusta andar negociando tiempo y felicidad. Lo que es es. Alguna salida ocasional y mi versión de disfrute de mi soledad están funcionando por ahora. Diría que es todo de lo que fui capaz durante toda mi vida.

—¿Eres completamente honesta contigo? —preguntó.

—No, pero no me importa por ahora. ¡Hago lo que puedo! Igual, lo de la lista es un buen método y definitivamente llegó tu momento de entender su alcance y completarla con tu verdad. Estás avanzando y lo celebro. ¿Y los movimientos internos? ¿Qué serían?

—Consistieron en mi manera de llenar la lista. También puse en venta el departamento y volví a la clínica. Solo observé desde la vereda de enfrente y me fui. Y, además, observé a mi ex desde lejos un instante y también me fui. Pero algo es algo. Quiero cambiar lo que ese lugar y él provocan en mí.

—¡Muy bien! Me alegro mucho por ti. Las cosas cambiarán tanto que hasta lo que hoy te falta te sobrará. Ya verás —auguró.

—¡Ojalá! ¿Y tú? ¿Cómo va el plan?

—Diría que no será fácil, pero ¿sabes?, tanto mi papá como yo nos divertimos con la complicidad de nuestro secreto y lo veo hasta mejor de salud.

—Las ilusiones a corto plazo operan maravillas. Yo sé de eso.

—¿Cuál es tu nueva ilusión?

—Estar bien. Un día a la vez.

—¡Lo estás logrando!

Esa jornada agregó una nueva verdad a la vida de ambas: el dolor existe, el daño también. La cuestión es dar batalla para que no tengan el control. Es cooperar incondicionalmente con lo inevitable para lograr vivir en calma y después tomar decisiones.

CAPÍTULO 18

Motivos

Hay causas que acechan desde otra perspectiva,
motivos que desde la sombra esperan su momento.

USHUAIA, OCTUBRE DE 2019

Gustavo Grimaldi estaba en terapia intensiva después de haber recibido un tiro en el estómago, otro cerca de corazón y el último rozando su cráneo, por parte de otro policía de la fuerza, mientras conversaba con Iván Recalde, el jefe de ambos.

La detención de González había sido inmediata y él se había negado a declarar ante la justicia. Dado el estado de salud de Gustavo, ninguno de los protagonistas había dado alguna versión. La carátula del expediente era tentativa de homicidio hasta ese momento, ya que, como consecuencia de un allanamiento, habían encontrado droga en cantidad en su domicilio y eso había dado origen a otra causa.

La esposa de Gustavo no se movía de la habitación y le había contado a Iván, entre lágrimas, que estaban mejor que nunca y que él le había regalado un auto. De inmediato, Iván imaginó que el dinero no era bien habido, recibir coimas era parte de la rutina de su amigo.

Así las cosas, Iván intentó averiguar la causa personal que había impulsado a su oficial a disparar, pero su equipo fue bastante hermético y no le dio ninguna respuesta concreta. Apreciaban a González y no tanto a Grimaldi. Así era la ecuación. La vida tenía esos escenarios injustos, donde el supuestamente "bueno" estaba preso y el "malo" era la víctima que agonizaba en el hospital. Parecido a cuando los buenos asisten a terapia, para sobrellevar lo que hacen los malos, que no van.

Sin embargo, su percepción interna le decía a Iván que Gustavo era culpable de algo grande, y no era que fuera muy intuitivo: cuando alguien hace casi todo mal, es un tema de estadísticas.

Iván sospechaba que la cuestión se relacionaba con la droga incautada y secuestrada en los procedimientos. Esta, según protocolos específicos, se guarda en custodia de la justicia hasta que se dispone su incineración y luego es trasladada, con custodia policial, al cementerio donde se realizará la quema. Mientras tanto, las cajas fuertes de los juzgados se convierten en una especie de depósito narco, pero legal, y acumulan cocaína, marihuana, pastillas, heroína, metanfetaminas y toda clase de drogas prohibidas que, por la razón que haya sido, no pudieron ser comercializadas. Pero, además, se convierten en el objetivo de quienes se aprovechan del acceso que tienen a esa droga incautada para consumirla o para hacer negocios.

Parece un procedimiento seguro, pero no. La seguridad sin fisuras no es absoluta.

La oportunidad, a veces, opera como móvil para el delito que se filtra por cualquier grieta posible. Puede ocurrir en todos los ámbitos. Es como en la vida misma de tantos que accedieron a la tentación y torcieron su destino cuando no debió ser así. La seguridad no es certeza si se considera la posibilidad de acceder a la droga antes de que sea quemada.

¿Qué pasaría si alguna mano negra ordenara retirar una parte, en cualquier tramo de la custodia? Es un secreto a voces que se escucha tanto en los pasillos de Tribunales, en bufetes de abogados, como en las mismas fuerzas federales, que quienes intervienen a veces la consumen y otras, la roban para venderla. A pesar de eso, así funciona, y cada quien puede tener la opinión, la versión o hasta incluso la verdad que considere.

133

En todos los ámbitos hay gente que hace bien su trabajo y otra que no. No es posible ni correcto generalizar, pero sí, en este caso puntual, resultaba casi evidente lo sucedido, prueba de que los planes perfectos se rompen donde menos poder y atención se pone. Es que la moral y la ética no saben de clases sociales, o influencias, ni siquiera de miedo. Los valores son.

Esa mañana, Iván confirmó sus sospechas. Había una denuncia que involucraba a González en una causa de tenencia de estupefacientes con fines de comercialización.

—¿Cómo ha sido? ¿Quién investigaba a mis espaldas a mi gente? —preguntó a su informante.

—No ha sido una investigación. Fue uno que se cree que será un héroe y que o no entiende nada o no le tiene miedo a nada. Mire que meterse con la policía. ¡Hay que animarse!

—Sé claro.

—José. Fue José.

—¿Qué José? —preguntó irritado, detestaba hablar con esas personas que daban los datos con cuentagotas.

—El tipo del cementerio. Hizo la denuncia de que a la quema llega menos droga que la que dicen los papeles y que la policía lo tenía amenazado hace tiempo.

—¿Quiénes de la policía?

—No sé tanto. Apuntó a González, pero no tengo detalles. Además, "el maneje" lo saben ustedes. Este José supongo que lo único que puede asegurar es que se quemaba menos droga —conjeturó—. Igual, no va a pasar nada, como siempre. González está "pegado" —haciendo alusión a la jerga que llama "pegado" al detenido—, supongo que de ustedes depende que zafe. No son tan distintos de nosotros.

Iván se dejó llevar por un impulso, lo sujetó de la camisa con ambas manos y lo golpeó contra la pared. Después lo soltó.

—Tú no hablas con nadie más —agregó y le mostró su arma en forma intimidatoria.

Ya en su vehículo, hizo algunas llamadas y se fue al hospital.

•• •• ••

Por otro lado, las idas y vueltas en la relación con Marcia continuaban. Él quería dejarla, pero, al momento de los hechos, ella lograba que no lo hiciera. Lo manipulaba, era verdad. Ella lo culpaba siempre por sus reacciones, sin considerar que la causa era su responsabilidad.

Estaba en el hospital cuando llegó Marcia. Lo sorprendió sobremanera verla allí. Ella detestaba a Gustavo y, si no era un desprecio recíproco, estaba seguro de que su amigo, como mínimo, la rechazaba también.

—¿Qué haces aquí?

—Vine a verte.

—Estoy trabajando.

—No aquí. No ahora. ¿Se salvará? —preguntó directamente.

—No lo sé. Hay que esperar. ¿Te importa?

—No.

—¿Para qué quieres saber, entonces?

—Porque a ti te interesa. Me has dicho que soy egoísta, intento no serlo y ya me estás cuestionando —se quejó.

—Lo siento. Me sorprendiste. Eso es todo.

Ella se acercó a su oído y le susurró algo. Luego, abrió una puerta que había detrás él y lo miró. Iván dudó, pero no lo suficiente. Sus palabras habían provocado el efecto buscado en su hombría. Un segundo después, tenían relaciones en un cuarto de depósito de insumos del hospital. Ella había cerrado con la llave desde adentro. La excitaba verlo con uniforme y armado, eso le había dicho en voz baja, rozando su cuello con los labios. Sabía que esa provocación lo convencía de lo que fuera, porque a los dos les gustaba la adrenalina de tener sexo en lugares donde podían ser descubiertos.

En medio del placer que los dirigía a ambos, Marcia no se privó de emitir ningún sonido al tiempo de su clímax y él le tapó la boca con la mano, ella la quitó y le dijo: "Si quieres silencio, tú ocuparás mi boca", Antes de que él pudiera responder, ella lo besó tan húmeda y descaradamente que su orgasmo llegó antes que la reacción.

Un minuto después, no se sintió satisfecho, sino un mal tipo que había priorizado sus instintos por sobre una situación grave, además de la vida de su amigo.

Salió él primero del lugar, sin mirarla. Estaba indignado consigo mismo. Luego, ella, furiosa, porque su mecanismo de seducción había durado lo mismo que ese momento de sexo rápido y frenético.

CAPÍTULO 19

Verdades

*La verdad tiene su propio catálogo de opciones
al momento de los juicios de valor.*

USHUAIA, OCTUBRE DE 2019

Habían pasado dos semanas desde la muerte del padre de Orazia. La vida continuaba como si no faltara un ser indispensable para que el mundo fuera mejor, pero así funcionaba. Finalmente, según su opinión, se reciclaba también la humanidad. Dejaban de estar algunos, nacían otros y así la vida y la muerte ocupaban el mismo protagonismo cada día. Sin embargo, Orazia vivía un proceso diferente. Su agudeza, su espiritualidad y la necesidad de entender, para superar la ausencia de su padre, la habían llevado directamente a pensar que las etapas del duelo eran muy largas y, sobre todo, antiguas. Cincuenta años después, sentía que nada era lo mismo, ni siquiera los conceptos universales. Al menos, desde su mirada. Había leído algunos textos innovadores sobre el tema.

Ese día, durante el almuerzo en la cocina del trabajo, ella pudo explicarle a su amiga Romina en qué instancia de su proceso personal se encontraba y le dio las razones.

—¿Cómo estás, Orazia? Hoy se cumplen dos semanas. Es jueves y, aunque te veo mejor, me temo que dentro de ti las cosas no estén tan bien —dijo sin rodeos.

—Para empezar, te diré que extraño a mi padre con locura. Me gusta pensar que me acompaña desde algún lugar y que se alegra de que, finalmente, Juan me ha hablado —agregó eso último con cierto humor y actitud positiva.

—Bueno, también yo me alegro de eso. Es bueno que sepas algo más de él que lo que compra en el supermercado y que te acompaña. Me preocupa que su timidez no resista tu honestidad brutal —dijo con referencia a los diálogos que Orazia le había contado—, aunque sobrevivirá, supongo, porque tú le gustas. Pero cuéntame de ti, eso es lo que me preocupa.

—No debes preocuparte. Quizá sea muy osado de mi parte, pero después del silencio inicial, en el que pude hallar la calma necesaria para comprender, me di cuenta de que mi duelo es distinto. Intento que sea más rápido, menos denso y, con certeza, más actual. Por supuesto que es doloroso. La ausencia es insoportable y por momentos no puedo evitar sentir que papá volverá.

—Cuéntame, por favor —rogó con necesidad de oírla—. Acepto lo que te haga bien, pero confieso que cambiar las etapas tradicionales de duelo me sorprende. Aun viniendo de ti.

—¡No! No pretendo cambiarlas para nadie. Solo digo que las he analizado y no van para mí. Y en mi propio dolor, me doy cuenta de que quizá hay otras alternativas para transitar el duelo. El legado más importante de papá es "Un día a la vez" y yo agregué "Siempre avanzar", lo sabes.

—Sí.

—Eso, sumado a mi idea de que la vida es hoy, no me deja tiempo material para cumplir un proceso de un año o dos para asimilar su partida. ¿Cómo lo explico? —se preguntó, buscando en su mente la manera de ser clara—. Hay cosas que simplemente son. El dolor es. Mi padre no está, ya no reiré con él, ni compartiré momentos. Estoy convencida de que la pérdida, cualquiera que sea, no es algo que necesariamente debamos o logremos superar. Mi madre nos abandonó y eso todavía me duele. Sin embargo, aprendí a vivir con ese hecho. Lo que quiero decir es que el punto de partida para entender y asumir las perdidas consiste, para mí, en aceptar la muerte o lo que se terminó, y su consecuente dolor, como algo natural. Permitirse el sufrimiento.

 139

—No entiendo muy bien. Explícamelo mejor —pidió no solo en interés de su amiga, sino también propio.

—Es como analizar los hechos y los mecanismos de mi ser en relación con ellos. He ido escribiendo, como una forma de alivio, notas, apuntes, descripción de sentimientos y sensaciones. Imaginando qué hacen otros. Por momentos, lo tengo muy claro y otros, no tanto.

—¿Estás investigando el tema a la par de tu proceso?

—¡Exacto, Romi! Eso hago.

—Cuéntame, quiero entenderlo mejor.

—Dice Cate Masheder, una psicoterapeuta que trabaja con quienes pasaron por un duelo, que cuando la pérdida ocurre, no hay ni una sola área de la vida de la persona afectada que no se vea alcanzada por el dolor. Lo que me pareció interesante en el artículo que leí es que, en el pasado, se pensaba que con el tiempo ese dolor se hacía más pequeño o desaparecía. Sin embargo, el enfoque actual es que ese dolor se mantiene como está, pero es nuestra vida la que crece alrededor de él. Ella ejemplifica el tema con un círculo como símbolo de la vida, pero en síntesis la cuestión radica en que el dolor deja de ser rígido, cambia de forma y de intensidad; se queda, no se supera ni se deja atrás, sino que se aprende a que forme parte de tu vida, que se convierte en un círculo más grande e incluye al otro en su centro. ¿Me explico?

—Sí —dijo reflexionando sobre lo que acababa de oír y asociándolo con su propia vida—. ¿Entonces? —preguntó luego de una pausa en silencio.

—Entonces, voy por ese camino.

—¿Y cómo lo llevas?

—A veces, bien. A veces, mal. El silencio inicial me ayudó mucho. Ahora enfrento el vacío. Lloro mucho, pero también celebro su vida.

—Te admiro. Profundamente, te admiro. Eres muy sabia. Sabes encontrar lo mejor en lo peor.

—Siempre hay algo bueno y, por pequeño que sea, puede ser la única oportunidad de avanzar. Eso creo.

—¿Qué sería lo bueno en la partida de tu papá? —preguntó con sinceridad.

—Haberlo tenido —dijo sin dudarlo—. Todo lo que dejó en mí y en la vida de cada persona que tuvo oportunidad de conocerlo.

—Definitivamente, la psicología es tu ámbito. No sé cómo lo haces, pero todo es más fácil desde tu análisis.

—No creo que sea un tema de psicología. Yo lo veo como una actitud frente a la adversidad. Además, acepto la ayuda que necesito de Juan, que es una compañía importante, y tú me has hecho sentir mejor simplemente estando, sin invadirme.

—Yo siempre estaré para ti, pero Juan ¿sería un salvavidas?

—¡No! Él me gusta de verdad. Digo que, quizá, no se dio antes, porque ahora es el momento indicado para valorarlo adecuadamente. Cuando papá vivía y yo no me había roto en tantos pedazos, no sé si su timidez me hubiera resultado un detalle, como ahora. Quizá, lo hubiera descartado. Eso, digo.

—Podría escucharte todo el día —dijo sinceramente. Orazia hablando era una fuente de energía vital. Una invitación a vivir mejor.

—No es para tanto. ¿Y tú cómo estás?

—Extraño a mi familia y estoy muy enamorada de Fabio. Esos son los titulares.

—Dime algo que no sepa —bromeó.

De pronto, Romina se sintió diferente. Su ser se abría y se transformaba. Un grito desde el fondo de su corazón pedía auxilio. Su verdad quería salir. ¿Sería con la idea de aplicar lo que había escuchado? ¿Podía ella también aprender a convivir con su dolor? ¿Podía contarle todo a Orazia? ¿Era el momento? ¿Había tiempo?

—¿Sabes? Tengo un pasado —dijo sin pensar.

—Me imagino que no naciste con veinticinco años, amiga querida. Cuéntame.

—No sé si ahora sea oportuno. Nos queda media hora antes de regresar a trabajar —buscó inconscientemente una excusa.

Orazia advirtió que era algo serio. La expresión de Romina había cambiado.

—Cuéntame —pidió sin perder un minuto—. Sé que no lo harás si lo postergas. Puede que sea ahora o nunca —agregó.

Era verdad. El tenor de la conversación había abierto las compuertas de su pasado, de sus pérdidas, en clara súplica de un lugar en un plan de superación.

—Yo tenía un novio en Ushuaia. Lo amaba, en serio que lo amaba.

—Sí, lo sé. Con él rompiste antes de venir a Roma. ¿No es así? Me lo contaste.

—Sí, pero no te lo he dicho todo. Te diré algo que jamás hablé con nadie.

La frase "Te diré algo que jamás hable con nadie", en ese contexto, significó para Orazia un gran interés que la hizo olvidar de su propio momento.

—Te escucho. Por favor, dime ya —pidió.

—Bueno, también mi mejor amiga fue parte en esto y no por sus consejos —aclaró—. Nos criamos juntas, ella sabía todo de mi relación. Incluso las cosas que a él más le gustaban y las que no. No debí contarle todo. Le di hasta información íntima.

—¿Lo usó para seducirlo? —preguntó. Era estadística clara.

—Supongo, pero eso no fue lo peor. Quedé embarazada. No lo busqué, sucedió. Mi pareja estaba deteriorándose, yo me daba cuenta. Sentí que el embarazo podía acercarnos. Pero, no fue así.

Los ojos se le llenaron de lágrimas, que contuvo. Orazia pensaba rápidamente opciones, pero no imaginó el desenlace.

—¿Qué pasó? ¿No quiso hacerse cargo? —conjeturó.

—Nunca supo que estaba embarazada de un hijo suyo. Fui a casa de mi amiga a contarle primero y buscar consejo. Ella vivía sola. Parada en la puerta, oí sonidos. Sexo claro y explícito. Reconocí las voces, estaba con él. No tenía llave para entrar, así que, habiendo escuchado sus orgasmos, abatida, rota, sentí necesidad de ver, de verlos.

—¿Entraste?

—Sí, pero no del modo que imaginas. Llegó un joven con un *delivery* de comida y él abrió, torso desnudo, descalzo, con una toalla cubriendo su parte inferior. Empujé al joven, la comida cayó al suelo y entré, en medio de un escándalo. Ella, desnuda en la cama, música. Él, no sé lo que intentaba explicar, los dos decían cosas que nunca escuché. El joven quería cobrar. ¡Pobre chico, como si ganaran lo suficiente para soportar semejante escena! Yo estaba en trance, solo podía sentir olor a sexo, mentiras y traición. Después de ver lo que había descubierto detrás de la puerta, me fui corriendo de ahí.

—¿Y qué pasó después?

—Ambos intentaron hablar conmigo de todas las formas posibles. No quería volver a verlos jamás. Tomé una decisión, rápida y definitiva. Aborté y, con la excusa de mi noviazgo terminado y mis ganas de radicarme en Italia, me fui.

—¿No hablaste de esto con tu familia? ¿En serio?

—No pude. No fui capaz. Todos creen que la ruptura y una pelea con mi amiga fueron los motivos y aceptaron que no daría detalles de lo sucedido. Recuerda que en mi familia ya aceptaron y acepté no saber quién era mi padre. Ese antecedente ayudó a que no pregunten, aunque querían saber. El resto aún me duele, hay días en que me arrepiento. No se toman decisiones irreversibles en ese estado de ánimo, pero eso lo aprendí tarde. Después, apareció Fabio y me aferré a él. El resto lo sabes.

Orazia se quedó perpleja, era una historia de mierda, porque decir difícil era no ser justa.

—Lo siento. De verdad —dijo. En ningún momento la juzgó.

—Debí contártelo antes, pero no pude. Solo que ahora, al escucharte hablar de pérdidas y duelos, todo volvió a mí.

—Está bien. No tienes que disculparte por nada. ¿Ellos están juntos?

—No lo sé. Supongo que, sí. Me escriben mails. A veces, los leo y otras, no. Consiguieron mi nuevo número, pero los he bloqueado.

—¿Y qué dicen?

—Nada que justifique lo ocurrido. Buscan mi perdón.

En ese momento, vinieron a buscarlas, porque el jefe las llamaba. El suplente era tan distante que Orazia deseaba que volviera el jefe titular.

—Tranquila, aprenderás a convivir con lo sucedido. Debes centrarte en ti y en Fabio.

—Tengo un "comodín", lo sabes. No es problema mi silencio.

En la radio de la cocina sonaba la canción "It aint't over till it's over", de Lenny Kravitz. Era cierto, nada termina hasta que acaba. Cada episodio llega a su fin cuando sobre su memoria cae la determinación de quienes han sido parte. La verdad a veces daña, pero sana y concluye iluminando la vida.

Hay seres, como Orazia, que arreglan hasta lo que no rompieron, mientras rearman su ser, juntando los pedazos de su propio dolor. Personas que comparten verdades, dan lo bueno y avanzan, como le enseñó su padre: un día a la vez,

ETAPA 2

Vacío

Vacío, sentimiento que ocupa todo nuestro ser al momento de enfrentar una pérdida. Nada será igual y lo sabemos. Sin embargo, ocurrido el golpe contra la realidad, los hechos son irreversibles y el concepto de ausencia es tan vital como la falsa creencia de que es imposible seguir. Una ley de piedra nos es aplicada sin piedad, ni aviso, ni posibilidad alguna de revertir sus términos.

El alma triste.

El corazón helado.

El tiempo detenido.

Un nudo en la garganta que se mezcla con nostalgia y frustración.

Una plegaria a la nada.

Un canje mental que nos lleva a imaginar las cosas de otro modo, pero no. Nada cambia justo cuando todo dejo de ser lo mismo.

Sentimos la textura de la soledad, el olor de lo impostergable. La inmediatez del dolor se convierte en la distancia entre la palabra dicha y la que no se escuchará. Se desangran las réplicas y sentimos que no es suficiente para describirnos la angustia derramada por Piazzola en "Adios Nonino". Estamos vacíos de vida y llenos de desolación. Intentamos escapar, pero descubrimos que, sea cual sea la dirección que tomen nuestros pasos, volvemos al punto de partida. El vacío gobierna, duele, indigna, provoca, espanta y revoluciona. Es injusto, frío y cruel. Nadie cree merecerlo, pero la vida manda y nos alcanza sin excepción.

Si logramos dormir, al despertar, el presente se convierte en la pesadilla que debemos enfrentar con los ojos abiertos y la esperanza cerrada, cada vez, otra vez.

Las causas son infinitas, porque las pérdidas no implican, solamente, el fallecimiento de alguien. A veces, sí es la muerte humana, pero otras es la muerte de las expectativas. Se desintegran ilusiones, planes y certezas en un segundo lapidario.

Las razones se empujan unas a otras; la arrebatadora muerte, el abandono, perder la casa, un embarazo interrumpido, traición que pone fin a amistades, cuerpos que agonizan ansiedad, depresión que se evidencia en atracones de comida, obesidad, trastornos, denuncias, verdades, abusos, falsedades, traumas, estado de indefensión, condena social, sentencias familiares, suicidios, corrupción, lealtades, arrepentimientos, amor, finales inconclusos, miedo, dudas, límites y la lista sigue abierta, porque la vida de cada quien es un mundo de incertidumbre al que el destino le planta consecuencias.

¿Qué hacer entonces para liberar la pena? ¿Cómo trasmutar el dolor? ¿Cómo avanzar en un escenario minado de sombras? ¿Cómo continuar viviendo? ¿Se llena el vacío? ¿Con qué?

Es difícil salir con tanto peso de un pozo que, además, está oscuro. Y, para mí, la peor carga en el insoportable vacío son las lágrimas. Entonces, logrado el silencio y enfrentadas las sombras, hay que llorar como si no hubiera un mañana, para que, paradójicamente, más livianos, podamos ascender a la luz, si conseguimos llegar a ese amanecer.

Llorar, tanto que el vacío se llene de alivio y los ojos se agoten de recuerdos, de conjeturas, de pensar en lo que fue y lo que no será, para hacer frente a lo que es. Llorar, al extremo de limpiar el cuerpo, la mente, el espíritu y el tiempo. Obtener como resultado un dolor purificado con la higiene vital de la angustia. Como escribió Oliverio Girondo, "Llorar a lágrima viva. Llorarlo todo, pero llorarlo bien".

¿Cuánto tiempo? El necesario. Pensar lo que estamos perdiendo a causa de permanecer enredados en lo que no podemos evitar para que eso nos sacuda. Desafiar a nuestra versión más rota y también a la más fuerte.

La vida es. Las pérdidas son. Y cada protagonista de un episodio que duele es quien decide qué hacer a partir de eso que le pasa.

Esa mañana lloró desde las entrañas. Como el primer día, como si fuera el último. Desde que se levantó hasta que salió hacia su trabajo, lloró con lágrimas de injusticia su soledad y, después, mientras realizaba las tareas, continuó llorando, pero por dentro. Abrió compuertas en los rincones de su ser para desagotar el llanto contenido. Un dique de sufrimiento se interponía entre su cuerpo y su alma, pero las lágrimas destruyeron, a su paso, los hechos de hormigón, la tierra de su sepultura y las piedras inventadas como razón de su partida.

Regresó a su casa llorando. Se duchó llorando. Escuchó la canción de los dos llorando. Miró su foto llorando. Se observó en el espejo llorando. Se acostó llorando. Se durmió llorando.

Al día siguiente, faltó a trabajar, para continuar llorando. La tristeza era infinita. No comió. No atendió el celular. No encendió la TV. No hizo nada, excepto llorar.

Lloró su cama vacía, la falta de caricias, los hijos que no tuvieron, la mascota que no llegaron a rescatar como tenían planeado, los viajes que no harían jamás. Lloró la risa que compartían, porque empezaba a olvidar su sonido.

Lloró más y peor que cuando él murió. ¿Por qué? Porque en su interior algo había estallado de realidad.

Por tres largos días con sus noches de insomnio, lloró desafiando todos los modos de llanto que existen. Fue la mejor llorando. Un récord absurdo, pero necesario, la ubicó en el podio de las lágrimas, ese que se ocupa cuando el destino se equivoca.

Lloró al amor de su vida.

CAPÍTULO 20

Literal

*La literalidad es el primer significado que tienen las palabras.
El sentido exacto de los vínculos y, también, la duda
que se esconde en su concepto.*

ROMA, OCTUBRE DE 2019

Hablar con Orazia sobre su pasado había significado para Romina, por un lado, un avance emocional, ponerle palabras a lo ocurrido; escucharse verbalizando sus decisiones y vivencias le daba un tono a su dolor que no tenía mientras había sido su secreto. Por el otro, si bien los hechos no eran más reales por relatarlos en voz alta, algo se había subvertido en su interior y, aunque fuera lo mismo, pesaba menos. Tal vez, porque es verdad universal que la amistad opera milagros al momento de dividir las penas y multiplicar el disfrute de lo bueno. No se cansaba de agradecer que Orazia hubiese aparecido en su vida para demostrarle que las personas no eran todas iguales y que siempre hay revancha, si se decide volver a empezar. Literalmente, Orazia era una razón para creer y confiar en los vínculos. Era, con exactitud, todo lo que está bien en una persona.

Recordar dolía, pero tenía que terminar con la culpa. Lo hecho hecho estaba y, por mucho remordimiento que alimentara en silencio o a viva voz, su novio y su mejor amiga la habían traicionado, había pasado por un aborto de manera apresurada, se había mudado de país y tenía una nueva pareja que ignoraba todo lo que le faltaba superar.

Eso era también literal.

Fabio le daba todo, no solo los mejores besos de su vida, sino un amor incondicional que trascendía hasta el sexo que les encantaba compartir. Se sentía valorada y segura. Le debía la posibilidad de estar en Roma retomando el control de su destino. Llevaba algunos días pensando en que se acercaba su cumpleaños. A él no le gustaban las sorpresas, tampoco a ella, de manera que la celebración no iría por ahí.

Esa mañana, había despertado temprano y él estaba en la ducha. Su celular tenía la notificación de un nuevo correo. Lo abrió.

> Querida Ro:
> Por favor, necesito saber de ti. No merecías lo que ocurrió. Menos, enterarte de esa manera, pero no pude evitarlo, me enamoré. Te quité al hombre de tu vida, y tendré que vivir con esa culpa. Necesito saber cómo estás y que me perdones…

Sin terminar de leer, lo eliminó. Se sintió impotente frente a tanto egoísmo, ¿Qué le importaba lo que ella, él o ambos necesitaran? Nada.

Salió de la cama y un segundo después, se metió en la ducha junto a Fabio. Él estaba de espaldas y, al sentir sus brazos rodearlo, giró sobre sí mismo y la besó. El agua acariciaba sus cuerpos. La sensualidad del momento hizo que él la alzara, al tiempo que la sujetó con suavidad de los muslos y provocó que ella lo rodeara con sus piernas. Se disfrutaron, se sintieron, se entregaron, se olvidaron de sus secretos y también de las amenazas que un mañana despiadado podía lanzar sobre ese amor. Se mezclaron en cuerpo y alma. El deseo los llevó lejos de allí y el mismo placer los trajo de regreso, cuando sus latidos se aquietaron.

Un rato después, desayunaban juntos. Él no podía dejar de mirarla, al tiempo que contenía sus ganas de ofrecerle y pedirle todo.

—¿Por qué me miras así?

—Porque te amo.

—Me miras distinto. No es eso —afirmó. Ella intuía que algo no le decía.

—Puede que haya algo que no te diga.

—¿Tu comodín?

—No, nada tiene que ver aquí el comodín —respondió, desechando el recuerdo.

—¿Qué es?

Fabio no tenía planeada esa conversación. Dudaba.

—Eres todo para mí, eso —dijo y se acercó a besarla una vez más.

—No era eso, lo sé, pero no insistiré —le respondió Romina con una sonrisa—. ¿Cómo quieres celebrar tu cumpleaños?

—No quiero celebrar mi cumpleaños.

—¿Por qué?

—Porque no me gustan las fiestas de cumpleaños. No me agradan mucho las fiestas de ningún tipo, en realidad. Tampoco las sorpresas y menos las fiestas sorpresa —remarcó con cierta ironía.

—Lo de las sorpresas lo sabía. Lo de las fiestas, no. Y lo de las fiestas sorpresa resulta obvio, cariño, sería un disgusto doble —respondió divertida.

—¿A ti te gustan?

—Bueno, no diría que soy fanática, pero me gusta hacer regalos a la gente que amo cuando cumple años. Y tú perteneces a ese pequeño grupo de seres —dijo con dulzura. Había logrado sacar de su mente el inicio del mail que había leído incompleto—. Debes saber que hago dos regalos.

—¿Dos? ¿Cómo sería eso?

—Bueno, un regalo es algo que sé que quien cumple años quiere, porque me lo dijo, porque lo escuché comentar que le gusta o porque de algún modo me enteré. El otro es el que yo pienso, el que me gusta imaginar y buscar, porque siento que lo amará. ¿Se entiende?

—Sabes que cada vez te amo más, ¿verdad?

—No, no lo sé, no estoy dentro de ti, pero me gusta creerte cuando lo dices.

Era muy sincera, empujaba su historia personal fuera de ese diálogo para no sentir miedo. Volver a creer era una batalla diaria que libraba contra sí misma, para poder apostar al amor verdadero.

—Debes creerme, porque es la verdad. Puedes estar segura de eso.

—¿En serio piensas que hay certezas en las relaciones?

—En la nuestra, sí —afirmó rotundo.

—Me gusta que creas tanto en nosotros —dijo, enamorándose un poco más en ese instante, sin darse cuenta—. Dime, ¿qué quieres que te regale, entonces? Porque no será fiesta con torta y velitas —bromeó.

—Quiero que entres a mi ducha como lo hiciste hoy —pidió.

—Puedo hacer eso. ¡Deseo concedido!

—Lo quiero todos los días —agregó.

—¿Qué quieres decir?

—Lo que dije. Lo quiero todos los días, literalmente hablando —repitió.

—No vivo aquí —atinó a decir.

—Exacto. Tú vives en tu departamento y yo en el mío ¿Sabes lo que eso quiere decir?

—¿Que tenemos dos domicilios? —concluyó apurada para no decir con claridad lo que de todas formas estaba pensando.

—¿Además de eso?

—No sé.

—Que uno de los dos vive en el lugar equivocado.

Fabio había descubierto su lado romántico con ella, la amaba sin-   153
ceramente. Había hallado el modo de pedirle que se mudara con él,
sin decirlo directamente. Romina se había quedado muda. Todas sus
inseguridades le cayeron encima. ¿Podía decir que sí? ¿Quería hacerlo?
¿Era su segunda oportunidad?

No lo sabía. Eso también era literal.

CAPÍTULO 21

Oportunidad

*Vibrar a la altura de nuestros necesidades y deseos
es la chance cotidiana para que lo bueno sea.*

Ushuaia, octubre de 2019

Gabriel había conseguido que Tiziana dejara de negar la situación y se comprometió a ayudarla. Desde el día siguiente, él mismo cocinaba para los dos, le preparaba la vianda saludable para que llevase a su empleo y también se ocupaba de que no hubiera escondido nada tentador en calorías en la casa, para evitar nuevas recaídas.

Además, salían a caminar antes de cenar, luego de los trabajos de ambos. Él trataba de que el ritmo fuera rápido, sabía que caminar lento, aunque fuera mejor que nada, no era lo que su amiga necesitaba.

Habían ido juntos a una psicóloga. Él la acompañaba y esperaba afuera de las consultas. La primera semana había sido tanta la angustia que Tiziana había ido lunes, miércoles y viernes. En ese espacio, comprendió que tenía mucho que sanar y trabajar en sí misma. Más allá de su actitud inicial de no rogarle a su ex, honrar su dignidad y sostener su amor propio, sumado ello a su decisión de mudarse y de creer que había superado el abandono, estaba claro que se hallaba en pleno proceso de duelo. Como consecuencia, había reavivado los efectos no deseados de los cambios radicales de su vida, no solo de la ruptura, sino también de su parte obesa, por eso los episodios de ansiedad eran cada vez más difíciles de controlar. Una labor inconsciente la llevaba a atacar su cuerpo; tal vez, si volvía a engordar su soledad tendría una justificación.

Gabriel la contenía en su llanto diario. Era como cuidar una pequeña frágil. A veces, se mordía los labios para tragarse sus propias lágrimas. Él era el fuerte en esos momentos. Se había convertido en la oportunidad que tenía su amiga de salir adelante, él podía darle contención, cuidados y amor por el tiempo que fuera.

Los desbordes, cualquiera de ellos, por acción o por omisión, tenían un costo, una inevitable consecuencia. O era física o emocional, o ambas cosas. Habían sido necesarios torrentes de angustia para subir a la balanza y también para bajar de ella y resistir el retroceso.

Tiziana estaba volviendo a empezar, ya no sabía cuántas veces había pasado por lo mismo. El cansancio que sentía era agotador.

Vivir pendiente de algo desgasta. Caminar todo el tiempo por la cornisa de una eventual recaída es insoportable. No es lógico que un ser humano pueda cometer el mismo error tantas veces. Algo está mal. ¿Quién organiza el reparto de tropiezos? ¿Por qué siempre a las mismas personas? Dicen que Dios les da las peores batallas a los mejores soldados, pero ¿quién quiere serlo? ¿Cuándo hay relevos? ¿Quién es Dios para distribuir la tristeza como si fuera un suvenir de condena que nadie quiere? ¿Quién dispone que las personas deben formar ejércitos para protegerse de sus destinos?

Gabriel era su todo. Pensaba que sin su amistad la vida no tendría sentido. Él se enojaba mucho cuando se lo escuchaba decir.

—Tizi, nadie vale la vida de nadie. Tú debes estar bien por ti. Porque

mereces ser feliz. Algunos tienen una realidad más fácil que otros, pero tampoco te creas todo lo que ves —le dijo esa noche, durante la cena.

—La verdad es que les creo a mis ojos y lo que veo es que, para mí, todo es cuesta arriba. Estoy cansada. Solo si pienso que no puedo defraudarte, después de todo lo que hiciste y haces por mí, me siento un poco más comprometida con seguir.

—No vuelvas a decir algo así. No me gusta, me lastima. Tú eres un ser maravilloso, una Amazona, una guerrera y, como que me llamo Gabriel Duran que te veré feliz.

—Hablas como si fuera tu misión —bromeó.

—No lo es. Eres mi amiga —dijo muy serio—. Bueno, eso es verdad, pero eres también mi propósito. Discúlpame, pero no me gusta ver desorden en el alma de las personas que quiero.

—A veces hablas tan suave que podría llamarte pétalo. ¿Desorden? ¿En serio? Mi alma es la franja de Gaza, mi vida es caminar por un campo minado y tú te refieres a mi estado como si fuera un cajón desordenado. Me río por no llorar otra vez —dijo con sarcasmo.

—Te ríes y con eso me alcanza.

—Gracias —dijo con cariño—. Algún día espero poder devolverte todo lo que haces por mí.

—Deseo fervorosamente que no me haga falta, pero si así fuera, más te vale que estés allí —amenazó señalándola con el dedo índice, si no te mataré con mis propias manos, aunque haya dejado la vida para sacarte adelante.

•• •• ••

La tarde de ese día, luego de llevar de excursión a unos turistas al Tren del Fin del Mundo y al recorrido de la zona, sintió que necesitaba ver a su padre. No era posible, lo sabía. Nicasio Duran había fallecido un año atrás y lo extrañaba. Desde entonces, solía ir al cementerio, sen-

158

tarse frente a su lápida y hablarle, como un modo de tenerlo al tanto de su vida mientras se acostumbraba a su ausencia. La última vez había visto a un hombre algo canoso, de unos cincuenta años, había calculado, dejar un ramo de flores en la sepultura de al lado. Como era muy curioso, miró y advirtió que era de otro hombre, "1968-2018", decía la placa. Joven para morir, pensó.

Los sonidos del cementerio le daban calma. Era raro que le gustara estar allí, pero así era. Tal vez, porque se sentía más cerca de su padre. Justo enfrente de la sepultura había un banco doble de madera bajo un roble. Había pagado mucho dinero para enterrarlo en esa parcela que lindaba con el camino, justamente porque se había imaginado lo que hacía ahora: ir, sentarse y conversarle a su espíritu.

—Hola, papá. Te extraño. Te extraño mucho —enfatizó—. Sigo solo, el cretino que te conté tiene esposa y estaba embarazada cuando comenzamos a vernos. Lo estoy superando. —Silencio. Pájaros cantaban a los lejos—. Mentira. No lo superé. Me encantaría volver a verlo. Soy un idiota, ya lo sé. No me valoro, también lo sé. Te escucho diciéndolo al punto de dudar de que estés muerto, papá —se rio de sí mismo—. No quiero estar solo, pero no es fácil conocer a alguien. Además, me agota que las personas crean que, porque conocen dos hombres gay, los tienen que presentar. Eso no funciona —hizo una pausa y continuó—. No le prendo velas a san Antonio, pero tú, que estás en el más allá, ¿podrías hablar con alguien? Digo, Dios, no sé, Él todo lo puede y tú podrías pedirle el favor de que haga algo para que yo viva mi gran historia de amor. Te lo pido, porque ¿a Dios qué le haría este favorcito? ¡Nada! Y a mí, sin ayuda se me está complicando —volvió a reír—. Si no puedes, no te preocupes, pero inténtalo —insistió—. Bueno, te cambio de tema. Estoy haciendo lo que me enseñaste, "nunca se abandona un amigo", me decías. Bueno, Tiziana, mi mejor amiga, la está pasando mal y yo soy su "todo", ella dice eso. Estarías orgulloso. ¿Estuviste orgulloso de mí cuando vivías? Nunca me lo dijiste, pero me abrazabas fuerte. Era lindo. Tú ¿qué tal? ¿Cómo es la eternidad? ¿Es cierto que hay paz y te reencuentras con los que partieron antes? Lo del campo floreciente, el viento suave, el sol tibio, no me lo creo, pero, bueno, tú me dirás.

De pronto se le caían las lágrimas.

—No. No me dirás nada, ya no puedes hacerlo. Lo siento, papá.

—Yo creo que puede oírte y, si prestas atención, verás que te envía alguna señal —le respondió una voz grave y muy masculina desde atrás.

Gabriel giró para ver quién estaba allí y se sorprendió gratamente cuando observó al hombre que había visto visitar la tumba de al lado. Estaba de pie con un ramo de coloridas flores. De inmediato, pensó que ese ejemplar masculino cumplía a la perfección los requisitos de la regla "no caridad". Actuó rápido, era una oportunidad. Rara. Muy rara, pero oportunidad al fin. Nada en él denotaba que fuera gay, pero era. Gabriel estaba seguro. ¿O serían sus ganas?

—Gracias. ¿De verdad lo crees? —dijo algo emocionado y entusiasmado también. ¿Le mandaba su padre una señal? ¿Tan rápido actuaba Dios si le hablaban de cerca?

—Sí.

—¿Tu hermano? —preguntó haciendo referencia a la sepultura vecina. Necesitaba saber.

—No. Mi pareja.

Gabriel sintió que todas las aves del cementerio bailaban al ritmo de su ilusión. También cantaban. De hecho, él hubiera jurado que habían organizado una fiesta espontánea y estaban celebrando ese encuentro.

CAPÍTULO 22

Víctima

*Porque somos vulnerables, debemos ser cuidadosos,
no cualquiera merece un lugar en nuestra confianza.*

Vito era reconocido como un prestigioso psicoanalista que conocía a la perfección los códigos de ética de su profesión. Ello conllevaba la certeza de que sabía con exactitud cuáles eran las consecuencias de aprovecharse de la vulnerabilidad de una paciente. Sin embargo, no se había detenido a tiempo. Las alertas habían caído al vacío de su ego. La oportunidad de conocer el lado frágil de su paciente se había sumado a su capacidad de manipularla. Había pasado semáforos en rojo, ignorando el desbalance de poder y su juramento hipocrático. Se había enredado en su propia sombra y, como dicen, "al mejor cazador se le escapa a liebre", y al tiempo de tratar a la joven Maura, eso había ocurrido.

Maura tenía veinte años, había llegado a su consultorio por recomendación de la mejor amiga de su madre, pues había atendido a su hija y la había sacado adelante. La preocupación de sus padres era mucha, no solo por lo que veían, sino por lo que ella misma contaba. Ellos lo habían intentado todo para ayudarla, pero Maura siempre elegía al novio. Se alejó de sus amigas, abandonó la facultad, dormía mal, se alimentaba peor, le costaba tomar decisiones en su favor y cargaba con una vida llena de estrés y frustración. Su autoestima era nula, se sentía fea y sin valor como consecuencia del trato que recibía de su pareja. Estaba muy angustiada. Vivía con él, de quien decía estar enamorada. Los hechos mostraban que él la descalificaba permanentemente, la celaba y ejercía un control sobre su vida que permitía advertir rasgos de psicopatía. Peleaban mucho, pero mientras ella lloraba y sufría, él parecía disfrutarlo. Había pensado en dejarlo, pero no sabía cómo, porque, para ella, imaginar la vida sin él era peor que seguir como estaba.

Lo que más le había gustado del licenciado Vito Rossi era que la escuchaba con atención. Maura hablaba, incluso de sexo, aunque su novio y ella no tenían problemas en ese plano, y él le decía lo que necesitaba oír. Elevaba su autoestima. Ella se tendía en el diván y él no dejaba de observarla. Le decía que era inteligente y atractiva.

Así, el tiempo fue transcurriendo y una vez a la semana, sagradamente, Maura iba a terapia. Bajó de peso, se compró ropa, se bronceó en el *solarium*. Se le aceleraba el corazón cuando entraba a la consulta. Pensaba que Vito la valoraba, no como su novio, que nunca le decía nada lindo. La imagen del novio en cuestión se había ido desmoronando, al tiempo que la confianza en el psicólogo crecía. Ella confiaba en él porque la hacía sentir muy especial, pero había algo que también la desesperaba. Sin dar nombres, le hablaba de otras mujeres como ejemplo y ella moría de celos, al no saber si eran imaginarias o realmente existían en su vida.

Maura llevaba seis meses en terapia cuando se sentó en la barra de un pub y marcó el número del móvil de Vito. Eran las diez de la noche y él contestó. Le dijo que estaba tomando un trago y le preguntó si quería ir. Él llegó en quince minutos. Conversaron por horas, se rieron, coquetearon y terminaron besándose. Después cada uno se fue a su casa.

Ella quedó en las nubes. Al día siguiente, fue a la consulta ilusionada y él le advirtió que no podían volver a juntarse afuera de su consultorio, porque no quería poner en peligro su noviazgo. Que ir la noche anterior había sido un error.

Maura se sintió traicionada. No entendía nada, ni siquiera sabía que tenía novia. No quería volver a verlo, pero a la vez, sí. La situación empeoró la relación con su pareja, quien, al verla llorar sin consuelo, la hostigó hasta que confesó lo ocurrido. Entonces, esa noche, la echó literalmente de la casa que compartían. La empujó a la calle. Llegó vencida a casa de sus padres y lo contó todo. Esa madrugada, desbordada, había tomado una sobredosis de somníferos. Luego de ese episodio, sus padres se asesoraron y la instaron a denunciar a Vito Rossi en la justicia y en el colegio profesional.

El caso llegó al espacio universitario donde Vito Rossi trabajaba. Cuando la denuncia se hizo pública, el escándalo cobró una gran magnitud. La información era tergiversada por algunos medios y tratada con seriedad en otros. Se visibilizó una conducta reprochable e injusta. La gravedad de los abusos no siempre está dada en un marco sexual. Tiene que ver con cómo se siente la persona, cómo operan los roles de poder y la influencia emocional que tiene un profesional sobre alguien completamente indefenso y vulnerable.

Vito había incurrido en muchos errores, pero no podía perdonarse el error técnico, había perdido de vista el objetivo de la terapia para privilegiar la satisfacción de su ego.

Maura, como la mayoría de los pacientes en su situación, había interrumpido el tratamiento; quedó severamente desorganizada y, por supuesto, con secuelas. Lo que había gatillado el daño era un profundo sentimiento de traición. Cualquier beneficio terapéutico que hubiera obtenido antes de lo ocurrido se había anulado. Los síntomas que la llevaron a consultar se agravaron y a esto se sumó que debía elaborar y superar el nuevo trauma.

En la lista de secuelas posibles de un abuso figuran depresión mayor, abuso de alcohol y drogas, cuestionamiento del propio sentido de la realidad, dudas sobre la orientación sexual, disolución de parejas y hasta suicidio. Durante los meses posteriores a las denuncias, Maura no había escapado a ninguna, a excepción de poner fin a su vida.

Así las cosas y beneficiado en la justicia por falta de pruebas para que los hechos constituyeran un delito, Vito no tenía una condena penal, las pericias para medir la credibilidad del relato de su paciente no resultaron cien por ciento verosímiles, ya que la víctima tenía antecedentes de severa angustia y el abogado defensor se había ocupado de enfocarse en ello.

Era más de lo mismo, dado que la relación entre un paciente y su terapeuta es a puertas cerradas, no había testigos ni pruebas, a menos que hubiera habido violación, y no era el caso. Entonces, Vito fue amparado por el principio conocido como *in dubio pro reo*: en caso de duda, debe estarse a favor del acusado.

Sin embargo, sí había sido destituido de su cargo como docente y el Colegio de Psicólogos de la Provincia de Buenos Aires lo sancionó. A eso se sumó la vergüenza infinita de haber perdido su prestigio profesional y convertirse en alguien condenado por la sociedad y por sus colegas. Decidió dejar a Bruna, cerrar su consultorio y mudarse a vivir al fin del mundo, donde nadie lo conocía, para intentar volver a empezar.

Muchos autores han analizado la falacia de la pendiente resbaladiza como un argumento que propone que, cuando se da un primer paso hacia una dirección, una serie de consecuencias inextricables conducirán, en última instancia, a un resultado desastroso. Así había sido para todos los involucrados.

¿Podrían volver de allí? ¿Es posible deconstruir errores y transformarlos en aprendizaje?

CAPÍTULO 23

Bruna

¿Es verdad que hasta los callejones sin salida ofrecen
la opción de dar la vuelta y tomar otro camino?

BUENOS AIRES, NOVIEMBRE DE 2019

Desde la llamada de Vito, todo parecía continuar igual, pero no. Algo había cambiado para Bruna. Solo ella lo notaba: su mirada tenía, por momentos, un destello de expectativa. Era como si un rayo de energía invisible recorriera su memoria y le suplicara de rodillas que no se acostumbrara a lo que no le gustaba. Entonces, sus ojos cambiaban la expresión y cierta osadía reprimida les daba un fulgor instantáneo y efímero.

Su suegra había regresado a la casa, pero siempre en presencia de Ramiro y no había insistido con llevarse a la pequeña Marian. No por ello había dejado de hostigarla. Todo su accionar tendía a hacerla sentir incómoda, mal o ambas cosas a la vez. Tenía como obsesiones a corto plazo, que cedían su lugar a otras. La insistencia en salir sola con la niña había cambiado por la idea de que Ramiro estaba débil, que lo veía muy delgado, que no se alimentaba bien, que tenía que ir al médico a hacerse un chequeo y él, que casi nunca tenía tiempo para nada, había accedido a ir al clínico de la familia y hasta se había hecho análisis de rutina. Todo estaba bien, a excepción de que, una vez más, su madre había impuesto su voluntad. Incluso había ido con él. Un vínculo enfermo, según Bruna.

Aquella mañana estaba trabajando en el consultorio, luego de haber dejado a su hija en la guardería, a la que asistía unas horas. Se sorprendió mirando el móvil a la espera de algún mensaje desde Ushuaia que no llegaba. Se sentía culpable, pero no podía controlarlo. Vito estaba desde la ausencia, como una alarma que activaba sus sentidos. La razón le decía que debía alejarse de la idea de comunicarse con él, pero algo le rogaba que lo hiciera, como si fuera necesario para sentirse mejor.

Trabajó más de lo habitual, con la idea de que estar muy ocupada sería un antídoto contra el impulso, cada vez más fuerte, de regresar caminando a su casa y llamarlo para escuchar su voz.

De pronto, su móvil vibró en el bolsillo, lo miró rápidamente, era una llamada perdida de su esposo. No tuvo ganas de hablar con él. La noche anterior habían discutido otra vez. Desde que se había acercado a su pasado, al recuerdo de la mujer que había sido y a Vito, tenía menos paciencia. Debía reconocer que todo le molestaba y que hasta a ella misma le costaba tolerar sus cambios de humor.

Antes de terminar la jornada, le envió un mensaje a Ramiro avisándole que llegaría más tarde a la casa. Él, sin preguntar el motivo, solo respondió "Ok", lo que ella interpretó como una señal en su favor para hacer lo que tenía ganas. Si no le importaba porque iba a demorarse, a ella tampoco le daría culpa priorizar sus deseos. A veces, las personas ajustan situaciones a la medida de lo que quieren hacer. Les cambian la forma y los detalles. Convierten los hechos en un manojo de subjetividades que los legitima a avanzar en un sentido que les genera dudas y remordimientos, como si estuvieran haciendo lo correcto. Este era el caso de Bruna ese día, ya que Ramiro le daba libertad y muchas veces le respondía brevemente porque estaba ocupado. Peleaban, podía tener mil defectos, pero confiaba en ella y la amaba.

Emocionada, caminó hacia su plan, buscó un lugar en una plaza casi vacía. Se sentó y llamó a Vito.

Cuando Vito reconoció el número, no pudo evitar sentir una implosión en su interior. Era ella, aunque fuera para maldecirlo, era ella la que estaba llamando. Él ya estaba de regreso en su casa, de manera que podía hablar tranquilo.

—Hola —saludó en tono firme—. Quiero me digas todo lo que no me dijiste cuando decidiste irte sin hablar conmigo. —Tenía el control de la conversación o pretendía tenerlo.

—Hola, a mí también me alegra oírte —respondió él para suavizar su tono.

La conocía bien. Había dado un gran paso al llamarlo y quería disimularlo, mostrándose fuerte y decidida. Él sabía que en ese momento se sentía más vulnerable que nunca, porque estaba exponiendo lo que sentía. Bruna era impulsiva y la pregunta que le había hecho hasta sin saludar era, en realidad, una respuesta para él. Si pedía explicaciones del pasado, era porque todavía lo ocurrido tenía un lugar en su presente. Podía avanzar, lento, pero podía. Así lo interpretó y, aunque fuera egoísta, no quiso medir consecuencias. Era la mujer que amaba.

—¿Está bien si empiezo por decirte que tu vida fue más importante que la mía? No quise arrastrarte al barro en que estaba envuelto. Partiendo de allí, podría darte muchos motivos más.

—Te escucho —contestó desarmada por dentro. ¿Renacía el amor? ¿Siempre había estado ahí? Quería besarlo, volver el tiempo atrás, pero solo permaneció callada esperando—. Puedes hacer una lista, si quieres —agregó con ironía.

—Cometí muchos errores, no pelear por ti, para protegerte, fue otro motivo. No hablé contigo entonces, porque no me hubiera ido y quedarme era imposible. Hubiera sido arruinar tu vida. Merecías más que eso, de hecho, pudiste continuar —dijo aludiendo a su matrimonio, su hija y su título.

—Tú no tienes idea de lo que ha sido mi vida desde que te fuiste. Una cosa es lo que se ve y otra lo que hay detrás de la máscara.

—No digas eso, eres triunfadora. Supiste tomar toda la riqueza potencial de la sombra y utilizarla en tu provecho. Te has casado, eres madre y también profesional…

De pronto, Bruna sintió su mente limpia, conceptos claros, una catarata de información y citas la abrumaron. Fue feliz por eso y olvidó todo lo demás.

—John R. O'Neill —dijo—. Recuerdo esa clase, auténticos aprendices de la profundidad, Winston Churchill, Eleanor Roosevelt, Thomas Jefferson, ejemplos históricos de personas que supieron aprender de sus propios fracasos, errores y sufrimientos y utilizar adecuadamente sus enseñanzas.

—Veo que tu memoria está intacta.

—No soy triunfadora, soy sobreviviente. Tal vez, aplique para ti, pero no para mí.

—Puede ser, solo diré que lo perfecto suele ir acompañado de algo devastador y yo tuve que tomar distancia para recomenzar y aprender lo que mi ego tenía para enseñarme luego de lo ocurrido. Si no eres triunfadora, dime ¿cómo has superado nuestra separación y has podido empezar una nueva vida?

—No lo he superado. Hay mucho que no sabes —tenía un nudo en la garganta. Deseaba contarle hasta el último detalle de sus días a partir de su ausencia, pero no lo hizo. Miró el reloj y agregó—: No me llames.

Yo lo haré. Debo cortar –y lo hizo. Su reserva emocional no le permitió continuar escuchándolo.

Además, tenía que ir a buscar a Marian, caminó con prisa hacia la guardería, sin poder contener las lágrimas. No solo por todo lo que él había dicho, sino por su carrera abandonada, a la que amaba tanto y había dejado atrás. Hablar con Vito era sentir que se había equivocado, ella había nacido para ser psicóloga, y lo era, pero también para ejercer esa profesión y se había negado esa posibilidad.

Llegó a la guardería y la recibió la directora con cara de sorpresa.

–¡Hola, Bruna! ¿En qué puedo ayudarte? –preguntó cordialmente.

–Vengo a retirar a Marian –respondió algo desorientada. Se había puesto sus gafas de sol.

–Pues la señora Olga, vino a buscarla hoy temprano.

–¿Qué? –gritó fuera de sí–. Yo no autoricé eso –reclamó.

–Trajo una nota firmada por el señor Ramiro que le daba ese permiso. Sabes que en los casos de matrimonios, padre o madre pueden autorizar el retiro de sus hijos menores si la firma de quien los viene a buscar está registrada y la abuela lo hizo a principios de año.

Sin responder, Bruna llamó por teléfono a Ramiro, al tiempo que se subía a un taxi.

CAPÍTULO 24

Noviembre

Noviembre era la unidad de medida de las expectativas
y era también el mes de los latidos más fuertes.

USHUAIA, PRINCIPIOS DE NOVIEMBRE, 2019

Natalia llegó a su trabajo con un nivel de ansiedad importante. Era tiempo de definiciones. Esa tarde debía realizar la transferencia a la agencia de viajes para pagar los pasajes y la estadía en Roma. Benito y ella habían resuelto que ese sería el destino y luego, desde allí, decidirían si iban a Amalfi. Estaban abiertos al plan según cómo fueran transcurriendo los días. El almanaque indicaba que vivían la primera semana de noviembre y la fecha de viaje era a mitad de mes. Su licencia por vacaciones en el banco estaba aprobada, tenían euros y dólares en efectivo –los que Benito le había dado más sus propios ahorros– y faltaba retirar más dinero de la caja de seguridad del banco. Su padre insistía en no decir nada con antelación, sino comunicarlo arriba del avión o desde el aeropuerto de Ezeiza, en Buenos Aires, desde donde partirían. Ella había aceptado esa idea osada, pensando que sería fácil mantener la boca cerrada hasta el final, pero lo cierto era que ahí estaba la inminente partida; el silencio gobernaba el plan y ella se cuestionaba lo que estaba haciendo.

Pensaba en su madre y en su hermano, analizaba la situación y sentía que, a pesar de ser como eran, no merecían estar al margen. Sin embargo, no era menos cierto que incluirlos era desbaratar la posibilidad de hacer y vivir lo que deseaban, para cumplir sueños, para sanar heridas, para enterrar muertos, para enfrentar secretos. Ese viaje no era solo un cambio de lugar geográfico, tampoco turismo o lazos familiares, era mucho más. Simbólicamente, en Roma estaban las llaves que abrían y cerraban puertas, de cara al tiempo infinito que le impedía a Natalia la posibilidad de ser feliz y vivir libre de culpas.

Sumida en sus pensamientos, extrañando a su hija más de lo que un corazón podía resistir, intentando disfrutar que pronto iba a abrazarla, consciente del alcance de la decisión de irse con su padre a Roma, llegó la hora de un *break* y se fue al *back office* por un café. Allí, Lorena, hablaba por teléfono y tenía los ojos vidriosos, mientras confirmaba algo con alguien respecto de documentación y fechas. A Natalia le pareció que era la venta del departamento. Le hizo señas preguntando si se iba, pero su amiga le indicó que no con la cabeza y le tomó la mano, reteniéndola. Permaneció en ese gesto unos instantes, hasta que cortó. El contacto físico, por breve que fuera, era una especie de *coaching* emocional en momentos cruciales. Apretar una mano quería decir y decía: Estoy, te apoyo, todo estará bien, estás avanzando, no dudes, no tengas miedo.

Finalmente, rodaron dos lágrimas por su rostro que secó con las manos. Natalia le preparó un café.

—Te escucho —dijo.

—Está hecho, Natalia. Era el martillero. Llegan los informes de dominio y en una semana estaré firmando la escritura de venta. Aparecieron interesados, hicieron una oferta, acepté y hay una reserva en la inmobiliaria.

—¡Parece que noviembre es el mes para ambas! Hay que celebrar —agregó—. En verdad vas rápido con tu "lista mental y algunos movimientos internos" —la citó textualmente. Ambas rieron.

—Lo intento.

—¿Y qué harás cuando entregues la propiedad?

—Iré a vivir con papá un tiempo. Recibo el dinero de la venta en dólares, puedo decidir con tranquilidad —dijo con referencia a la moneda argentina, que solía devaluarse.

—Me parece bien y, de paso, lo tienes cerca y disfrutas de él durante tu proceso.

—¿Y tú? ¿Cuándo se van?

—Mitad de mes. Hoy pagaré y emitirán los tickets aéreos, no puedo creer que de verdad estamos haciendo esto.

—¿Y por qué no te veo exultante?

—Hay varias cuestiones que tú no conoces, ir a Roma es enfrentar mis demonios. Además, si bien descarto hablar con mi madre, hace días que pienso si no debería conversar seriamente con Guido. Yo siempre respeté su vida, lo quiero y, aunque no nos parecemos en nada, es un buen hijo con mis padres. Llevarme a papi así, no sé, será que la fecha de partida tan cercana me está llenando de dudas.

—Por lo que sé de Guido, no sería una conversación fácil, pero no significa que no debas tenerla. No sé si la hiciste ni cómo sería tu lista, pero ¿qué tal si haces una breve?

—Recuerdo la tuya "Bebé. Soledad. Vivienda", pero no me atreví a hacer la mía. Digamos que tengo muchos frentes —respondió—. ¿Cómo sería una breve?

—Sería lo inmediato, por ejemplo: "Conversación. Maletas. Partir". Lo que tienes que resolver urgente y que no se vincula con tus demonios —sugirió intuitiva.

—Tienes razón.

—Hazlo cuanto antes. Para bien o para mal, te sentirás más liviana.

No hablar es una carga, hablar y que no haya acuerdo es haber agotado todas las instancias.

—Sí, es cierto, pero hablar implica que pretenda impedirlo.

—No si eres lista. La honestidad tiene sus escondites —dijo y la miró con picardía.

—¿Cómo sería?

—Háblale del viaje como una idea a futuro, dale tus razones, escúchalo, intenta logar su empatía. No sé, recuérdale que siempre has aceptado su vida, sus elecciones y su modo de pensar, desde el amor y el respeto, que así funciona la familia y ahora es tiempo de estar para Benito. Algo así. Luego, decides.

—¿Decido qué?

—Si revelas el plan o sigues adelante sin su apoyo, pero habiendo dejado claro tu argumento.

—Siento que estás dándome cátedra de vida, a lo Cayetano contigo y la "tierra en los bolsillos" de la casa.

—No es para tanto, estar fuera permite ver la foto completa de una situación. Tú haces lo mismo conmigo.

—Supongo que esta amistad crece al ritmo de la profundidad de lo que atravesamos juntas.

—Eso creo.

De pronto una fuerte lluvia se desató en el fin del mundo y, desde su móvil, Natalia, que amaba asociar la música con momentos, hizo sonar "November rain", de los Guns and Roses. Escucharon la canción en silencio, como una pausa tácitamente convenida en la que cada una volvió a su propia historia y pudo mirarla desde otra perspectiva. La observaron desde noviembre del año en curso, un momento recién llegado que partiría también para no volver, como cada minuto, día o mes de la vida misma.

Las dos avanzaron después de esa conversación. Escuchar en silencio la canción fue un modo de consolidar la importancia de compartir vida para multiplicar posibilidades. Lo que fuera era más fácil en equipo.

Natalia pensaba en su lista. Tenía que hacerla. Empezaba con "Hablar con Guido", eso era seguro. Al salir del trabajo, lo llamó.

—Hola, Guido.

—¿Sucede algo? ¿Romina está bien?, ¿y tú? —preguntó alarmado. Natalia no solía llamarlo mucho.

—Todo está bien. Solo me gustaría conversar contigo.

—Natalia, eso es raro en sí mismo. ¿Qué pasa?

—Bueno, no tenemos esa costumbre, pero eres mi hermano, después de todo. Supongo que estoy poniéndome vieja y sentimental. Hay cosas que me suceden y que me gustaría conversar contigo, tener tu opinión.

Silencio. Guido oscilaba entre la sorpresa, la curiosidad y la duda. Su hermana nunca había seguido un solo consejo suyo. No lo enfrentaba nunca, pero hacía lo que quería ¿Cambiaban eso los años? No lo sabía, pero si su hermana lo necesitaba, él estaría.

—La verdad, me sorprendes, pero, si eso quieres, te invito a cenar a casa esta noche. Iré más temprano a casa de papá y mamá y te espero.

Natalia pensó que era obsesivo en sus cuidados y control. No pasaba nada si un día no iba a casa de sus padres, pero era imposible que él lo comprendiera. Agradeció que aceptara, pero esa noche era muy pronto.

—¿Mañana? —preguntó, como si darse un día más lo hiciera más simple.

—Mañana no puedo. ¿Pasado?

—¿Tienes una cita? —preguntó.

—Tal vez.

—Que sea pasado mañana, entonces. No somos confidentes, pero quizá es un buen momento para empezar, hermano —dijo sin pensar.

—Definitivamente, algo pasa contigo —dijo con cierto humor—. Te espero.

Guido cortó la comunicación y se sorprendió con una sonrisa. Era agradable sentir a su hermana desde ese lugar. Luego recordó que su gran amor le decía siempre que Natalia era especial y que debía acercarse a ella. Conmovido, suspiró.

Sonaba "Take me to the church", de Hozier. Al final, algo en común tenían, además de la sangre, amaban la música y vincularla con la memoria de las emociones. Quizá hubiera que empezar por allí, por lo que se compartía, y no sentarse a renegar enumerando las diferencias, para luego desistir.

Seguía lloviendo sobre noviembre y el agua limpiaba el presente.

CAPÍTULO 25

Inmoralidad

¿La inmoralidad de los menos malos
se parece a la moralidad de los peores?

USHUAIA, NOVIEMBRE DE 2019

Gustavo Grimaldi había estado más de un mes peleando por su vida. Pasó por varias intervenciones quirúrgicas para extraer las balas y estaba en coma inducido. A consecuencia de la bala que había rozado su cabeza, se acumularon fluidos en el cerebro, lo que generaba presión. Como el cráneo es rígido e impide que se expanda, la presión interna había aumentado. Los médicos decidieron sedarlo para reducir el consumo de oxígeno y energía. Mientras tanto, monitoreaban su actividad. Buscaban proteger el cerebro y darle tiempo al cuerpo para recuperarse.

En casos como el de Gustavo, la clave era esa: proteger el cerebro de una lesión secundaria por la alta presión interna; porque si bien una hinchazón es un mecanismo del cuerpo para reparar, si la presión no se reduce, algunas partes de este órgano dejan de recibir sangre oxigenada.

Afortunadamente para Gustavo, iba en progreso. Evolucionaba lento al principio y después mejor que los pronósticos. Eso era también una ventaja para González, su agresor, ya que, si Grimaldi fallecía, la carátula judicial pasaría de tentativa de homicidio a homicidio simple o calificado, lo cual implicaba, dependiendo de su suerte en juicio, mayor cantidad de años en la cárcel. Dada su mejoría, habían comenzado a quitarle los sedantes. Iván quería estar allí cuando despertara. Y eso ocurriría presumiblemente aquella mañana.

Una enfermera entró a la habitación y el paciente parecía continuar dormido. Sin embargo, hasta para salir de un coma inducido hay variables. Gustavo había despertado internamente. No tenía fuerza, ni voluntad de abrir los ojos o mover el cuerpo, porque en su mente los hechos se mezclaban de modo atemporal y se superponían unos contra otros. ¿Estaba muerto? ¿Por qué sentía que no sentía nada? ¿Adriana? ¿Iván?, segmentos de su vida caían sobre su memoria cuasi anestesiada. Lejos de repensar sus acciones, sus amplios modos de traición y sentir, como otros que enfrentan la muerte, que debía redimir sus errores, él solo quería el control de sus vicios y negocios. Incluso el deseo sexual fue parte de sus pensamientos, esa mujer era un anuncio de más caos. ¿El dinero? ¿González? Hijo de remil putas, pensó, al recordar los disparos. ¿Había hablado? Pero no fue hasta que pensó en la droga que abrió los ojos, exaltado, y el dolor en su cuerpo le hizo saber que estaba vivo.

Su esposa, Adriana, sentada a su lado, llamó a los médicos y lo besó llorando, mientras presionaba el rosario que tenía en sus manos contra el pecho y agradecía.

Iván llegó en ese mismo momento y sintió un gran alivio. Era su amigo. La amenaza latente de su muerte, más allá de todo, le había quitado el sueño durante muchas noches. Sin embargo, seguro de que viviría, olvidó rápidamente que había podido morir y no pudo evitar enfocarse en las causas de los hechos y, mucho más, en las

consecuencias. El alcance de esas denuncias podía salpicar barro y hacer rodar cabezas con jerarquía, para mostrarle a la sociedad que la ley era justa y funcionaba para todos igual. ¿Corría riesgo su cabeza? Era el jefe de los dos agentes y de muchos otros. La respuesta era una sola: sí.

Necesitaba hablar con él, a solas, antes de que fuera interrogado. González seguía negándose a declarar.

Un rato después logró el espacio. Los médicos habían indicado que el paciente debía descansar y el mismo Iván había convencido a Adriana de que fuera a su casa a darse un baño y dormir un rato tranquila, ya que él se quedaría allí.

Gustavo se había dormido y al despertar nuevamente, la conversación fue tan necesaria como inmediata para Iván.

—¿Qué hiciste? ¿Por qué González te disparó para matarte?

—Me alegra que estés contento de que me he salvado —dijo con ironía.

—Basta, no quería que murieras y lo sabes, pero los daños de todo esto me preocupan. Dime la verdad, toda.

—Nada que no hiciéramos antes.

—¿Hiciéramos?

—No tú, exactamente, otros y yo, está claro —respondió observándose así mismo. Era evidente que lo habían atacado por algo—. Tienes que ir a un lugar y sacar algo de allí —pidió.

—No haré nada si no me dices antes qué está sucediendo.

—Lo harás. Me lo debes —recordó tácitamente el viejo favor.

—Gustavo, la verdad —repitió—. Debes decirme. Aún eres la víctima, pero González no declaró.

—No tengo tiempo para contarte todo, me acosté con la mujer de González, no va a contar eso y ni siquiera es grave.

—Parece que lo fue para él, casi te mata. Se juega su libertad y su placa —agregó y le dio espacio para que siguiera hablando.

—No me disparó por eso. Ni siquiera lo sabe, creo. Salvo que ella misma le haya contado.

—Ah, ¿no?

—No. Ya no veo a su mujer, quédate tranquilo.

—Contigo estar tranquilo no es una opción. ¿Por qué lo hizo?

—Hay un tipo, José, en el cementerio; hace rato que sabe que las quemas son por menor cantidad, siempre lo ve a González en la custodia. Un día estaba yo, me cae bien el tipo y le hice algunos favores, me aprecia y se animó a contarme. De inmediato, le dije que si hablaba, ninguno contaría la historia, que varios policías recibimos ordenes de él y de un juez. La última vez la moral lo estaba agobiando. Tuve que pensar en algo para protegerme y, llegado el caso, desviar acusaciones. Ahí aparece la mujer de González, ella fue un medio.

—No entiendo nada. ¿Qué tiene que ver la mujer de González? ¿Un medio para qué?

—Para no ser investigado, supuse que José iba a denunciar. Entonces, la seduje y planté droga. No toda, pero mucha en su casa. El día que me disparó, más temprano, me había enterado de que José había denunciado y estaban allanando el domicilio de González. O sea, que llegué a tiempo. Me sobran las tres balas en mi cuerpo —dijo con ironía—, eso no lo vi venir, pero el resto funcionará bien. Lo demás no hace falta que te lo explique.

Iván no podía reaccionar. La frialdad de su amigo era temeraria.

—¿González está limpio?

—¿Qué es estar limpio? A esta altura, imagino que, además de la tentativa de homicidio, debe de tener una causa por tenencia de estupefacientes con fines de comercialización —afirmó—. Muy limpio no está —hizo una breve pausa y continuó—. Debes ir al depósito del bar que ya sabes, al sitio correcto y sacar todo de allí. Llévalo a un lugar seguro, hasta que yo salga de aquí y consígueme un móvil descartable.

En ese momento, la enfermera le indicó que debía retirarse y dejar descansar al paciente. Iván, absolutamente consternado, salió de allí.

Tropezó a su paso con la mugre y la vergüenza, que caían de sí mismo, más lo que le llegaba desde los pensamientos, la cara de los policías que sospechaba involucrados, las víctimas, los victimarios, la mentira, la corrupción. Todo era basura. El favor que le debía a Gustavo era una tortura. Estaba atrapado. Su informante, delincuente de poca monta, tenía razón, no eran tan diferentes los buenos de los malos. La misma mirada de barro y garras de traición. La definición de mugrosa inmoralidad.

CAPÍTULO 26

Regalos

*El secreto es regalar momentos que se queden,
aun cuando las personas que los hicieron posibles un día no estén.*

Romina había realizado cambios en su vida. Le gustaban y la atemorizaban a la vez. Cuando Fabio le había pedido que se mudara con él, se había sentido confundida, no había podido determinar, en ese momento, sin margen de duda, qué era lo que deseaba. A ese día le habían seguido otros, desde los que, sumergida en una nostalgia inesperada, extrañaba a su familia y, si bien estaba segura de amar a Fabio, no había sido capaz de darle una respuesta. Él no la presionaba.

Romina pensaba en su familia. Quería verlos, abrazarlos, saber que estaban bien, pero estaba lejos, solo era posible una videollamada. Orazia le había dicho que eso era normal y que creía que en buena medida se debía a la muerte de su padre. Eso, según su opinión, la había hecho pensar en la posibilidad concreta de que la vida, un día y sin avisar, termina para cualquiera.

Así habían llegado al 18 de octubre, día del cumpleaños treinta y cinco de Fabio. Romina tenía decididos sus regalos. La noche del 17 no había dormido con él como parte de su plan de celebración. Fabio se había sentido mal por eso, pero no se lo había dicho.

A la mañana siguiente, muy temprano, ella fue al departamento, tenía llave. Allí, esperó a escuchar el sonido de la ducha y entonces entró. Se desnudó sigilosamente para no ser oída y lo sorprendió bajo el agua.

—¡Feliz vida, mi amor! —le dijo, al tiempo que con su boca se devoraba a besos cada centímetro de su cuello. Tampoco le había dicho feliz cumpleaños, porque lo que había que celebrar era la vida, no la vuelta al sol, eso pensaba desde que estaba en Roma.

Mirando por la ventana, Romina trajo a su memoria aquel día.

Él no había respondido con palabras. Tenerla con él era todo lo que deseaba y la tenía. Su cuerpo reaccionó a la provocación de las manos de Romina y respondió a sus labios con sensual seducción. El juego previo duró más de lo habitual, porque Fabio prolongaba la necesidad de entrar en su cuerpo, en favor de un placer agobiante que llevó a Romina al límite de un orgasmo a pura caricia. Entonces, sí, la pasión desbordada de los dos hizo el resto y terminaron empapados sobre la cama, más excitados de lo que habían estado jamás. El sexo fue protagonista hasta que ambos necesitaron una nueva ducha.

Exhaustos y plenos, permanecieron en silencio. Romina sintió que era el amor de su vida.

—¿Qué ha sido esto? —preguntó ella.

—Quizá yo debería preguntarte, ¿no lo crees? Anoche te negaste a venir a dormir conmigo y hoy no me has dejado despertar sin ti.

—Mientes, estabas despierto cuando entraste a la ducha —bromeó.

—Sabes que lo hago de memoria, a la misma hora cada día, es una rutina. Tú me despertaste al entrar allí —agregó y la besó.

—Era lo que habías pedido para tu cumpleaños.

—En parte, sí —concedió—, pero te ha salido muchísimo mejor que mi deseo.

—¡Me gusta escuchar eso! —comenzó a preguntar con curiosidad—. Dime… ¿Por qué me has hecho desearte al extremo de enloquecer? —hizo una pausa—. Me encantó, por cierto.

—Porque sentí que era lo que querías. Tengo mis recursos —presumió.

—¡Qué arrogante! Nada de lo que sucedió en la ducha lo hiciste tú solo —reclamó.

—Claro que no. Mis recursos solo estallan contigo. No tengo un pasado en ese sentido y no quiero un futuro distinto.

—Dejemos el pasado y el futuro donde no puedan alcanzarnos, ¿bien? No arruinemos este presente, ni con recuerdos, ni con conjeturas.

—Pide y se te dará —respondió con humor.

—Bueno, mi visita a tu ducha ha sido el primero de mis regalos de cumpleaños. Sabía que lo querías —le dijo refiriéndose a su costumbre de hacer dos regalos y las razones que ya le había contado.

—¿Y cuál es el otro? ¿El pensado para mí? —dijo él, que recordaba la conversación en detalle.

—Son tres, en esta oportunidad.

—¿Por qué has cambiado el número?

—Porque también sé que deseas el segundo.

—¿Cuál es el segundo?

Ella recorrió la habitación con la mirada. Se levantó desnuda como estaba y fue al cuarto de estar. Regresó enseguida con una maleta y una caja.

—Me mudo contigo —agregó. Fabio no podía creer que fuera posible ser tan feliz. También desnudo, la alcanzó y la besó—. Espera, hay más.

Él no pudo esperar a nada, la ansiedad por sorprenderla fue más fuerte.

—También tengo un regalo para ti y créeme que no esperaba el mejor de tu parte que es un "sí" a vivir conmigo.

Romina lo miraba perpleja, primero pensó que harían el amor otra vez, pero no, no era eso. Y con todo lo que gustaba enredarse entre las sábanas con él, Fabio había pensado en lo único que a ella le faltaba.

—Amor, termina con el misterio.

Él fue directo a su mesa de noche, sacó un sobre y se lo entregó. Al abrirlo, Romina no pudo evitar llorar de emoción. Estaban en la cama, otra vez, y ella lo motivó lo suficiente como para volver a empezar. Una vez recuperados sus latidos, había hablado.

—Gracias, amor. Es lo único que necesitaba, pero no tenías que hacerlo.

—Iremos a pasar las Fiestas a Ushuaia, simplemente porque iría contigo a todos lados, incluso al fin del mundo. Sabía que extrañas demasiado a tu familia.

—Es cierto, pero no es mi cumpleaños y aún no tengo el dinero para pagarte este pasaje y lo sabes.

—No tienes que pagar nada, es mi regalo. Es lo que te hace bien a ti y entonces es también lo mejor para mí. ¿Desde cuándo los regalos se hacen en fechas predeterminadas nada más?

—En eso debo darte la razón. Dar no es cuestión de calendarios. Te amo más por esto si fuera posible —dijo ella, a quien todavía le faltaba un obsequio más.

—Te amo —la besó en la frente. De pronto, la caja que ella había traído junto a su maleta se movió levemente en el suelo. Fabio se acercó y la miró con curiosidad.

—Ábrela. Es el tercer regalo. Si vamos a empezar una vida juntos en la que fue tu casa, tiene que haber algo aquí que nos pertenezca a ambos y empiece esta nueva vida a la par.

–¿De qué hablas? –preguntó, al tiempo que abría el paquete y un gatito bebé emitía un dulce sonido.

Fabio creía ser alérgico a los pelos de gato, pero curiosamente lo tomó entre sus manos, lo besó y nada sucedió. ¿Cambiaba el amor la realidad y su percepción?

Un regalo es algo que se le da a alguien como muestra de afecto y consideración. Su acepción se refiere a lo que es dado. Sin embargo, aquel día Romina había descubierto que no era el objeto regalado el verdadero obsequio, eran las manos que lo entregaban. Esas le daban sentido a todo, para bien o para mal.

Romina seguía observando desde su nueva ventana, disfrutando el recuerdo y su vida. Había ignorado mails de su exnovio y de su examiga y empezaba a reconciliarse con el dolor del pasado, sostenida en su presente.

Sin embargo, se preguntaba si antes de ir no debía hablar de su comodín. Fabio lo merecía, pero ella ¿era capaz?

En ese momento su madre la interrumpió con una llamada. Atendió. No le había contado que viajarían para las celebraciones de diciembre.

–¡Hola, mami! ¿Todos están bien? –no podía evitar que esa fuera la primera pregunta.

–Sí, mi vida. Extrañándote tanto que he tomado una decisión. "Hemos", en realidad.

–¿Decisión? ¿Tú y quién? –todo indicaba que iba a anunciar que se verían de alguna manera, pero su madre no tenía el dinero necesario, ella lo sabía, porque le había dado todo al partir.

Natalia pensó que era mejor decirlo rápido, no sin antes poner una condición.

–Debes prometerme que no hablarás con nadie de lo que te diré.

—Bueno —dijo sin resistencia.

—El abuelo y yo viajaremos a verte. En pocos días estaremos allá. No en tu casa, claro, pero en Roma —Romina se quedó muda. Literalmente sin palabras. Todas las variables de ese viaje se traducían en conflictos familiares en su cabeza—. ¿No dirás nada?

—Pues es un "regalo" que no esperaba. Solo que…

—Nada, solo espéranos callada. El resto te lo contaremos allá. No hemos decidido algunos últimos detalles.

—¿Qué dicen el tío Guido y la abuela? ¿Por qué no vienen todos? —hizo las preguntas obligadas.

—Romina, una cuestión a la vez. Ellos todavía no saben.

Romina se sentó en el sofá y se tapó los ojos con la mano derecha. "Que Dios se ocupe de esto", pensó. Era mucho para un simple mortal. Solo pensó en quién se sentaría a la mesa para las Fiestas. Ella conocía perfectamente a su clan y si bien la alegraba infinitamente que su madre y abuelo fueran a visitarla, auguraba que eso conllevaría peleas familiares.

Regalos son regalos. Lamentó haber prometido callar, aunque tal vez fuera mejor mantenerse al margen.

ETAPA 3

Volver

Volver parece tan simple como realizar la acción de regresar al lugar, o con la persona o a la situación que se ha dejado, pero no siempre es sencillo. Cuando la vida hace lo que se le da la gana, que es siempre, somos sus protagonistas, llenos de adrenalina frente a los buenos momentos. Y somos, también, adictos a la ira, al enojo, a la queja, al lamento, por la injustica que supone, según nuestro juicio de valor, lo que nos ha pasado. Cargamos el agravio que es una emoción negativa intensa, enlazado con un suceso que ya ocurrió, pero que se mantiene vivo: primero, en nuestros pensamientos y después, en la realidad presente, consecuencia de los cambios que ese hecho impuso.

Entonces, ocurrido el verdadero sonido mudo del **silencio**, cuando la vida parece desbaratarse de repente y comprendemos por qué hay personas que enloquecen. Después de haber enfrentado el **vacío** y empezar a escalar desde el fondo del pozo oscuro, habiendo llorado todo lo necesario, para aliviar el peso de nuestro dolor traducido en lágrimas, sucede que un día cualquiera amanece y vemos algo de claridad. Sin embargo, el dolor sigue allí, ha mutado, pero no se ha ido.

Las causas están definidas con objetividad. En esta historia, algunas, en la vida, el resto.

Todo lo que no se dice provoca una muerte lenta del alma noble y la necesidad de revelar secretos se convierte en el remedio posible para sanar heridas abiertas. Hablar sobre los daños que son el cimiento sobre el que se ha vuelto a empezar, apoyarse en la amistad y ser amigo. Pedir ayuda y, si eso no es posible, saber recibirla cuando llega y es lo que se necesita. Aceptar que las historias inconclusas siempre regresan por su final, para bien o para mal y eso implica volver. Ser testigo y autor de la moralidad o de la inmoralidad que se elige para andar el camino, hacerse cargo de los diferentes niveles de compromiso y lealtad con los valores, a pesar de las situaciones y las personas. Orientar los cambios en favor de decisiones que sumen. Entender que lo que sucedió no puede cambiarse y tampoco nos define. Es pasado quedó atrás y forma parte de la historia personal de cada uno. El tiempo detuvo el reloj. Se acabó del modo que era. La vida se convirtió en un teatro sin público, un escenario vacío que espera la nueva disposición de las cosas y la asignación de roles protagónicos de experiencia, presencia y aprendizaje. Hay que seguir, poder pensar en nosotros mismos, sin victimizar a nadie. Dar más y mejor. Poder pensar en el otro, como un ser que nos importa y merece lo que le brindamos. Ser creativos o ser lapidarios, o las dos cosas. Creer en que hay una eternidad que espera por todos, que nada comienza con la vida ni termina con la muerte, o todo lo contrario. En temas de fe, la libertad manda. Sin embargo, hay algo que une a todas las posibilidades y es inexorable: **Volver**.

¿A dónde?

La respuesta es breve, adonde vive el dolor de los hechos.

Tal vez no sea un único lugar. Además, es diferente para cada persona, según sea su pérdida. **Cada motivo de duelo tiene un último lugar de referencia, una fecha en la que se nos rompió el corazón.** Por ahí se empieza, luego la vida irá indicando por dónde seguir o si eso es suficiente.

Volver a mirar el rostro de la verdad.

Volver al lugar de un accidente para transformar el dolor.

Volver a gritar la impotencia.

Volver al hospital donde murieron sueños.

Volver a mirarse en el espejo.

Volver a una foto vieja.

Volver a un recuerdo hermoso y también regresar al peor de todos.

Volver a la casa de la infancia, a la del matrimonio, a la que nos recibió antes del dolor.

Volver a mirar a los ojos al amor que no fue.

Volver a las mentiras y traiciones.

Volver al origen y, habiéndonos reencontrado con el ser que nos habita, volver también a partir.

Volver, porque para sanar hay que volver.

Volver, porque para seguir, hay que cerrar etapas.

Volver, porque nada termina hasta que nosotros ponemos punto final.

Volver, porque es necesario para valorar el presente.

Volver, para ordenar emociones.

Volver, porque es ahí donde está el crecimiento y la evolución, justo donde creímos rompernos para siempre, es el lugar donde nos hicimos más fuertes.

Volver, para volver empezar en el escenario de la nueva realidad.

Salió de su trabajo. Compró un ramo de jazmines y fue en el auto que fuera de ambos al cementerio. La calma del lugar se le metió en el cuerpo. Caminaba consciente del alcance de su realidad. Observó el entorno, imaginó que era el escenario del dolor. Se detuvo frente a la lápida. Leyó su nombre. Lo recordó. Se arrodilló y, en silencio absoluto, colocó las flores en el pequeño recipiente. No le quedaban lágrimas.

Algo se había subvertido en ella. Sus partes más rotas eran también su guía. Pasó su mano por el césped que cubría la sepultura con suavidad, elevó su mirada al cielo y permaneció quieta un instante. La caricia devino en una mano temblorosa y un nudo en la garganta dio paso a una claridad mental que no había tenido desde que él había muerto. Se acercó al perfume del ramo y susurró una promesa.

Había ido muchas veces a llevarle flores, pero nunca había vuelto a enfrentar la verdad. Su cuerpo lo visitaba, pero su alma, su esencia, esa de la que estaba hecha la mujer que era, no había llegado a ese sitio nunca. No había podido. No había sido posible sacarla del vacío, ni del llanto. Jamás antes había sido capaz de estar allí, pero ese día, sí.

Volver a su motivo, a su razón, al amor de su vida que ya no estaba, pero no se había ido de ella tampoco.

Era la primera vez que lograba estar presente en ese lugar, con todos sus sentidos enfocados en una sola idea.

Antes de irse, se llevó un puñado de tierra de la sepultura en su bolsillo.

CAPÍTULO 27

Transformar

A veces, no es la cantidad de tiempo compartido, sino la calidad.
Es la entrega y la honestidad que convierten en un refugio inesperado
la sabiduría de los que saben dar las palabras justas.

ROMA, NOVIEMBRE DE 2019

Habían transcurrido cerca de dos meses desde la muerte del padre de Orazia. La ausencia física devenida en dolor mudo, ante cada abrazo que ya no era, cada risa no compartida, imaginar que hubiera dicho en tal o cual circunstancia, convivían en su presente. Tenía días buenos en que avanzaba y otros en que no era capaz de dar un paso en favor de aceptar los términos de una muerte sorpresiva. Lo cierto era que recién en ese momento, desde ocurrido el fallecimiento, habiendo atravesado días de silencio, como antesala del vacío que había llenado a pura lágrima. Orazia se había despertado aquella mañana de noviembre con la imperiosa necesidad de volver al último lugar que los ojos de su padre habían mirado.

Al pensarlo, no pudo evitar sonreír. Muy a su estilo, su padre no había tenido un infarto en la vereda de alguna casa de la periferia de Roma, no, él había caído a consecuencia de la falla de su corazón en la Plaza de Trevi. Sí, esa. La que alberga la famosísima fuente. Una de las metas más populares de todos los turistas del mundo. La del lanzamiento de la moneda. La famosa por *La dolce vita* de Fellini. Orazia pensó cuántas veces había estado allí, sin jamás imaginar que

ese sería el escenario final de su padre.

Juan golpeó a su puerta, la relación continuaba. Rara, pensaba ella, porque todavía no se habían besado, pero él conocía sus pijamas, sus peores ojeras, había estado a su lado en noches de insomnio y había sonreído ante su versión más despeinada.

—Hola, ¿te acompaño? —preguntó. Juan sabía que ella tenía decidido volver al lugar geográfico en que su pequeño mundo familiar de dos se había hecho pedazos.

—Pasa, Juan. No sé si quiero ir contigo, no por ti, pero siento que debo hacerlo sola. Además, primero debo ir a buscar las pertenencias al hospital, nunca las retiré. No fui capaz de hacerlo el día que todo ocurrió. Tampoco después'.

Él entró y cerró la puerta. No estaba muy seguro sobre qué hacer o decir. La timidez les ganaba a sus ideas y también a sus sentimientos. Orazia no solo le encantaba, la quería, cada día más.

—Me gustaría acompañarte —dijo por fin—. No tienes que hacerlo sola, aunque te sobre valor para ello.

—Eres tan… —comenzó a decir y antes de que pudiera terminar, Juan la calló con un beso que ninguno de los dos pudo prever. El beso tenía personalidad propia y se había lanzado desde los labios de Juan hasta la boca de Orazia, como un ser increíblemente cansado de esperar por lo que deseaba. Ella respondió al beso sin pensar y en un segundo sus lenguas hablaban el mismo idioma. Cuando el beso parecía terminar, otro más atrevido se impuso. Lo disfrutaron y luego solo se quedaron observándose.

—¿Tan qué? —preguntó él para darle el derecho de terminar la frase.

—Rico. Eres delicioso —dijo lo que sintió.

El Juan tímido había sido desplazado por el otro, el poseído por el beso. Orazia esperaba una reacción.

—Tú eres el mejor sabor del mundo para mí.

—Eso es cursi. Es empalagoso, Juan —dijo sonriendo—. Pero así eres y me encanta que me hayas besado.

—No he sido yo —confesó—. Fue un beso independiente, harto de aguardar, supongo, que hizo lo que yo quería desde que te conozco.

—Eso es más cursi todavía. ¡Me dará un pico de azúcar! —bromeó. Ambos rieron.

—Lo cambio, entonces, por tus palabras "Sinceridad rápida. No perdí tiempo que no sabemos si tenemos" —citó la frase que ella había dicho la primera noche—. Eso ha ocurrido, no fue un beso con personalidad propia —corrigió.

—¡La memorizaste! —dijo casi contenta—. ¿Por qué no me besaste antes, entonces?

—Soy tímido, ¿recuerdas? Me pondré al día, lo prometo.

—Me parece bien.

—Como sea, me gustaría ir contigo —dijo. Ella dudó un instante.

—Es posible que no sea la mejor compañía, lo sabes.

—Sí. Me adaptaré. Recuerda que te he visto en tus peores noches y mañanas.

—Es verdad.

Un rato después, ambos estaban en el sector del hospital donde se hacían los retiros de pertenencias. Una bolsa transparente dejaba ver su ropa, la billetera, llaves y unas gafas de sol. La empleada le hizo firmar el comprobante de retiro y le dio espacio. Ella se abrazó al paquete, cerró los ojos y sintió su olor. El perfume de su padre estaba allí.

Juan estaba a su lado en silencio.

—Llévame a la Piazza di Trevi —fue lo único que dijo.

200 Un rato después, tomaron el metro y bajaron en la estación Barberini de la línea A.

Orazia se sentó de cara a la fuente ubicada en medio del laberinto de callejuelas que conforman el centro histórico de Roma. Había gente, pero ella no la percibía. Estaba en su mundo, buscando sentir la esencia de su padre, su última mirada. Anhelando imaginar su último pensamiento. Observó a Neptuno, el dios del océano en el centro de la simbología marina. Una maravilla arquitectónica. Sonrió al tiempo que se le caían lágrimas. Juan la atrajo hacia él pasando el brazo por sobre su hombro.

—Era un genio, Juan. Mi padre, era un genio —dijo emocionada. Parecía feliz.

—¿Por qué lo dices? —preguntó intentado comprender el momento.

—Porque vino a morir a un lugar histórico, imponente, de sublime belleza. ¿Te das cuenta de que lo que sus ojos vieron por última vez fue este lugar?

—No se me había ocurrido pensarlo de esa manera, pero es cierto. La verdad, no cualquiera muere aquí, de hecho, no conozco a nadie más —agregó—. Considerando que para todos hay un final, creo que solo a alguien especial le es concedido sin sufrir y en este sitio.

—¡Exacto! Ese es el punto. Aquí y ahora es donde debo transformar el dolor —dijo, justo antes de que miles de lágrimas inundaran su rostro y anudaran su garganta. La bolsa seguía cerrada sobre su regazo. Juan la abrazó fuerte en silencio. Cuando la congoja cedió, ella se apartó del abrazo y abrió la bolsa. El perfume inundó sus fosas nasales, nunca supo si fue real o si se trataba de un truco de la memoria. Sacó las llaves, recordó que siempre las perdía antes de salir y a veces las tenía en la mano. Se rio de eso. Luego, tomó la billetera, la abrió, había doscientos euros, la tarjeta de crédito y una foto de ella junto a él, cuando era pequeña. Elevó su mirada al cielo.

Aspiró el olor del abrigo dispuesta a guardar todo cuando al tacto advirtió que en un pequeño bolsillo había algo. Lo sacó de allí. Era una caja pequeña, envuelta para regalo. La tomó entre sus manos y la abrió. Entonces sus lágrimas abrieron las puertas del dolor. Lloró la ausencia como se llora el desconsuelo y, a la vez, lloró de emoción por la señal que conllevaba ese obsequio. Una medalla con su cadena y una frase grabada de un lado: *Un giorno alla volta* y del otro, una fecha, 23 de noviembre de 2019. Era el día en que ella cumpliría veintiséis años. Por lo datos de la caja se dio cuenta de que la medalla había sido comprada en una joyería muy cercana.

Volver a ese lugar había sido la manera ideal de comenzar a transformar el dolor en una mejor mirada sobre la vida. Frente a ese hecho mágico, solo quedaba rendirse ante el poder de las cosas en las que creía y agradecer que su padre, luego de comprarle un regalo de cumpleaños, hubiera visto una maravilla como la Fuente de Trevi, antes de cerrar los ojos para siempre.

Su padre había hecho llegar a sus manos un símbolo de su legado, que trascendería para siempre, el límite temporal de la vida física. *Un giorno alla volta,* un día a la vez, fue la frase que, como un presagio, le indicó el camino a seguir.

CAPÍTULO 28

Cuerpos

Habitamos un cuerpo que pretende independencia,
a veces, nos defiende y otras, nos mira como enemigos.
¿Podrá comprender que somos uno?

USHUAIA, NOVIEMBRE DE 2019

Con gran esfuerzo, y la insustituible ayuda de Gabriel, Tiziana había logrado adelgazar casi cinco kilos de los doce que había aumentado. Si le resultaba muy difícil controlar su alimentación, era todavía peor enfrentar a la mujer en su interior, a la que la habitaba, que le cuestionaba su vida entera y también la interpelaba. Había una Tiziana herida que, desde lo más complejo de su ser, acompañaba el nuevo proceso obligándola a pensar, a cambiar su perspectiva, a sacar conclusiones. Tal vez la terapia tuviera que ver con ese hecho.

Esa tarde había tenido mucho trabajo, pero algo había cambiado. Mientras conversaba con los turistas que contrataban el paseo en catamarán por el canal de Beagle, miraba los cuerpos de los pasajeros, hombres y mujeres. Era algo que hacía desde que trabajaba allí. No los observaba desde el deseo sino desde una extraña necesidad de realizar sus propias estadísticas o, quizá, de obtener respuestas personales que pudiera aplicar a su vida.

¿Cuánto pesaba una mujer promedio? ¿Los cuerpos perfectos eran más felices? ¿Las flacas habían tenido una vida fácil? ¿Los hombres dejaban a las mujeres cuando sus cuerpos cambiaban? ¿Estaba gorda cuando su ex la había dejado? ¿Y los hombres? ¿Por qué ellos podían engordar y eso no era motivo de abandono? ¿O sí? Ella no conocía ninguna mujer que, enamorada, hubiera dejado a su pareja por ese motivo, pero sí, casos en que, al revés, eran abandonadas por mujeres más delgadas o más jóvenes, o ambas cosas. Entonces, ¿cuánto importaba el cuerpo al momento del amor? Como esos, muchos interrogantes la hostigaban, no tenía respuestas generales. Solo su historia de vida. Aquel día, después de mirar con detenimiento, había llegado a dos conclusiones, una, que no era un tema de género, cualquiera que fuera, eso no era determinante. La otra, que estaba formulando mal las preguntas. El centro de la cuestión era ¿por qué comía? y ¿qué devoraba al hacerlo? Partiendo de allí, dejó de ser relevante de quién se trataba. Enfocarse en las causas despersonalizó el tema y le dio la posibilidad de comenzar a comprender que no era la comida, era la necesidad de aferrarse a algo que le diera la sensación de refugio. Un antídoto contra el sufrimiento acumulado convertido en energía negativa que ocupaba su cuerpo y su mente. Una especie de dolor latente que vivía en ella y se expandía como si fuera una entidad distinta de ella misma. Ya en su casa, se lo comentó a Gabriel.

—¡Le has dado profundidad al asunto, Tizi! Eso es muy positivo.

—¿Tu qué crees?

—El cuerpo del dolor —dijo.

—No te entiendo.

—Hay un libro, ¿sabes? Lo leí antes de morir papá. Se llama *El poder del ahora*. Me acuerdo de que explica algo así, refiriendo que mientras uno no es capaz de acceder al poder del ahora, cualquier dolor emocional que experimentemos deja un residuo de sufrimiento que se queda en uno y se mezcla, incluso, con lo que ya estaba. Lo que traemos de la niñez. Eckhart Tolle, el autor, dice que el cuerpo del dolor emocional es una entidad invisible con derecho propio y que es "latente" cuando alguien está siempre mal o "activo", cuando un hecho puntual lo despierta.

—¿O sea que me gobierna el cuerpo del dolor al momento de decidir sobre los alimentos que ingiero?

—Bueno, no puedo ser tan específico. No lo recuerdo al detalle, pero va por ahí el tema.

—¿Y cómo lo resuelve?

—Espera, recuerdo haber marcado ese párrafo —dijo y fue a la biblioteca. Tomó el libro y buscó en sus páginas un resaltado color rosa. Leyó—: "El cuerpo del dolor quiere sobrevivir, simplemente como cualquier otra entidad existente, y solo puede hacerlo si logra que usted inconscientemente se identifique con él" —siguió leyendo para sí mismo y luego continuó—: "El cuerpo del dolor se alimenta de cualquier experiencia que resuene con su propia energía, cualquier cosa que cree más dolor".

—Perfecto, si de dolor acumulado se trata, voy a pesar toneladas toda la vida —concluyó irónicamente.

—¡Tizi! No digas eso, el dolor se transforma. Lo sabemos.

—Dime cómo lo resuelve, porque lo de transformarlo es la historia de mi vida —inquirió impaciente.

—Dice que hay que ser consciente. El presente es como es y no hay que permitir que la mente lo etiquete. Aquí marqué algo de "la libertad interior de las condiciones externas" —dijo mientras hojeaba las páginas—, "Aceptar el momento presente, trabajar con él y no en su contra". Eso intenté hacer durante el último tiempo con mi papá para poder disfrutar de su compañía. Se estaba muriendo, pero yo era aliado de cada día que vivía. Sé que no es fácil, pero ayuda.

—¿Me lo prestas? –dijo refiriéndose al libro–. No termino de comprenderlo muy bien.

—Te lo regalo. De todos modos, tu enfoque me parece muy positivo. Suma. Analizar quiénes somos y qué vemos cuando miramos siempre es para bien.

—Voy lento. Como en todo, cuesta arriba, pero intento estar mejor. Trato de pensar en momentos lindos, pero esos no han sido tantos y me llevan a él. Entonces, vuelvo al inicio de todo. En las reuniones de apoyo, he ido a muchas –aclaró–, siempre hablan de aceptarse.

—Eso es correcto, es el inicio, pero luego tú decides cómo seguir.

—Suficiente. Podemos cambiar de tema –pidió.

—Sí, pero retomaremos en otro momento. ¿De qué quieres hablar? –preguntó capcioso. Sabía la respuesta.

—¿Lo viste hoy? –preguntó aludiendo al hombre del cementerio.

—Sí. Conversamos más que el último día –respondió. Desde que lo había conocido, coincidieron en el banco del cementerio algunas veces más. Luego, Gabriel se había encargado de decirle directamente qué días iba.

—¿Y cuándo van a verse fuera del cementerio? Me pareció un lugar bastante inusual al principio, pero continuar allí los encuentros, no sé…

—¡No seas mala! Hay más paz allí que en ningún lugar.

—Le pongo voluntad y me gusta lo que me has contado, pero hablan delante de su ex y de tu padre. Me da escalofríos pensar que los escuchan –afirmó.

—¡Tizi, no hablamos de sexo! Nos estamos conociendo. Es mi "Richard Gere" –exclamó–. Esas canas me matan de amor. Me gusta todo de él.

—¿Sabe que le dices "Richard Gere"?

—No exactamente, solo Richard, porque Ricardo es su segundo nombre. No quiero llamarlo como lo hicieron otros, ni su ex. Le pregunté si había usado alguna vez su segundo nombre y dijo que no.

—Me preocupa que te ilusiones y que solo sean, ¿cómo decirlo?, ¿charlas de cementerio? —al oírse no pudo evitar reír y Gabriel acompañó con una carcajada. Era muy bizarra la situación.

—Me estoy dando el tiempo que no me di con nadie antes.

—¿Es gay asumido? ¿Su familia sabe? Porque a ti te siguen los que no se hacen cargo —observó— y ya sabemos cómo termina.

—Estas afilada hoy, Tizi. Sí, es asumido y sí, su familia, lo sabe.

—Mejor así, si no iba a ir yo a explicarle como son las cosas —dijo en broma, pero con ganas—. Soy capaz de todo por ti.

—Lo sé. Te veo mejor y eso me hace feliz.

—Bueno, no diría que soy un ejemplo de felicidad, pero digamos que consigo algunas porciones diarias de alegría, más voluntad que otra cosa. Me he puesto firme al momento de valorar tu amistad, mi trabajo y la posibilidad de vivir en un lugar tan extraordinariamente hermoso como el fin del mundo. Te veo muy ilusionado con tu Richard, eso me asusta. No quiero que pongas expectativas. No esperes nada de él —aconsejó—. Que todo lo bueno te sorprenda y si no, que al menos no te lastime.

—Entiendo el punto "cero expectativas", pero soy un romántico, lo sabes, y me estoy enamorando. Cuando lo conozcas, entenderás.

—Gabriel, todavía no sabemos qué le pasa a él, por favor, más despacio —rogó, haciendo un gesto de plegaria con las manos.

—Es viudo. Es asumido y lo conocí a plena luz del día, después de pedirle a papi que intercediera ante Dios, para vivir mi propia historia de amor. Es él, lo sé.

—A esta altura, espero que tengas razón.

Gabriel se fue y Tiziana tuvo que contener las ganas de comer algo

dulce. Enseguida se detuvo, observó el momento, intentó comprender ese "ahora". Las preguntas regresaron a ella: ¿por qué comía? y ¿qué devoraba al hacerlo?

En ese instante supo que comer era el mecanismo que su ser buscaba ante la ansiedad. Porque no se trataba de ella, sino de la manera de tragar el profundo miedo que le ocasionaba pensar que alguien, así fuera el mismísimo de clon de Richard Gere, pudiera romper el corazón de su amado amigo Gabriel.

Sintió que esa respuesta, instantánea, era el inicio de otras verdades sobre sí misma que estaban cerca de su cuerpo y de su mente.

CAPÍTULO 29

Impotencia

La impotencia emocional es dolorosa,
pero es también parte esencial y positiva
de la evolución del amor propio.

Bruna había llamado a Ramiro furiosa desde el taxi cuestionándole que hubiera autorizado a su suegra a retirar a la pequeña Marian de la guardería. Él simplemente le respondió que había intentado comunicarse para avisarle y ella no había contestado el móvil. Lo cual era verdad. Si en el camino de regreso su bronca era insoportable, al llegar, fue peor. Por supuesto, Olga no había atendido sus insistentes llamadas, por lo que no le había quedado más opción que dirigirse a su casa dispuesta a esperar, pero no fue necesario. Cuando quiso abrir la puerta, había una llave puesta y estaba cerrada desde adentro. Se sorprendió al principio, porque el auto de Ramiro no estaba y además regresaba más tarde. Comenzó a tocar el timbre frenéticamente. Entonces, ocurrió.

—Hola. ¡Qué ansiosa te encuentras hoy! —la provocó su suegra al abrir.

Bruna no podía creer lo que veía. Ramiro le había dado una llave. Era la única manera de que estuviera allí. La empujó levemente, sin responderle nada, para ir en busca de su hija. La pequeña jugaba sentada sobre la alfombra del cuarto de estar. La tomó en brazos y la besó como si no la viera desde hacía tiempo, como si hubiera estado expuesta a lo peor y ella la encontrara sana y salva ¿Había estado? ¿Dónde la había llevado? ¿Qué debía hacer? ¿Cómo manejar esa situación? Vito, la llamada, las explicaciones, las ganas de él parecían lejanas y a la vez eran un motor silencioso que la impulsaba a poner límites. No podía permitir esa conducta o su suegra iría por más deliberadamente.

—Dos cosas, Olga —dijo con tono firme—. Primero me devuelves, ahora mismo, la llave de mi casa. Dos, jamás te atrevas a llevarte a mi hija de ningún sitio otra vez. Tú y yo sabemos que no la quieres —afirmó por primera vez desde que la niña había nacido. Se desconoció en esas palabras que tanto había pensado y jamás había dicho en voz alta con tanta vehemencia.

—No te devolveré ninguna llave, porque esta casa es de mi hijo y él me la ha dado. Lamento que no lo sepas, pero la tengo desde que se mudaron aquí.

Bruna sentía que iba a explotar de ira. No lo sabía. Esa mujer había tenido acceso a sus cosas, a sus cajones, a la intimidad del hogar cada vez que habían viajado o quizá, mientras estaba trabajando. Entonces, entendió por qué muchas veces encontraba las cosas en diferente lugar; no eran sus distracciones, era Olga. Siempre había sido ella.

—Estás enferma, Olga —fue lo que le salió.

—¡No! Simplemente, no hay nada que no sea capaz de hacer por mi hijo.

—Vete de aquí, ¡Ahora! —gritó.

—No hace falta que lo pidas, me es cada vez más insoportable compartir espacios donde tú estés —dijo y se fue victoriosa. Cualquiera fuera su objetivo, era evidente que lo había cumplido. Se la veía satisfecha.

Al cerrar la puerta, Bruna se desplomó en un llanto abrumador. Rehén de su dolor, inmovilizada frente a la impotencia que le ocasionaba darse cuenta de que se sentía mal, que se imaginaba cómo hubiera sido continuar junto a Vito y trabajar como psicóloga, lloró hasta vaciarse. Lloró sus decisiones, sus miedos, sus dudas, su pasado, su presente y justo cuando también el futuro se convertiría en lágrimas, sonó su móvil. Una llamada desde Ushuaia. Era Vito. Sin pensar en nada, solo con la necesidad de sentir protección, atendió.

—Hola… Te dije que no me llamaras —recriminó. Se le notaba la congoja en la voz.

—¿Por qué lloras? —preguntó él, ignorando el reproche.

—Porque me perdí. Cuando decidiste estropearlo todo, cuando interpusiste entre nosotros tus ganas de seducir a una paciente, cuando mi vida se hizo pedazos por tu culpa, cuando estalló el escándalo, me perdí. Rendí mis últimos exámenes, pero me alejé de la profesión, me casé con un hombre que quiero, pero a veces, y hoy en especial, no me siento feliz, detesto a su madre. Ha sido un día terrible.

Vito sintió deseos de abordar el primer avión a Buenos Aires para abrazarla.

—Lo bueno de perderse es que siempre es posible encontrarse. Comienza tu búsqueda, Bruna. Eres una mujer excepcional, no puedes ser infeliz por un pasado que no es tu responsabilidad —dijo, aunque lo ilusionaba que lo fuera.

—No me analices —dijo enojada—. No me aconsejes. ¿Qué quieres? ¿Para qué me has llamado? —lo interpeló.

Vito no respondió, lo hicieron sus sentimientos.

—Para decirte que nunca dejé de amarte, que sé que pedir perdón no alcanza, pero es así. Me equivoqué mucho, lo pago con tu ausencia en mi vida desde que me fui. Eso.

Bruna lloraba todavía más. ¿Qué hacer con todo ese amor? ¿Dónde van los fracasos cuando las ganas de volver quieren ignorarlos hasta la negación?

—Podría haberte perdonado lo que hiciste, pero ahora es tarde. El tiempo venció. La realidad se tragó nuestras chances. Y tú, eres tú —remarcó— quien manejó la realidad. Te hubieras quedado en el barro, a dar la cara o me hubieras dado la posibilidad de irme contigo si yo quería.

—No podía arruinar tu vida.

—¿Has pensado que tal vez lo hiciste de todas formas?

—Eras y eres más importante que todo. Incluso que yo mismo. ¿Cómo puedo hacer que estés bien?

—No puedes.

—Tiene que haber una manera. Deja ese consultorio, trabaja de lo que te gusta. Tú no naciste para resignar lo que eres.

—¿Tú sí naciste para eso? Porque, como yo lo veo, eso hiciste. Trabajas en un aeropuerto, pesas equipaje, también has resignado lo que eres —replicó.

La agudeza de los diálogos estaba intacta. Las palabras se convertían en deseo de todo. De estar, de compartir, de tenerse, de ser lo que habían sido o, por lo menos, la versión más cercana de lo que habían sido, en otro contexto, lleno de huellas oscuras y también de una nueva posibilidad.

—Bruna, siempre serás tú. No sé de qué manera, pero quiero recuperarte.

—No puedes. No me llames más —contestó y terminó la llamada.

—¿Con quién hablas? —preguntó Ramiro que había regresado a la casa.

Alterada por no haberlo escuchado y por estar en ese estado de conmoción, Bruna solo pudo decir:

—¿Hace cuánto que estás allí?

—¿Quién era? —gritó su desconfianza.

—Era él —contestó.

Ramiro tomó a la niña en sus brazos y se fue. Bruna intentó detenerlo. Corrió detrás de él, pero Ramiro estaba fuera de sí, ubicó a Marian en la butaca del vehículo, mientras ella le suplicaba que hablaran.

—No, Ramiro. Debes oírme. No es lo que crees.

—¿Por qué llorabas así? —preguntó incriminándola, ya ubicado en el automóvil para arrancar.

—Porque peleé con tu madre y estaba mal…

—Ahora tú hablas con el delincuente de tu ex y ¿la culpa es de mi madre? Quizá, ella tenga razón, después de todo.

Bruna regresó a la casa y se desplomó a llorar en el sillón. La frustración y la impotencia ocuparon todos los espacios de su ser, de la propiedad y de su historia personal. Parecían lo mismo, pero no. La frustración era el malestar por no haber logrado la vida que había imaginado junto a Vito, la impotencia, en cambio, era ese dolor profundo y sin consuelo que le provocaba estar sumergida en una realidad a la que no le encontraba solución. Esa tarde la enfrentó a su deseo, sabía lo que quería, pero ¿cómo hacerlo?

Todos ellos se sentían impotentes frente a las circunstancias, nada podía librarlos de la dificultad que implicaba ocupar el lugar que tenían en sus propias vidas. Las opciones no eran tantas, o bien se llenaban de un sentimiento estable de decepción, desmotivación y abandono de todos los proyectos o aprendían a manejar la impotencia y a controlarla como a cualquier otra emoción.

¿Puede planearse un gran escape de la impotencia? ¿Cómo puede una persona separarse de la ira, la rabia, la angustia, la ansiedad y los pensamientos que le recuerdan a cada instante sus equivocaciones?

CAPÍTULO 30

Decepción

Indigna que, aun con muy pocas expectativas,
la desilusión sacuda tanto que vuelva a doler.

USHUAIA, NOVIEMBRE DE 2019

Finalmente, luego de firmar la escritura de venta, Lorena había accedido a verse con Marcia para tomar un café. La verdad, desde que había tomado distancia, se sentía más tranquila. Sin embargo, no había sido capaz de negarse ante una llamada en la que lloraba desconsolada y le decía que la extrañaba. Le daría una última oportunidad. Deseaba avanzar y eso no era negociable. No quería que Marcia, como siempre, le trasladara su negatividad y malas vibraciones. Eso implicaba un desgaste emocional para el que no tenía reserva, pero como su esencia era generosa y buena, a pesar de esa posibilidad, había decidido ir. No era buena todavía al momento de poner límites. Le costaba decir que no.

No obstante, y como medida de eventual rescate, le había pedido a su padre que la llamara al celular una hora después de su llegada al café, pidiéndole que le llevase un remedio. Así le daría una buena excusa para irse, si el encuentro se le hacía cuesta arriba.

Marcia llegó al lugar, vestida con un jean y una camisa roja. Algo en su rostro era diferente. Abrazó fuerte a Lorena y hasta parecía que contenía algunas lágrimas.

—Te extrañé. Me hiciste falta. No fue justo cómo me alejaste —recriminó.

—Marcia, no vine a escuchar reproches ni a discutir.

—Está bien, solo quiero ser honesta contigo y que tú también lo seas. Creo que merezco que te disculpes.

—No te hice nada, Marcia, solo me he preservado. Te quiero mucho, pero tengo cuarenta años y tú, treinta y cinco. En mi caso, muchos temas que sanar y, como te dije, eres demandante y egoísta. Por eso me alejé —explicó—. Lo sabes —dijo con tono firme.

—Estoy sola y no te importó.

—No quiero ser cruel, ¿pero eso qué te dice? —Ignoró su reproche.

—Tú también estás sola —atacó.

—No es una competencia. No voy a discutir eso contigo. Me has suplicado que viniera. Aquí estoy. Tú dirás.

—Tengo un problema.

Lorena se arrepintió de haber aceptado ir allí. Todo seguía igual. Dos meses sin verla y no le había preguntado cómo estaba, sino que había priorizado sus opiniones, reclamos y un nuevo problema. Pensó en decirle lo que sentía, luego en levantarse y retirarse. La observaba mientras hablaba de ella misma por encima de todas las cosas y todavía no había revelado el problema. La bronca frente a tanto egoísmo fue cediendo y dio paso a su humanidad. Marcia era una víctima de sí misma. Decidió que hasta que Cayetano la llamara intentaría ayudarla, luego se iría de allí sin culpa y le diría que no quería verla más. Al menos, lo intentaría.

—¿Me estás escuchando? —preguntó Marcia, que advertía su lejanía mental.

—Sí —era cierto. Se quejaba de su trabajo—. ¿Cuál es tu nuevo problema?

—Siento que estoy perdiendo a Iván. Ya no lo vuelvo loco como antes.

—Tal vez ese mecanismo tuyo de enloquecerlo también lo agote —aventuró.

—No es eso. El problema es otro.

—¿Cuál es? Además de tu falta de autocrítica.

—No insistas en castigarme diciendo que todo es por mí. Las circunstancias nunca están a mi favor. Mi vida es un desastre.

—Marcia, las circunstancias nunca tienen la culpa, debes madurar —recriminó.

—No me digas lo que tengo que hacer, justo ahora. Estoy muy sensible —respondió y dejó caer algunas breves lágrimas para nada convincentes.

Lorena pensó que Marcia tendría que haber sido actriz. Nada le parecía del todo honesto, sus ojos veían con más claridad. El tiempo distanciadas había limpiado la tierra de su mirada. Aun así, no imaginó jamás lo que sucedía.

—¿Por qué? —preguntó, más como una formalidad que por interés.

—Porque estoy embarazada.

La sola idea de un embarazo sensibilizó a Lorena, pensó en el suyo. En la vida y después en la pérdida. Le dolió recordar. Ella no había logrado convertirse en madre. No le resultaba justo que Marcia sí. Pensaba en ese hijo y en todo lo que caería sobre su vida inocente si Marcia no cambiaba.

—¿Le dijiste a Iván? —fue lo único que atinó a preguntar.

—No.

—Mira, Marcia, te daré un consejo que no me pides, pero creo que necesitas. Iván es un buen hombre, un niño no es una noticia del momento, debes pensarlo a perpetuidad. Tu vida dejará de ser el centro de atención. ¿Lo has pensado? Debes hablar con él.

—Voy a tener este bebé y así no estaré sola nunca más.

—Marcia, debes pensar en el niño desde su vida, no desde la tuya. Un bebé no se tiene para no estar sola —expresó molesta.

—En mi caso, sí.

—Eres egoísta, perdóname, pero eso siento. Debes hablar con Iván. No entiendo por qué lo querías hablar conmigo, si tienes todo resuelto.

—No todo.

—¿No?

—No. No hablé con Iván, porque no sé si es suyo.

Lorena, no daba crédito a lo que escuchaba, menos a la frialdad con la que Marcia hablaba, y a la vez, sí. Era Marcia. Seguía siendo Marcia. Una actitud más para sumar a la larga lista de acciones cuestionables.

—¡No sabía que lo engañabas! No lo merece, te ha tratado bien… —calló lo que pensaba.

—No cuenta como engaño, porque no es una relación, es solo sexo. Del bueno —aclaró.

—Marcia, de verdad estás muy mal. Iván es un gran hombre, te lo da todo y te lo aguanta todo. Habla mal de ti lo que me cuentas. No te juzgo, pero es lo que pienso.

—No me estás aconsejando qué hacer.

—No te gustará mi consejo porque es que seas honesta. La verdad. Tu bebé tiene derecho a su verdadero padre. Y quien sea el padre, tiene derecho a saber que tendrá un hijo. ¿Quién es el otro?

—Ese es el punto. No hablé con Iván porque "el otro", como tú le dices, se está muriendo y si eso sucede, no hará falta ninguna verdad. Es de Iván y listo.

—No puedes hablar en serio… ¿Está enfermo?

—No, le pegaron tres tiros, supongo que algún ajuste de cuentas, porque es policía de los malos.

—¿Policía? ¿Trabaja con Iván? Dime, por Dios, que no es su amigo.

—Es su amigo y subordinado. Bueno, tan amigo no es, porque no le importó acostarse conmigo.

—Marcia, no sé qué decir. Todo es horrible y reprochable. No puedes ser tan indiferente sobre la vida de las personas. Esos dos hombres, como quiera que sean, buenos o malos, tienen derecho a saber. Y si tu amante muere, supongo que habrá una familia, una abuela, tíos del bebé a los que les hará bien saber si él es el padre —comenzó a decir.

—Es casado y no creo que a su esposa le divierta el asunto. Estoy minimizando los daños.

En ese momento, Cayetano la llamó y le pidió, conforme el plan, que le llevara un remedio.

—Voy para allá, papá. Enseguida, despreocúpate.

—¿Vas a irte?

—Sí. Mi padre me necesita.

—Yo también —reclamó.

—No, tú no me necesitas a mí. Tú precisas hacerte cargo de lo que haces y dejar de lastimar a las personas.

—¡Sermones otra vez! Creí que habías cambiado durante este tiempo que estuvimos sin vernos.

La negación y el absurdo habían llegado a un límite. Lorena no deseaba ser parte de nada de todo eso.

—Yo también creí que habías cambiado, por eso vine. Me equivoqué. Te deseo lo mejor, pero no seré parte de ninguna mentira. Solo si haces lo correcto puedo intentar estar contigo. De otro modo, no me llames —respondió.

—Eres injusta. Siempre lo has sido porque tu vida es fácil —la provocó.

Lorena tuvo ganas de pegarle una bofetada. ¿Fácil? ¿En serio pensaba eso? La ironía ganó protagonismo.

—Por cierto, ya que no has tenido tiempo de preguntarme, mi vida no es fácil, pero estoy bien —se puso de pie, dejó dinero sobre la mesa para pagar el café y se fue sin mirar atrás. Marcia vociferaba palabras que nunca escuchó.

¿Una nueva gran decepción podía cambiar el rumbo de los vínculos? Definitivamente sí. El pesar que ocasiona dar otra oportunidad a alguien que ya ha demostrado quién es, de cara a descubrir que es todavía mucho peor, molesta. Se impone elegir distancia. Es una alerta. Una señal fluorescente en el camino que indica que no es por ahí.

Decepción. Esa era la única palabra que Lorena escuchaba en su interior. ¿Para qué había ido? Para darle una oportunidad. ¿Se había equivocado? No. Esa tarde había aprendido que ser quien era la definía. Lo demás era parte del escenario de la vida. No tenía que permitir que la afectara. Su atención debía seguir el camino que andaba, no detenerse. Continuar enfocada en su lista de progreso emocional. "Bebé. Soledad. Vivienda". Estaba sanando y eso no era compatible con seres que se nutrían del daño.

CAPÍTULO 31

Hablar

*En cada conversación hay una salida de emergencia
por la que huyen las palabras que fue mejor no decir.*

Natalia y Benito estaban tan entusiasmados como ansiosos. Aunque habían sostenido un pacto tácito de no hablar sobre las posibles consecuencias de la decisión de callar, lo cierto era que, mientras Benito parecía sentirse seguro y pensando alternativas para comunicar el plan cuando fuera oportuno, en Natalia ganaban espacio la culpa, las dudas y los cuestionamientos personales. ¿Ese viaje era por su padre? ¿O acaso su inconsciente la traicionaba y se trataba de ella misma, de la verdad, de su irreductible necesidad de poner fin a ciclos de duelo eternos? No lo sabía.

Al momento de implementar el consejo de su amiga Lorena respecto de hacer una lista, recordó que debía hacerla con lo inmediato. Según sus palabras podía ser: "Conversación. Maletas. Partir". Había dicho que era lo que tenía que resolver urgente y que no se vinculaba con sus demonios.

Después tendría que ocuparse de "los movimientos internos", que eran la manera de reescribir y completar la lista. Pensó que había una trascendental sabiduría en Lorena; a pesar de tener diez años menos, su experiencia la había hecho empezar a entender temprano, comparada con ella, el concepto de salir adelante. La estaba ayudando mucho más de lo que imaginaba.

Sin duda, el ítem uno de su lista era la conversación con su hermano Guido. Su lista breve era esa: "Conversación. Maletas. Partir". La había escrito y colocado con un imán sobre su refrigerador. La otra, la que involucraba sus demonios, empezaba a escribirse en su mente. "Román. Suicidio. Culpa. Cementerio. Familia Gallace. Verdad. Romina. ¿Patricio?". Todavía no podía enfrentarla con una lapicera en la mano. Sus variables eran tremendas por donde las imaginara. ¡Cómo dolían los errores que habían lastimado tanto! ¿Cuántas realidades más haría pedazos con la verdad? ¿Era capaz? Con esas preguntas en torno a sus pensamientos, llegó a casa de Guido.

Él la esperaba con la mesa puesta, la casa impecable, ordenada, linda, con estilo y detalles. Había cocinado filetes a la crema con puré, una comida que a ella le encantaba, y sonaba "Feel good", de Lira.

—No puedes quejarte, te espero con todo —comentó y besó su mejilla.

Natalia se sintió peor, si eso hubiera sido posible en ese momento.

—Te lo agradezco. Es importante para mí. Eres mi hermano y, más allá de que nunca hemos sido muy cercanos, yo te quiero —dijo con honestidad. Ya tenía ganas de llorar.

—No tengo dudas de eso. Jamás me has escuchado mucho y sé que te fastidia mi manera de ser, pero estos somos. Es lo que hay.

La conversación continuó en ese tono amigable y hasta cómplice. Si algo tenían en común, era que respetaban sus espacios personales. Guido nunca le había preguntado quién era el padre de su amada sobrina y ella jamás había interferido en la relación de Guido con su ex.

—¡Está delicioso! —comentó Natalia. Se sentía a gusto. Su hermano era un anfitrión de lujo. ¿Por qué ella siempre había mantenido distancia? ¿Serían sus fantasmas? Tal vez.

—Bueno, supongo que hay un motivo para que estés aquí. Dijiste que te estás poniendo vieja, que te pasan cosas, tú dirás.

—Es por papi.

—¿Qué tiene? Vengo de verlos y estaban muy bien —la interrumpió.

—Están bien. ¿Por qué te estresas cuando se trata de ellos?

—No me estreso, me ocupo. No quiero discutir esa cuestión. Dime lo que sea.

—Bueno, me ha contado que desea viajar a Roma a ver Romina y que le gustaría conocer Amalfi —Guido la observaba en silencio esperando que siguiera hablando. De fondo, cantaba Celine Dion "All by myself"—. ¿Por qué me miras de ese modo? —preguntó.

—Te observo mientras te escucho y espero el planteo —respondió más serio.

—Me gustaría que lo llevemos —lanzó por fin a media verdad.

—¿Es en serio?

—Sí.

—Tiene ochenta y cuatro años —respondió rotundo. El sonido de su voz destellaba indignación, como si le hubieran dicho una barbaridad.

—Justamente por eso.

—Natalia, papá tuvo un ACV, logré salvarlo de eso. Está en rehabilitación física, no es momento de alterar su rutina. Además, no propones un día de campo —comentó con ironía—. Tu idea es que salga del país lejos de sus médicos, todavía sin estar recuperado del todo. Es una locura.

—Justamente por eso —repitió—. Tuvo un ACV. ¿Sabes que la vida tiene fecha de vencimiento para todos? ¿Que el cuerpo no resiste para siempre? ¿Por qué no darle el gusto?

—Porque implica arriesgar todo en favor de algo incierto.

—No es así, es vivir. Es honrar el "ahora" que le es dado, a él y a nosotros. Tú has sido siempre muy miedoso en temas de salud y eres

inseguro frente a lo desconocido.

—No se trata de mí, sino de papá.

—¿Y cómo es papá según tu mirada? ¿Qué posibilidad le dan tus exigencias y las de mamá a su felicidad? Los dos lo agotan, apegados a las rutinas con exactitud, organizándole todo —confesó.

—Lo cuidamos. Tú lo visitas. Esa es la diferencia.

La charla, aunque no se elevaba el tono, comenzaba a sentirse como golpes en el estómago.

—Guido, la alegría da independencia y vida. Estar bien lo es todo. Tenemos una sola vida, nadie tiene el poder de decidir sobre la del otro, cuando ese otro puede hacerlo por sí mismo —apeló a su mejor argumento—. ¿Cuántos años vivirá papá? No lo sabemos. ¿Puedes asegurar que podrá viajar más adelante? Piensa, Guido, tú y el amor de tu vida no llegaron al viaje que planeaban y era joven. La vida termina sin avisar.

Guido la miraba fijo. Una mezcla de enojo y negación. Un hombre de convicciones firmes y estructuras fijas, quien no estaba preparado para que ninguna verdad lo corriera de su lugar.

—Hablas con un cliché, disfrutar la vida, vivir, viajar, ahora se puede, pero eres muy inmadura y absolutamente desconocedora de la realidad. ¿Has hablado con papá de esto? —preguntó irritado.

—No —mintió. El consejo de su amiga sobre ver qué hacía conforme fuera la respuesta de su hermano había sido muy acertado. Era en vano insistir—. Supongo que tú ganas —agregó.

—Tu deseo no es una opción para papá —afirmó para cerrar el tema.

—Cambiemos de tema —propuso. Le era imposible sostener la conversación, temía ser descubierta. Le resultó una burla que en su bolso estuvieran los *vouchers* que había retirado de la agencia–. Cuéntame cómo has estado. ¿Tuviste una cita?

—No lo llamaría cita.

—¿No?

—No. Solo conocí a alguien con quien me gusta hablar, ya es bastante.

—Tratándose de ti, eso es muchísimo, me alegro.

La noche transcurrió normal en apariencia. A medida que el diálogo tomaba su propio rumbo, Natalia iba ganando paz en su interior. Había hablado, eso no había resuelto nada y, a la vez, lo había definido todo. Se trataba de agotar instancias, lo había intentado y, para su tranquilidad, era suficiente.

Se fue de allí, abrazó fuerte a su hermano en la puerta al despedirse y, con los ojos vidriosos, solo dijo–: Te quiero. Gracias por la cena y por la música.

Guido la abrazó en silencio.

Esa noche le costó conciliar el sueño. Su gran amor le hablaba desde el vacío de la cama que habían compartido. "Natalia es especial, deberías acercarte y escucharla más."

¿Debía?

CAPÍTULO 32

Tiempo

*A veces la unidad de medida del tiempo
se detiene en los encuentros de quienes no se buscan.*

USHUAIA, NOVIEMBRE 2019

El tiempo de las personas es el mismo para todas o debería serlo. Sin embargo, al momento de la puntualidad, hay otros que actúan diferente. Esta situación suele darse con frecuencia en los consultorios.

Aquella mañana, solo dos hombres mayores esperaban sentados a que el profesional los llamara a la consulta en la sala de espera de la clínica. En lugar de eso, la secretaria se acercó y les avisó que el médico estaba demorado. Ambos hombres se miraron y pensaron lo mismo. Cuando la joven se alejó, una conversación surgió espontánea.

—Creen que porque somos viejos no tenemos nada que hacer. ¿Se demoró? ¿En qué? Si le preguntáramos, seguro diría "en una cirugía", "en una importante junta" o lo que fuera que resaltara que es un hombre muy ocupado. ¿No lo cree?

—Pensaba exactamente lo mismo. Yo tengo ochenta y cinco y le juro que tengo mucho que hacer. Nada con horario estricto, pero es mi tiempo y yo decido cómo usarlo. Además, no me gusta esperar.

—Estoy de acuerdo. Yo tengo ochenta y cuatro. ¿Y a usted qué le sucede? —preguntó con empatía.

—Mi nombre es Cayetano Gael, vengo por controles de rutina. ¿Y usted?

—Soy Benito De Luca y estoy aquí por mi esposa. Es una larga historia.

En ese momento, la secretaria volvió a acercarse y les dijo que el doctor llegaría en una hora, ofreció que esperasen o cambiarles el turno. Los dos optaron por aguardar.

—Parece que tenemos tiempo, si tiene ganas de contar, lo escucho —dijo Cayetano, quien intuía que no era casualidad haber encontrado allí a ese hombre. Quizá algo tuvieran para decirse.

—Soy casado, tengo dos hijos grandes, obviamente. Mi hijo Guido se parece mucho a mi esposa, es exigente, estructurado, responsable, un buen hombre que enviudó hace un año y tiene mucho miedo de que yo me muera. Me salvó de un ACV.

—¿En serio?

—Sí, se dio cuenta en el momento y me trajo aquí. En fin, no tengo secuelas. Se lo debo.

—¡Pero qué bien! Eso no es nada habitual.

—No, no lo es. Pero en lugar de dejarme disfrutar que estoy aquí, él y mi esposa me vuelven loco. No me dejan hacer nada solo. Ahora me escapé. En cambio, mi hija es como yo. No vive pensando que debo cuidarme y quiere vivir la vida como se presenta.

—Dijo que está aquí por su esposa, ¿está enferma? —preguntó.

—No. Está muy bien de salud, pero mi hija y yo hemos tomado una decisión. He venido aquí para que el médico de la familia esté atento a mi esposa cuando todo se sepa. ¡Temo que le dé un ataque de nervios o de cualquier cosa!

—¿Y cómo sería que esté atento?

—Es el médico de la familia, nos conoce a todos muy bien. Mi idea es que se comunique con ella cuando sea el momento.

—Don Benito, eso suena bastante invasivo. ¿Puedo preguntar qué han decidido con su hija?

—Es cierto, estoy actuando como ellos, que todo lo controlan. Sucede que debo ayudar a mi hija Natalia, aunque eso implique hacer algo que mi esposa no aprobará. Ella tiene cosas que resolver, carga culpas que no le permiten estar bien y para sanar tiene que volver a su pasado. Me ha preguntado qué haría si pudiera elegir y le dije que viajar, como si fuera mi deseo, lo cual, en parte, es verdad. Ella quiere cumplirlo para que yo disfrute la vida, pero lo cierto es que eso no es lo principal. Así que hemos organizado un viaje a Italia, a espaldas de mi esposa y de mi hijo.

—Creo que no hay nada que yo no haría por mi hija. Lo entiendo. Soy viudo, Lorena tiene cuarenta años, la estoy ayudando también. Mi hija es mi razón.

—¡Exacto! Por los hijos, todo. Yo tengo que hacer este viaje, más por ella que por mí. Y debo animarme ya, mi cuerpo me dio muchos avisos, no puedo morirme sin que haya resuelto sus cosas. No tendré paz y ella tampoco. Hay verdades no dichas y duelos pendientes. Eso es grave.

—Sí. La verdad manda y, si es ocultada, podría suceder que en algún momento regrese por su lugar.

—Eso creo. Mi hija confió solo en mí. Soy el único que sabe lo ocurrido hace muchos años, si yo no intervengo, ella no hará lo correcto.

—¿Lo correcto sería decir la verdad?

—No lo sé, pero enfrentarla, seguro.

—Creo que hace usted muy bien. Cada historia es un mundo, pero hay que atravesar los hechos. Por otra parte, piénselo así, hay familias que viven peleadas, no es lo ideal, pero sobreviven. Si su esposa y su hijo los juzgan, con el tiempo entenderán y si no, no pasa nada.

—Dicho así, suena simple y real. Le agradezco.

—Disfrute …

En ese momento Lorena entró al consultorio, iba a buscar a su padre.

—Hija, tenemos que esperar un rato, el médico está demorado.

—¡Lo siento, papá! —se lamentó.

—¡No! Aquí, con el caballero, hemos estado hablando de la vida. Benito, ella es mi hija, Lorena, de quien le hablé —los presentó.

Lorena no podía creer lo que veía, tenía que ser. ¿Cuántos Benitos de esa edad había en Ushuaia? No pudo resistir la curiosidad

—¡Hola, Benito! —lo saludó con cariño—. ¿Puedo hacerle una pregunta?

—Por supuesto, dime.

—¿Tiene usted una hija llamada Natalia, que trabaja en el banco?

—Sí. ¿Y tú cómo lo sabes?

—Porque es mi amiga. Trabajamos juntas. Y al oír su nombre, algo me dijo que era usted.

—No me trates de usted, soy viejo, pero no tanto —bromeó—. ¿Qué tan amiga de mi hija eres?

—Conozco el plan entero. Natalia me lo ha ido contando desde que comenzó a gestarse.

—Eres muy valiosa para ella, entonces. La has apoyado, ya me caes bien —dijo con honestidad.

—De hecho, yo seré su reemplazo mientras estén de viaje.

Cayetano observaba y, lejos de estar atónito, pensó que la vida estaba hecha de esos momentos en los que el destino, de la manera que se le ocurría, hacía llegar a las personas, palabras y seguridad, de la mano de extraños que no lo eran tanto.

Benito agradeció que ese hombre, a quien creyó un ser sentado allí al azar, estuviera de algún modo relacionado con su presente. Se había quedado pensando en todo lo conversado durante ese rato y en especial en su reflexión, que era muy cierta. Había integrantes de la familia que se peleaban y no pasaba nada grave. Distancia, discusiones, pero nada era tan definitivo, después de todo.

Llamó a Natalia a su móvil, estaba contento y quería contarle que, sin saberlo, había conocido a su amiga y a su padre.

—Hija, no vas a creer lo que sucedió

—Dime que no se han enterado —suplicó con referencia a su madre y hermano.

—¡No! Me escapé al consultorio para que nuestro médico esté atento a mamá cuando nos vayamos, él llega tarde como casi siempre y en la espera, aquí, me he encontrado en la sala con Cayetano y su hija, Lorena, tu amiga.

—¿En serio? —preguntó sorprendida.

—Sí, muy en serio. Aquí están, a mi lado.

—Pues dile a ese hombre maravilloso que te hable de la higuera de su infancia y de la "tierra en los bolsillos", es una historia que emociona y enseña. Quizá, traigamos un poco de Roma.

Un rato después, los dos hombres y Lorena conversaban como si se hubieran conocido de toda la vida.

CAPÍTULO 33

Suponer

Suponer no resuelve nada y roba el presente
en favor de lo que se ignora.

Iván vivía una de las peores etapas de su vida. Cualquier aspecto de su presente lo enfrentaba a una realidad con la que se sentía desconforme.

Había ido al bar, al lugar indicado, y había sacado de allí el bolso lleno de droga que su amigo Gustavo había escondido. Era mucha, lo que significaba que, considerando la que había plantado en casa de González, el robo había sido el mayor que él le conociera.

Gustavo Grimaldi había declarado lo sucedido, según su versión, mientras conversaba al final de una jornada con su jefe. González, fuera de sí, había ingresado al lugar y le había disparado. Cuando le preguntaron sobre que móvil podía haber tenido su compañero para atacarlo, respondió que desconocía por completo sus razones.

Por otro lado, la investigación de las causas en las que se había imputado a González continuaba su curso. La cantidad de droga hallada en su domicilio complicaba su situación. El hombre, quien estaba preso desde los hechos, transitaba una aguda depresión. Aislado hasta de sí mismo, acorralado frente a la evidencia y convencido de que era imposible pelear su situación, seguía usando su derecho a no declarar.

Si hablaba, el riesgo era mayor y no tenía pruebas. Inocente no era, pero culpable del delito de tenencia de estupefacientes con fines de comercialización, tampoco. Él solo cobraba por mirar para otro lado. Desde el principio, había supuesto que, ante la denuncia de José, Grimaldi había irrumpido en su morada cuando no había nadie para plantar allí la evidencia, pero aquella mañana, su esposa, agobiada por la culpa, lo había ido a visitar a su lugar de detención y le había confesado su infidelidad, segura de que él ya lo sabía.

—Lo siento, cariño. Ha sido mi culpa. Sé que lo sabes y por eso no quieres verme —dijo aludiendo a su negativa a que lo visitara.

—¿Que sé qué cosa?

—Lo de Grimaldi, mi error.

—¿Qué sabes tú de Grimaldi? ¿De qué error estás hablando? —inquirió, al tiempo que fue capaz de suponer lo que su mente negaba.

—Él me sedujo y yo me equivoqué —confesó desconcertada—. Tú estás mal por mi culpa —afirmó entre lágrimas.

—¿Hablas en serio? ¿Me has engañado con el tipo que arruinó mi vida? ¿Lo hiciste en mi casa? ¿Tan imbécil eres?

—No, no es lo que parece… —intentó explicar.

—¿Te acostaste con Grimaldi? —la intimidó en un tono agresivo, pero sin levantar la voz, porque estaban en la visita dentro del penal.

—Perdóname… Voy a ampliar mi declaración, diré toda la verdad —contestó de manera evasiva.

González dio puñetazo sobre la mesa y en un instante lo comprendió todo. Grimaldi había sido muy hábil en su maniobra de dejar la evidencia en su domicilio. Nada que su mujer dijera cambiaría el hecho de que la droga incautada provenía de la que se llevara a la quema bajo su custodia. Eso eran años de cárcel, a los que se sumaría la pena por el homicidio en grado de tentativa, con las agravantes por su condición de policía. Y, además, la traición de su mujer, en quien confiaba. Por protegerla, la había mantenido al margen, razón por la que se había negado a que lo visitara en la cárcel. Sintió que su destino era una mierda. Como si fuera posible acusarlo y hacerlo responsable de sus malas decisiones. La ira lo gobernó completamente.

—Es tarde —respondió tajante. Había odio en su mirada. Se puso de pie y pidió al guardia que lo llevase a su celda. La mujer lloraba en silencio mientras lo observaba irse de allí. La mirada fulminante de su marido la había dejado inmóvil, incapaz de reaccionar. Ella supuso que él sabía, pero no. Sentía remordimiento y miedo, infería que jamás iba a perdonarla.

•• •• ••

Mientras, Iván ingresaba a la Unidad de Detención N°1, Servicio Penitenciario de Tierra del Fuego, para intentar hablar con González. Las autoridades lo recibieron, le dijeron que la esposa del detenido se había ido un momento antes y que irían a buscarlo.

Esperaba allí, en ese escenario de encierro, imaginando que, si la justicia no fuera ciega, tanto él como Gustavo deberían estar en ese lugar. Su pasado, el recuerdo que acechaba su memoria y de algún modo daba razón a sus actos, regresó a su memoria una vez más. Él había abusado de su autoridad y había matado a un joven, que imaginó en actitud sospechosa, sin voz de alto, consecuencia de la droga consumida aquella noche. ¿Qué habría sucedido si hubiese estado lúcido? ¿Nada? Probablemente. No tenía sentido conjeturar.

Frente a lo ocurrido, nada puede hacerse para saber qué habría pasado si se hubiera actuado de otra forma. Suponer no cambia los hechos.

Iván no consumía desde aquella noche. Había sido Gustavo quien, ante el cuadro de exceso, acomodó la escena del crimen para que pareciera que la víctima se había asustado ante la presencia policial. Había colocado varias bolsitas con pastillas de éxtasis en su bolsillo y un arma en su mano derecha, luego había disparado varios tiros, asegurándose de que los restos de pólvora le quedaran sobre la piel y de que pareciera que había tirado primero contra Iván. Ambos habían declarado en ese sentido y la investigación se cerró sin problemas.

Todo había concluido en el marco de la normalidad del trabajo. Sin embargo, nada había sido normal y la víctima era un inocente sin antecedentes, que solo había salido a caminar de noche por el lugar equivocado en el momento incorrecto, y había despertado la persecución de Iván bajo el efecto de la cocaína. Él lo sabía. Gustavo Grimaldi, lo sabía. Por eso, era un rehén más, al momento de cubrirlo. Sin embargo, ¿ciertos favores se debían a perpetuidad? ¿Hasta cuándo? Gustavo corría los límites hacia adelante, más y peor cada vez.

•• •• ••

Al mismo tiempo, González conversaba con el guardia que lo había conducido a su celda.

Su cuerpo no lo reflejaba desde lo gestual, pero estaba dividido en infinitos fragmentos de caos y desolación. Quizá no se le notaba, porque era policía, entrenado para la fortaleza. Caminaba firme, mentón en alto y paso certero, a pesar de las circunstancias.

Sin embargo, por dentro una rebelión de oscuridad ocupaba cada espacio de su ser. Todo lo sucedido se mezclaba en su cabeza y la llenaba de tremendos presagios. Ser imputado por delitos que no había cometido, saber que no tenía pruebas para defenderse y que, si enfrentaba la cúpula de poder involucrada, le iría peor, lo enfurecía. Era tanta la impotencia que, hasta ese día, se había entregado al desgano. Sin embargo, la traición de su esposa lo había cambiado todo. Porque creía en ella y siempre le había sido fiel, no estaba enojado, sino herido de dolor y decepción.

Sumergido en la depresión que lo atravesaba, tuvo una idea, la única que le prometía algo de paz.

Continuó hablándole al guardia con la única intención de lograr una distracción. En el exacto momento que lo consiguió, le quitó el arma, se apartó lo suficiente, la colocó dentro de su boca y disparó.

Es una trampa suponer que irse de este mundo es una solución. González había caído en ella.

CAPÍTULO 34

Mirarse

El amor es. Más allá de los límites y de quienes intentan explicar su sentido. En el interior de cada mirada, en las dudas, en los labios que dicen y en el silencio.

La vida de Fabio había cambiado tanto que hasta a él le costaba creer que fuera el mismo hombre que alguna vez había sido. Romina era la unidad de medida de su tiempo, de su deseo, de su vitalidad. Ella era el amor de su vida y eso lo ubicaba frente a una experiencia sensorial impredecible cada vez. No podía dejar de mirarla, de sentirla, de olerla y de imaginarla cuando no estaba a su lado. Era capaz de todo para complacerla y, a la vez, postergaba gran parte de ese todo del que era capaz, para no asfixiarla. La amaba tanto que en ocasiones era una batalla respetar sus espacios. Lo lograba pensando en los momentos que compartirían después.

Por su parte, Romina empezaba a disfrutar de su hogar. Así lo sentía. Algo propio, construido sobre la honestidad de un amor que los había alcanzado sin pedir permiso. Sus heridas del pasado volvían, diariamente, para recordarle que los vínculos no eran eternos y que las personas podían traicionar. Ella evitaba pensar en eso, porque le daba inseguridad. Fabio era el hombre que amaba, estaban juntos y se obligaba a no compararlo con su ex, ni a pensar que podía engañarla. A veces, lo conseguía y otras veces, no.

Aquella tarde había regresado de casa de Orazia y miraba una serie acostada en el sillón del *living*. Acariciaba al gatito bebé que dormía en su regazo, cuando Fabio llegó.

—¡Hola, mi amor! —la saludó con un beso en la boca. Ella puso pausa a la tv y, además de compartir el beso, acarició su mejilla y lo miró. Fabio intentó imaginar lo que sus ojos le decían.

—Ven aquí —lo invitó. El pequeño *Noa* ronroneó. Así habían llamado a la mascota.

—¿Tengo que estar celoso de él? —bromeó

—Hummm… Tal vez, sí. Ha estado aquí conmigo desde que llegué. Es muy dulce.

—Sí, lo es. Confieso que me he encariñado más de lo que me creí capaz.

—Me encanta eso —respondió y volvió a mirarlo. Él quería adivinar sus pensamientos, y aunque fracasaba, estaba seguro de que algo diferente ocurría dentro de ella.

—Prepararé café, ¿quieres? —le ofreció. Quería atenderla y a la vez, mirarla. Disfrutaba verla moverse en la casa que se había convertido en el refugio de los dos.

—Sí —aceptó. Mientras él fue a la cocina, ella besó a *Noa*, lo dejó sobre su manta junto al calefactor y lo siguió.

El aroma a café humeante invadió sus sentidos, él le dio su taza y la observó tomar el primer sorbo. Vio cómo la recorría cierto placer, cuando cerró los ojos y se entregó al sabor. Tenía puesto un pijama grande, color celeste. No era para nada sensual, pero a la vez sí lo era.

—¡Esta riquísimo! —dijo y bebió más. Después, se acercó, le quitó la taza de las manos y la dejó junto a la propia sobre la mesada. Rodeó su nuca con las manos y lo volvió a mirar. Estaba cerca de su boca, muy cerca, pero no lo besó. Solo rozó sus labios, dibujó escenas en su mente y abrió su camisa. Él la dejaba hacer, entregado completamente a lo que fuera que tuviera planeado. Romina recorrió su torso con ambas manos, ejerciendo cierta presión dominante. Al tropezar con el cinto de su jean, se detuvo. Tomó la mano de él y la colocó por debajo de su pijama sobre el abdomen. La tibieza de su piel le aceleró el corazón.

 241

—Me gusta —susurró ella—. Me gusta ser parte de tu vida.

Fabio la besó.

—Y, dime, ¿qué más te gusta?

—Me gusta ducharme contigo, el café que preparas y nuestro *Noa* —apoyó un instante la mejilla sobre su pecho y percibió su olor—. Me gusta cómo soy cuando estoy contigo. Amo el lugar que me diste aquí —continuó. Hizo una pausa y lo besó justo a la altura de su corazón.

Fabio no podía pensar en nada que no fuera ella. Su hombría la deseaba más que nunca, pero él quería disfrutar el idioma de una seducción distinta que los envolvía de manera inesperada, cada vez, otra vez. Sabía que Romina era la mujer de su vida y cada palabra que ella decía para expresar sus sentimientos lo acercaba a ese lugar donde el amor se multiplica hasta el infinito. Mirarla era un placer interminable, pero escucharla hablar de ellos detenía el tiempo en su voz. Quería todo con ella y lo tenía.

—A mí me gustas tú —pudo responder—. Tenerte, escucharte, mirarte y ver que eres la suma de todo para mí.

Ella comenzó a besarlo despacio mientras lo empujaba y lo guiaba caminando hacia el dormitorio, donde por fin se dejaron caer sobre la cama. Se miraban y se veían, más y mejor, bajo el fulgor de ese momento.

—¿Sabes que es lo que más me gusta?

—Tú dime —contestó mientras su mano derecha acariciaba sus senos y provocaba en ella temblores mínimos de gozo.

—Me gusta lo que hay debajo de tu ropa, me gusta tu cuerpo, el olor de tu piel. Tu lunar en el cuello y tus manos, definitivamente, me enloquecen tus manos.

—Me encanta eso, pero prefiero lo que mis manos pueden hacer —dijo sugerente, al tiempo que la despojaba de su pijama y recorría cada rincón de su cuerpo, primero con los ojos y después con caricias y besos. Romina se entregó a sentir.

Desnudaron cada prejuicio que los habitaba para dar lugar a las ganas de devorarse el deseo. Los besos de Fabio buscaron su nuca y siguieron por sus hombros, ella hundió su rostro sobre la almohada para ahogar un gemido insolente. Fue en vano, porque él continuó tocándola y besando su espalda al mismo tiempo. Los sonidos de su estallido hicieron eco en la habitación.

—Por favor… Hazlo ya —suplicó y giró.

Fabio acarició su húmeda intimidad sin dejar de mirarla. Un orgasmo ganó protagonismo y entonces él se hundió en el centro de su pasión y, al ritmo de movimientos desesperados, la alcanzó. Sus cuerpos mezclados ardían de placer y parecían quemar las sábanas con sudor.

Un rato después, ambos escuchaban música, abrazados en la cama que fuera testigo de su entrega. Él pensaba en ella y ella, en sus miedos.

—¿Por qué me mirabas diferente hoy cuando llegué?

—Porque mirarte y verte es volver más real lo que vivimos.

—Suena a miedo o a dudas ¿Qué te sucede? —preguntó mientras dejaba otro beso sobre su boca.

Romina pensó en sus temores, en el comodín, en su pasado, en la necesidad de ser honesta con él. De algún modo, sentía que ella misma amenazaba su felicidad.

—Tengo miedo.

—¿De qué? —preguntó preocupado.

—De que esto termine.

—Eso no va a pasar, a menos que tú lo decidas.

—No digas eso. Quizá no soy la mujer que ves cuando me miras.

—Romina, veo a la mujer que amo y elijo cuando te miro. Nada cambiará eso.

—Tengo un pasado del que no estoy orgullosa —comenzó.

—También yo, y no modifica en nada nuestro presente. ¿Quieres hablar de eso? —se arriesgó. No tenía intenciones de tener una conversación que opacara el momento.

—La verdad es que no. No quiero revelar comodines ahora.

—Bien, sin usar comodines. Mírame y dímelo todo con los ojos, yo haré lo mismo.

Ella accedió y por unos instantes permanecieron confesando a las pupilas del otro sus batallas perdidas. Se miraron al extremo de atravesar las barreras que las dudas lanzan al destino. Se miraron sin secretos, ni promesas. Se rompieron y juntaron sus pedazos. Se sintieron y se dolieron, mientras se miraban.

—¿Mejor? —preguntó él.

—Sí —respondió, negando a una lágrima la posibilidad de ser.

—Entonces, ven aquí, que me quedan millones de besos esperando para devorarse tus miedos.

Ella fue.

CAPÍTULO 35

Magia

*Quizá la magia no sea amar, sino coincidir
con quien nos ame al mismo tiempo.*

ROMA, NOVIEMBRE DE 2019

Al volver de la fuente Di Trevi, Orazia se había sentido diferente. Sin ninguna duda, había sido acertado volver al último lugar que su padre había visto. Lo había vivido como la oportunidad de transformar su dolor. Era cierto que todos tenían, en el calendario del alma, una fecha, una hora y un espacio donde la vida se les había roto. Sin embargo, no era menos verdad que era posible convertir esa fecha, esa hora y ese lugar en un legado. En ese sentido, su padre lo había hecho simple. Encontrar entre sus pertenencias la medalla grabada con esa frase tan significativa y su fecha de cumpleaños había sido un mensaje evidente de que hay algo más allá de la razón que coordina los hilos del destino. Solo había que saber mirar. Estar permeable a las señales.

Unos días después, estaba en su departamento, sonaba una *playlist* desde su móvil y, antes de levantarse, pensaba en todo, mientras miraba el techo de su habitación. Luego, hizo algunas anotaciones en sus apuntes. Entonces, golpearon a la puerta. Por el modo, supo que era Juan.

—Pasa, está abierto —gritó.

Su vecino, devenido en una relación sin nombre —para amistad, le sobraban varios besos en la boca y para pareja, le faltaba intimidad—, apareció ante ella. También pensaba en él en ese momento. Tenía un pantalón corto y una sudadera, podía oler su perfume a jabón y adivinar, en su cabello mojado, la reciente ducha. Traía, a juzgar por el aroma humeante de la caja, algo dulce, recién hecho y un ramo de flores de colores.

—Hola —saludó—. Traje *bagels* para desayunar y también te compré estas flores, son casi tan lindas como tú —agregó.

—Eso es cursi. Muy cursi, Juan —comentó con cierto humor. No lograba acostumbrarse a eso, pero él era así. Eso resultaba evidente—. Pero, gracias. —Él la miraba como se idolatra a un Dios. Parecía nervioso—. ¿Qué te sucede? ¿Por qué no hablas?

Juan respiró hondo.

—Soy cursi, sí. Muy cursi. Empalagoso. Te provoco picos de azúcar con una dulzura extrema que no sé evitar. Soy tímido. Te besé y no dejo de pensar en eso y en todo lo que me gustaría hacerte en esa cama, pero en lugar de eso, te traigo el desayuno y compro, para ti, las flores que le encantaban a mi madre. Creo que, además, soy romántico y tú no eres nada de todo eso, eres práctica y lógica. Yo pierdo tiempo y tú no. Lo cual indica un desastre para mí al momento de seducirte. Tú eres perfecta y, bueno, en medio de mi caos meloso, me enamoré. Te amo. Eso. Eso me pasa —concluyó y se quedó quieto esperando su reacción.

Orazia sonrió. En ese instante, se dio cuenta de que todo lo que decía era verdad, pero también lo era que lo quería, se había convertido en alguien importante en su vida. Tanto, que su forma de ser la divertía y no le generaba el más mínimo rechazo.

–¿Sabes qué es la vida? –le preguntó ella.

–La verdad, no –contestó decepcionado ante esa pregunta que nada tenía que ver con alguna de sus palabras. Le había confesado amarla y ella le respondía con una pregunta existencial. Nada estaba saliendo bien.

–La vida es eso que nos pasa cuando no seguimos ningún plan –explicó, mientras retiraba la frazada de la cama, invitándolo a acercarse con la mirada–. Tu forma de ser no es mi plan, es cierto que me empalagas, pero si dejas los *bagels* y las flores, y te acercas, te diré algo más –propuso.

Juan dejó todo sobre la mesa de noche y se acercó callado, el corazón le latía desbordado.

–¿Qué más? –preguntó.

–Tú eres mi vida ahora. Eres mi no plan y, aunque tu declaración no es apta para diabéticos –bromeó–, me mata de amor –agregó.

Juan la besó en la boca. El primero de todos los besos que esa mañana organizarían una fiesta en la habitación.

Sus bocas descubrían rincones de excitación que no conocían. Juan besó su cuello con delicadeza sugerente y mordisqueó sus labios. Ella le quitó la sudadera y él se acostó sobre ella mientras abría su pijama y sus ojos le acariciaban la piel. Sonaba la canción ""Try"", de Pink, cuando ella le arrancó un beso desesperado, atrayéndolo hacia su rostro.

Juan estaba tan centrado en el placer que su timidez quedó perdida, probablemente junto a la ropa que habían tirado al suelo desde la cama. Descubrió que, con ella, su cuerpo no era tímido para nada. Buscó su centro, calzó su mano en él y luego improvisó caricias que provocaban en ella tanto gozo que la obligaban a arquearse y emitir sonidos atrevidos. No hablaban, no podían y no era necesario. Estaban sintiendo, sintiéndose. Cuando su hombría entró en ella, algo parecido a una implosión sucedió en ambos, como un orgasmo al revés que los recorrió por dentro al primer contacto íntimo, como antesala de algo que es diferente y se desea para siempre. Estar unidos cambiaba el ritmo de sus vidas y los enfrentaba a lo inesperado.

Se movieron, cambiaron posiciones, al ritmo del deseo que les ganaba, y no dejaron un instante de disfrutarse. El uno al otro se dieron todo lo que tenían, adivinaron la caricia y el beso que el otro esperaba, al extremo de hacerlos creer que se conocían.

Sentada sobre él, Orazia se detuvo un momento, solo para mirarlo. Él hizo lo mismo. Levemente inquietos por la excitación, intentaron verse, más allá de sus cuerpos y lo consiguieron. Justo antes de que alcanzaran la explosión externa de ganas contenidas y placer consumado, que llenó de gemidos las sábanas y el aire que respiraban.

Abrazados, ambos mirando el mismo cielorraso de la habitación, fueron testigos de la manera en que los latidos de sus corazones se aquietaron a su tiempo.

—Puedes hacerlo —dijo ella—. Puedes decir lo que estés pensando, aunque sea cursi, muy cursi —dijo ante el silencio.

Él sonrió.

—Me descubriste el pensamiento.

—Dilo ya.

—Entre la magia y el amor, ahí estás tú. Eres mejor que todo lo que más me gusta hacer. Eso pensaba —confesó.

—Eso es cursi, Juan. Muy. Lo de la magia y el amor parece una poesía de otro tiempo.

—Lo sé. Es terrible, por eso no lo decía —repitió.

—Lo otro, que soy mejor que todo lo que te gusta hacer, eso…

—Eso, ya sé, es cursi. Muy —agregó con tono de humor.

—No, eso no es cursi. Eso es exactamente lo que me sucede.

La magia del amor no era el amor en sí mismo, sino la reciprocidad. La posibilidad de que ambos sintieran por el otro, al mismo tiempo, un sentimiento idéntico.

—Quiero que seas mi novia —pidió.

—Dios, eso sí es cursi ¡Muy!

—Necesito tu respuesta —pidió, como si ponerle un nombre a la relación cambiara en algo lo que sentían.

—Sí —dijo en tono muy bajo.

—Dilo: "soy tu novia"

—Soy tu novia y... voy a tener un pico de glucemia con tanta dulzura —dijo riéndose de los dos y de la situación—. Creo en la magia que trajiste a mi vida —agregó sin pensar.

—Orazia, eso es cursi. Muy —se burló él.

La risa los sorprendió comiendo los *bagels* y poniendo en agua las flores en aquel inusual domingo a la mañana.

Orazia era feliz. Juan había encontrado una verdadera razón.

Sonaba "Million reasons", de Lady Gaga.

A veces, quienes creen en la magia están destinados a encontrarla.

CAPÍTULO 36

Encontrarse

Buscarse hasta el fondo de la peor herida, perderse en el centro
del dolor y entender que nada termina hasta que se logra sanar.

USHUAIA, NOVIEMBRE DE 2019

Tiziana había progresado mucho, no solo porque había adelgazado dos kilos más de los que había subido, sino porque empezaba a entender que la comida era un escape que sus emociones utilizaban para enredarla en sus miedos y boicotear la evolución de su duelo.

Había podido decir en terapia con todas las letras que su exnovio la había abandonado por haber sido gorda, o porque quizá la veía gorda otra vez, o por lo que fuera, pero siempre relacionado con su apariencia. Él tenía una fobia que, paradójicamente, aplicaba a sí mismo, porque también era un obeso recuperado y, por mucho que negara esa etapa de su vida, siempre estaría allí, a un pensamiento de distancia de la realidad. Como no sabía nada de él, ni había intentado averiguar, desconocía si había recaído. Siendo honesta con ella misma, se lo deseaba. Su parte mala, según su juicio de valor, era justa. Cuanto más tiempo pasaba desde su ruptura y más la analizaba, peor ser humano reconocía en su ex.

Su psicóloga le decía que debía centrarse en sí misma, las razones de su ex no eran objeto de la terapia, sí lo era que ella sanara, aprendiera y no volviera a elegir una persona con ese perfil que pudiera lastimarla por lo mismo.

Así, Tiziana, había implementado un difícil mecanismo y, cada vez que sentía deseos de comer sin fin, se detenía y pensaba en qué quería tragar realmente. Después de analizarlo mucho, finalmente, en la última sesión, le dijo a su psicóloga:

—Creo que me he encontrado. Tengo la respuesta. Como mi soledad desde que soy una niña, mi miedo inmenso a quedarme sola en mi vida adulta, los padres que no tuve y toda la angustia que me provocan los recuerdos. Creo que me devoro el abandono, no solo mío, sino el del concepto. Me duele que exista.

—Es muy simbólico lo que dices, comparto tu conclusión. Es evidente que no comes porque tienes hambre. Tus atracones son el resultado de la presión que ejerce el dolor acumulado sobre tu inconsciente. Creo que hay disparadores en tus recuerdos, por eso hay días que lo llevas bien y otros que no.

—Es así. Me doy cuenta de que mi última recaída sucedió justo después de pensar mucho en mi pasado. En lo difícil que me resulta aceptar que una pareja lo haya compartido todo y después, de la nada, uno de los dos desaparezca, sin importarle lo que pasa con la otra persona, ni siquiera como ser humano.

—Las personas son lo que son y déjame decirte que no desaparecen de la nada. Es posible que él, como muchas personas, haya ido encontrando y guardando motivos para sentir que no era contigo con quien deseaba compartir su vida. Las decisiones no ocurren de un momento a otro. No digo que haya estado bien, sino que no sucedió de repente.

—¿Me dices que él lo pensó mucho antes?

–No puedo asegurarlo, pero es mi opinión. Él te dejó cuando estaba contigo, lo que hizo de la noche a la mañana fue hacértelo saber.

–Un hijo de puta –se descargó.

–Yo diría: un hombre que no pudo con sus traumas y escapó de ellos. Lo que no sabe es que la huida, en esos casos, es breve. Lo que no sana vuelve a herir. Regresa por lo que le fue negado. Por el proceso.

–¿Eso debería ser un consuelo? Porque no lo es.

–No. Es aprendizaje. Los procesos hay que atravesarlos y eso no es privativo de gordos o flacos, de lindos o feos, no tiene relación alguna con la apariencia física. Los procesos son y cada quien decide qué hacer frente a ellos.

–¿Entonces?

–Entonces, vas muy bien. Estás bajando de peso. Puedes detenerte antes de un atracón y pensar qué es lo que lo provoca. No debes subestimar el poder de las debilidades, siempre deberás estar atenta, pero cuando logres dar por terminado el abandono que ha sido titular en tu vida, eso cederá.

–Entiendo. A veces pienso que no tuve ni tengo padres, pero que podría no ser huérfana. Es decir, no hay tumbas, no sé si murieron. Mi acta de nacimiento no refiere el nombre de mi padre, dice "desconocido". ¿Y si ella me abandonó? La monja dijo que murió cuando nací, pero pudo mentir.

–Tiziana, tienes veintiocho años, tu madre nunca ha estado contigo. Creo que te han dicho la verdad, pero tú prefieres crear una posibilidad que te permita esperarla. Eso te llevará directo a la decepción, cuando el tiempo pase y ella no venga por ti.

–Eres cruel.

–Diría que soy directa. No necesitas agregar variables de confusión, ahora que estás avanzando.

Siguieron hablando unos minutos más y Tiziana salió de allí fortalecida. Llamó a Gabriel para contarle, ya que esa tarde no había

podido acompañarla.

—Estoy de acuerdo con tu psicóloga. Estarás bien, ya estás mucho mejor —opinó él.

—¿Dónde estás?

—Voy camino a ver a mi padre.

—¿A tu padre? —preguntó con picardía.

—Bueno, pobre papá, hoy es la excusa. Voy a encontrar a Richard.

—Gabriel, por favor, debes normalizar los encuentros. No es oportuno que ocurran en el cementerio.

—Hoy. Hoy le voy a pedir su número de teléfono. Estoy nervioso, pero lo haré.

—Bien. Te veo en la noche.

••· ·•· ·•·

Gabriel llegó al cementerio. Se ubicó en el banco bajo el roble y, antes de que pudiera suspirar, Richard llegó. Se lo veía nervioso. Su expresión no era la habitual.

—Hola —lo saludó.

—Hola —respondió y le dio espacio a un minuto de silencio. Respiraban el mismo aire y los dos sentían que las palabras morían en el intento de ser dichas.

—Puedes contarme, si quieres —dijo Gabriel.

—¿Tienes familia? —preguntó.

—No. Mis padres han muerto. Soy hijo único. Solo tengo una amiga incondicional, Tiziana, te hablé de ella. El resto de mis parientes, ya sabes, no me aceptan como soy. ¿Por qué lo preguntas?

—Te he contado que tengo a mis padres, una hermana y una sobrina divina que vive en Roma. Mi hermana Natalia y yo somos muy distintos y ha venido a verme con un planteo que me enfurece.

—¿Por qué te enfurece?

—¿No vas a preguntarme cuál ha sido el planteo?

—Esperaba que lo dijeras tú, no me gusta ser invasivo en temas privados, en cambio, si te enfurece, tiene que ver contigo y eso sí me animo a preguntarlo.

—Mi padre tiene ochenta y cuatro años, se llama Benito. Tuvo un ACV, logré salvarlo de eso, te lo he contado.

—Sí. Sé que te ocupas de ellos y que tú y tu madre se parecen.

—Bueno, él está en rehabilitación física y mi hermana me llamó, dijo que quería verme, la esperé con una cena y dijo que mi padre quiere viajar a Roma a ver a mi sobrina y conocer Amalfi, me propuso que lo llevemos.

—¿Y qué es lo que te enfurece? —preguntó con naturalidad—. No veo problema alguno en lo que cuentas, al contrario.

—Que no piensa los riesgos, es inmadura. Ella lo visita, no se ocupa de él. No es momento de alterar su rutina. Además, no propone un día de campo, lo quiere sacar del país, lejos de sus médicos. Es un disparate.

Gabriel pensó cada palabra antes de decirla.

—¿Te enfurece que tu hermana sea como es?

—No. Bueno, sí, también, pero eso no es lo principal.

—¿Y qué es lo principal?

—Su argumento. Me molestó su argumento, fue un golpe bajo. Dijo que él y yo —miró la lápida de su pareja fallecida— teníamos planeado un viaje que nunca hicimos, porque la vida termina sin avisar… —No pudo seguir hablando, se le anudó la garganta.

—Mira, Richard, por mucho que te moleste, eso es verdad, al derecho y al revés. Quizá deberías cambiar la perspectiva: ocuparte de todo no implica que tengas el control. Eso no depende al cien por ciento de ti. ¿Comprendes? En cuanto a tu hermana, supongo que no ha sido fácil para ella ir a hablar contigo. Si pudieras escucharla a corazón abierto, con tu mente permeable a otras posibilidades, tal vez dejarías de estar enojado.

—¿Crees que tiene razón?

—¿A dónde querían ir de viaje tú y él y por qué no fueron?

—A Italia, qué ironía. No fuimos porque él murió en un accidente de tránsito —al escucharse, algo en su interior cambió. No porque le diera la razón a su hermana sino porque su argumento era válido. Quizá por eso lo había molestado tanto.

—Lo siento —silencio—. ¿Puedo preguntar algo?

—Claro, lo que quieras —respondió. Comenzaba a mirarlo como hombre, descubría que tenía sentimientos hacia a él que no solo tenían que ver con sus conversaciones y encuentros. Le gustaba su alma noble. Le gustaba todo en él.

—¿Qué dice tu padre? ¿Hablaste con él?

—No. Ella dijo que era su deseo. El tema es que Natalia no mide las consecuencias de nada. Mi sobrina Romina… No sé quién es su padre. Natalia volvió de Italia embarazada y todos bailamos su música. Dijo que no revelaría la historia y nunca lo hizo. La ayudamos con la bebé hasta que se convirtió en una adorable mujer, pero jamás supimos qué sucedió.

—Si querías saber quién es el padre de tu sobrina, debiste preguntar, todavía puedes hacerlo. Ahora, la cuestión no es tu hermana, a quien creo que deberías acercarte más, sino como tú y ella actúan en relación con la vida de tu padre.

Guido interpretó las palabras "acercarte más" como una señal de su ex. Era lo que él le decía de Natalia. Sintió que Gabriel era la persona adecuada. Que podía confiar en él.

—Gabriel, papá no puede hacer ese viaje. Es grande. ¿Y si muere?

—¿Y si lo disfruta muchísimo? Richard, tu ex ha muerto, mi padre también. Tú y yo también lo haremos algún día. ¡El tema es el mientras! ¡Cómo vivir! No puedes prevenir el final de nadie, Richard, pero sí puedes ser parte de cómo las personas disfrutan.

Bajó la mirada para ocultar sus propias lágrimas. De pronto, una mano elevó su mentón. Los ojos de ambos se mezclaron en una mirada única que los recorrió por dentro y los unió por fuera en un beso. Los labios de Gabriel, temblorosos, no se atrevían a ir por más, lo hubiera devorado, allí mismo, pero no. Supo que era amor, que se estaba enamorando de Guido Ricardo De Luca, que era su Richard Gere. En ese momento, él lo besó con intensidad breve y se separó de su boca. Sonrió, era feliz.

—Nada en esta vida ha sido para mí más lindo, esperado y deseado que ese beso, pero debes ir a hablar con tu hermana ahora mismo. Y que sea lo que deba ser —agregó, mientras tomaba las flores que habían quedado sobre el banco—. Yo me ocupo de colocarlas en el florero. No pierdas tiempo —pidió. Se sentía protagonista de una historia de amor, y lo era. La suya, la que había esperado desde siempre. La verdadera.

Richard lo miró y se permitió empezar a amarlo. Lo besó una vez más, sacó una lapicera de su bolsillo, le tomó la mano y, sobre ella, escribió su dirección.

—Te espero en mi casa esta noche. Yo cocino. Gracias. Eres… diferente —dijo y se fue.

Gabriel lo observó partir y secó lágrimas de emoción, las tres veces que su Richard volvió la vista atrás para sonreírle.

CAPÍTULO 37

Saber

La sospecha, cuando se convierte en certeza,
embarra las historias de amor al límite de lo imprevisible.

Ramiro se había llevado a la pequeña Marian, furioso. La idea de que su esposa Bruna hubiera hablado por teléfono con su ex, Vito Rossi, le generaba no solo impotencia sino indignación. Ese hombre, además de ser un abusador de pacientes, según su opinión, era una amenaza. Por más que no le gustara reconocerlo, sabía que la primera vez que Bruna le había dado atención había sido la noche del escándalo. Ellos eran amigos. Al conocerse las denuncias y cuando el caso se publicó en varios medios de prensa, Vito Rossi desapareció. Bruna lo había buscado desesperada, pero él no atendió más el móvil y ya no estaba en su vivienda. Bruna, abatida, fue a buscar consuelo a casa de Ramiro, su amigo de entonces, quien la amaba en silencio. Habían bebido y la angustia de ella la llevó directo a la cama con él. Al despertar, pretendió que todo había sido un error y tomó distancia.

Ramiro, beneficiado por la amistad y la vulnerabilidad de ella, se fue acercando hasta lograr el lugar que deseaba, a su lado. Una vida devastada y despojada por un destino inesperado. Día a día, él había ido ocupando los espacios vacíos de sus emociones, dándole lo que necesitaba: seguridad.

Con el tiempo, sabiendo lo que implicaba su decisión, Bruna había aceptado que Ramiro y ella se convirtieran en un "nosotros". Una definición de "juntos", con certezas acordadas y dudas escondidas. Una relación nacida sobre cimientos rotos de otro amor que había elegido irse.

El matrimonio no atravesaba su mejor momento, él manifestaba su enojo con actitudes indiferentes hacia ella. No quería hablar del tema.

—Ramiro, tenemos que hablar de lo sucedido. No podemos seguir así. Han pasado días y continúas ignorándome. No hice nada, solo fue una llamada y me disculpé contigo —insistió con el mismo argumento desde que él había regresado a la casa. La entristecía pensar que podía perderlo. Él y la niña eran su familia.

—Hablaremos cuando sea el momento.

—¿Y cuándo será? ¿Me sometes a tu indiferencia por un plazo?

—No puedo darte explicaciones ahora. Hago lo que puedo con lo que tú hiciste. La herida la abriste tú —reprochó.

—¿Tiene que ver con tu madre? ¿Verdad?

—Mi madre no fue la que habló con su ex por teléfono —dijo con tono helado.

—¡Basta! Vivo aquí, me quedé contigo. Formamos una familia, he dejado todo de lado por nosotros —sostuvo llorando.

En ese momento, escucharon la puerta de entrada abrirse.

—¡Ramiro, hijo! —gritó Olga. Ambos fueron a su encuentro. Ella traía un sobre en la mano, con los resultados de estudios clínicos. Bruna imaginó malas intenciones, pero nunca lo que en verdad ocurrió.

—Hola, mamá. Supongo que lo tienes —dijo. La mirada exultante de su madre lo entristeció, a pesar de todo.

—Sí y yo tenía razón.

—¿De qué hablan? Estoy aquí y estoy muy cansada de que tu madre irrumpa en la casa como si fuera dueña —se quejó Bruna. Él se quedó callado, solo la miraba. Incapaz de decir una palabra.

—No tienes derecho a nada aquí. Esta casa es de mi hijo y tú eres una mentirosa. Esa niña, tu hija, no es hija de Ramiro.

—¿De qué habla? ¿Qué has hecho Ramiro? —le recriminó sin dar crédito a lo que escuchaba.

—Él no hizo nada. Yo me ocupé de todo. El examen de ADN lo excluye de la paternidad en un 99.9 %.

Bruna no podía reaccionar. ¿Había hecho un ADN a sus espaldas?

—¡Ramiro! —gritó, buscando en vano una reacción.

—¡Menos grito! —dijo en tono más alto Olga—. Yo llevé a la niña a tomar la muestra de sangre, siempre supe que no era mi nieta y la muestra de Ramiro le fue tomada en su rutina —Bruna la observaba pasmada—. Sí, fui yo, me ocupé de todo y en buena hora que así lo hice. Te lo dije. ¡No hay nada que no sea capaz de hacer por mi hijo! —repitió—. ¿Preparas tu equipaje o te irás con lo puesto y tu hija, que es todo lo que trajiste?

Bruna, se acercó, la miró fijo y le dio una bofetada.

—Eso es por exponer a mi pequeña a algo que Ramiro y yo habíamos decidido no hacer.

—¿De qué habla, hijo? ¿Tú sabías? —preguntó completamente sorprendida.

—No hablaremos de esto con ella, Ramiro, por favor, que se vaya de aquí —suplicó.

Él recorrió la escena con su mirada, se acercó a su madre y la abrazó por un instante.

—Debes irte, es suficiente —le pidió.

—¿En serio? ¿Es todo lo que dirás? —preguntó indignada, porque no le reconocía su triunfo—. ¿Lo sabías? —insistió furiosa.

—Por favor, mamá...debes irte —fue la respuesta.

Olga tiró el estudio sobre la mesa y se fue dando un portazo.

Hubo un silencio doloroso entre los dos. La pelea había quedado atrás. Todo era mucho más profundo.

—Lo siento, Bruna. Me enteré de lo que mi madre había hecho la noche en que discutimos, porque te encontré hablando con él. Estaba enojado. No me alegró, pero confieso que pensé que era mejor así. Saber.

—¿Saber? Siempre supimos que era una posibilidad. Tú me persuadiste de no averiguar la verdad. ¡Tú! —recriminó recordando todo lo ocurrido—. Dijiste que no era necesario saber, que te alcanzaba con la posibilidad de que fuera tu hija para construir tu vida a mi lado. ¿Recuerdas? Me convenciste diciendo que un padre como Vito no sumaría nada bueno a su vida y yo... yo accedí —reconoció llorando.

—Ahora es momento de hablar —dijo convencido—. Nada cambia, yo te amo y amo a Marian, lo sabes. Lleva mi apellido, legalmente es mi hija y, aunque estoy dolido por esa llamada, creo poder superarlo. Podemos seguir adelante —sonaba angustiado—. No quiero perderlas.

—La llamada no es el tema aquí. Sé que amas a Marian y también a mí, pero no creo posible poder continuar juntos. Tu madre, la situación... —Estaba herida.

—Mi madre entenderá, yo se lo explicaré. La situación es la que decidimos los dos.

—¡No! Este desastre lo decidió tu madre y tú lo permitiste. Yo no he intervenido —respondió enojada.

—¿Tú me amas? —preguntó él—. Es lo único que importa.

Ella no respondió. Sintió que ya no podía callar a la Bruna de antes. Las dos estaban despiertas, en estado de alerta, creían saber lo que deseaban. Todo se mezclaba en ella y la enfrentaba a la realidad. Su suegra le había hecho un bien después de todo. Ella no hubiera traicionado a Ramiro, no se creía capaz de averiguar de quién era su hija, pero lo cierto era que se hacía la misma pregunta cada día desde que había nacido. Lo que nunca había sido capaz de pensar era cómo iba a sentirse cuando lo supiera si ese día llegaba.

La pequeña se parecía físicamente a ella. No era posible reconocer en su rostro a ninguno de ellos. Sin embargo, desde ese momento lo sabía, era hija de Vito, el hombre que había amado y que, tarde, con argumentos que no justificaban que la hubiera abandonado en medio del caos, quería volver. ¿Qué debía hacer ella? ¿Qué quería hacer?

—Quiero paz, Ramiro. Claramente, no la tendré viviendo aquí. Olga ha originado todo esto, pero el hecho de sentir que no encajo en el lugar que ocupo ya era cada vez más fuerte y eso no es su culpa. Es un monstruo, pero no es un monstruo responsable de eso —él por primera vez no defendió a su madre—. Mis fracasos. Me he postergado. Me siento mal cuando lo pienso —confesó.

—Te haré la misma pregunta otra vez. ¿Me amas?

—Te quiero muchísimo, lo sabes.

—Querer no es suficiente. Te he preguntado dos veces si me amas. Respóndeme.

—No sé lo que siento. Todo es confusión ahora para mí.

—¿Lo has visto? ¿Es eso? —preguntó con desconfianza. Sus inseguridades estaban a la vista.

—¡No! Él no tiene nada que ver con lo que pasa en nuestro matrimonio. Hace tiempo que me cuestiono mi decisión de no ejercer la profesión, que no me reconozco. No soy del todo feliz, quizá no sé de qué está hecha la felicidad y eso es culpa mía, no tuya.

—Hablas así porque es muy fuerte lo que ha pasado —afirmó, negando lo que ella sostenía—. Nuestros problemas se deben a mi madre. Le pondré límites, resolveré todo lo que te molesta. Seremos nosotros y Marian. Nosotros mismos, sin intromisiones. No permitiré a mi madre nada más. Le pediré la llave de la casa y que se disculpe contigo.

—Eso es verdad, pero no son los únicos problemas. Ojalá hubieras dicho todo eso hace tiempo —pensó en voz alta—, pero ahora no es suficiente. Necesito saber qué quiero, qué siento. Me perdí y tengo que encontrarme. Soy muchas cosas que no me permito —insistió.

—Eres psicóloga, podemos pensar en instalar un consultorio para ti, que regreses a tu profesión y continuar juntos.

—¿Por qué no me ofreciste todo eso antes?

—Porque no sabía que era tan importante para ti.

—Estoy muy triste y aturdida —pudo decir.

Él se acercó y la abrazó fuerte.

— Además, debo decidir sobre Marian, ella tiene derecho a saber quién es su padre.

—¡No! No le dirás a él ni a nadie, yo soy su padre. Ese es nuestro acuerdo —dijo, apartándose del abrazo.

—Era, cuando decidimos no averiguar. Ahora la verdad está sobre la mesa —dijo y miró el sobre con el análisis de ADN.

En ese momento, el móvil de Bruna comenzó a sonar. Era una llamada de Ushuaia.

No atendió.

CAPÍTULO 38

Motivo

*Hay decisiones que detienen y otras que definen
la chance de vivir a tiempo.*

USHUAIA, MEDIADOS DE NOVIEMBRE, 2019

Sentados. Ansiosos. En silencio, observando la nada externa mientras un mundo interior les aceleraba el ritmo de los latidos de sus corazones. Preguntas con respuestas, interrogantes de cara a un abismo de posibilidades que les hacían analizar las dudas y los miedos. Allí, habiendo podido cumplir un plan diseñado a la perfección, Natalia De Luca y su padre, Benito, aguardaban, en el aeropuerto de Ushuaia, la salida del avión que los llevaría al aeropuerto de Ezeiza, en Buenos Aires, desde donde partirían rumbo a Roma.

El equipaje había sido armado por Natalia en su casa. Ella llevaba muchísimas cosas, Benito, no. Le preparó su maleta con algo de ropa que fue sacando de su *placard* y otras que le había comprado, para no despertar sospechas. Esa tarde se había comprometido a quedarse con él, porque su madre tenía un té con las amigas y su hermano trabajaba. Todo fluía al ritmo de un plan pensado y decidido en detalle. Sin embargo, había más motivos que disfrutar la vida.

—¿Qué piensas, papá?

—En tu madre.

—¿Te preocupa?

—Me ha dejado más tranquilo hablar con nuestro médico de la familia para que se comunique hoy. ¿Sabes? Al despedirse hace un rato me dijo que me notaba diferente y preguntó si me sentía mal. Ofreció quedarse…

—¿Te da culpa?

—Un poco. La abracé y le dije que le agradecía todo lo que hacía por mí. Dijo que suelo ser insoportable, pero que me quiere. Entonces, agregué que yo también.

—¿Estás arrepentido? Podemos volver atrás, si lo deseas.

—No, hija. Yo estoy muy contento de ver a Romina y mucho más de que finalmente puedas enfrentar tus demonios para lograr la paz necesaria para vivir mejor. Cargas con mucho. Es tiempo ya de liberarte de tus cruces.

En ese momento, Natalia percibió la verdad. La emoción le llenó los ojos de lágrimas. Su padre había sido siempre sincero, le había hablado de su pasado y de las posibilidades que ese viaje le daría para sanar, pero ella había elegido pensar que la prioridad era cumplir su deseo. Volver a Roma hasta ese momento no tenía como finalidad cerrar su historia personal. Mientras miraba a los ojos a su padre, en silencio, la memoria le recordó una de sus charlas en la que él le había dicho que volver a Italia era enfrentar otra parte de su historia y le había preguntado si estaba lista, si buscaría a la familia de Romina. Ella había contestado que le alcanzaba con enterrar a Patricio, quien aún no había muerto. Su duelo pendiente, su culpa latente. Un suicidio en su patrimonio emocional. Una deuda que nunca terminaba de pagar.

Benito la miraba con amor. Respetaba el espacio de sus pensamientos, porque los adivinaba. Era su hija, la conocía mejor que nadie.

—Lo haces por mí, ¿verdad? ¿El motivo no es un sueño que quieras cumplir a los ochenta y cuatro años?

—Supongo que es justo aclararlo. No te mentí, es mi sueño. Cuando preguntaste qué haría, si pudiera elegir, fue lo primero que vino a mí: viajar a Roma y ver a Romina, luego, conocer Amalfi, pero ni bien lo dije, me di cuenta de que en verdad ese sueño traía otro adentro, otro más importante, el verdadero motivo: tú. Soy el único que conoce la verdad, pude morir en el ACV o perder mis facultades cognitivas. De hecho, moriré algún día y está bien, lo que no estaría bien es que lo hiciera dejándote sola con tu secreto —hizo una pausa—. Sí, lo hago por ti. Soy tu padre. Por ti, todo. Me urge verte sanar, estoy en tiempo de descuento, no porque piense morir —repitió—, eso será cuando deba ser, sino porque tengo muchos años. Así que hagamos que este viaje sea todo lo que necesitamos para vivir mejor.

—Te amo, papá. Me da miedo enfrentar mi pasado. ¿Crees que debo buscar a Román? ¿Decirle a Romina que tiene un tío y todo lo que hice? Su padre se suicidó por mi culpa, no soy capaz de confesar eso.

—Hija, vamos a disfrutar de esta aventura desde ahora. Sin presiones. Que Italia sea para ti una oportunidad de duelar y poner fin a tu dolor. ¿La forma? No lo sé, la vida irá dando sus señales. Yo estaré contigo, mientras cumpliremos mi deseo de viajar.

—Te amo —repitió—. Ojalá Guido hubiera entendido —dijo acerca de la conversación que había tenido con su hermano y que su padre conocía. Todo se mezclaba en ella. La familia es la familia, a pesar de todo—. También pienso en mamá. Es buena, exigente y testaruda, pero al fin nos lo da todo.

—Ellos entenderán. Te lo prometo. Me he ocupado y me seguiré ocupando de eso. Debes confiar en mí.

Ella no contestó nada. Lo abrazó un instante. Enseguida, los llamaron a abordar. Un hombre pesó el equipaje de ambos que iba a la bodega.

—Señora —dijo dirigiéndose a Natalia—, esta maleta de mano está excedida en peso. Puedo permitirle abordar, solo lo digo para su siguiente vuelo y para su regreso.

—Intento volver más liviana —dijo aún conmovida.

—Eso es bueno. Mi nombre es Vito Rossi, le deseo un buen viaje en nombre de la aerolínea.

—Gracias.

••· ··•· ··•·

Greta regresó contenta a la casa, luego de compartir el té con sus amigas.

—¡Benito, ya estoy aquí! —saludó. Pero nadie respondió. Lo buscó por todos los ambientes de la propiedad y no estaba. Lo llamó al móvil y estaba apagado, igual que el de Natalia. Justo cuando iba a comunicarse con Guido, vio un sobre en su mesa de noche. Llevaba su nombre con letra de Benito. Lo abrió, contenía una carta. Una cursiva prolija y temblorosa le hablaba directo a su corazón.

Querida Greta:

Para cuando leas esta carta, estaré lo suficientemente lejos como para que no puedas alcanzarme, pero aun así tengo que pedirte que no intentes detenernos. Estoy con nuestra hija, ella me necesita. Si tú supieras su verdad, harías lo mismo que yo, pero no la sabes. He callado por años, es tiempo de contártela para que comprendas por qué estoy viajando con ella a Roma. Sé que vas a enojarte mucho, pero lee y luego piensa. Después sé que comprenderás. Llevo una vida a tu lado, tú eres de un modo y yo de otro, pero nuestros hijos siempre han sido lo más importante para los dos.

Natalia conoció al padre de Romina en Roma, se llamaba Patricio, no estaba enamorada, él fue su apoyo, pero sí se enamoró de su hermano, Román. Suena terrible y lo fue. Patricio descubrió el engaño y se suicidó. Natalia, embarazada, regresó a casa, a pesar de que Román, el único que sabía que esperaba un hijo de su hermano, le pidió que se quedara. Ella no pudo enfrentar a la familia. Sabe que Romina es hija de Patricio, pero nunca le ha dicho lo sucedido, ni le ha dado nombres, ni ninguna información relacionada con su familia paterna. Romina ha aceptado eso. Todo este tiempo carga esa pesada cruz. Las vueltas de la vida han llevado a nuestra nieta a sus orígenes, yo creo que es necesario enfrentar la verdad. Claramente, Natalia no lo haría sola. Así que lo que empezó como un sueño de viajar y celebrar que estoy vivo se ha transformado en mi propósito de que nuestra hija pueda sanar su dolor y enmendar sus errores, en la medida en que sea posible. Lo hecho no puede cambiarse. Tuvo la hija de un hombre que se suicidó porque ella lo engañó con su hermano, así de novelesco y fatal. Pero es Natalia, y ya pagó con años de soledad y angustia su equivocación.

Imagino que estarás muda frente a esta verdad, solo te pido que no me juzgues por haber guardado su secreto y que apoyes mi decisión.

Habla con Guido, explícale. Esto no es en contra de ustedes, es en favor de la familia y de la paz que Natalia necesitará para continuar. Un día no estaremos, ni tú, ni yo, es nuestro deber dejar a nuestros hijos posicionados frente a la vida de la mejor manera posible.

Te amo,

Benito

Greta se sentó en la cama matrimonial. Volvió a leer la carta unas diez veces. Guido llegó y la halló llorando.

–¿Qué pasa, mamá?

Ella solo le entregó la carta.

CAPÍTULO 39

Lluvia

Hay momentos que solo pueden vivirse
mientras llueve.

Ushuaia, mediados de noviembre, 2019

Había transcurrido más de un mes desde que Lorena había despertado. Algo en ella había cambiado. Con su lista, "Bebé. Soledad. Vivienda.", con la honestidad con que había podido analizar los aspectos que, según su psicólogo, debían darse para que un matrimonio funcionara, con el apoyo de su amiga Natalia, los consejos de su padre y con los hechos —eso era fundamental—, había sido capaz de actuar y ser coherente en sus acciones con su proceso interno.

Todo había sucedido muy rápido y, antes de que pudiera darse cuenta, había entregado la llave del departamento a los nuevos dueños, a quienes les había vendido también gran parte del mobilliario. El resto estaba en un depósito, en espera de que su nuevo lugar la encontrara o de que ella lo encontrara a él. Tenía dinero en moneda extranjera en una caja de seguridad, cierta paz interior y vivía con su padre. Otra vez, pero diferente. Nada era igual, no solo porque faltaba su madre, sino porque la relación entre ellos era distinta. Él la reconocía como una mujer independiente y valiosa, su apoyo en modo alguno cuestionaba sus decisiones, sino que era siempre un aliento para que siguiera mejorando, creyendo en ella y animándose a aceptar que tenía derecho a ser feliz de la manera que fuera.

Cayetano rentaba una casa tipo cabaña. Había muchas de ese estilo en Ushuaia. En general se ocupaban de modo temporario, pero el dueño prefería la seguridad de un alquiler de todo el año. Era una vivienda cálida, el efecto de la madera siempre era un refugio. Como tenía una sola habitación, Lorena se había acomodado en el sillón de dos cuerpos del cuarto de estar. Era muy cómodo. Sus pertenencias habían convertido ese hogar en un pequeño gran desorden de cajas y maletas abiertas. Durante esos pocos días compartidos, Cayetano estaba feliz de tenerla con él, la atendía, la esperaba con café y hablaban mucho.

Esa noche, habían terminado de cenar, cuando vieron por el ventanal una lluvia torrencial que caía sobre la calle y rebotaba ruidosa contra el asfalto.

—Me gusta la lluvia —dijo Cayetano.

—También a mí. En realidad, no la lluvia —se corrigió de inmediato al recordar—. Me gusta esta lluvia.

—¿Y qué tiene esta lluvia de diferente?

—El sentimiento que me genera verla y escucharla.

—Explícame mejor —pidió.

—He visto y sufrido muchas lluvias, papá. Cuando miraba por la ventana, sentía que todo lo malo era todavía peor si llovía. La lluvia tiene un efecto depredador sobre las emociones y los momentos difíciles. Todo lo intensifica. Recuerdo mi dolor asociado a truenos y relámpagos al ritmo de los cuales lloraba todavía más. Nada parece tener solución cuando estás enredado en tus propias trampas y te pones a pensar en el modo de salir de ellas cuando llueve.

—Es bastante simbólico eso.

—¡Quién lo dice! ¡El hombre de la tierra en los bolsillos! Lo heredé de ti, papá —comentó con dulzura.

—Me hace muy feliz haberte contado la historia de la higuera y de esa tierra, es parte de mi legado. Sé que eso no lo olvidarás. Ahora, dime, ¿por qué te gusta esta lluvia? —preguntó, al tiempo que observaba con interés por la ventana de la cocina y calentaba agua para prepararle su café.

—Porque me siento segura. Aquí, contigo y desde que he logrado comenzar a sanar mis partes rotas, puedo mirar la vida de otra manera y el hecho de que llueva me da un escenario nostálgico, pero no profundiza mi dolor. El dolor que me queda.

—Que bien, hija. Me tranquiliza, has entendido todo.

—¿Por qué lo dices?

—Porque dejaste de esperar que algo de afuera te salve, porque aceptaste la vida con sus términos más duros y decidiste rescatarte a ti misma de un destino que fue muy cruel. Porque te veo renacer de tu angustia. Que digas "el dolor que me queda" significa que ya has liberado mucho.

—Eso siento, papá. No sé si lo liberé, me parece que lo estoy transformando en crecimiento y recuerdo. No deseo olvidar lo que me ha pasado, solo quiero que no me lastime y que no sea una interferencia en mi presente.

—Hija, sanar es entender que la vida no es perfecta, aceptar que a veces no se puede con todo, pero amar la posibilidad de comenzar, otra vez, cada día. Lo bueno de romperse en pedazos es que, cuando debes juntar tus partes del suelo, tienes la chance de no levantar las que no te construyen.

—¿Ese sería mi ex? —preguntó y ambos rieron.

—Podría serlo, tú decides.

—¿Nunca me dirás lo que piensas de él?

—No. No hace falta. No suma y tú sabes mejor que nadie quién es y quién ha sido contigo. No digo que sea malo, pero estoy seguro de que no es para ti.

—Volví a la clínica, ¿sabes?

—Me dijiste. A la puerta.

—No. Regresé, pude entrar y hablé con la enfermera. Le pregunté si me dejaba ir a la habitación donde estuve internada y dijo que estaba ocupada. Pregunté por quién, si podía contarme y dijo que una joven, madre de dos niños, embarazada del tercero, víctima de un accidente de tránsito, estaba por ser trasladada a quirófano y su marido tenía que decidir entre ella y el bebé, si no podían salvar a ambos.

—¡Qué terrible!

—Sí. En ese momento comprendí que cada persona libra una batalla, carga un dolor y debe enfrentar sus miedos. Mi pérdida, comparada con esa tragedia, tomó otra dimensión. Antes de entrar le había pedido a Dios que me ayudara a superar lo ocurrido. Creo que lo hizo porque, definitivamente, salí de allí con otra percepción de mi realidad.

—¿Y qué hiciste?

—Pregunté su nombre y fui a la capilla de la clínica a pedir por ella y su bebé.

—¿Sabes qué sucedió con ellos?

—No. Entendí mi parte. Luego puse un límite. Mi capacidad de asimilar nuevos motivos de angustia está detenida mientras transito mi proceso. Fue suficiente enfrentar esa realidad para darle a la mía un tamaño consciente. Al salir, mi médico ingresaba y me saludó. Y me sentí bien, solo vi al médico.

—¿Qué quieres decir con "solo vi al médico"?

—Que ya no asocié el rostro con el momento en que me dio la fatal noticia. Salí de allí fortalecida.

—Estás en la recta final de tu duelo.

—No lo sé, elijo quedarme con lo bueno y seguir.

—Yo creo que te has salvado a ti misma y me da mucho orgullo.

—No lo hice sola, tú y Natalia me han ayudado.

—Eso hace la gente que ama. A propósito de ellos, ¿ya se fueron? —cambió de tema y le dio su café.

—Sí, hoy. Ya deben estar en vuelo a Roma.

—¿Tienes alguna noticia?

—No, solo que subían al avión. Me preocupa cómo reaccionen la madre de Natalia y su hermano. Espero que todo salga bien.

Cayetano pensó un instante en su conversación con Benito y sonrió.

—Todo saldrá bien. Su madre y hermano ya están al tanto.

—¿Cómo sabes eso?

—Don Benito me contó que iba a dejarle una carta.

—¿Cuándo?

—En el momento que fuiste a buscar café para nosotros en el consultorio. Yo le aconsejé que le dijera toda la verdad sobre su viaje y que no olvidara decirle también que la amaba.

—¡No lo puedo creer!

—Pues así ha sido. Soy viejo, pero sigo siendo de las personas que eligen ayudar a los otros.

—Claramente, lo haces muy bien —dijo al tiempo que bebía su café.

Así, juntos, eran parte de esa familia de dos que daba ejemplo de generosidad. Entonces, sucedió. Porque todo lo que se da regresa multiplicado. Una idea atravesó a Lorena, a la par de un rayo que se desintegró entre luces y estruendos en el cielo. Su corazón comenzaba a latir más rápido. Se preguntó si era posible, si era mejor callar o si tenía que decírselo a su padre en ese mismo momento. Decidió que no. Ambos continuaban observando la lluvia.

—Te amo, papá —dijo—. Estoy bien. Estaré mejor. Estaremos genial.

—Yo ya estoy genial, como tú dices y a ti te veo muy bien —respondió sonriendo.

—Debes creerme que estaremos todavía mejor —prometió.

—Pues que así sea. A juzgar por tu expresión, diría que ya sabes qué poner en tus bolsillos.

Ella solo sonrió y bebió otro sorbo de su taza, disfrutando ver llover desde la seguridad de ese refugio que no era la cabaña de madera, sino su padre y sus consejos.

CAPÍTULO 40

Respuestas

La moral encierra a las personas en encrucijadas, a veces muy difíciles de resolver, pero también les permite salir de allí, más fuertes y más libres, con derecho a ser mejores, sin condiciones ni condicionamientos.

USHUAIA, MEDIADOS DE NOVIEMBRE, 2019

El suicidio de González había determinado el final de las dos causas en su contra. La justicia conjeturaba su supuesta responsabilidad y en ella hallaba el móvil por el que se habría quitado la vida. Sin embargo, el fiscal estaba seguro de que no actuaba solo, si bien había un juez sin nombre en la denuncia sobre cuya identidad investigaba, le resultaba obvio que tenía que haber otros policías implicados. Faltaba droga de la que había sido robada, no toda estaba en casa de González y eso afianzaba la hipótesis: ¿quién la tenía? y ¿dónde?

La indignación de Iván había dado lugar a impotencia, después al miedo y, finalmente, a una reacción.

Aquella mañana fue a casa de Gustavo, quien había sido dado de alta, pero aún no había regresado al servicio. Adriana, su esposa, no estaba allí. Era la oportunidad de hablar.

—Tengo resuelta la venta. He podido hacerlo con el móvil descartable que me llevaste a la clínica. Un par de llamadas, no perdí el estado.

—Tu estado delictivo —afirmó—. A eso te refieres. No es estado físico, no es algo para presumir —dijo irritado.

—Estás muy sensible hoy —se burló—. Solo debemos llevar la droga —continuó diciendo Gustavo.

—No.

—¿No qué?

—No quiero ser parte de esto. Has ido demasiado lejos.

—Ya eres parte, amigo mío. Hace tiempo eres parte —le recordó.

—No. No lo soy —insistió. Estaba muy molesto y se le notaba.

—No es momento para una crisis de valores. El trabajo sucio está hecho. Te llevarás una buena cantidad de dinero.

—No quiero dinero. Hay un policía muerto. La investigación continúa. ¿En serio no te sientes ni un poco mal por González?

—La verdad, no. Tampoco era un santo. Era como tú, o como yo, en esencia. Solo que miedoso, cobarde, tal vez. Mirar para otro lado lo hacía parte del robo, él eligió ese lugar. Mentalidad pobre, en mi opinión, pero te repito, un inocente no era. Cada mes recibía su sobre.

Iván tenía deseos de golpearlo, pero debía solucionar todo lo que estaba pendiente.

—Eres salvaje, Gustavo. Cruzaste muchos límites.

—Igual que tú.

—Sabes que eso no es cierto —insistía en establecer una diferencia entre ellos.

—Tú sabes que sí —insistió—. ¿Por qué crees que tienes derecho a juzgarme?

—Porque hay un oficial muerto por tu culpa. Le plantaste droga, te acostaste con su mujer, lo acorralaste al extremo y no era necesario.

—Supongo que cada quien tiene la mujer que elige. Evidentemente, la fidelidad no la determina el hombre que seas —pensó en Marcia—.

En cuanto al hombre muerto, parecería que tu memoria olvida con facilidad –agregó. Era lo que pensaba–. No intentes mostrarme la versión de un hombre honorable. No lo eres, como yo tampoco lo soy. Fin. Iván, acéptalo. Acordemos cómo seguir y terminemos con esto. Me lo debes –agregó.

"Me lo debes", esas palabras provocaron en Iván un efecto devastador.

–No, ya no te debo nada más. Te he protegido innumerables veces –quería poner fin a esa deuda eterna.

–Omar Pérez, 26 años, recién casado. Profesor de educación física. Hijo único de padres vivos. Tú lo mataste, porque estabas tan drogado que tuviste delirios de persecución y el pobre solo caminaba de noche rumbo a su casa, después de cerrar el gimnasio donde trabajaba. ¿Cuántas vidas arruinaste tú al quedarte con la de ese joven? ¿Eso no fue salvaje? ¿No cruzaste límites esa noche? ¿Era necesario? –lo equiparó a sus propias ofensas, citando sus palabras convertidas en interrogantes ¿Lo has pensado?

–No cambies la verdad. Fue un error, un acto aislado. No es lo mismo. Tú no te detienes, yo sí lo hice. Estoy limpio en todo sentido.

–¿Un acto aislado? ¿Un error? –repitió con ironía–. ¿Por qué no se lo dices a los padres y a la esposa? Para ellos la vida terminó aquella noche y eso es mucho más grave que el suicidio de González, a quien, como los hechos demuestran, no maté yo, lo hizo solo. Fue su decisión. Que te hayas detenido no cambia nada para esa familia.

–Es inmoral todo esto. Tu golpe bajo respecto de mi pasado no cambia el hecho de que has cruzado todos los límites posibles y de que no te importa para nada a quién destrozas en el camino –se sentía mal, porque todo lo que Gustavo decía era cierto. Eran sus fantasmas.

–¿Qué nos hace distintos? No fuiste tan moral, entonces, cuando simulamos que el pibe era quien no era. Fue tu idea que le pusiera pastillas en los bolsillos y estuviste de acuerdo en que acomodara la escena en tu favor. Mentimos en nuestras declaraciones para liberarte de culpa. No te importaban los límites en ese momento. De hecho, no parabas de agradecerme. Así que deja ya de fastidiarme. Lo que es es. Tú eres tan corrupto como yo. Hazte cargo.

—Sabes que no es así —se defendió.

—Puedes decir lo que te haga sentir mejor. Tú eliges con qué mentira te gusta engañarte, pero en esto yo solo digo la verdad de lo que ha sido —hizo una pausa breve y cambió de tema, no tenía sentido seguir con esa conversación—. Hay que llevar el "bolso" al club —dijo refiriéndose a un antro al que llamaban de esa forma. Gustavo quería vender la droga y dar por terminado el tema cuanto antes.

—No lo haré. No esta vez. El fiscal está rondando ese lugar.

—El fiscal también tiene un precio. Yo me ocuparé de eso.

—Basta, Gustavo. Debes detenerte. Vas a terminar preso.

—Nadie hablará.

—No estés tan seguro. La presión es difícil de soportar a veces.

—El dinero soluciona esos problemas. Lleva el "bolso" al club, soporta tú la presión. Hablas de ti, lo sé bien —insistió. Gustavo advirtió que Iván podía quebrarse en cualquier momento. Pensó rápido—. Escucha, discúlpame por lo que te he dicho. Volvería a hacer lo que hice por ti, de hecho, pude ser yo y tú me habrías ayudado —buscó empatía y acercarse—. Es cierto, no debes cubrirme para siempre. Lo acepto. Solo ayúdame a terminar este negocio y te libero. Seguiré solo.

Iván no podía sentirse peor, no quería continuar viviendo sobre esa oscura línea que lo separaba de caer al abismo. Sin embargo, no tenía muchas opciones. Todo le indicaba que tendría que ceder esa última vez.

—Ven conmigo. En una semana regresas al trabajo y terminaremos con todo. Es lo último que haré por ti —respondió.

—Bien, cambiaré de lugar el "bolso" y en una semana será, entonces.

—Me voy —se despidió y se fue de allí sin mirar atrás.

Iván subió a su auto consternado. Quería cambiar su vida, pero ¿cómo? Gustavo tenía razón, lo hecho no podía cambiarse. Había mutilado muchas vidas aquella noche por su exceso. Se arrepentía. El solo pensarlo le provocaba un sentimiento de culpa agobiante. Nada que hiciera podía devolver al joven sus latidos. Toda su necesidad de salir de aquel problema sin consecuencias se había transformado en la urgencia de hacer las cosas bien. En ese proceso, Gustavo siempre era el recordatorio de que no podía del todo. Gustavo no iba a hablar porque él también estaba implicado, podía estar tranquilo con eso. Luego, una sola palabra se repetía en su mente "Basta".

Condujo hasta el lugar del hecho desgraciado y lo revivió en detalle. Una tortura. Su cuerpo sudaba remordimiento. Todo estaba intacto en su memoria. Sin embargo, era diferente. Había enfrentado en silencio su error, había sufrido el vacío que le provocaba su inmoralidad. Incluso había llorado de bronca. Pensó durante un rato, allí en el lugar donde había torcido su destino. Había vuelto para hallar una respuesta y la tenía. Fue tomando forma real en su mente. Buscó valor y encendió un cigarrillo, con la decisión entre las manos.

Llamó a Marcia. Por un momento pensó en ella, no como una solución a su angustia, sino como el lado de sus malas determinaciones. A su modo tóxico, ella lo amaba. Eso creía, ¿pero quién que se da cuenta elige un vínculo así? Gustavo y Marcia en algún punto se parecían.

—Hola, ¿dónde estás?

—En casa, intentando sentirme mejor. Estoy descompuesta —estaba de pésimo humor. El embarazo le sentaba mal, tenía muchas náuseas y sueño. No se presentaba tan fácil como había imaginado. Además, Gustavo había sobrevivido.

—Iré a verte, debo hablar contigo.

—¿Ahora quieres venir? Justo cuando me siento terrible —se quejó.

—Me siento mal también. No todo es sexo, Marcia. Pasan cosas, me pasan cosas.

Estaba desbordado, pero tenía claro lo que ya no deseaba. Tenía necesidad de hablar, estaba seguro de que ella no era la persona indicada para tomar buenas decisiones.

—No. No quiero que vengas. Así sabrás qué se siente necesitar a alguien porque el mundo se desploma sobre ti y que tu pareja no te contenga —respondió más furiosa con su situación personal que con él y cortó la comunicación.

Iván no podía creerlo. La respuesta de Marcia lo sorprendió. No sintió dolor, sino la confirmación de que dejarla era lo mejor que podía hacer. Necesitaba desatar su vida de la de ambos, ni Gustavo, ni Marcia le darían jamás lo que era bueno para él. Sus respuestas habían sido el reflejo de quienes eran. Ya no esperaba, en vano, algo de ellos que nunca serían capaces de darle.

Estaba solo.

CAPÍTULO 41

Viaje

*Viajar hacia adentro mientras se cambia de lugar y de ideas
es la manera de construir una nueva geografía mental.*

ROMA, MEDIADOS DE NOVIEMBRE, 2019

Romina estaba muy ansiosa por la llegada de su madre y de su abuelo. Ella y Fabio habían pedido el día libre en su trabajo en la Comuna para poder ir al Aeropuerto Internacional Leonardo Da Vinci, conocido también como Fiumicino, a recibirlos.

Esperaban el vuelo en la sala de arribos con nerviosismo. Ella no dejaba de mirar la pista de aterrizaje y él no podía dejar de mirarla a ella.

—¿Por qué te veo más nerviosa que contenta?

—No lo sé. Abrazar a mi mamá y a mi abuelo en Italia es algo que supera lo que pude imaginar. Creí que volvería a verlos en Argentina. No soy estructurada al extremo, pero los cambios de planes cuando conllevan riesgos me inquietan.

—¿De qué riesgos hablas?

—No quisiera que mi abuela y mi tío se pelearan con mi madre por esta decisión de venir y traer a mi abuelo. Yo estoy aquí contigo, volveré a mi país solo de visita y, para mal o para bien, la abuela y mi tío son toda la familia que mami tiene. Y mi abuelo, claro.

—Nada malo va a suceder, ¿sabes? No soy el mejor al momento de las relaciones familiares. No tengo casi vínculo con la mía. Soy hijo único de padres ya fallecidos, pero tengo muy claro que donde hay amor verdadero, las asperezas o diferencias terminan dando lugar a soluciones frente a los hechos consumados.

—No lo sé. Mamá ha sido muy impulsiva. Mi abuelo ha tenido problemas de salud, me preocupa también que algo pueda sucederle aquí, lejos de sus médicos.

—Cariño, aleja ya tantos fantasmas. Lo que deba ser será. Falta una hora para que el avión llegue, aprovecha para disfrutar, ya que vinimos temprano. Pronto vas a estar abrazándolos, debes pensar en eso. Lo demás es lo de menos ahora. No es bueno suponer que habrá problemas. No es bueno suponer nada, en realidad.

—¿Te has puesto espiritual con la energía de Fiumicino? —bromeó por el consejo.

—No creo que haya sido la energía del lugar sino más bien mi experiencia de vida. Suponer nunca fue útil. Imagino mil posibilidades y, al momento de los hechos, nunca sucede ninguna de ellas. O sea, perdí tiempo. Aprendí que, si voy a pensar en el futuro, debo tomar de él lo más seguro y positivo. En este caso, lo único que debes pensar es en el abrazo que les darás y el tiempo que disfrutarán juntos —dijo—. Disfrutaremos —corrigió—. Espero ser parte.

—Te amo, Fabio —respondió.

—Y yo a ti. Me gusta eso que dijiste de que estás aquí conmigo, me da seguridad —se había quedado pensando en ello.

—Es así. Por alguna inexplicable razón siento que Italia es mi lugar en el mundo. Aquí pertenezco, es decir, elijo pertenecer.

—Amo que así sea. A mí me pasa lo mismo.

Se besaron de manera rápida y simple.

—Tengo hambre. ¿Y si almorzamos aquí? –dijo ella.

—Bueno. ¿Qué quieres comer?

—Tengo antojo de una pizza napolitana –confesó.

—Que así sea para ti. Yo buscaré algo más liviano.

285

••• ••• •••

Natalia y Benito conversaban en las butacas del avión. La adrenalina de la inminente llegada los tenía en estado de alerta y exaltación.

—No puedo creer que lo hicimos, papá. ¡Estamos por llegar a Roma!

—Tampoco yo puedo creerlo, gracias, hija.

—¿Por qué me agradeces algo que pudimos hacer por ti?

—No, no ha sido por mí. Poner dinero no era el punto importante aquí. Tú lo sabes.

—Sin el dinero hubiera sido imposible.

—Es en parte verdad, pero no lo es menos que sin tu actitud y tu plan tampoco lo habríamos logrado.

—Tengo miedo de encender el móvil, creo que no lo haré –dijo.

—¿Por tu madre y tu hermano? –preguntó lo obvio.

—Sí, claro. Ya está hecho, no pueden impedir nada a esta altura, pero no quiero que arruinen nuestro momento con sus miedos y planteos.

—Hija, hay algo que debes saber.

—¿Qué?

—Le escribí una carta a tu madre, le he contado tu secreto. Que sanes tu pasado es mi verdadera prioridad, eso le ha dado un sentido distinto a este viaje. Espero que no te enojes por eso, pero han pasado más de veinticinco años, y sentí que era razón suficiente para que no solo comprendiera, sino que también intentara apoyarnos. Lo mismo espero de Guido, quien por supuesto, luego de tu madre, será quien lea esa carta.

—¿Ya la ha leído? ¿Se comunicó contigo? —preguntó sin poder controlar su ansiedad.

—No, no he encendido el móvil, pero sí, tiene que haberla leído ya. Hace muchas horas que partimos, hija.

Natalia se quedó pensando en el alcance de esa verdad en conocimiento de su madre y hermano, no le agradaba quedar expuesta frente a ellos, pero a la vez se sentía más liviana. De pronto, no cargaba con ese secreto tan pesado. Su padre lo había facilitado todo. A su regreso, la juzgarían, pero habrían tenido tiempo de hacerse a la idea de que ese pasado no podía modificarse.

—Me da mucha vergüenza que se enteren, pero no puedo enojarme contigo. Tal vez sea mejor así. Yo nunca pude confesar mi error ni mi culpa ante ellos. Son demasiado perfectos, papá.

—Nadie es perfecto, hija. Eras joven, actuaste mal y continuaste como pudiste. Ahora todo ha cambiado. Debes perdonarte y hacer algo, lo que sea, pero avanzar. Volver aquí es el camino.

—Intentaré mejorar las cosas. No puedo prometerte resultados, pero trataré de liberarme de mis culpas.

—Ahora, solo enfócate en el abrazo que le daremos a Romina y en que conoceremos a su pareja. Da la sensación que esta vez sí es diferente para ella. ¡Se mudaron juntos y tienen un gatito!

—Veremos, la cuida y la ama, eso es suficiente para mí.

—¿Sabías que aproximadamente este año cuarenta y tres millones de pasajeros han pasado por el aeropuerto al que llegaremos?

—No, papá. ¿de dónde has sacado ese dato?

—Me lo contó la azafata cuando te dormiste —comentó para cambiar de tema y sacarla del contexto serio de la conversación anterior—. No pienses en nada que te preocupe. Intenta disfrutar. Lo demás encontrará su lugar.

—Tienes razón, papá.

•• •• ••

Una hora después, habían retirado su equipaje y caminaban despacio hacia la sala de arribos. Buscaban a Romina entre la gente. Miradas ansiosas y corazones latiendo fuerte se abrían paso entre miles de historias anónimas que se viven en los aeropuertos.

Los sentimientos, la emoción y las lágrimas que serían estaban tan apurados como ellos.

De pronto, en la inmensidad de un aeropuerto lleno de gente, Natalia vio a su hija y al joven a su lado, buscándolos a ellos entre los pasajeros que llegaban.

Romina vio primero a su abuelo, después a su madre. Corrió como si no hubiera un mañana, como si algo pudiera impedir el encuentro. Corrió con la urgencia de ese amor familiar que se había convertido en una piedra en su estómago a fuerza de extrañarlos. Fabio la siguió.

Cuando por fin se abrazaron, el mundo se volvió un lugar más seguro y feliz.

Elegir

CAPÍTULO 42

Reacciones

Cada reacción lleva el nombre de un sentimiento
difícil de controlar.

USHUAIA, MEDIADOS DE NOVIEMBRE, 2019

Cuando Gabriel llegó a casa de Guido, lleno de ilusiones, él no estaba esperándolo como había imaginado de mil maneras. Guido no abrió la puerta, nadie lo hizo. Esperó allí un rato, hasta que se dio por vencido. Tenía ganas de llorar, por él mismo y por las expectativas que había puesto en ese encuentro, pero también estaba preocupado. ¿Y si le hubiera sucedido algo grave? ¿Tenía que llamarlo, cuando Guido ni siquiera le había mandado un mensaje? Optó por comunicarse con su amiga.

—Tizi, no hay nadie aquí y él no me ha avisado nada. No se ha comunicado conmigo para cancelar. ¿Qué debo hacer? ¿Lo llamo? Le tiene que haber pasado algo —conjeturó—. No entiendo, su beso, su mirada, él fue sincero —repetía.

Del otro lado del celular, Tiziana, estaba indignada. Sus miedos con relación a que Gabriel saliera lastimado se le venían encima.

—¡No! De ninguna manera lo llames. Regresa a casa, ahora mismo. Que te busque él. Por favor, ven aquí —insistió.

—Bien, lo haré —respondió acongojado. Guardó el móvil en el bolsillo y fue despacio desde el umbral de la cabaña hacia la vereda, para regresar caminando. Miraba hacia abajo para ocultar su dolor y sus lágrimas. Era una gran desilusión. Él le había creído. Nada tenía sentido. Richard le había contado su vida, cosas íntimas, lo había besado y también lo había dejado plantado.

•• •• ••

Guido había leído la carta de su padre tres veces antes de poder hablar. Habían pasado horas sin que se dieran cuenta de que daban vueltas sobre lo mismo. Habían quedado enredados en el escenario que su hermana y su padre les habían dejado.

—Esto es terrible, mamá. Lo que Natalia hizo no tiene perdón.

—¿A cuál de todas las cosas que Natalia hizo te refieres? —preguntó Greta, quien no podía contener lágrimas mudas que caían por su rostro.

—Llevarse a papá, engañar al padre de Romina con el hermano, volver aquí y callar. Ocultarle a su hija la verdad. Todo me parece tremendo.

—No quiero juzgarla, es mi hija. Era joven, supongo que todos tenemos algo de lo que nos arrepentimos…

—¿La justificas? Era joven entonces, pero no lo es tanto ahora y nunca habló ni contigo, ni conmigo, ni con Romina.

—Quizá somos demasiado duros. No puedo evitar pensar que eligió a tu padre para que sea su confidente, que él la ha protegido durante toda la vida a mis espaldas.

—Mamá, nosotros somos ejemplo en todo lo que hacemos. No puedes cuestionarte tú, cuando los errores no son tuyos. Natalia hizo lo que se le dio la gana. No intentó remediar sus errores cuando correspondía. Papá la apañó, como siempre lo hizo. Ahora, ambos nos han engañado para hacer un viaje. Así es como yo lo veo —estaba enojado. Si bien su conversación con Gabriel le había hecho pensar en acercarse a su hermana y reconsiderar los deseos de su padre, lo sucedido lo había corrido de esa posibilidad. Para él, la fidelidad de pareja era sagrada, la lealtad familiar era innegociable, la mentira no tenía perdón y la identidad era un derecho inalienable. Su hermana había destrozado esos principios y, como consecuencia, además de su dolor y el de su madre, y de otros que no conocía, su sobrina no sabía quién era en realidad su padre y le había negado la posibilidad de tener contacto con una familia a la que pertenecía.

—Estoy confundida.

—Pues deberías estar enojada —reclamó.

—No puedo. Es mi hija también.

En ese momento, el médico de la familia llamó al móvil de Greta para ver cómo estaba y le hizo saber la preocupación de Benito, así como también que Natalia lo había llevado a una rutina completa antes de viajar. También le explicó que Benito lo había relevado del secreto profesional, a partir de esa fecha y no antes, motivo por el cual no se había comunicado antes. Greta, le dijo que comprendía y le dio tranquilidad en cuanto a su salud.

—Guido, han ido al médico ambos —dijo y le contó la conversación.

—Algo de prudencia en medio de una locura —se quejó indignado.

—¿Qué quieres hacer?

—Seguir con mi vida. Me cansé. Tú y yo, aquí, analizando, hablando, perdiendo tiempo y ellos de viaje. Me resulta una burla.

—No creo que burlarse haya sido intención de ninguno de los dos.

—Mamá, Natalia vino a verme, me contó los deseos de papá de

viajar. Me habló de la vida, los años, el tiempo que quizá él no tenía para cumplir su sueño y, como yo no estuve de acuerdo, calló. Dadas las fechas, supongo que ya tenían todo armado y tanteó mi opinión. Completamente dolosa su visita.

—No me lo habías comentado.

—No, justamente hoy, después de pensar en algo que conversé con una persona que he conocido, iba a acercarme a ella y a papá, para profundizar en el tema, pero ya ves, nada hay para hablar. No entiendo por qué no estás enfadada, furiosa, por qué no gritas... No pareces tú —recriminó.

—Que se hayan ido fue una sacudida para mí. Me hace replantearme cómo me he conducido hasta ahora. No puedo enojarme, después de lo que revela esa carta. En mi rol de madre, solo me cuestiono cómo no fui capaz de ayudarla, siento celos de la complicidad de ellos. Y, como esposa, lo que veo es que mi marido priorizó ser padre y calló justamente por mi carácter.

—No voy a juzgarte a ti, todo esto me hace pensar en mí. Tal vez, no estuvo bien poner mi vida al servicio de la familia, sin límite alguno —dijo herido.

—No digas eso, Guido, eres un gran hijo, hermano y tío.

—Como yo lo veo, no es tan así —estaba cansado de hablar, la casa se le venía encima. Quería irse. En ese momento, recordó a Gabriel, miró el reloj y se dio cuenta de que era tarde—. Debo ir hasta mi casa, mamá. ¿Estarás bien? —preguntó apurado.

—Sí, haz lo que tengas que hacer —Greta se dio cuenta de que su hijo necesitaba aire y espacio para procesar lo ocurrido. Ella también.

Guido salió rápidamente de allí. Continuó corriendo las cuadras que separaban la vivienda de sus padres de la propia. Alcanzó a ver a Gabriel caminando cabizbajo.

Gabriel se detuvo ante un calzado masculino que reconoció de inmediato y levantó la vista. No fue capaz de decir nada.

—Gabriel, perdóname, por favor. Ha pasado algo en mi familia que me desordenó por completo. Perdí la noción del tiempo. Estaba en casa de mi madre, con ella —explicó.

Gabriel se debatía entre preguntar qué había ocurrido, preservarse e irse de allí, o besarlo. Era absolutamente consciente de que se trataba de una primera cena y la desilusión tenía, para él, el tamaño de una relación rota. Era exagerado, lo sabía, pero no era tan necio como para no evaluar su nivel de exposición emocional ante Guido. Lo sentía todo, y eso, cuando no hay certeza de reciprocidad y valores, es peligroso.

—No sé qué ha sucedido y sé que no tenemos una relación, sin embargo, me precio de ser considerado con las personas. Tienes mi número de teléfono, pudiste avisarme —dijo con una fortaleza que no era habitual. En otro caso, quizá habría llorado.

—Es verdad. No me justifico, pero sinceramente, perdí la noción del tiempo. Mi hermana se ha ido a Italia con mi padre y él le dejó una carta a mi madre, revelando verdades que me enfurecen. Discúlpame, por favor. No soy desconsiderado. Nunca lo he sido, lamento que mi primera vez haya sido contigo. En serio, me importas.

Gabriel moría por abrazarlo, pero algo que no podía controlar lo mantenía inmóvil, de pie frente a su Richard, sin poder reaccionar. Su manera de protegerse, tal vez. O quizá fuera la energía de Tiziana, que llegaba hasta allí y lo detenía para cuidarlo de toda eventual herida.

—¿Cuánto? —preguntó finalmente. Comenzaba a ceder.

—¿Cuánto qué?

—¿Cuánto te importo?

Guido sonrió en medio de tanta conmoción.

—Mucho. Desde que enviudé, no volví a besar a nadie hasta que tú apareciste en mi vida.

Gabriel lo miró con el alma abierta y, sintiendo más de lo que cabía en su cuerpo, tomó su rostro con ambas manos y lo besó.

ETAPA 4

Elegir

Elegir es un acto voluntario del que toda persona es capaz. Significa optar por algo y dejar otras posibilidades de lado. Implica valor y decisión. Nunca sabemos si lo que se elige es mejor que lo que no. El riesgo de una equivocación está latente y opera como una amenaza silenciosa, que sabe llegar a todos en mayor o menor medida. Se parece al miedo o tal vez sea que elegir da miedo. A pesar de eso, para estar en movimiento, para ser parte de una vida bien vivida hay que atreverse a elegir a diario.

Se elige hacia adentro primero, entre la luz y la oscuridad que nos habitan, y solo vence la fuerza que decidamos potenciar. Se elige, también, hacia afuera, un camino a transitar y una actitud para andar.

Ante los arrebatos de un destino insolente, la pérdida se convierte en un rival invisible que ataca donde duele. Entonces, el proceso de sentir se impone como un clima devastador que todos debemos soportar. Hay niebla densa en la desolación. No se puede ver con claridad la alternativa de sanar.

La vida no es buena ni mala con nadie. La vida es. Cada ser que sufre es el único que puede decidir qué hacer para dejar de hacerlo.

Somos jueces en la determinación de nuestra manera de afrontar el destino. No hay un solo modo, pero sí hay una regla, para mí ineludible: nunca es contra el presente, nunca es resistiendo la realidad, por penosa y difícil que sea, es siempre a favor de salir adelante. Porque lo ocurrido no nos define, lo que hagamos al respecto, sí.

Entonces, hay que elegir lo que suma en favor de dejar atrás lo que ha restado sin permiso. Las cartas, las fichas y las cuentas finales son nuestras.

¿Qué elegir para superar las pérdidas?

Elegir tomar decisiones.

Elegir el silencio y llorar hasta que no queden lágrimas.

Elegir vaciarnos del dolor transitando las etapas que nuestro ser necesita para superarlas.

Elegir creer en el amor, cimiento de todo lo que tiene valor.

Elegir ser puntual, no solo para llegar a horario a la experiencia, sino para irse a tiempo del sufrimiento.

Elegir no ser víctima de las circunstancias.

Elegir aceptar lo que nos ha tocado, porque aun con su dolor, sin duda, tenemos la vida que muchos sueñan.

Elegir ir a los lugares necesarios para cambiar las consecuencias del pasado.

Elegir el mejor recuerdo para volver a él en busca de energía.

Elegir reconocer que el único poder que tenemos es sobre quiénes somos y lo que hacemos.

Elegir disfrutar el tiempo que nos es dado.

Elegir la lluvia y también el sol de cada día.

Elegir a las personas con las que deseamos compartir nuestro camino.

Elegir lo que comemos y lo que pensamos.

Elegir sanar en lugar de buscar venganza o alimentar la negatividad constante que provoca la ira.

Elegir redimir culpas y también pedir perdón a quien hemos herido.

Elegir el cambio en cualquiera de sus formas, cuando es necesario para volver a empezar o para ser nuestra mejor versión.

Elegir la música que nos alegre y el sonido de la naturaleza que nos dé paz.

Elegir animarse a ser y a hacer lo que sea que nos haga bien.

Elegir que no importe la opinión del otro.

Elegir decir que "no" cuando es no, porque no es ahí, y lo sabemos.

Elegir decir que "sí" cuando tenemos deseos de hacerlo.

Elegir dar, porque reconocemos en esa acción la plenitud.

Elegir crecer durante el proceso.

Elegir intentar cosas nuevas.

Elegir perdonarnos, porque somos humanos.

Elegir perdonar, no porque el otro lo merezca, sino porque nosotros necesitamos estar libres de cargas.

Elegir lo bueno.

Elegir integrar la nueva realidad a nuestra vida y actuar siempre a favor de estar mejor.

Elegir agradecer la oportunidad de poder continuar.

La tierra que, desde el cementerio, se había llevado en los bolsillos estaba en un cenicero que no usaba, sobre la mesa de noche. Era un símbolo, un recordatorio, no de su pérdida, sino de su promesa lanzada a los oídos de la eternidad. En esa tierra vivía lo que ella creía una solución. La misma que había susurrado entre el perfume de los jazmines, con el deseo de que su gran amor la escuchara.

Estaba vacía, era la nada. No cabía en ella más ausencia, más dolor, más desesperanza, ni tampoco más injusticia. Continuaba aislada del mundo, aunque interactuaba lo necesario para llevar adelante su plan.

Conseguir un arma le había llevado más tiempo del que pudo imaginar. La ventaja de no sentir la vida es que los días no cuentan, porque son todos iguales y se desintegran ante el sufrimiento. Da lo mismo uno que mil o ninguno. Por eso, los trámites, el dinero, el permiso de tenencia de arma legal, las clases de tiro no habían sido una demora, sino un escalón para cumplir su palabra.

Era una mujer anónima, no importaba su nombre, ni su pasado, ni su presente y, mucho menos, el futuro. Ella había muerto con él, solo que latía su corazón al ritmo de un único deseo. ¿Final? ¿Justicia? ¿Abandonar el cuerpo y el dolor agónico de ir a dormir cada noche con su ausencia? ¿Todo eso a la vez?

Fue a su entrenamiento al Tiro Federal, colocó la protección en sus oídos, tomó con firmeza el arma y disparó, sin moverse. Firme y convencida de su capacidad. No era la mejor, pero daba en el blanco la mitad de las veces. Imaginó el paso siguiente. El escenario para cuando disparar no fuera una práctica.

Antes de irse, se llevó, del campo de tiro, tierra en sus bolsillos. No la mezcló con la que ya tenía en su casa.

CAPÍTULO 43

Amor

El amor tiene su propia brújula, su reloj y una infinita impunidad que le permite, irse, volver, seguir creciendo o morir, como si nada, como si nadie, como si nunca hubiera anestesiado de tristeza distintas vidas.

BUENOS AIRES, PASADOS VEINTE DÍAS DE NOVIEMBRE, 2019

Habían transcurrido más de quince días desde la discusión entre Ramiro y Bruna. Ella continuaba consternada, había retrocedido varios casilleros en el tablero de aceptación de sus emociones. Se había limitado a enviarle un mensaje a Vito, que él había ignorado, pidiéndole que no se comunicara. Aun así, ella no lo había vuelto a atender.

Por otra parte, Ramiro estaba haciendo todo lo que estaba a su alcance para no perderla. Ella desconocía qué le había dicho a su madre, pero Olga ya no se había presentado en la casa, tampoco había llamado, y en la guardería de Marian le habían informado que Ramiro le había retirado a su madre la autorización para llevarse a la niña.

Sin embargo, nada le alcanzaba. Estaba vacía y, paradójicamente, desbordada por su desorden interior. La confusión le apagaba la voluntad de entenderse. Todo lo que sentía y lo que no, a la vez, le dolía de la misma forma.

Le gustaba ver que cada mañana Vito insistía con una llamada, pero no había sido capaz de contestarle. A esa hora ella estaba sola, podía hablar y él lo sabía, pero no tenía el valor de hablar con él. Todo había cambiado. No solo ya no se trataba de un viejo amor que regresaba, disculpas en mano, y que decía querer recuperarla; era eso, la historia que habían vivido, una hija. Marian era hija de Vito. Hasta que no estuviera preparada para decírselo, no podía volver a hablar con él. Y, claramente, en esa revolución afectiva, donde las consecuencias de cualquier movimiento que diera afectarían directamente a su pequeña, necesitaba certezas que no tenía. Por el contrario, contaba con la única seguridad que acechaba sus opciones: ella no era la misma mujer.

Ramiro no lo hacía más sencillo, al extremo no solo de no presionarla, sino de comportarse como el amor de padre que siempre había sido, al que se sumaba el de esposo completamente atento a las necesidades de su mujer. Eso encendía el sentimiento que le recordaba por qué había aceptado formar una familia a su lado. La hostigaban comparaciones que no deseaba hacer.

—¡Bruna, llegué! —saludó desde la entrada.

Ella estaba sentada en el sillón, con la mirada detenida en sus pensamientos.

—Hola —respondió sin entusiasmo.

—Amor, he encontrado un lugar, podemos ir a verlo ahora, si te apuras.

—¿Un lugar para qué?

—Para instalar tu consultorio —le acarició la mejilla con dulzura y se quedó callado un momento—. Salvar este matrimonio es lo único que me importa, porque las amo y, para eso, tú no debes postergar lo que deseas —continuó. Era honesto y se esmeraba.

—Agradezco todo lo que intentas hacer, pero estoy rota por dentro. No es el momento de un lugar —se detuvo y cambió de tema—. Nuestro acuerdo no estuvo bien. Más lo analizo y con mayor claridad veo que actué con miedo. Negando una realidad que estaba allí. Fue infantil pretender que una posibilidad de paternidad era suficiente. Fue cómodo para mí, fue conveniente para la situación, pero ahora todo ha cambiado. Eso es lo único que pienso: que todo ha cambiado —repitió.

—No es así.

—Ramiro, no es tu hija —dijo con énfasis.

—Los dos sabíamos que Marian podía no ser mi hija. Lo que era una posibilidad se ha convertido en un hecho, pero un análisis de ADN no me excluirá de su vida. Estoy contigo desde que te enteraste del embarazo, he sido parte de cada cita al médico, sus ecografías, su nacimiento y cada día de su vida hasta hoy. ¿De verdad crees que su genética ha cambiado eso?

Lo que decía tenía sentido y, a la vez, no. Su vida era un caos y no había manera de salir de él, sin lastimar a fondo a cualquiera de ellos o a los dos, por acción o por omisión.

—No niego lo que dices, pero tiene un padre que no sabe de su existencia, que vive, que tiene derechos y...

—¿En serio me hablas de los derechos de un hombre que desapareció de la mañana a la noche? —la interrumpió—. Hablamos de alguien que, además, no tuvo el valor de darte una explicación. Por no decir que evidentemente tampoco se cuidó para evitar tu embarazo.

—Eres cruel, Ramiro.

—Tú eres cruel, porque hay algo que escondes. Conozco tus miedos y tu rincón de secretos. No olvides que antes que tu marido fui tu amigo. —Hubo un silencio, pausado y denso. Un espacio sin palabras que gritaba todo lo que no se dice contra los ecos de la nada—. ¿Qué has hablado con él? —preguntó, enfrentando su peor temor—. Nada de lo que haga o diga tiene sentido si no somos honestos.

—Yo no he hablado nada, él ha intentado explicar por qué se fue.

—¿Y cómo lo ha hecho? Dime, te escucho, porque no se me ocurre nada que justifique su abandono.

Bruna no podía más con el peso de su silencio. Sabía que las cosas serían peores si hablaba, pero necesitaba decirlo en voz alta, para sentir qué efecto le provocaba escucharse otra vez con el nombre de Vito entre sus labios.

—Vito Rossi dijo no haber dejado de amarme nunca —pronunció la frase como un mantra que se venía repitiendo a sí misma desde que él lo había dicho. Al oírse, no pudo detenerse—. Su vida fue más importante que la mía. No quiso arrastrarme al barro en que estaba envuelto. Partiendo de allí, pudo darme muchos motivos más. Dijo que cometió muchos errores, no pelear por mí, por protegerme, fue otro. No habló conmigo entonces, porque no se hubiera ido y quedarse era imposible. Hubiera sido arruinar mi vida. Dijo que yo merecía más que eso y que, de hecho, pude continuar —se le caían las lágrimas a montones al darse cuenta de que había memorizado cada palabra. Él le seguía doliendo. Vito era la incertidumbre, el vértigo, la bronca, las dudas, la injusticia, el abandono y todo lo que le había negado al irse, pero era también el padre de su hija, el biológico. ¿Lo convertía eso en el verdadero? ¿Qué padre merecía su hija?

Ramiro la miraba hasta el fondo de su alma, mientras escuchaba cómo sus palabras cargadas de pasado salían de su boca como disparos y le pegaban en el pecho.

—No puedo. Contra eso, no puedo —repitió.

—Lo siento, perdóname —dijo de inmediato, cuando tomó conciencia de que había recitado los argumentos de Vito—. Eso ha sido espantoso, no era necesario. Perdóname —suplicó—. No me di cuenta. Necesito espacio, por favor, ayúdame.

Ramiro la abrazó y ambos lloraron por lo que era y lo que no.

Bruna se desplomó entre sus brazos y lloró más de tres años de silencio. Lloró las consecuencias que un destino atemporal arrojaba sobre su cuerpo, como un rayo que no terminaba de decidir si iba a matarla o la traería de nuevo a la vida.

Entonces, Ramiro la besó con desesperación, como si fuera la última vez. Ella bebía con sus labios las lágrimas de su rostro, al tiempo que por su memoria se sucedían todos los buenos momentos vividos a su lado. De pronto, el deseo fue protagonista y, consumidos por la agonía de sentimientos contradictorios, a medio vestir, se entregaron a la pasión tramposa, esa que llega bajo la niebla de la verdad. La de los ojos cerrados. La de los miedos. La que intenta poner piel entre los escombros y caricias, donde el fuego es efímero y se traga el momento tan rápido que lo convierte en cenizas y dolor.

La pasión que une a quienes, al mirarse a los ojos, ven que todo está hecho y que el corazón no entiende a la razón. La de seres navegando en el desastre de su presente sin ningún faro cercano.

A veces, el amor es egoísta, desalmado y victimario. Rebelde, ingobernable, injusto y trágico.

El amor es o no es. Para Ramiro, era.

CAPÍTULO 44

Brillar

Se habían encontrado, porque en el brillo de sus ojos estaba dibujado el mapa del destino que esperaba por ellos.

Entre cursilerías, besos y momentos compartidos en los que ambos se reían de sí mismos, la relación de Orazia y Juan era cada vez más profunda. Se divertían, pero también hablaban de temas importantes. Así, llegaron a las vísperas del 23 de noviembre, cumpleaños número veintiséis de Orazia, el primero sin su padre. Juan sabía que sería un día difícil. No se habían mudado juntos, pero dormían en la misma cama cada noche, en una u otra vivienda y donde ellos estaban, allí estaba también *Zeus*, el gatito ciego que había aprendido de memoria las distancias y rincones del departamento de Orazia. Solía dormir en su regazo y a sus pies.

—¡Buen día! Traje tu desayuno. Preparé capuchino y me levanté temprano para traerte *bagels* rellenos de *nutella* —dijo y acarició su cabello alborotado—. ¡Feliz cumpleaños! —agregó.

—Hola… Estoy dormida todavía —respondió somnolienta—. ¿Qué hora es?

—Bueno, cerca de las seis … —confesó.

—¿En serio? —preguntó sorprendida y se sentó en la cama, al tiempo que miraba su reloj despertador. Eran las cinco cincuenta—. ¿Podrías decirme cómo conseguiste *bagels* recién hechos tan temprano? Todo abre a las ocho.

—Le dije al panadero que hoy era el cumpleaños de la mujer de mi vida y le pedí si podía prepararlos para nosotros. Ofrecí pagarle extra, pero no quiso. Ya sé, eso es cursi, pero tú preguntaste.

—¡Eres todo un pegote de dulzura, pero te amo! ¡Gracias!

—También te amo —respondió.

—Será un día raro hoy —dijo ella pensando en la falta de su padre.

—Lo sé y tengo algo pensado.

—Dime.

Él tomó entre sus dedos la medalla, regalo del padre que Orazia llevaba colgada de su cuello desde que la hallara entre sus pertenencias, y la miró. *Un giorno alla volta,* leyó una vez más, la giró y un 23 de noviembre de 2019 brillaba por sí mismo.

—Visitar la fuente Di Trevi te ha dado la posibilidad de transformar el dolor. Esa manera de volver al lugar que tu padre observó por última vez y convertirlo en tu refugio ha sido superador en tu duelo personal —Orazia escuchaba atentamente—. He pensado que tal vez haya una manera de saber lo último que él le dijo a alguien sobre ti.

—¿Cómo sería eso? Desconozco con quién habló. Papá no era de conversar con extraños. Y, de haberlo hecho, es imposible saber con quién —dijo con certeza.

—Sí y no. La joyería. Supongo que no tiraste la caja y su envoltorio, pero de haberlo hecho, yo le saqué una foto con mi móvil. La dirección es cerca de la fuente, él debió retirarla ese día. Podemos volver y, tal vez, quien lo atendió recuerde. Además, es allí donde compraré mi regalo para ti. Ya lo tengo pensado.

Los ojos de Orazia se llenaron de lágrimas.

—¿Por qué piensas todo lo que puede ser bueno para mí?

—Porque te amo, estoy enamorado de ti y no hay nada que no sea capaz de hacer, decir o inventar para ver el brillo que destella tu mirada cuando eres feliz.

—Eso fue…

—Cursi —completó la frase—. Yo soy cursi, pero tú me das motivos a cada momento para serlo —agregó convencido y orgulloso.

—¡No iba a decir cursi! Eso fue tierno, muy tierno. ¿De verdad conoces el brillo de mi mirada cuando soy feliz?

—Conozco el brillo de tu mirada siempre. Hay cinco clases.

—¿Cinco? ¿Cuáles? —preguntó sorprendida.

—De espontánea, de dolor, de nostalgia, de deseo y de felicidad.

—¿Cómo diferencias cada una?

—Tú eres una de esas personas que irradian luz, tu modo espontáneo de brillo es el que vi la primera vez que compartimos el ascensor. Andas así por la vida, sin saber que tu energía mejora el día de los demás. Tu mirada, en esos momentos, es un fulgor que dice "Disfruto mi vida, ¿y tú?", como si fuera una continua invitación al otro a entender que la vida es una sola.

—¿Todo eso viste mientras yo observaba tu compra del supermercado?

—Sí.

—Continúa.

—La de dolor brilla desbordada por las lágrimas que quieren nublarte la vista. Se te nota en la postura del cuerpo, cuando tú lloras o cuando tienes ganas y evitas hacerlo, hasta tus brazos sollozan. Están más pegados a tu cuerpo y cierras los puños. Tus rodillas quieren irse de tus piernas para que puedas caer, pero no. Resistes el dolor y, aun así, brillas.

—No puedo creer lo que dices, pero ahora que te escucho, reconozco esos gestos. ¿Cómo sabes lo de mis rodillas?

—No lo sé, lo adivino. La de nostalgia es una memoria que regresa y te llena los ojos de destellos de momentos que han sido y has disfrutado mucho. Cada vez que hablas de tu padre, se ilumina todo en ti. Tu mirada dice "gracias", cuando te invade —ella lo miraba con amor—. La de deseo, bueno, esa es la que le dice a mi timidez que vaya por ti y la de felicidad es justo con la que me miras ahora.

Orazia asimiló la intensidad del momento y lo abrazó muy fuerte.

—Gracias. Diré algo cursi —avisó—. Te amo más que antes de despertar. Vayamos juntos a esa joyería. Luego, solo quiero volver y acostarme contigo todo el día.

—¿Luego? Es temprano.

Ella dio un sensual mordisco que hizo caer migas sobre su pecho.

—No las sacudas, yo me ocupo —dijo él, quien las devoró con su boca.

•• •• ••

A una cuadra de la fuente Di Trevi, Orazia y Juan encontraron la joyería. Era un local pequeño, ubicado en diagonal a la calle, al lado de un café que tenía mesas afuera. Para ingresar, había que dar unos pasos, un metro aproximadamente, recorrido breve en el que la vidriera de un solo lado enfrentaba a una pared empedrada en la que había un pequeño altar de la Virgen de Loreto. Al fondo, una puerta antigua, que abrieron e hizo sonar una campana. Sintieron que estaban entrando a otra época.

—Buenas tardes ¿En qué puedo ayudarlos? —preguntó un hombre de avanzada edad.

—Orazia se quitó la medalla del cuello y la puso sobre el mostrador. ¿Hizo usted este grabado? –preguntó.

El hombre examinó la pieza.

—Sí. ¿Te ha gustado? –preguntó.

—Sí, mucho –su mirada modo dolor se activó–. ¿Usted atendió a mi padre cuando vino a comprarla? ¿Lo recuerda?

—Soy el dueño y trabajo solo aquí. Sí, yo lo atendí y claro que lo recuerdo. Sé lo que le sucedió. Lo siento.

—¿Cómo lo sabe?

—Bueno, no es habitual por aquí el sonido de una ambulancia y, por supuesto, soy curioso. Salí al oírlo y pude ver que se trataba del hombre que había mandado a hacer esa medalla para su hija. La había retirado ese día. Luego, los dueños del café supieron el desenlace y me contaron –hizo una pausa–. Lo lamento.

—Gracias –aceptó las condolencias–. Me gustaría saber qué habló con usted ese día. Creo que ha sido la última persona con la que conversó.

—Él habló de ti. La primera vez dijo que quería un obsequio que se quedara contigo aun cuando él ya no estuviera. Entonces, sugerí que fuera de oro, material noble, valioso y perdurable. Estuvo de acuerdo, y después, me contó sobre la frase *Un giorno alla volta*. Más que una frase, dijo que era su modo de vivir y mencionó que te lo había transmitido. Me contó que eras hermosa, que cumplirías veintiséis años y que el mundo era mejor contigo en él. Imagino que ya te lo había dicho a ti –dijo con cariño–. El día que la retiró me esperó en el café de al lado un rato, porque yo llegué tarde. Me disculpé y muy amablemente me dijo que le había dado la oportunidad de observar la fuente desde aquí. Después, pagó y se fue. Minutos después, nada más, toda la zona estuvo revolucionada mientras duró el episodio.

—Gracias. Usted alegra mi día, señor —dijo conmovida.

—Gracias a ti por regresar. No vas a creerme, pero pensé que si el regalo llegaba a ti, vendrías.

—Pues ha sido idea de Juan, mi novio —dijo y lo presentó. Juan había escuchado todo a su lado.

—Yo quisiera una pulsera para ella, de oro también, y que usted grabe en su interior la frase *Andare sempre avanti*.

Orazia volvió a emocionarse, pero el brillo cambió a su modo felicidad.

—Les mostraré las pulseras para que elijan cuál prefieren —respondió el hombre.

Siempre avanzar, porque lo importante no es lo que sucede, sino lo que se hace con ello.

Elegir

CAPÍTULO 45

Roma

*Roma es la tierra que se busca
y se queda para siempre.*

ROMA, FINES DE NOVIEMBRE, 2019

Después de los abrazos, la emoción y la presentación de Fabio a su madre y a su abuelo, Romina sentía que no podía estar más feliz. Vivía esos momentos donde se siente que se lo tiene todo. Su pasado cada vez era más lejano. No lo había enfrentado, sabía que en algún momento tendría que hacerlo, pero no en esos días, y tampoco lo planeaba en los inmediatos. El cierre de esa historia de traición y dolor le reclamaba su lugar, no por su ex y quien fuera su amiga, sino por ella misma. Tenía que sanar. Las heridas abiertas no suman y están allí, siempre listas para invitar a retroceder.

Encontró a su madre más linda, aunque también sintió que tenía cincuenta años y no eran pocos. Su abuelo la sorprendió con la genialidad de ser humano que era: estaba vital, entusiasmado y muy feliz. Enseguida se había puesto a conversar con Fabio y luego del primer almuerzo juntos, ya tenía una buena opinión sobre él. ¿Por qué? Porque era evidente que estaba enamorado de ella, la cuidaba como a un tesoro y era trabajador, con eso él ya estaba tranquilo.

A su vez, Natalia había abrazado a su hija tan fuerte como era capaz. Entre sus brazos no era solo ella, sino también su historia, el destino que la había llevado a Italia como si la sangre la guiara. Era el valor que necesitaba para hacer lo mejor para ambas.

Guido no se había comunicado. Benito había llamado a Greta al llegar al hotel.

—Hola, me alegra que atiendas la llamada. ¿Has leído la carta?

—Sí, debiste decírmelo en su momento, no veinticinco años después. Estoy furiosa por lo que han hecho. Tu salud, los riesgos, tu tratamiento, no tenías derecho a dejar todo atrás —recriminó severa. Él la dejo continuar—. Aun así, y con todos los deseos de matarte que tengo por lo que he llorado por tu culpa y lo preocupada que estoy, puedo entender que Natalia haya sido más importante que todos mis motivos y reclamos.

—Estoy bien. Mejor que nunca, me siento útil y vivo. La felicidad da autonomía —agregó.

—¿Autonomía? ¿Felicidad? ¿En serio?

—Sí, cariño, deberías intentar vivir más libre y liviana, no somos tan jóvenes y se siente bien.

—De verdad que eres osado y te amparas en la distancia para atreverte a aconsejarme. Aunque el motivo sea válido, nada cambia que el modo fue cruel. ¿Cómo se supone que sigue esto? ¿Cuántos días estarán allí?

—Fue del modo que se pudo —respondió—. No lo sé, lo necesario. No menos de diez días, supongo. Romina y el novio irán a Ushuaia a pasar las Fiestas, él le ha regalado el pasaje, es un buen joven.

—Tienes dos hijos, ¿lo recuerdas? —reprochó. En ese momento no podía concentrarse en el novio de su nieta. Le dolía la angustia de Guido.

—Perfectamente, iba a preguntarte por Guido ¿Qué ha dicho?

—Está muy enojado. Se siente engañado y decepcionado. No quiere saber nada más del tema, me ha dicho que quiere seguir con su vida y que lo que hizo Natalia es imperdonable.

—Imaginé esa reacción, pero ¿sabes?, él debería pensar en todo, no solo en el pasado de su hermana y en este viaje. A la hora de juzgar al otro, es fácil ser duro, pero cuando él salió del clóset, por decirlo como se estila, no fue fácil para mí y, sin embargo, no dudé un segundo en apoyarlo. No era lo que yo había imaginado, pero tener un hijo feliz fue y sigue siendo más importante que tener un hijo que cumpla mis expectativas. Lo mismo aplica para Natalia, ella tiene derecho a ser feliz, a pesar de sus errores, por graves que hayan sido.

—¿Por qué no hablamos de todo esto cuando estabas aquí? —preguntó llorando. Escucharlo la había hecho recordar por qué se había enamorado de él.

—Porque tú estabas obsesionada con mi salud, mis horarios, mis remedios y tus directivas de vida —respondió con honestidad—. No tenías tiempo de escucharme. Es lo que les pasa a las personas que creen tener razón en todo. Desde mi ACV, Guido y tú se convirtieron en algo así como dueños de la verdad. No es reproche, tú has preguntado y yo sé que ha sido la forma desesperada de actuar ante la posibilidad de que yo muera.

—Benito, no se ha tratado nunca de tener razón, sino de cuidarte —explicó.

—Sé perfectamente que las intenciones han sido muy buenas de parte de ambos, pero la vida es otra cosa.

—Si no es cuidarse para continuar en ella, ¿qué es? —preguntó confundida. La distancia le daba a la conversación ese tinte perfecto que tienen las palabras cuando se quiere estar frente a frente y no se puede. Esa atención concentrada de sentidos y sentimientos.

—Es justamente lo que sucede ante ti, mientras tú usas todo tu potencial y tiempo en organizarla. Greta, voy a vivir lo que tenga que vivir y tú también. Hagas lo que hagas. Y, considerando mis años, puede que transite la recta final. Por eso, este viaje. Guido está bien, pero Natalia no, y morirme no es una opción, si no intento ayudarla antes. ¿Puedes comprenderlo?

—No me gusta, nada de esto me agrada, pero intento entender.

—Ocúpate de Guido y yo, de nuestra hija.

—Llámame a diario y dile a Natalia que mentir nunca lleva a ningún lugar inteligente.

—No le diré eso, primero, porque ya lo sabe y luego, porque necesita apoyo, no cuestionamientos. Deberías comunicarte con ella cuando estés lista.

Después de esa charla, Benito solo le contó a Natalia que su madre y su hermano estaban en proceso de comprender lo ocurrido, pero que no harían nada para impedir que ellos continuaran el viaje. Ella no había preguntado más, no podía ocuparse de eso en ese momento.

—Papá, es extraño, pero amo este lugar. No creí volver a sentirme así. Todo lo bueno que aquí viví ha vuelto a mí y también lo malo, por supuesto.

—Es natural que eso pase. Además, Roma es un museo al aire libre, un lugar épico, ha sido la ciudad que dominó al mundo desde el Imperio. Creo que transmite ese poder. Aquí, uno es capaz de enfrentar cualquier batalla. Eso creo.

—No lo crees, papá. Lo deseas.

—Las dos cosas.

—Hemos andado mucho hoy. ¿Cómo te sientes? —cambió de tema y él la dejo.

—¡Perfectamente! Cada calle romana, cada plaza, cada piedra que hemos recorrido y visto narra un pedacito de la historia de esta hermosa ciudad, pero también escribe un capítulo único en mi vida. Tengo muchos años y estoy aquí, en la Roma de los gladiadores y las guerras, sobre mis dos piernas, con todos mis sentidos funcionando, contigo y con mi nieta. ¿Qué más puedo pedir? —Natalia sonrió.

—Cada quien ve algo diferente cuando mira, porque para mí Roma es la ciudad del amor, el romanticismo, un museo vivo a cielo abierto, debajo del cual los destinos cambian para siempre.

—Pues debes hacer que el tuyo cambie otra vez, hija. No es tarde.

—Es tiempo, ¿verdad?

Natalia y Benito habían visitado el Coliseo, el Foro Romano, los Museos Vaticanos, habían visto parte de la colección de obras de arte más valiosas del mundo: cuadros, esculturas, tapices, joyas y piezas arqueológicas, y se habían emocionado en la Capilla Sixtina con el "Juicio Final" de Miguel Ángel, igual que en la Basílica de San Patricio. El lado turístico de ese viaje estaba cumplido.

—Hija, ya recorrimos bastante. Quiero que entierres a Patricio y que enfrentes tus demonios. No iremos a Amalfi, no hay problema alguno si no lo hacemos —dijo y la obligó a pensar en la otra parte del viaje que habían ido buscar.

—Romina es feliz con Fabio. Él es un amor, ¿Debo arruinar su historia con la verdad?

—Antes que cualquier confesión está tu duelo pendiente y la posibilidad de averiguar algo sobre la familia de Patricio. Luego y pensando en Romina, hay decisiones que no son fáciles, pero siempre podemos escuchar nuestro corazón y elegir hacer lo correcto. Depende de ti.

—¿Qué es lo correcto en este caso, papá?

—Lo correcto es diferente para cada persona, según sean sus razones. Solo puedo decirte que no hay una sola forma de hacer lo que está bien.

En ese momento, sonó su móvil.

—¡Hola, mami! Hemos pensado con Fabio que el viernes vengan a buscarnos a la Comuna, así verán el lugar donde trabajamos, y luego podemos ir a tomar algo a la Plaza Navona. No han ido allí.

—¡Perfecto, hija! Envíame la ubicación. ¿Cuál es esa plaza? No la recuerdo.

—Es hermosa. Está ubicada en pleno centro de Roma. Es de forma rectangular, muy elegante, mami. Tiene tres bellas fuentes, una de ellas, la central, es la famosísima "Fuente de los cuatro ríos", de Bernini, una verdadera obra de arte. Además, siempre hay artistas y pintores mostrando y vendiendo sus obras, en muchas ocasiones se llevan a cabo interesantes mercados artesanales, obras teatrales o conciertos de música clásica. Al abuelo le va a encantar.

—No lo dudo. Igual, nos vemos luego para la cena, ¿no?

—Sí, claro. Solo quise dejar organizado el viernes —dijo. Era ansiosa y no le importaba que fuera martes.

—Eres una gran anfitriona, mi vida. Te amo, nunca olvides eso —dijo pensando en el centro de su preocupación y no en la fuente.

—Lo sé, mami.

·•· ·•· ·•·

Horas después, y con las emociones a flor de piel, luego de averiguar en la administración del cementerio el número y sector, Natalia enfrentaba la lápida de la sepultura del padre de su hija. Patricio Gallace yacía desde hacía más de veinticinco años en una parcela de tierra de un cementerio de Roma. Ella nunca había olvidado eso, aunque jamás había estado en el lugar. Después de hablar con su padre y antes de ir a casa de su hija a cenar, había decidido empezar por ir allí.

De pie, frente a un bronce algo sucio, leyó el nombre muchas veces. Al principio, no podía reaccionar, no fue capaz de llorar, de hablar, de nada. Un tiempo después, nunca supo cuánto, sintió mucho frío y un nudo en su estómago que se enredó con otro y otro más. Era como si fueran sogas de dolor anudadas en su interior. Todos sus órganos le dolían y los recuerdos la asfixiaban. Tembló. Sus piernas se le aflojaban, tuvo que sentarse sobre el césped. Permaneció allí en silencio, mientras dentro de sí misma estallaban las palabras dichas y las calladas, la culpa gritaba su verdad y discutía contra la defensa de una juventud impetuosa que eludía la responsabilidad. El vacío erosionaba su piel y sentía que sus decisiones pasadas tenían el alma de un misil. Su tragedia personal, con todos los detalles, volvió a suceder ante su mirada: el ruido del disparo que se llevó la vida de Patricio la hizo cerrar los ojos y el impacto volvió a acertar en el centro de su corazón ya roto. Entonces, lloró, como si él hubiera muerto ese día. Lloró, porque ella había jalado ese gatillo. Lloró la paternidad que nunca fue y el amor por ella, que él se había llevado a la tumba. Lloró desde la profundidad de una mujer que sufre y se entrega al arrepentimiento sincero.

Estuvo mucho tiempo allí, sin decir nada. Llorando la vida y también la muerte. Para ella, él acababa de morir delante de sus recuerdos.

Antes de ponerse de pie, deslizó su mano por el nombre grabado en la placa y dijo: "Perdóname, si puedes hacerlo. Merecías todo lo bueno".

CAPÍTULO 46

Pasado

*El pasado es solo eso, pasado. Algo que aconteció
de un modo u otro, para bien o para mal, pero que se ha consumado
en el tiempo. Hay que dejarlo atrás.*

ROMA, FINES DE NOVIEMBRE, 2019

La visita de la madre y el abuelo de Romina habían alegrado a Fabio. Lo habían integrado a la familia desde el principio. Eso le gustaba. Además, ella estaba feliz.

La convivencia los había unido más. Los miedos a las diferencias a la hora de compartir la misma casa habían desaparecido. Hasta *Noa*, el pequeño gatito, se había adaptado a ellos, al lugar y al amor que se respiraba en ese departamento.

Más allá de todo bienestar, había dos comodines sin revelar. Fabio conocía muy bien el suyo y, según su opinión, no implicaba más que una carga, un pasado del que no estaba orgulloso, pero del que no se arrepentía. Cada día junto a Romina le demostraba que su lugar era a su lado. Lo demás quizá solo hubiera sido el camino que había debido recorrer para llegar a conocerla. Sin embargo, por momentos la notaba distante y, si bien estaba seguro de que nada de su pasado cambiaría su amor por ella, se sorprendía imaginando posibilidades fatales en las que ella lo abandonaba por un amor anterior.

Esa mañana le llevó el desayuno a la cama muy temprano, más de lo habitual, porque necesitaba hablar. Había tenido pesadillas y se sentía inseguro.

—¡Buen día! ¿Qué hora es, amor? Muero de sueño.

—¡Buen día! Son las seis, pero necesito hablar contigo —respondió él sin poder controlar su ansiedad.

Ella se despertó de golpe. Algo en su interior le gritó una alerta.

—¿Qué sucede? ¿Debo preocuparme?

—No, claro que no. Es que hoy no estaremos solos hasta la noche probablemente.

—¿Y? ¿Cuál es el problema? Dímelo ya —pidió.

—Tu comodín —contestó directo al punto.

Romina sintió un escalofrío. ¿Había modo de que él lo supiera? ¿Habría algún mail que él hubiera leído? Solo los involucrados y Orazia conocían esa verdad. Ella no había hablado, por supuesto que tampoco su amiga, y los otros no tenían chance de hacerlo con Fabio. Los pensamientos se empujaban unos a otros y se puso nerviosa.

—¿Qué pasa con mi comodín? Creí que no te importaba nada de mi pasado.

—En realidad, no.

—Dijiste que sería una carta que vale por un secreto, por algo que no tenía que contar.

—Lo sé, dije que podías dejar lo que quieras para cuando sea el momento y, si eso era nunca, también estaba bien.

—¿Entonces?

—Tengo miedo de que ese secreto arruine lo que tenemos, de que haya alguien en tu pasado que pueda volver y tú me dejes —confesó.

Romina respiró aliviada por un instante. No sabía nada. Sin embargo, una fuerte angustia avanzó por todo su ser al recordar lo que ocultaba.

Miró a Fabio y vio tanto amor en él, al extremo de preocuparse por cosas que solo estaban en sus miedos y que alimentaba con dudas, que sintió que había llegado el momento de ser honesta. Para darse y darle tranquilidad.

—Yo no voy a dejarte, no hay nadie que pueda volver a mi vida y cambie lo que siento por ti. Eres lo más importante y te amo.

—Eso es todo lo que necesito saber —contestó y la besó en los labios.

—No. No es todo lo que necesitas saber. Creo que es hora de que te diga mi verdad guardada.

—Lo único que me importa es no perderte. Tu pasado quedó atrás en cualquier otro sentido que no amenace nuestra relación —era sincero.

Romina sintió deseos de llorar, tenía un nudo en la garganta que la apretaba cada vez más al recordar. Se dio cuenta de que había llevado al fondo de su ser lo ocurrido, nunca le había puesto palabras. Nunca se había escuchado a sí misma decirlo en voz alta. Fabio era la persona con derecho a saber y esa era la oportunidad.

—Quiero que sepas que esta será la primera vez que cuento lo que sucedió —comenzó solemne—. Me fui de Ushuaia con la excusa de mis deseos de probar suerte aquí, en Europa, porque había terminado una relación y tenido una pelea con mi mejor amiga Eso es lo que mi familia y todos los que me conocen saben. No es mentira, pero tampoco es la completa verdad.

—Amor, no es necesario que me cuentes nada —insistió.

—Es necesario para mí. Déjame continuar —pidió. Él aceptó con un gesto—. Mi novio y mi mejor amiga me traicionaron. Yo los descubrí en casa de ella. No entraré en detalles, pero fue horrible. Puedes imaginarlo —agregó resumiendo los hechos.

—Mi amor, eso no es un comodín, ¿Por qué guardaste un hecho tan doloroso? Tú no hiciste nada mal —le dolía por ella la situación.

—Eso no es todo. Yo estaba embarazada. Nunca llegué a decírselo a nadie. A los pocos días de encontrarlos, decidí interrumpir el emba-

razo —hizo una pausa para procesar sus propias palabras.

Dolía ser Romina enfrentada a su decisión consumada. No había camino de regreso. No importaba si era una niña o un niño, ni pensar en su vida, ni en la maternidad. Nada. Cuando algo así ocurre, es definitivo.

—Lo siento —dijo él, por fin, y la abrazó.

—¿No vas a juzgarme?

—No tengo derecho a hacerlo. No era el padre, y evidentemente quien sí lo era perdió ese derecho el día que se acostó con tu amiga. Así que, como yo lo veo, has sido víctima de las circunstancias.

—Lo minimizas. Sé que lo que hice no estuvo bien, pero yo elegí la salida más fácil. Yo no conozco a mi padre. Si mi madre hubiera pensado de la misma manera, yo no estaría aquí.

—La vida tiene muchos escondites, atajos, lugares que no quisié-ramos habitar. A veces, somos personas que no deseamos ser —dijo pensando en su propio secreto—, pero, aun así, eso no nos define. Cada persona actúa diferente, como es capaz. No existe un manual de instrucciones para solucionar lo que nos supera, Romina. Se aprende viviendo y duele. Él no te merecía.

—Él no, pero el bebé era inocente y no fui capaz de sentirlo mío por la furia que sentía hacia ellos.

—Creo que debes permitirte cerrar esa etapa. Te lastimaron, reac-cionaste y escapaste del dolor. Yo no te juzgo. Nadie puede hacerlo.

—No se puede huir de la culpa, viaja contigo a todas partes —lloraba despacio, con lágrimas lentas y pesadas—. Perdóname, no era mi idea para este día, pero has preguntado… —*Noa* se ubicó en su regazo y ella lo acariciaba con ternura.

—Me hace bien que hayas confiado en mí, no solo porque aleja de mi imaginación el fantasma de un ex que pueda regresar por ti, sino porque no quiero que cargues angustias tú sola. Te amo —repitió.

—Quisiera quedarme a solas un rato —dijo de pronto.

—Amor, no. No voy a dejarte.

—Es casi la hora de salir hacia el trabajo, necesito espacio. Te agradezco que hayas sido tan comprensivo, pero es algo conmigo. Puedes avisar que llegaré más tarde. Una hora, nada más.

—¿Segura?

—Sí. Me hizo bien contarte, estoy tranquila.

—Bien, le diré a tu jefe —dijo, ya que trabajaban en la misma Comuna, pero en diferentes oficinas.

—Recuerda que soy Romina Luca, todavía no han corregido la omisión en las planillas de ingreso.

—Lo sé. ¿Estarás bien? —insistió.

—Estás en mi vida, estoy bien —respondió y lo besó.

Fabio se fue y Romina encendió la computadora, abrió la casilla de correo electrónico y vio en la bandeja varios mails sin leer de quien fuera su amiga. Los borró sin abrirlos y envió el mismo mail a los dos.

> No intenten comunicarse conmigo. Nunca más lo hagan. Ustedes ya no existen para mí.

Luego de hacerlo, cerró los ojos, controló su respiración y muy lentamente pudo sentir la manera en que algo cambiaba en ella. Lloró, no mucho, pero intensamente. El recorrido de sus lágrimas escribió la palabra "perdón" delante de su mirada.

Lo grave no son necesariamente los sucesos del ayer, sino la recurrencia con la que sus protagonistas piensan una y otra vez en lo mismo y suponen variables en torno a su proyección en el presente.

No es el pasado, sino lo que se lleva dentro lo que define a cada persona.

Un rato después, Romina se preparó para ir al trabajo. Antes de salir, se miró al espejo y se dijo: "Empiezo a perdonarte". Le dio infinitos besos a su gatito y agradeció tener a un hombre como Fabio en su presente.

CAPÍTULO 47

Audio

Lo que está destinado a suceder siempre encuentra
una forma inesperada de manifestarse.

USHUAIA, FINES DE NOVIEMBRE, 2019

Lorena continuaba sintiéndose mejor cada día. Vivir con su padre, de esa manera temporal, era un mimo a su alma. Volver a ser hija era toda una etapa especial y la vivía como tal. No todas las mujeres tenían la oportunidad, después de haberse ido de la casa de sus padres, de volver a sentir ese calor, cuidados y apoyo únicos. Del modo que su padre la esperaba a que regresara a la casa, creía ella, no la esperaría nadie más en ningún lugar. Era un amor inmenso, un abrazo permanente.

Se habían comunicado con Natalia varias veces por WhatsApp y hasta incluso habían hecho una videollamada desde el Coliseo Romano. Natalia había querido compartir con ella que su padre había guardado en su bolsillo tierra de ese suelo guerrero. "En honor a Cayetano y su historia", había dicho. Al volver al hotel, los había vaciado orgulloso, dividió la cantidad en dos y la guardó en dos cajitas muy pequeñas que había comprado como recuerdo. Una para él y la otra para su flamante amigo, don Cayetano, el hombre que sabía sobre las razones por las que la tierra merecía ser guardada como un trofeo y se convertía en un amuleto contra las pérdidas. Natalia no le había podido decir ni una vez que no lo hiciera, porque no estaba permitido. Pensaba que había prohibiciones que era legítimo no cumplir, en ciertos casos, a los ochenta y cuatro años. Robar tierra en el Coliseo era una de ellas. Lorena y su padre celebraron el hecho, a pura risa en la videollamada, y hablando de ellos después.

La idea que se le había ocurrido a Lorena durante la tormenta seguía en su mente y había hecho algunas averiguaciones al respecto, eso la tenía muy entusiasmada. Sin embargo, no quería hablar con Cayetano hasta que fuera un hecho.

Ese día trabajó en el banco. Extrañaba a su amiga Natalia. Quería contarle sus progresos. Entonces decidió enviarle un audio.

Amiga, supongo que escucharás esto cuando regreses al hotel y tengas wifi. Solo decirte que estoy bien. Mi lista va en progreso. He sanado mi pérdida más difícil. Ya no lloro cuando recuerdo a mi bebé que no fue, ahora es un ángel que encontraré en la eternidad. Estoy feliz viviendo con papá, busco vivienda, y ya no me siento sola ni abandonada. No cambié radicalmente, pero creo que he podido sanar. Gracias por tu ayuda, siempre. Te quiero. ¿Cómo va tu lista?

Luego de enviarlo se sintió contenta. Había dicho la verdad. Un sentimiento distinto la recorrió entera. Era esa plenitud que da el amor propio, la que se siente cuando se ha caído hasta el fondo y, a pura fuerza construida de a milímetros de lágrimas, se ha conseguido salir a la luz. Lorena era la heroína de su historia personal y lo mejor era que ya no había en ella villanos ni culpables. Elegía pensar que su exmarido se había ido, porque el lugar que ella le había dado le quedaba grande. Al final de todo, ese era el otro lado de los abandonos. La versión más positiva del desastre siempre se esconde detrás de su sombra. Comenzaba cada día agradeciendo la posibilidad de haber salido adelante y le pedía a Dios que lo bueno sucediera en su vida naturalmente.

Esa tarde, llegó a la casa y Cayetano la estaba esperando con el rico café humeante.

—Hija, qué bien se te ve, cada día te pareces un poco más a tu madre.

—Papi, no me parezco a mamá, sino a ti.

—Pues yo te veo como era ella.

—¿La extrañas?

—Sí. Me acuerdo mucho de ella, pero, la verdad, contigo aquí es más fácil. Lo peor son las noches. No sé por qué la soledad y la vejez son más intensas a la madrugada.

—La noche es como la lluvia. Si lo piensas, los problemas son más grandes a la madrugada. Cuando amanece, el tamaño ha cambiado.

—Algo de eso hay —respondió convencido.

—Estoy segura de que es así, papi —dijo y bebió un sorbo de su café.

En ese momento, el móvil de Lorena le indicó que había recibido un mensaje. Abrió su WhatsApp creyendo que Natalia le habría respondido, pero no. Era un audio. Lo escuchó.

Me sorprende animarme a enviarte este audio, me da vergüenza porque sé que vas a escucharlo. Soy un hombre tímido, a pesar de todo. No lo creí al principio, pero fue bueno que aparecieras en mi vida. Estoy listo para empezar una relación. Que mi ex me engañara ha sido un tema que habla de ella y no de mí. Entendí.

Ya ha pasado el tiempo necesario. Hoy me sentí bien y completo ¡y eso que no fui a verte! Solo quise que lo supieras.

Lorena lo escuchó dos veces, completamente sorprendida. Lo primero que pensó fue que había sido un error, que no era para ella, pero después se había permitido creer que sí. ¿Por qué no? ¿Y si era cierto que mientras se anda el camino hay seres que descubren a otros que ni siquiera los han visto?

—¿Qué sucede, hija? Te quedaste muda —dijo su padre que la observaba.

—No estoy muy segura de qué sucede —respondió—. Es un audio del martillero —continuó atónita.

—¿Y qué es lo que dice?

—Tampoco estoy muy segura. Escúchalo tú mismo —dijo, al tiempo que lo ponía a reproducir en altavoz.

Cayetano sonrió.

—Ponlo otra vez —pidió. Ella lo hizo.

—Yo creo que es bastante claro, ¡le gustas al martillero!

—Papi, solo hemos hablado de la venta de mi departamento. Esto es raro.

—¿Por qué raro? Es tímido, él mismo lo dice. Habló de un tirón, por eso da explicaciones que nadie le pide. Quiere verte, conocerte, supongo. Te aclara que está listo para algo. ¿Tú le dijiste que te habías divorciado?

—Sí, claro, es un dato necesario para la escritura.

—¿Y qué le dirás?

—La verdad, ni siquiera recuerdo bien su rostro, lo vi pocas veces.

—Para saber si te agrada debes salir al menos a cenar una vez .

—¡No puedo responderle eso!

—¡Anímate, dale alguna señal!

En ese momento, otro audio llegó. Era Natalia.

Amiga de mi vida, me alegro tanto por ti. Debes vivir y ser feliz, todo lo feliz que puedas. Me alegra muchísimo que hayas podido sanar. No me agradezcas a mí, agradezcamos tenernos, que de eso se trata la amistad. Estoy segura de que pronto conocerás a alguien que te amará como mereces. ¿Mi lista? Ya di el primer paso, fue muy difícil, pero he enterrado a alguien que murió hace más de veinticinco años. Queda mucho por recorrer, pero aquí estoy. Viviendo la vida en sus extremos. Te quiero, besos a tu papá.

Respondió de inmediato:

Avanza con tu lista, es el camino. Ahora necesito tu ayuda. Te reenviaré audio que recibí recién del martillero que intervino en la venta de mi departamento. No sé qué debo responder. ¡*Help!*

Cayetano escuchó la respuesta de su hija atentamente.

—¿Qué dijo? ¿No la puedes llamar? Debes responderle algo al martillero —lo ponía ansioso que el tiempo pasara y ella no le contestara.

—Papi, está en Roma.

—¿Y? No entiendo esto de los mensajes, debes llamarla a ella y a él también —se quejó de la tecnología.

Entonces, fue Natalia la que se comunicó través de la aplicación de WhatsApp.

—¿Te gusta? —preguntó sin saludarla.

—No lo sé, Natalia. Me pone nerviosa todo esto.

—Pues que no te ponga nerviosa, sino contenta, que alguien se anime a hablarte así de la nada es para aplaudirlo de pie.

—¿Qué le digo?

—Lorena, dile lo que te salga, pero que sea algo que los lleve a salir juntos. No lo dejes pasar. ¡Hazlo ya! Debo irme, adiós.

En un segundo, Lorena y su padre eran cómplices que conjeturaban como adolescentes sobre eventuales respuestas, hasta que Lorena tomó una decisión y lo llamó. Lo de los audios no era para ese momento. Quería ser directa con el asunto.

—¡Hola, Julio! Soy Lorena.

—Dios mío, eres tú, yo discúlpame…

—No, espera, no me interrumpas o no diré lo que quiero decir. Me ha sorprendido mucho tu audio. Gratamente, pero no lo esperaba. Creo que podemos ir a cenar, si tú estás de acuerdo. También soy tímida y decirte esto no es fácil —respiró aliviada.

El martillero Julio Sandoval no podía creer lo que estaba sucediendo, pero algo tenía claro: Lorena era una hermosa mujer y tímida como él. No podía negarse. La suerte estaba echada, aunque el audio no había sido para ella, sino para su psicólogo Lorenzo López, que estaba agendado en su teléfono móvil a continuación de ella. No podía decírselo, no por teléfono, no antes de volver a verla. Nada era casualidad. Se sintió contento con el malentendido que decidió callar. Recién había advertido el error cuando ella lo llamó.

—Claro que podemos ir a cenar. ¿Esta noche? —contestó entusiasmado.

Cayetano, que escuchaba todo al lado de su hija, le hacía señas para que dijera que sí.

—Bueno, sí —respondió aturdida.

—A las nueve iré a buscarte —dijo y se despidió.

—Hija, ¡tienes una cita! El destino tiene formas muy creativas de cruzar caminos. Un audio… En mis tiempos no era así, pero me alegra. Te divertirás.

—¿Por qué acepté? ¿Cómo es que tengo una cita? Tú y Natalia no me dejan pensar. Eso fue —se quejó.

CAPÍTULO 48

Traición

El acto de traición tiene la capacidad de cambiar el curso
de los acontecimientos en cuestión de instantes.

A pesar de encubrir a Gustavo Grimaldi y seguir involucrado en varios delitos, Iván estaba más tranquilo.

Había pensado mucho en la traición, no solo en los hechos, sino como concepto, como modo de vida. Era un acto de deslealtad hacia la confianza de otra persona, un atentado contra los principios. Era una de las acciones más destructivas emocionalmente en las relaciones humanas y también se trataba de un mecanismo constante en el funcionamiento de la sociedad. ¿Era él un traidor según sus propios parámetros? No iba a responderse esa pregunta. Tenía que avanzar y lo alentaba que ya no le daba tanto rechazo ser quien era. Sus decisiones lo acercaban a sentirse libre de sus culpas. Por eso, cuando Gustavo le avisó que su esposa creía que esa noche trabajarían juntos, solo pensó que eso también estaba por terminar. Si quería engañar a su mujer, en adelante tendría que hacerlo sin su complicidad.

Marcia continuaba con sus ataques de desequilibrio emocional: lo llamaba llorando o se enojaba y gritaba; más de lo mismo en esa relación sin sentido. Él no había vuelto a verla, solo conversaciones desgastantes o indiferencia cuando él terminaba las llamadas sin más capacidad de aguantarla, pero esa noche fue a su casa, sin avisarle. Nunca iba sin hablar con ella primero, pero en esa oportunidad no quiso escucharla, evitó correr el riesgo de exponerse a su manipulación, solo deseó ir a poner fin a la relación.

Conducía el vehículo hacia su domicilio, cuando desde la cuadra anterior vio el automóvil de Gustavo que se iba de allí. Lo reconoció por el color y la patente. Se detuvo para pensar. No podía creer el primer pensamiento que vino a su cabeza. ¿Eran capaces? Sí, claro que lo eran, de lo que fuera. ¿Desde cuándo? ¿La amante de Gustavo había sido ella siempre? Tuvo que aguardar un rato estacionado allí para calmar su furia. La oscuridad de la noche cerrada cargaba de sombras su indignación. No se sentía como un hombre enamorado que descubre un engaño. Quizá nunca había amado a Marcia, pero la había respetado siempre. Por eso, se sentía como un idiota fiel, enfrentando a escoria humana llena de maldad y falta de códigos. Marcia se excitaba con los policías, los uniformes y las armas, él lo sabía bien y no lo sorprendía que la adrenalina del engaño también le gustara. Eran dos personas de mierda. No se enojaba menos por eso. Entonces su memoria le arrojó recuerdos. Gustavo siempre había dicho que Marcia era tóxica, pero atractiva. Ella había hecho esa rara visita al hospital para saber si él viviría. Todo cerraba. Era asqueroso, pero era.

Con más certezas que sospechas, decidió ir a terminar la relación como tenía planeado. No diría nada. Los dejaría creer que eran muy hábiles y él, un idiota útil, como de hecho lo había sido todo ese tiempo. Todavía tenía que concluir el tema de la droga. No era el momento de revanchas o cuestiones de sábanas. Los había descubierto, lo sabía todo y esa era su ventaja. Lo único importante.

Por un instante de debilidad, pensó que tal vez podía estar equivocado. Luego, desechó la idea. A Marcia solo le importaba ella misma y él carecía de cualquier código moral, o sea, tener sexo tramposo un domingo por la noche era plan para los dos. Ambos se nutrían de todo lo malo.

Condujo la cuadra restante hasta llegar a la casa. Aparcó en la puerta y bajó. Tocó timbre.

—¿Vuelves por más? —dijo ella, al tiempo que le abría. La cara de sorpresa le duró un segundo. Era tan manipuladora que pudo controlar la situación—. ¿Continuarás tratándome mal como lo has hecho estos días? ¿Vuelves para ser más indiferente aún? Hace una semana que no te veo —recriminó. Había asumido el rol de demandante.

Iván siguió su juego. Quería estar completamente seguro, tener evidencia. Entró sin responderle, llevándola casi en andas contra la pared. Le besó el cuello de forma provocativa y la tocó justo en su centro, como le gustaba. La excitó con destreza. La conocía muy bien y en pocos minutos, como un trámite de los instintos más bajos, estaban acostados en el sillón. Él descargó su hombría en ella sin caricias, ni juegos previos. Un gozo egoísta, completo de una temporal y fría venganza, consumado sin decir una palabra.

—¿Qué ha sido esto? —preguntó ella.

—Ha sido la última vez.

—¿De qué hablas?

Él ya no era el hombre que había tenido sexo con una mujer, sino el policía que observaba el escenario buscando la evidencia que necesitaba. Fue muy fácil. Un vaso con resto de whisky, que ella no bebía, y en el cenicero, colillas de cigarrillos negros, que ella tampoco fumaba. Ambas cosas definían a Gustavo. Fue a la habitación y la cama estaba revuelta.

—Hablo de que se terminó. No quiero seguir contigo. Vine a dejarte.

—¿A dejarme y tienes sexo antes de decir hola? —reclamó llena de ira—. Tú a mí no me dejas.

—Lo siento, Marcia. Eres una mujer atractiva físicamente, pero tu forma de ser agota. Consumes mi energía, no me gusta eso y he decidido que quiero estar solo.

La frialdad de su discurso le indicaba que el proceso de dejarla estaba terminado en él. Lo que había descubierto esa noche solo tenía de cierta crueldad la manera en que lo estaba haciendo.

Marcia sentía que iba a estallar de odio. Seguía segura de que tenía el control.

—No puedes, ni vas a dejarme, porque estoy embarazada —dijo, convencida de que eso le provocaría a Iván una reacción de sorpresa, pero también de acercamiento.

—Deberás hacerte cargo tú sola de ese tema. Tomabas pastillas, si dejaste de hacerlo, es tu responsabilidad, no la mía. Vine a decirte que ya no te veré más, un embarazo no cambia nada para mí —dijo con tono helado. Ella y su engaño habían avivado su versión más distante y despiadada. Además, ni siquiera sabía si era suyo—. Me voy.

Ella se lanzó sobre él y comenzó a darle puñetazos sobre el pecho. Él la detuvo con ambas manos. Era fuerte.

—Tranquila, no es bueno, en tu estado, que te pongas así —dijo con ironía—. No antes de decidir qué harás con tu hijo —era una provocación que disfrutaba. No podía sentir nada por ese ser que se gestaba—. Si es cierto —agregó.

Tenía que irse de allí, antes de que ella intentara lastimarlo revelando la verdad. No le convenía eso, tenía que terminar con el tema de la droga antes de enfrentar a Gustavo.

—¡Eres un hijo de puta!

—Puede que sí, Marcia. Me he dado cuenta de que pasar tiempo con gente perversa te convierte un poco en lo mismo. Por eso ya no te elijo —respondió y se fue.

•• ••• ••

A la mañana siguiente, él y Gustavo, uniformados, salieron en la patrulla hacia el "club", que en realidad era una casa apartada de la ciudad, en el medio de la nada, de poco valor, habitada por dos caseros. Tenía un galpón grande, lleno de cosas viejas, algunas rotas, abandonadas, como si fuera un depósito de chatarra. En algún momento había funcionado como taller de autopartes. Quedaban piezas amontonadas llenas de óxido y mugre. Un auto viejo sin neumáticos y, detrás, levantando un tablón cubierto de sogas y un cobertor de automóvil sucio que había que retirar previamente, se accedía a un sótano, donde funcionaba un centro de fraccionamiento de droga. Con iluminación adecuada en un sector, para cultivar marihuana como si fuera un vivero, y otro lugar para la cocaína, donde había hombres y mujeres trabajando en ropa interior para evitar que robaran droga. Eran latinos indocumentados. Había, además, una fuerte custodia que protegía no solo el lugar, sino al jefe narco que estaba allí en ese momento.

—¿Volviste al negocio? —le preguntó el jefe a Iván—. Hace tiempo que no te vemos por aquí.

—Terminemos con esto. ¿Dónde está el dinero? —El sujeto le hizo señas a dos hombres que estaban detrás de él, quienes trajeron una maleta llena de dólares—. Sin marcar —aclaró.

—Aquí está lo nuestro —dijo Gustavo y le entregó el "bolso" con los kilos de cocaína robada de la quema. El hombre abrió un paquete y puso en su lengua un poco—. Es la misma. No hace falta que la pruebes.

—¿Cuándo hay más?

—Te avisaré.

Hecho el intercambio, salieron de allí.

—¿Lo ves? Está hecho. Sin problemas —comentó Gustavo—. Ahora vamos a dividir las partes y todo terminó. Lo haremos en otro sitio.

—¿Dónde?

—El juez acaba de hacerme llegar el lugar. Se trata de una cabaña, apartada también. Ahí le dejamos lo suyo —Iván sabía quién era el juez—. Estás muy callado —le dijo—. Podemos celebrar luego y tomar unos tragos.

—Esta noche, quizá —mintió. No podía creer que fuera tan miserable—. Ahora quiero terminar. Sabes que es lo último que cubriré. Me abro. Fui claro.

—Eso dices ahora. Dejemos que se enfríe todo esto, amigo.

Iván estaba asqueado. Amigos era justo lo que no eran. Le sudaba el alma de ira y a la vez comenzaba a sentir la paz que antecede a las decisiones correctas. Le dolía el pasado y también sentir que la traición ganaba protagonismo en todos los órdenes, en cualquier terreno. Se preguntaba por qué algunas de sus formas, la mentira, el disvalor y la inmoralidad, son. Quizá, porque justifican la verdad, los valores y la moral. Aun así, traicionar es sinónimo de involucionar, de fallar, de no cumplir. ¿Era capaz él de revertir las consecuencias de esas conductas en su propia vida? En definitiva, todos los actos delictivos empiezan y terminan con un mismo interrogante: ¿cuál es el móvil de los comportamientos?

Siempre ha habido y habrá seres que encuentren razones en el bien y otros en el mal. La cuestión para que una sociedad mejore es descubrir quiénes son la mayoría.

CAPÍTULO 49

Sentir

El amor no tiene forma, ni color, ni se explica, ni se analiza. Al otro lado de cada historia que ha concluido, sin importar la razón, al margen de las culpas o los errores, hay otra, esperando comenzar.

Luego de que Guido lo alcanzara en medio de la calle y se disculpara, lo primero que hizo Gabriel fue avisarle a Tiziana que finalmente se habían encontrado y que no lo esperara. Ella no se había quedado muy tranquila. Temía que fueran excusas y que su amigo resultara engañado.

Al día siguiente, Gabriel le había contado en detalle lo sucedido. Ella seguía desconfiando, pero lo cierto era que día a día, el tal Richard Gere personal de su amigo daba señales claras de desear un compromiso.

Habían transcurrido varios días del episodio, Gabriel brillaba tanto que contagiaba entusiasmo por la vida, cantaba, bailaba y todo lo hacía contento. Era evidente que se estaba enamorando de Guido De Luca, y que era recíproco.

Ella sentía que la vida estaba siendo justa con su amigo y lo agradecía mucho. Si alguien en el mundo merecía ser amado era él.

Por otra parte, se sentía mejor, la terapia estaba funcionando. A veces, salía llorando y otras, más entera, pero siempre satisfecha por descubrir sus zonas más débiles y poder trabajar en ellas. Había cambiado su perspectiva sobre la soledad y el abandono. Ya no le dolían, había entendido que formaban parte de su vida y que eso solo era malo si ella lo permitía. Había decidido alimentar su yo fortalecido a causa de su pasado y ya no se sentía víctima. No había tenido atracones de comida y aunque, muy despacio, estaba bajando de peso. Había aprendido que no era el tiempo el que sanaba las heridas, sino ella misma. Su historia definía el amor propio. Le encantaba el fin del mundo, pero había comenzado a pensar en dar otro movimiento. No pertenecer a ninguna parte la había convertido en un ser nómade de emociones. No lo tenía resuelto, pero una loca idea rondaba su cabeza, la había comentado con su psicóloga y estaba dejándola madurar.

Gabriel llegó a buscarla al trabajo, regresaron juntos a pie. Hacía mucho frío. Se veían lindos con sus camperas de abrigo, ambas de color blanco y sus gorros de lana, él de ella, negro y el de él, rojo.

—¿Eres feliz? —preguntó ella de pronto.

—¡Sí! Es pronto, lo sé, pero Guido es diferente. Me respeta, me cuida, nos divertimos, soy mi mejor versión a su lado.

—Es poco tiempo, es verdad, pero ya no desconfío tanto de él.

—¿Tanto? ¿Aún desconfías?

—Discúlpame, pero, como sabes, mi vida no ha sido un catálogo de aciertos y fortuna emocional. Me he roto tantas veces que ya no quedan en mí partes sin cicatrices. Te amo, eres mi todo. Un hermano. Por supuesto que no tengo paz si pienso que él tiene el poder de lastimarte.

—Él no va a lastimarme. Su familia, bueno, en verdad su madre, ya sabe sobre mí. El padre y la hermana aún no regresaron de viaje y él está muy enojado con ellos. No he logrado convencerlo de que se comunique y trate de entender. Es una historia bien loca la de su hermana.

—Sí, me contaste. ¿Por qué la defiendes? No ha sido un código de moral lo suyo —estaba al tanto de todo lo que decía la carta. Guido se lo había contado a Gabriel y él a ella.

—No la defiendo a ella, intento proteger los vínculos de una familia sin maldad. Guido me ha hablado de cada uno de ellos, los ama. Y Natalia ha sido un desastre, no lo niego, pero eso es parte del pasado y no le corresponde a él juzgarla. Ella fue la primera en descubrir que él era gay, incluso antes de que saliera del clóset, y solo se acercó y le dijo que lo sabía todo y que contara con su apoyo. Le pidió que fuera feliz. Eso es mucho. Fue importante para él. No resisto que una equivocación defina a una persona.

—Dicho así, con él se ha comportado bien, pero con el padre de su hija fue muy bajo lo que hizo.

—Eso ya pasó. Que la juzgue Dios, han pasado más de veinticinco años. Lo mismo le digo a él.

—¿No crees que la hija tiene derecho a saber?

—Honestamente, no lo sé. Intento ponerme en su lugar. El padre ya no está, el tío, no sabemos, y si estuviera, dudo que la chica le pueda querer o considerar familiar. Su presente está en orden. Vive en pareja en Roma. Me pregunto si su madre tiene derecho a derrumbar su historia para darle a cambio dolor, un mal ejemplo y quizá, una familia que la acepte a ella, pero odie a su propia madre, con motivos.

—El amor te ha puesto más analítico, casi que me has convencido de que es mejor dejar las cosas así. ¿Qué dice tu "Richard"?

—Bueno, él está procesando que su hermana y su padre hicieron algo fuera de su control y que han sobrevivido a la experiencia. En algún punto su ego está herido. Está asumiendo que su padre vive, que está en Roma y que no depende de él. Yo intento hacerle comprender que la vida no está mal porque no sea lo que él cree que es mejor.

—¿Y cómo te va con eso?

—Bueno, no soy un maestro, pero voy avanzando.

—¿Cómo es contigo?

—Él es todo. Cariñoso, reservado, divertido en privado. Confidente, me cuenta todo lo que siente y se preocupa por mi bienestar.

—¿Superó su viudez?

—Sí, ha elaborado un duelo tradicional, en tiempo, etapas y sentimientos. Muy Guido, él es estructurado. Recién cuando hubo aceptado el accidente y las consecuencias, fue capaz de dejar de llorar. Al tiempo, me conoció en el cementerio. Guido es de manual, sigue todos los procesos adecuadamente. Por eso le cuesta aceptar y vincularse con su situación familiar.

—¡Casi perfecto!

—¿Por qué casi? –preguntó riendo mientras entraban a la casa.

—Porque nadie es perfecto y no creo que él sea la excepción –dijo burlándose.

—Esta noche iremos a tomar una cerveza a un bar con música en vivo. ¿Quieres venir?

—No lo creo, pero mándame la ubicación cuando estés allí, por si me arrepiento.

—Bien, quiero que lo conozcas más allá de un saludo desde lejos.

—Lo pensaré, no me gusta ser agregada en salidas de parejas.

—¡Tizi! No digas tonterías.

•• •• ••

Por la noche, Guido estacionó en la puerta de la casa de Gabriel y él que, ya lo esperaba, subió a su auto. Fueron a una cervecería ambientada como si estuvieran en un barco. Todo era marino, la luz amarilla y la música de los ochenta. Mientras conversaban, observaron el escenario listo. Una joven cantaría en vivo.

—¿Sabes? No puedo creer cómo me siento cuando estoy contigo.

—Tampoco, yo, Gabriel. La verdad, si hace unos meses alguien me hubiera dicho que volvería a formar pareja, lo hubiera negado.

—¿Somos pareja? —preguntó feliz.

—Lo somos. Si estás conmigo, no estás con nadie más. No tengo edad ni ganas de jugar a las citas. ¿Me lo preguntas en serio?

—¡Claro que no! Fuiste claro desde el primer momento y es lo que más me gusta de ti. Solo intento que no seas tan estructurado.

—¿A dónde quieres llegar?

—¿Los has llamado? —dijo con referencia a su padre y hermana.

—No. Hablan con mi madre. Están bien.

—Amor de mi vida, debes aceptar que no te aman menos por haber evitado enfrentarte antes de irse. Necesitaban hacerlo y sabían que tú no los apoyarías. De hecho, tu hermana quiso decírtelo y no se animó. Por favor, quiero que hables con ellos, no deseo que nada opaque lo que estamos viviendo.

—Mi familia no tiene nada que ver entre tú y yo.

—La lealtad familiar, la fidelidad, la identidad son valores que te definen y a los que me sumo. Y sí, tengo que ver con todo lo que a ti te importa. Ellos te importan. No digo que seas un tiro al aire de repente, pero procura soltar un poco la rigidez de tus estructuras. Tenemos solo una vida, cada quien la vive como puede, tu hermana no es la excepción. Tal vez enmiende parte de sus errores y si no lo hace, ella sabrá las razones. La oportunidad la tiene.

—Supongo que tienes razón. Lo pensaré, lo haré por ti. —Estar enamorado operaba cambios en él de los que no se creía capaz.

En ese momento, una joven rubia, muy linda, vestida con shorts y una musculosa saludó al público y comenzó a cantar *covers* en inglés. La gente le dio toda su atención, era muy buena. Ellos pidieron otra 346 ronda de cerveza.

—Me gusta —dijo Guido.

—¡Buenas noches! Gracias por estar aquí, hoy. Me llamo Nats y quiero compartir con ustedes una canción que yo misma compuse —dijo mientras tocaba acordes de fondo —Se llama "Tiro al aire".

Guido y Gabriel se miraron cómplices, esas mismas palabras había dicho Gabriel minutos antes. El ritmo era perfecto, la letra también. La gente comenzó a acompañar con las palmas y, antes de que se dieran cuenta, los mozos corrieron las mesas ubicadas adelante del escenario y Gabriel invitó a Guido a bailar.

Una cosa era asumirse como pareja y salir juntos, otra muy diferente bailar entre la gente en un bar hetero.

Nats cantaba con fervor y alegría:

Puedo sentir cómo te diferencias
y eso me encanta.
Tus cabales son así.
Nadie lo permite, pero yo sí…

—Amor, bailemos. Confía en mí —le susurró al oído. Guido no pudo negarse.

La canción continuaba: *Cómo amagas cuando te expreso y cómo hago yo para no ilusionarme…*

Después de ellos, una pareja se sumó, y luego otra. Después, dos mujeres de la mano bailaron abrazadas y se besaron allí. El amor era. Sin género, ni arquetipos, ni mandatos, ni prejuicios. El amor era. Así, simplemente hermoso. La artista se sintió plena. El ambiente era de fiesta, la vida había salido a brindar esa noche por lo auténtico. El destino pertenecía a quienes se atrevían a ser, al margen de la opinión del resto. En ese bar, los corazones, cerraban etapas esa noche y la razón le ganaba la pulseada al miedo a volver a sentir. El amor era también cantar, bailar y besar en la intimidad de una multitud concentrada en su propio presente, que también era feliz por el resto.

El amor es elegir lo bueno y continuar.

Cuando la canción terminó la joven dijo:

–Yo ya no quiero ser un tiro al aire, ahora deseo dar en el blanco, justo en el centro de lo bueno. Pueden encontrar mi canción en YouTube Music. Los quiero. Gracias por esta noche –y continuó con la música durante dos horas.

Tiziana entró al bar en el medio de esa escena y vio a Gabriel y Guido besarse, junto a parejas que bailaban y a otras dos mujeres muy acarameladas.

¿De qué me perdí? –pensó y sonrió con ganas.

CAPÍTULO 50

Final

El amor no siempre coincide con las decisiones que lo acompañan
y eso, tarde o temprano, regresa para poner en orden lo que nunca debió
alterarse y también lo que jamás debió dejarse sin modificar.

BUENOS AIRES, FINES DE NOVIEMBRE, 2019

La falta de respuesta de Bruna había desesperado a Vito, al extremo de sentir que estaba enloqueciendo. Esa semana, su silencio y el gran vacío que ocupaba todo su ser lo habían empujado a tomar la decisión de volver a Buenos Aires. Tenía que enfrentar sus sombras, volver a su pasado, mirarlo a los ojos y decirle que ya era suficiente. No quería seguir condenándose a la soledad, a un exilio voluntario, a un castigo sin plazo al que se había sometido para eludir la vergüenza y el desprestigio. También, para dejar de sentir culpa. Lo había conseguido, en parte, mientras no se había comunicado con ella. Luego de escuchar su voz, su vida entera, la de los aciertos y las grandes equivocaciones, se había convertido en una única razón: recuperarla. Sus pérdidas, en general, habían despertado con un amargo sabor en la boca. Tenía que hacerse cargo de que, a la par de su vida actual, el amor por ella seguía allí creciendo y doliendo.

La llamó varias veces para avisarle que viajaría, pero ella continuaba sin responder. Así, por primera vez desde que trabajaba en el aeropuerto del fin del mundo, había pedido licencia y se había convertido en pasajero. Cambiaba la perspectiva estar del otro lado. La adrenalina del viaje en el que posiblemente decidiría el modo en que seguiría viviendo lo tenía alerta, observador y ansioso.

Llegó a Buenos Aires con la histérica sensación de que todo el mundo, desde que había descendido del avión, lo conocía. Por supuesto, no era así. La memoria colectiva no es detallista, hay en ella una tendencia a dejar atrás situaciones que ocuparon los comentarios de toda la sociedad, para darle espacio a otras, más recientes. A veces, importantes, y otras, sin el más mínimo sentido, pero con la atracción de un buen escándalo mediático.

No sabía dónde vivía Bruna, pero lo había averiguado con una llamada a un amigo en común, quien le había pedido que no se presentara en su hogar. Había sugerido que la llamara o fuera a su trabajo, en todo caso. Le había dicho literalmente: "Ya le arruinaste la vida una vez, no lo hagas dos veces, ahora que tiene una familia". Honestidad brutal, pero verdad ante la que tuvo que bajar la cabeza y arrodillar el alma. Se sentía egoísta y tal vez lo era, pero tenía que verla. La amaba, por ella era capaz de todo. Alojado en un hotel céntrico, se dirigió a los consultorios donde ella trabajaba. Se ubicó, muy temprano, en el café de enfrente, al lado de la ventana. La vio llegar. Estaba todavía más linda que la última vez, aunque no pudo ver su expresión, no solo por la distancia, sino porque llevaba gafas de sol.

Durante cuatro horas estuvo allí, pensando infinitas opciones para empezar a hablar cuando la tuviera delante. Nada parecía funcionar. No podía retener ni sus propios términos. Luego, pensó si estaba dispuesto a vivir otra vez en Buenos Aires, intentar recuperar horas cátedra, abrir nuevamente su consultorio y la única respuesta que llegaba a su mente era que todo dependía de ella.

Finalmente, volvió a llamarla. Esa vez como si hubiera podido presentir su cercanía, atendió.

—Te he pedido que no me llames —dijo sin saludar—, estoy en mi trabajo, además.

—Lo sé. Sé que te has vestido con un jean y una camisa blanca y que estás evitándome.

—No juegues al adivino conmigo, no estoy de humor. Sabes que esa ropa es mi favorita —respondió, creyendo que había acertado de casualidad.

—No estoy adivinando, te vi llegar a tu empleo. He viajado para hablar contigo. Por favor, solo dame la oportunidad de decirte mi verdad cara a cara, luego, si lo deseas, me iré para no volver —Bruna se quedó sin reacción por unos segundos—. ¿Quieres que nos encontremos en mi hotel? —preguntó—. Me hospedo a dos cuadras del consultorio en el que trabajas.

Ella cortó la comunicación. Necesitaba espacio y pensar con claridad. No había pacientes en la sala de espera, la odontóloga atendía el último del día porque iba a retirarse a hacer un trámite, por lo que fue y se encerró con su móvil en el baño. Él volvió a llamarla. No atendió. Respiró hondo. Él insistía. Cuando se sintió capaz respondió nuevamente.

—Por favor, debes escucharme —pidió.

—¿Debo? ¿Qué te hace pensar que tienes ese derecho?

—No lo tengo, es cierto, pero lo necesito. He viajado solo para verte y decirte todo lo que siento y responderte todo lo que desees preguntar.

—Envíame la dirección de tu hotel —dijo y volvió a cortar la llamada. Escucharlo la confundía. No quería verlo en público dado que desconocía cuál sería su reacción.

Se miró en el espejo y reconoció a la Bruna que sentía que era.

Una mujer independiente que había postergado su profesión, herida de la peor manera y cansada de sentir empatía. No quería comprender a Vito o a Ramiro, deseaba que ellos la entendieran a ella. Sus decisiones habían sido, hasta ese día, pensando en alguien más. De pronto, había llegado su momento. Pensaría en ella y en su hija, primero. Luego, los demás.

Terminó su jornada de trabajo, se arregló un poco el *make up* y el cabello, y llamó a Ramiro para pedirle que se ocupara de buscar a Marian en la guardería. Solo le dijo que iba a demorarse un rato y él lo aceptó. Desde que habían llorado juntos, estaban más cerca, más comprensivos el uno con el otro y dejaban transcurrir el tiempo a la par de sus procesos personales, sin saber adónde los conducirían, pero con la mejor intención.

•• •• ••

Un rato después, Bruna llegó al hotel, se anunció en la recepción y le dijeron que subiera a la habitación 203, que allí la esperaba el señor Rossi.

Lo hizo.

Golpeó y él abrió de inmediato. Al verla, la abrazó con todo su ser, la rodeaban sus brazos, pero la envolvía el amor infinito que él sentía. Intacto, como si el tiempo no hubiera pasado, pero sí. Ella, contuvo las lágrimas y se dejó abrazar. Sin embargo, permaneció inmóvil el tiempo que duró ese contacto físico.

—Perdóname, Bruna —fue lo primero que dijo.

Ella lo miraba como si sus ojos no le pertenecieran. Era el hombre del que se había enamorado. Seguía siendo atractivo, no había cambiado en su apariencia, salvo por algunas líneas de dolor en su expresión. Sentirlo cerca despertó todos sus sentidos, pero reprimió el deseo.

—¿Tienes idea del daño que me has provocado? ¿De las consecuencias que viví por tu culpa?

—Lo he pensado durante todo este tiempo, pero no creo tener idea del modo en que ha sido en realidad. Tu mirada encierra mucho dolor. Puedo verlo ahora y es más del que imaginé.

Ella estaba a la defensiva, pero esas palabras la hicieron bajar levemente su guardia.

—El dolor que ves no es nada comparado con el que sentí y el que todavía siento. Me he casado con un hombre bueno, y a causa de ti, lo he lastimado. No lo merece.

—Te has casado con tu amigo Ramiro, lo sé, pero también sé que no lo amas. Él te ha contenido y estoy seguro de que ha sido bueno contigo, pero no lo amas —insistió.

—¿Cómo estás tan seguro de eso?

—Porque estás aquí.

—Pues has perdido tu intuición y tu capacidad de ver más allá de los hechos y las personas. Puede haber muchas razones por las que yo esté aquí ahora y no significan que no lo ame. —Estaba enojada. No le gustaba que él se atribuyera el poder de hablar sobre sus sentimientos como si fuera el dueño. Algo no era lo mismo.

Entonces, Vito la acercó hacia él y la besó. Invadió su boca con la lengua y ella respondió al beso. La guio hasta la cama y ambos se recostaron, dejando paso a caricias y más besos.

—Te amo, nunca he dejado de hacerlo —susurró él.

Bruna no le contestó. La desnudó rápido, su piel lo provocaba y su cuerpo respondía con sonidos de placer a sus manos. Ella cerró los ojos y se entregó a descubrir qué sentía. Se aferró con las piernas a su cintura ejerciendo presión y moviéndose de manera sensual. Apoyó las manos sobre su espalda justo donde cargaba remordimientos. Vito en ese momento era un hombre sin rostro, ni pasado, ni futuro. Compartía su intimidad con él y le permitía que la besara tanto como era capaz ¿Acaso pretendía redimir errores con sus labios? Lo sintió dentro de sí, sus movimientos, su calor, su sudor, sus palabras de amor que se mezclaban con una escena de sexo de la que no se sentía parte, pero era. Tuvo un orgasmo y abrió los ojos para ver cómo él los cerraba, mientras explotaba de gozo.

Entonces, algo le sucedió. Había pensado muchas veces cómo sería volver a estar juntos en una cama. En ninguna Ramiro era parte de sus pensamientos, ni su hija, nada, ni nadie. En todas las versiones de esa unión eran solo ella y él, disfrutando estar juntos. Sin embargo, allí en esa habitación de hotel, aquella inesperada hora que marcaba su reloj le había demostrado que todo era diferente. Distinto de lo que había imaginado y también ajeno al pasado compartido. Nada había sido ni era lo mismo.

—Te amo. Quiero vivir contigo, siempre. Volveré a Buenos Aires si quieres. Haré lo que me pidas. Eres la única mujer que me hace sentir que puedo con todo —ella permanecía en silencio. Lo observó y escuchó con atención. Estaba tomando una decisión—. Necesito estar vestida para hablar —dijo por fin, mientras recogía del suelo su ropa y se cubría. Él no podía dejar de mirarla.

—Vito, he sufrido suficiente por ti. Creía que, si volvía a verte, mi mundo se derrumbaría. Imaginé de mil maneras cómo me sentiría si tú me hacías el amor otra vez. Alimenté un amor ciego, dejé crecer lo que inventé para proteger nuestra historia de la fatalidad y del final en que tú la sumergiste. Preservé el recuerdo de algo que ya no existe.

—Bruna, te amo. Puedo hacer que sanes todo lo que te he herido. Nuestro amor existe. Recién lo hemos sentido.

—No. Lo que ha sucedido en esa cama fue mi versión más honesta enfrentando lo que creía era el amor de mi vida, me acosté con las causas de mi dolor para ver si continuaban lastimándome y para mi bien, no ha sido así. Me acosté contigo para ver qué sentía yo, lo hice por mí.

—¿Es una venganza? —preguntó desorientado.

—No. No soy capaz de vengarme de nadie. Es la vida, Vito, las consecuencias, el tiempo. Tú rompiste en pedazos el amor que nos teníamos y te fuiste, no lo protegiste. Me dejaste con todo el amor roto y mi parte enfrentó los daños en silencio, lloró más de lo que me creí capaz y hoy, te dejó volver mientras averiguaba si yo volvía al mismo tiempo. Lo arriesgué todo, puse a prueba lo que soy y mi verdad. Me expuse una vez más.

—¿Entonces? ¿Me dirás que no sientes nada?

—Te diré que siento amor propio. Que me di cuenta, en esa cama y contigo dentro de mí, de que el pasado es pasado y, aun cuando regresa con todas las ganas y mejores intenciones a irrumpir en un presente que transcurre, nunca es lo mismo. Cuando aprendes a sobrevivir, algo en ti secuestra la dependencia afectiva. Se va, se esconde y después, se muere. Creí que no podía vivir sin ti, pero ahora sé que puedo.

—No te creo que no me ames. ¿Es por tu marido y tu hija?

—No te amo, Vito —dijo asombrada por la calma con que pudo pronunciar esa verdad—. Te amé muchísimo y de alguna manera siempre estaré vinculada a lo que hemos compartido, pero te pido, en nombre de ese amor que dices sentir, que no me busques. No me llames, se terminó. El duelo de mi pérdida ha llegado a su fin, aquí y ahora. Lo que hagas en adelante que sea por ti y en favor de enmendar todo lo que hayas hecho mal, al margen de mí.

Él se sentía devastado, porque su amor sí estaba vivo, intacto y la necesitaba a su lado. Tal vez, merecía lo que estaba sucediéndole. Cada palabra era una puñalada a sus ilusiones y a sus expectativas.

—Supongo que me he ganado lo que sientes —dijo mientras se le caían algunas lágrimas.

—Nadie ha ganado aquí, Vito. Cuando alguien obra mal, todos los involucrados pierden. La diferencia es que yo he podido reconstruirme y volver a empezar. Lo siento. Te deseo lo mejor, No tengo nada más que hacer en este lugar. Eres mi ayer y no volveré nunca más allí —dijo con los ojos vidriosos y cerró la puerta detrás de sí.

Él no la siguió, sabía que era en vano. Por primera vez en su vida conoció lo que se sentía cuando se era víctima de un final que dependía de otro y nada podía hacerse al respecto más que resistir.

CAPÍTULO 51

Tesis

*El dolor del otro se acompaña, no se analiza
para dar consejos que no se piden.*

ROMA, FINES DE NOVIEMBRE, 2019

Orazia se despertó temprano, a pesar de que era domingo, y Juan no dormía a su lado. Lo escuchó en la cocina. Imaginó, por el aroma, que estaba preparando el desayuno para los dos. No pudo evitar pensar por qué se había enamorado de él, que además de no ser el estilo de hombre que la hubiera atraído en otro tiempo, lo había hecho en uno de los momentos más tristes de su vida. En eso estaba cuando una marea de pensamientos la invadió, recordó a su padre sonriendo, pensó en su tesis, en el joyero, todo se mezcló inconscientemente. Cerró los ojos, respiró profundo y antes de que pudiera descifrar la relación entre esas ideas, sintió la razón de su amor por Juan, la respuesta fue clara en su interior.

Estaba feliz junto a Juan. La ausencia de su padre era lo peor que había enfrentado en su vida. Se puso a pensar en su duelo y en todo lo que había leído sobre el tema. Sin salir de la cama, buscó sus apuntes escritos durante el proceso y su *notebook*, que estaban en la mesa de luz. Se acomodó frente a la pantalla y tipeó en el buscador "etapas del duelo". Enseguida apareció el nombre de Elizabeth Kübler Ross, médica psiquiatra y escritora, que enfocó su investigación en cinco

etapas del duelo: negación, ira, negociación, depresión y aceptación. Ese trabajo, de 1969, se enfoca no solo en las personas que atraviesan una enfermedad terminal, sino también en aquellas que tienen que enfrentar una pérdida repentina. Orazia tomó más notas en su cuaderno y siguió cliqueando en otras búsquedas. Estaba de acuerdo con lo que afirmaban muchos autores respecto de que esas etapas eran mecanismos de defensa de la psiquis de los individuos que les daban tiempo para resistir y soportar la nueva realidad. Un duelo no se realiza solo ante la muerte de alguien, sino de cara a cada situación que deja de ser, que ya no será nunca más y, por supuesto, duele. Implica cambios y es difícil. Los sentimientos gobiernan el ser.

—¡Buen día, mi amor! —la voz alegre de Juan la hizo sonreír—. Preparé el desayuno, aunque, ahora que te miro, tengo más deseos de ti que de otra cosa.

—Ven aquí —pidió ella y dejó en el piso el cuaderno y el portátil. Ambos se acomodaron para tomar los capuchinos cómodos en la cama—. Seré cursi, muy cursi. Estoy muy enamorada de ti y recién me he dado cuenta, justo en el mismo instante en el que decidí el tema de mi tesis.

—Me encanta que estés enamorada de mí y mucho más que lo digas. Eso no fue cursi. Definitivamente, no lo fue. Nada cursi mencionaría una tesis. Me desorienta un poco el tema mezclado en ello —sonrió. Orazia no sabía ser cursi ni queriendo—. No creo que hables de amor en ella. ¿O sí? —preguntó ante el brillo de felicidad de sus ojos.

—Sin duda el amor será protagonista, pero no del modo que lo imaginas. Desperté pensando porque me he enamorado de ti, cursi y tímido como eres, en un tiempo tan difícil de mi vida. Perdí a mi padre. Estaba de duelo, aún lo estoy —aclaró—. Es decir, estoy transitando el proceso psicológico al que nos enfrentamos tras las pérdidas. Por definición, consiste en la adaptación emocional a estas. Alguien ya no volverá nunca más o algo ya no será nunca más como era. ¿Entiendes?

—Sí, comprendo el concepto, aunque no descubro la relación entre eso, tu amor y yo.

—Es simple. Cuando alguien atraviesa un duelo, los otros, los que están cerca y lo quieren ayudar, suelen cometer el error de interpretar sus actitudes, de querer sacarlo de los lugares de angustia, de no dejarlo quedarse en la cama y llorar, de no permitirle estar deprimido, entre otras cosas. Lo hacen porque ellos mismos no soportan ese estado de cosas y quieren recuperar a la persona que era antes, porque no hacerlo les desordena las emociones y su presente. Pretenden manejar la situación y la mayoría de las veces lo hacen mal. En cambio, tú no solo no hiciste nada de eso, sino que respetaste cada día y el modo en que yo necesitaba conectar con mi pérdida para poder seguir. Me acompañaste, no me interpretaste ni quisiste que yo hiciera lo que para ti era mejor. Tú fuiste mi persona, la persona que supo estar y esperar. Te amo más por eso.

Para Orazia, se trataba de tener al lado personas que respetaran el proceso que se atraviesa, cualquiera que sea, sin que pretendiesen imponer lo que creen que es mejor para quien sufre.

—En realidad, Orazia, yo solo te amé. Te amo, con todo lo que soy, siento y tengo. No sabía que había una explicación psicológica para lo que hice. Fue amor. Es amor. Además, te veía avanzar. Nunca sentí que estabas estancada en tu dolor.

—Ese es el límite. Cuando alguien queda anclado en alguna de las etapas, ahí hay que pedir ayuda o dársela. No antes, no mientras. Está bien estar mal. Es un derecho llorar, gritar, romper cosas, comer lo mínimo o quedarse en la ducha hasta que la piel se arruga.

—Estoy de acuerdo y, sin saberlo, eso hice. Supongo que te refieres a las etapas del duelo, esas que no recuerdo muy bien.

—Sí, esas. NINDA. Negación, ira, negociación, depresión y aceptación. Es el acrónimo con que las estudié y jamás las olvidé.

—Bien, gracias, aunque prefiero memorizar otras cosas —comentó—. Ahora, dime ¿Qué tiene que ver tu tesis con todo esto?

—Que trabajaré el duelo. Pensando en todo esto, imaginando situaciones, observando otras, viviendo mi proceso, tomando notas, encontré el tema sobre el que siento que tengo mucho para decir, además de analizar y profundizar sobre lo que ya está investigado al respecto.

—¡Qué bien! Eso es poner la experiencia dolorosa a favor de uno.

—Algo así. Me doy cuenta de que mi proceso de duelo es al revés. Pienso que puede ser una alternativa para las personas que sientan como yo. Mi *silencio* inicial fue el respeto a mi dolor, una introspección, un viaje al fondo de mí. Comencé por aceptar que ya nada sería como antes. Luego el *vacío,* ese agujero en mi vida que me hizo llorar más de lo que me creí capaz, esa limpieza de sufrimiento en la que tú me observaste y estuviste, haciendo lo que yo necesitaba y no lo que tú creías que me haría bien. Después, decidí *volver* a ese lugar donde mi vida se rompió y tú fuiste conmigo. Ahora es tiempo de *elegir,* de quedarme con todo lo bueno Y mi última etapa será *seguir,* no como antes, porque eso es imposible luego de una pérdida, sino integrando mi ser a esta nueva vida sin la presencia física de mi papá. Y aquí, estás tú también. Estas etapas, las mías, serán parte de mi tesis.

—¿Cómo lo haces?

—¿Cómo hago qué?

—Dar hasta cuando piensas en ti misma, porque eso que acabas de decir puede ayudar a muchas personas —dijo convencido.

—No es un acto pensado, así soy. Creo que dar es la mejor manera de tenerlo todo. Yo lo tengo todo. Te tengo a ti –dijo y lo besó. El movimiento hizo que volcara el capuchino que quedaba en su taza. Juan ubicó la bandeja sobre el suelo y regresó a ella. A ninguno de los dos les importó la mancha sobre la sábana. Ella sonrió por eso.

–¿En qué parte de ti sientes que te duele más tu pérdida? –preguntó con una idea.

–Al principio en todo el cuerpo, ahora, en mi memoria y en cada mañana, al despertar y saber que no lo veré. ¿Por qué lo preguntas?

–Para besarte justo allí y acariciarte el dolor hasta convertirlo en un recuerdo que no duela o que duela menos. Se acercó y la besó justo sobre la piel de su corazón. ¿Está aquí tu memoria? –preguntó con dulzura.

–Sí, en cada latido –respondió al tiempo que se quitó su pijama.

–Creo que has hablado lo suficiente –insinuó, mientras se sacaba la camiseta y buscaba su cuerpo con la mirada. El brillo del deseo se iluminó en los ojos de ella. Dos segundos después estaban desnudos, sintiéndose en la piel, en las ganas, en los pensamientos, en los planes y en el centro de una intimidad que los convertía en la definición de placer. Hicieron el amor como si sus cuerpos se hubieran confesado en privado sin que ellos lo supieran. Como si se hubieran enseñado los secretos más íntimos, los lugares de excitación suprema, los besos que los enloquecían, las caricias que los desbordaban de gozo. Juan y Orazia eran dos cuerpos y un alma que rezumaba energía al límite del estallido.

–No deseo utilizar protección –dijo él.

–No lo hagas –dijo, al tiempo que un orgasmo sacudió con su grito las paredes. Sin lograr aquietar su respiración, lo miró, mientras sentía que le daba lo mejor de sí mismo.

Se quedaron callados, envueltos en sudor, sorprendidos por la manera en que se habían unido. Disfrutaban el después, paradójicamente, como si fuera un juego previo. Ninguno de los dos se dio cuenta de cuánto tiempo estuvieron así y se quedaron dormidos.

Juan abrió los ojos y la observó. Ella lo miraba también. Ambos sonrieron.

—Tengo algo para ti —dijo él y le entregó un paquete pequeño que sacó del cajón de la mesa de noche. Era de la joyería. Ella lo abrió enseguida y la pulsera con su frase grabada irradiaba su propia energía. *Andare sempre avanti*—. Siempre avanzar, mi amor

Ella lo besó.

—Tú me haces feliz.

—Eso fue algo cursi —bromeó.

—Nada comparado contigo, que has besado mi memoria —respondió y lo miró con el fulgor que delataba el deseo en su mirada.

CAPÍTULO 52

¿Destino?

Justo en el camino del alma transitado al ritmo de los latidos,

ahí es el destino.

ROMA, FINES DE NOVIEMBRE, 2019

Natalia había podido disimular ante su hija, la noche de aquel martes, toda la conmoción vivida en el cementerio frente a la sepultura de Patricio Gallace. Sin embargo, los días siguientes habían sido el devenir de sentimientos contradictorios. Estaba feliz y angustiada al mismo tiempo. Lo cual era lógico, le alegraba muchísimo ver a Romina en pareja con Fabio, construyendo una vida preciosa en Roma y también se sentía terrible, porque la verdad, que era una sola y su hija ignoraba, podía destruir esa felicidad.

Benito no la presionaba en ningún sentido, consideraba que había sido crucial su visita al cementerio y el proceso ocurrido en ella. Esa noche, mientras su hija se duchaba, bajó a la recepción del hotel y llamó a su esposa.

—¡Hola! ¿Cómo estás? —preguntó. Realmente le importaba.

—Bien, haciéndome a la idea de que tú estás en Italia sin mí y que aun así no debo enojarme contigo —dijo Greta con sinceridad.

—Eso tiene solución.

—No me digas. ¿Y cuál sería?

—Sube a un avión y ven aquí —dijo.

—No hablas en serio, ¿verdad?

—Nunca hablé tan en serio en mi vida.

—Benito, no puedo irme a Europa de la noche a la mañana.

Él permaneció en silencio un segundo para dejarla que pensara lo que acababa de decir. Como la conocía muy bien, en lugar de insistir, cambió de tema. Si ella lo retomaba, era que tenía ganas de hacerlo.

—¿Cómo está Guido?

—Sigue enojado contigo. Aunque desde hace dos días me pregunta por ustedes. Ha conocido a alguien, un joven, se llama Gabriel. Aún no me lo ha presentado, pero por lo que me cuenta, que no es mucho, él le aconseja comprender y estar cerca de su familia. Eso es bueno. Ya lo quiero, imagínate, y todavía no le he visto.

—Diría que también yo quiero que esa relación funcione.

—¿Y Natalia? ¿Le ha dicho la verdad a Romina?

—No, pero ha enterrado por fin al padre. Fue al cementerio, sola. Estuvo allí por horas. Me contó que pudo llorar, pedirle perdón y, de alguna manera, salir de esa memoria estancada en su culpa.

—Eso es bueno, pero no es suficiente. Debe decir la verdad y ver si Romina tiene familia en Roma. Si algo le sucediera, es bueno que tenga a alguien allá. Debes ocuparte —dijo de modo imperativo.

—Greta, tu hija es una mujer adulta y tú no puedes darme esa orden. No puedo ocuparme como si fuera mi asunto y tus tiempos.

—Viajaron para eso. ¿No es así?

—Vinimos para que pueda enfrentar el pasado y comenzar a sanar. No sé de qué modo eso debe suceder. Estoy seguro de que ir al cementerio fue un buen comienzo, pero no es fácil aconsejarla en algo tan delicado. ¿Qué crees que haría Romina ante la verdad?

—Lo mismo que cualquiera, enfurecer. Avergonzarse de su madre. Pelearse con ella, probablemente. Llorar. Indignarse.

—¿Te has escuchado?

—Sí —respondió pensativa. No se había detenido en eso al reclamar que Natalia debía hablar—. Es espantoso todo lo que puedo imaginar.

—Justo por eso te he llamado. Romina es feliz aquí con su novio, la verdad sería tremenda. He pensado en aconsejarle a Natalia que no le diga nada.

—Benito, me dijiste hace un momento que es una mujer adulta y que tú no puedes decirle qué hacer —se quejó—. No lo sé, la verdad, es lo correcto. Lo demás son las consecuencias, ella actuó pésimo. Me duele porque es mi hija, pero así fue.

—Lo sé. Solo he comenzado a preguntarme qué sentido tiene la verdad a esta altura. Es una verdad vencida —argumentó—. Casi inútil.

—No es inútil saber de quién somos hijos. ¡No vence la identidad, Benito! No me hagas enojar. Deja que ella decida y, si te pide consejo, le dices que haga lo correcto. Así los educamos —sostuvo con firmeza.

—Tal vez no debí llamarte.

—Sí, hiciste bien. Mi opinión vale. Además, ¿en serio has dicho que vaya? —retomó la propuesta.

Benito sonrió, la conocía más que nadie.

—Por supuesto que sí. ¿Te animarías?

—¿Tú quieres que lo haga?

—Claro que sí, pero debes tener en cuenta que no podrás dar instrucciones. Podríamos ir a Amalfi juntos —sugirió.

—Lo pensaré —se sentía contenta por el hecho de que él la quisiera con él, aunque no estaba segura de querer ir.

•• •• ••

Cuando Natalia estuvo lista, ambos salieron hacia la Comuna. Le contó la parte de la conversación con su madre referida a la nueva relación de su hermano y a que la había invitado a Italia.

—Me alegra mucho que Guido se haya permitido conocer a alguien. Él está muy enojado conmigo, me juzga y jamás me aceptará tal y como soy, pero yo lo amo. Es mi hermano. Le deseo lo mejor.

—Me alegra escuchar eso. Sé que él quiere lo mismo para ti.

—En cuanto a que mamá venga aquí, no lo sé, no me parece una gran idea. Estamos tranquilos, papi. Primero, quedan pocos días para regresar y, en segundo lugar, querrá organizarlo todo. ¿Lo has pensado?

—Puede que tengas razón, pero sentí que debía invitarla. De todas formas, aunque tiene muchas ganas, no estoy muy seguro de que se anime.

Así, conversando, llegaron a la sede central de la Comuna de Roma, la número 1, ubicada en Piazza del Campidoglio, 1, 00186. Había bastante gente. Las escaleras inmensas eran testigos de personas que iban y venían. Parecían apuradas, quizá debido a lo inminente del horario de cierre. Natalia le envió un mensaje a Romina para avisarle que su abuelo quería tomar algo en una cafetería cercana, que le enviaría la ubicación y los esperarían allí. Su hija la llamó.

—Mami, deja al abuelo, si quiere, allí y tú entra, así te muestro mi escritorio. Sube la escalera que está a la derecha de la entrada principal y yo te esperaré ahí.

—No quiero que tengas problemas en tu trabajo.

—No, mamá. ¡Ven!

—¿Más escaleras? —bromeó, porque la escalinata en la Piazza del Campidoglio parecía no terminar nunca para quienes, como ella, no tenían estado físico.

Natalia le comentó a su padre la sugerencia de Romina. Benito decidió esperar allí, para no cansarse, y se sentó en un escalón. Ella caminó apurada hacia el ingreso. Subió a ritmo ligero los primeros escalones, ansiosa por llegar. En ese momento, se distrajo porque sonó su móvil y, mientras lo buscaba en su bolso, se llevó por delante a un hombre que bajaba.

—Discúlpeme, no lo vi —dijo en español, sin mirarlo a la cara y buscando su teléfono, que en ese momento dejó de sonar.

—*Va bene* —le respondió una voz que le provocó un escalofrío.

Fue un segundo en el que sintió miedo, dudas y deseos de que fuera él. Lo miró. Él también. El tiempo se detuvo para los dos, mientras buscaban, uno en el otro, a quienes habían sido. Los rastros, las huellas que el tiempo no puede borrar… Se quedaron sin palabras. Las miradas eran como un escáner de memorias heridas. La gente seguía su camino en ambos sentidos, como si no acabara de ocurrir un tsunami entre esas dos personas. Ellos no podían reaccionar. El mundo ya no estaba allí, o ellos no estaban en ese lugar. Nada tenía sentido. Los relojes mareados intentaban acomodar la hora exacta en sus destinos.

En el instante justo en que ella iba a hablar, escuchó a Romina. Su voz le llegaba de lejos, aunque podía verla acercarse.

—Mamá, te he llamado para decirte que yo bajaba, pero no atendiste.

—Yo he tropezado con el señor —alcanzó a decir. Romina, lo miró, se disculpó en italiano y ambos sonrieron.

—Mamá, él es mi jefe. El señor Román Gallace —lo presentó—. Y ella es mi madre, Natalia De Luca, de visita en Roma —agregó.

¿Por qué suceden las cosas que ocurren? ¿Qué es el destino? ¿De quién depende que las personas se encuentren o no lo hagan? ¿Acaso el pasado siempre encuentra la manera de volver a buscar lo que le fue negado?

Natalia sintió que iba desmayarse, pero no lo hizo. Sus piernas fueron más fuertes que su corazón. Los latidos eran tan acelerados que le parecía que movían su blusa. Sentía que alma se le salía del cuerpo.

—Mamá, ¿estás bien? —preguntó Romina que la vio pálida.

—Sí, sí. Un gusto conocerlo —atinó a responder.

—Un placer —respondió él, luego de mirar a Romina completamente desconcertado. Su apellido, creía él, era Luca, no De Luca. Así lo decía su legajo, pero indudablemente había un error. Natalia era su Natalia, la del pasado, y estaba otra vez allí, en Roma. Su hija trabajaba bajo su mando. O sea, todo ese tiempo, su sobrina, la hija de su hermano muerto, había estado delante de sus ojos. No podía procesar toda esa información.

—Debo irme. Que tengan buen día —se despidió y desapareció entre la gente.

Natalia hizo increíbles esfuerzos por disimular. Le era muy difícil, quería correr tras él, hablar. Román era la única persona que sabía realmente que no habían sido capaces de evitar la atracción, que el amor los había poseído al extremo de no medir las consecuencias. En lugar de eso, entró a la Comuna y recorrió el lugar, mientras su mente solo pensaba en él y en su rostro curtido por los años, que seguía siendo igual de atractivo.

CAPÍTULO 53

ÉL

¿El destino es el lugar al que las personas se dirigen? ¿Está marcado y solo deben avanzar hacia a él o puede construirse a voluntad?

Natalia no dijo nada por un tiempo, que fue breve, pero el silencio continuaba estacionado como un agudo interrogante que se clava fijo en el centro de la mente, a pesar de pronunciar palabras que se caían de su boca, ajenas a ella.

La jornada siguió, Romina y Fabio se unieron a ella y a su padre. Fueron a la Piazza Navona en el centro de Roma, como estaba planeado, realmente era bellísima, pero Natalia, a pesar de hablar e interactuar con ellos, no estaba ahí. En el hotel, sobre un papel, había escrito una lista más completa y difícil: "Cementerio. Patricio. Suicidio. Culpa. Entierro. Familia Gallace. Verdad. Romina. ¿Román?", tal y como lo había conversado con su amiga Lorena. Sin embargo, frente a los hechos, esa lista se esfumó de su memoria y otra ocupó su lugar. Una lista mental escrita con la tinta de sus latidos, como un tatuaje que intentaba mostrarse debajo de su ropa oscura, una lista que empezaba y terminaba con tres palabras que se repetían en su interior y con su eco le quemaban la piel. "Román. Verdad. Sentir". Una lista que gritaba fuerte por un lugar en su vida y, a la vez, chocaba con las paredes de su culpa, para perder en ese acto sus dos últimas palabras y reducirse a un único nombre, que le cambiaba la imagen a toda perspectiva: *Román*. La verdad y el sentir se escaparon de su orden de cosas. Quizá, porque ambos conocían la verdad y *sentir* era por definición lo que le sucedía. No era un ítem, era su todo. Sentía. Sentía. Sentía.

Sentía que estaba viva. Sentía necesidad de saber. Sentía hasta enloquecer bajo la máscara de un paseo turístico en familia.

Volver a verlo era algo que había imaginado de mil maneras, pero jamás había pensado que le iba provocar ese efecto devastador que se traducía en la necesidad de hablar con él. Sentía que había tanto para preguntar y para decir y, a la vez, nada era necesario, porque todo llegaba tarde. Tenía cincuenta años, pero eso era un dato temporal que se había desintegrado en el mismo momento en que lo había reconocido. El pasado validaba otra verdad: cada persona, en una situación así, vuelve a ser joven y a recordar al primer amor, dejando de lado su historia posterior, al menos por la fracción de segundos que dura la mirada.

La plaza era un mundo de personas. Gran cantidad de turistas se sacaban fotos desde todos los ángulos posibles. Artistas callejeros montaban sus shows en pequeños espacios, en los que la gente se detenía. Estatuas vivientes, música y pintores le daban vida al lugar, un complejo urbanístico espectacular, con edificios y arte en cada esquina. Una Roma barroca tomaba protagonismo en la plaza delimitada por los edificios que se levantaron sobre los restos del antiguo Estadio de Domiciano, de cuya pista se conservan la forma y las dimensiones. La forma original de la plaza actual imita fielmente el perímetro del antiguo estadio que se hizo construir en el año 86 d.C. para competencias de atletismo y carreras de caballos.

Romina y Fabio les contaban cuanto sabían del lugar, que les encantaba.

—Mami, ¿no crees que es una maravilla este sitio?

—Sí, es precioso —respondió. Benito se había dado cuenta de que algo le sucedía, pero no sabía qué, y tampoco había tenido el espacio para preguntarle sin que su nieta escuchara.

—Piazza Navona fue el primer lugar que visité cuando llegué aquí —comentó Fabio con cierta nostalgia—. Lo hice con un guía. Recuerdo que explicó al grupo cuáles son las tres fuentes. Nunca lo olvidé, sentía que debía memorizarlo todo. Roma es un lugar para quedarse o volver una y otra vez —agregó.

—Algo de eso es verdad. ¿No lo crees, hija?

—Sí, claro que sí.

—Mami estuvo aquí a sus veinticinco años, igual que yo, si bien estuvo viviendo un tiempo, no se quedó definitivamente —le contó Romina a Fabio.

—¿Por qué no? —le preguntó él.

—Era joven, estaba sola, supongo que no me adapté del todo —mintió—. ¿Cómo se llaman las fuentes, Fabio? —preguntó cambiando de tema.

—Son tres. La Fuente del Moro, llamada así por la estatua de Etiopía que lucha con un delfín, la Fuente de Calderari, también conocida como la Fuente del Neptuno, ambas obras de Santiago de la Puerta y, esta del centro —señaló— es para mí la más linda, es la imponente Fuente de los Cuatro Ríos, obra de Gian Lorenzo Bernini.

—¡Qué precisión! —comentó Benito.

—Sí, no todo lo he aprendido así, Roma es interminable. Cada día descubro nuevos secretos. Es como la historia infinita de un lugar, que une el pasado a la vida cotidiana sin que uno se dé cuenta.

Natalia lo miró. El novio de su hija no tenía idea de que había dicho algo a la medida de su vida.

—¿Tomamos algo? —propuso Fabio.

—Ya casi podríamos pensar en cenar —sugirió Benito.

—Hay un lugar donde se come muy bien, se llama Grappolo d'Oro Zampano, queda a unos veinte minutos de aquí, pero realmente vale la pena. Guglielmo di Pol, como su padre y su abuelo antes que él, actúa como anfitrión. Tiene un menú de dos páginas con descripciones escritas a mano de varios primeros y segundos platos y él mismo aconseja a los clientes que quieren probar algunas cosas que no están en el menú.

—Yo digo que caminemos un poco más y cenemos allí —respondió Romina.

—Estoy de acuerdo—agregó Benito.

Natalia no los había escuchado.

—¡Mamá! Tierra llamando a Natalia —bromeó Romina—. ¿Qué te sucede?

—Me quedé pensando, ¿Tu jefe no se llamaba José Luis? —dijo sin evaluar el efecto de la pregunta. Necesitaba saber y para eso tenía que preguntar. Empezar por algo.

Romina, Fabio y Benito se miraron sorprendidos. Todos pensaron lo mismo y sonrieron.

—¿No me dirás que te ha gustado mi jefe? ¡Hace horas que lo cruzamos un segundo! ¿Por qué preguntas?

—¡Parece que la Roma romántica te ha alcanzado, hija! —bromeó Benito. Fabio solo sonrió. No tenía tanta confianza como para decir algo más.

Natalia se sonrojó, pero no lo negó. No pudo. En ese momento pensó que fingir era peor. Lo habían tomado como algo natural y a ella no le salía una sola palabra.

—¡No lo niegas! —dijo Romina—. Es mi jefe suplente, el otro está de licencia. No sabemos mucho de él, siempre está serio, habla poco. Es más, creo que hoy es la segunda vez que lo vi sonreír, justo cuando me disculpé, porque lo llevaste por delante en la escalera.

Natalia tomó conciencia de que debía justificar su pregunta.

—Me recordó a alguien de mi juventud, solo ha sido eso. Por supuesto que niego que me haya gustado ¡Por Dios, hija!

—Pues no sé si justamente con él, porque no lo conozco bien, pero no estaría mal que te gustara alguien y tuvieras una vida en pareja.

—Definitivamente, eso estaría muy bien —agregó Benito.

—Fabio, continuemos con el paseo y luego dinos cómo llegamos al *ristorante*. Pongamos un poco de realidad a esta conversación —mintió con tono divertido para salir de la situación.

Caminaron un rato más y luego fueron en taxi a cenar. Ya ubicados en la mesa, mientras Romina y Fabio habían ido a tomarse una foto, Benito aprovechó el momento solos.

—Hija, ¿qué sucede?

—El jefe de Romina es Román. Román Gallace, papá. Su tío.

Benito se apoyó en el respaldo de su silla, elevó la mirada como buscando una respuesta y, en lugar de eso, dio gracias a Dios en silencio.

—Nada es azar. La vida te ha facilitado las cosas —dijo.

—¿Tú lo crees?

—Sí. Mañana debes comunicarte con él y verlo. Ustedes tienen que hablar. En él encontrarás la manera de saber cómo seguir.

—Desde que lo vi, no puedo dejar de pensar en él.

—Quizá sea una buena señal.

Minutos después, Romina y Fabio regresaron a la mesa y la conversación durante la cena fue amena y cálida. Natalia pudo conectar con ellos, aunque en todos los rostros veía el de Román.

Ella no lo sabía, pero él se sentía exactamente igual.

CAPÍTULO 54

¿Por qué?

No cambié, entendí que el tiempo no sana las heridas,
lo hace cada uno. Dejar ir es un modo de estar para el otro.

USHUAIA, FINES DE NOVIEMBRE, 2019

Después de la noche en el bar, en la que Tiziana había podido compartir una charla más cercana con Guido, ya no desconfió de él. Al contrario, era muy empático y, sobre todo, se le notaba que Gabriel le importaba. Lo miraba con amor, eso era innegable. Estaba pendiente de él y Gabriel no cabía en su cuerpo de tanta felicidad. Tenía la sonrisa puesta como una señal y hasta desde lo gestual se le notaba la alegría. Ambos eran la definición de sentirse y verse enamorados.

Lejos de lo que al principio creyó que iba a sucederle, la desconfianza no dio paso a los celos. Tiziana estaba realmente feliz por su amigo. Él era su todo y si la vida le cumplía su sueño más importante, ella compartía honestamente su momento. Lo extrañaba, porque el tiempo juntos era menos, debido a dos motivos: ella estaba mejor y tenía el control de su vida y él pasaba el tiempo que podía junto a su novio. Estaba bien que así fuera.

La terapia le había servido no solo para salir adelante y tener una mirada más clara y justa sobre sí misma, sino también para dejar atrás el pasado y no sentirse su rehén. Pensar en lo que su ex le había hecho al abandonarla, así como en su cruel motivo, hablaba de él, no de ella. Ese proceso de aceptación la había llevado directamente a pensarse en su nueva versión, la que convivía con la Tiziana que había sido obesa, con los recuerdos de una pareja que nunca más estaría a su lado y con la ausencia de una historia familiar que le diera la posibilidad de conocer su origen. En el momento en que pudo despertar y encarar el día con esa verdad, sin que pesara sobre su espalda o la hiciera llorar o comer, una nueva Tiziana estaba avanzando hacia sus deseos.

Le encantaba el fin del mundo y, de hecho, ese día, luego de ir a terapia, donde había profundizado sobre las razones de un nuevo deseo y había tomado una decisión. Llamó a Gabriel.

—¡Hola, precioso! —dijo con ánimo y alegría.

—¡Hola! Tu tono de voz me dice que te ha ido muy bien en terapia. Te conozco. Iba a llamarte justo ahora —respondió.

—Sí, me ha ido muy bien en terapia y te debo a ti todo lo que estoy logrando.

—No, lo has hecho tú sola —dijo, dándole valor a su esfuerzo en todo sentido.

—No lo habría logrado sin ti.

—Eso es cierto —dijo con humor.

—He pensado en invitarlos a ti y a Guido a un paseo en el catamarán. Trabajo aquí y solo una vez fui a la isla Bridge. Quiero volver. ¿Te gustaría que fuéramos los tres? Le he pedido autorización al dueño y me ha dicho que sí.

Gabriel se sintió contento, pero algo desorientado. ¿Era rara la invitación? No, no lo era. Entonces ¿por qué sentía que había algo que no sabía?

—Dime, ¿hay algo que yo deba saber? —preguntó directamente.

—¿No puedo invitarlos a un paseo sin que suceda nada?

—Sí, sí puedes. Claro, que sí. Discúlpame, me dejé llevar por mi intuición —ella se quedó callada—. Dime a qué hora y le avisaré a Guido.

—Perfecto.

Un rato después, todo estaba confirmado.

•• •• ••

Guido salió de su trabajo y fue a casa de su madre. Estaba allí cuando Gabriel lo llamó.

—Me parece un gran plan, pero ¿por qué no vienes primero a buscarme por lo de mi madre?, así la conoces.

—Recién llego de trabajar. No puedo presentarme ante tu madre así sin más —respondió nervioso.

—¿Y qué necesitas para pasar por aquí, darle un beso y saludarla?

—No lo sé, tiempo, prepararme. Pensar qué ropa usar, qué voy a decir, no lo sé. ¿Por qué me haces esto? No hay una segunda oportunidad para una primera buena impresión y tú quieres que vaya como si fuera una visita cualquiera —se quejó, estaba histérico.

—Cálmate, Gabriel. Tú me has pedido que deje de ser estructurado. He conversado con mi madre y le he contado tus consejos. Luego, llamé a mi padre y hasta saludé a mi hermana. Lo hice por ti. Después de eso, y como era de suponer, mi madre ha dicho que quiere conocerte, darte un beso y las gracias. Esa es la razón por la que "te hago esto" como tú dices —sonaba contento.

—Bueno. Yo... ¡Dios mío! Podría morir hoy, pero no lo haré, claro que no. No se le niega nada a una madre. Eso lo entiendo, solo que no es la mía, sino la tuya lo que la convierte en mi... —hablaba como si estuviera solo. Al escucharse, tomó conciencia de que Guido lo estaba escuchando y no pudo seguir.

—Tu suegra. Greta Mancini, mi madre, será tu futura suegra —Gabriel se sentó en el sillón y se secó dos atrevidas lágrimas que rodaron por su mejilla. ¿Significaba eso que iban a casarse?— ¿Vendrás?

—Sí, me daré una ducha y voy para allá —dijo, después de respirar hondo.

—Bien, te esperamos.

—¡No cortes! ¿Qué ropa debo usar?

—La que quieras que yo te quite más tarde. ¡Apúrate! —dijo con cariño y cortó.

Una hora después, Gabriel miraba el timbre de la casa de los De Luca. Tenía un nudo en el estómago. Se había vestido con un jean, una camisa y un sweater azul. Más la campera blanca y su gorro. Había usado su perfume importado. Antes de llamar, pensó en su padre, a quien le habló en un susurro: "Papá, has hecho todo por mí, tú y tu Dios, supongo que han actuado juntos, porque todo es perfecto. Te pido un favorcito más, hagan que le caiga bien a la señora", se persignó y se decidió a presionar el timbre esperando a que Guido apareciera, pero eso no sucedió.

—¡Hola, Gabriel! ¡Bienvenido! Soy Greta —se presentó y lo invitó a pasar. Era una mujer distinguida. Vestía elegante, su peinado era impecable y tenía un maquillaje ideal para esa hora de la tarde.

—Me alegra conocerla. Disculpe, estoy un poco nervioso —pudo decir. Guido apareció y lo saludó con un beso suave en los labios.

—Mamá, él es Gabriel —lo presentó oficialmente.

Entonces, la mujer lo abrazó, sin que ninguno de ellos estuviera preparado para eso.

—Gracias, Gabriel —dijo al apartarse y mirarlo directo a los ojos—.

He pedido mucho a Dios que mi hijo sea feliz. Sé que eres bueno y has conseguido lo que yo no pude. Como sabes, esta familia se ha comportado algo disfuncional últimamente.

—¡Que forma sutil y decorada de decirlo! —bromeó Guido.

Ya estaban sentados en los sillones del living.

—Bueno, supongo que tienes razón. Mi marido y mi hija huyeron de nosotros, sería algo más ajustado a la verdad —bromeó acerca de la situación.

—No es necesario que me explique nada, señora.

—Dime, Greta. Por favor.

—Greta, yo estoy enamorado de Guido. No hay nada que no hiciera por él y creo que la familia es lo más importante. Solo le aconsejé en ese sentido. No tiene usted que agradecerme —dijo. Estaba conmovido. Nunca en su vida le habían dado un lugar como ese en una relación.

—Pues yo sí creo que debo agradecerte. En realidad, siento que tu mirada sobre las cosas ayudará a toda la familia.

La conversación duró un rato más y, para cuando Gabriel pudo relajarse, ya tenían que irse al paseo con Tiziana. Se despidió con un abrazo que él mismo le dio y prometió regresar. Guido estaba feliz. Todos lo estaban.

·•· ·•· ·•·

El viaje a la isla Bridge era un paseo soñado. Tiziana había pedido a los fotógrafos de la excursión que les tomaran fotos a los tres. Deseaba que esas horas se quedaran en varias imágenes. Rieron juntos y también compartieron un silencio único.

Viajaron en la cubierta. El catamarán era nuevo. Estuvieron juntos en una de sus proas, les sacaron fotos y se emocionaron. El viento era fuerte, tenían guardados sus móviles y todo parecía volar, incluso ellos. El fin del mundo es hermoso, tiene la mirada de un abrazo sincero y el alma interminable de un Dios que todo lo puede. Estar allí era un regalo de la vida.

Llegaron a la isla en el medio de la nada y Tiziana se sentó a orillas del canal de Beagle, observando la lejanía en la que sus pensamientos proyectaban su vida entera. Guido y Gabriel se sentaron junto a ella y los tres descubrieron la sensación única que regala mirar en la misma dirección, respetando espacios y silencios. Ese sentimiento de seguridad en bloque infranqueable que los atravesó en simultáneo fue la respuesta para Tiziana. El fotógrafo les tomó una foto de espaldas que parecía una postal.

Luego, caminaron por la isla y ella levantó tres pequeñas piedras de la orilla, le regaló una a cada uno y se guardó la tercera en el bolsillo.

Guido pensó que eso no era correcto, pero se tranquilizó diciéndose que era algo simbólico y que ese pequeño robo a la naturaleza no dañaba el paisaje. Por alguna razón, sintió que debía aceptar el regalo y callarse. Estaban allí por algo más que pasear.

Un rato después, volvieron a embarcar. Ellos entraron por el frío y Tiziana permaneció allí, sola, de cara al infinito. Ningún otro pasajero soportaba el clima. Miraba la inmensidad con los ojos cerrados y el alma abierta a los deseos de su ser. El paisaje le devoraba los sentidos y se le metía en el cuerpo. Era imposible dejar de observar la libertad, mientras una elocuente paz la abrazaba. Tiziana miraba todo intentando guardar en ella cada detalle.

Un rato más tarde, y como estaba previsto, la embarcación se detuvo en el faro Les Eclaireurs. Los turistas salieron a tomarse fotos y ellos tres también lo hicieron. Cuando el viaje continuó, entraron juntos, pidieron chocolate caliente, entre risas y bromas, y ella habló.

—Gabriel, tú eres mi faro, mi persona, lo sabes.

—Sí, Tizi. Lo sé. Gracias por este paseo, ha sido inolvidable. ¡Épico! El faro está más lindo que la última vez.

—La verdad es que lo hemos disfrutado mucho, gracias —agregó Guido y tomó la mano de Gabriel, adivinando que era justo lo que iba a necesitar.

Tiziana prefirió no dar vueltas al asunto.

—Me voy.

—¿A dónde? —preguntó Gabriel sorprendido—. No puedes volver a Buenos Aires. Yo debo estar cerca de ti —se apresuró a decir.

—Gabriel, no volveré a Buenos Aires. No hay nada allí para mí, pero sabes que soy nómade.

—Lo que sé que es huyes para cambiar radicalmente las cosas.

—Eso ha sido verdad, pero no lo es en este caso. No huyo. Todo lo que tengo está aquí y eres tú, ahora, ustedes. Sin embargo, es cierto que quiero un cambio radical, pero no de un lugar a otro, aunque lo implique, sino dentro de mí. He estado averiguando, lo vengo hablando en terapia, deseo ir a un *ashram*.

—¿Qué es eso? —preguntó Gabriel.

—*Ashram* es un lugar de meditación y enseñanza. Allí los alumnos conviven bajo el mismo techo que sus maestros. Son comunidades espirituales, honran la cultura milenaria. La vida es sencilla y tranquila. Hay varios en la India —dijo Guido y suspiró —Como en la película *Comer. Rezar. Amar.*

—¡La vida no es la película! ¿Te volviste loca? Eso es muy lejos, India está tan lejos que se cae del mapa de tanta distancia. No puedes hacer eso, por mil razones. Ya sabía que esto no era un paseo —se quejó—. Yo lo intuí.

—Gabriel, creo que debes escucharla —lo interrumpió Guido.

—Es un paseo, ha sido el mejor que hice en mi vida, por la compañía y por el lugar, pero es también una despedida. La decisión está tomada. Necesito tu apoyo, porque es lo que deseo, y tú me amas, y el amor es ser feliz por el otro. Guido es tu lugar en el mundo, brillas desde que se aman. Debes dejar que encuentre mi propio lugar y brillar del modo que deba ser. Hace tiempo me dijiste que a quien sea que le demos tiempo y atención nos tiene que gustar mucho y ser divino —omitió decir delante de Guido que había hablado de un lindo envase y de no hacer caridad, pero ambos lo recordaban bien—. Intento darme atención a mí misma. "Amor propio" me gusta llamarlo. Ya que el otro amor no llegó.

—Yo… Bueno, no sé qué decir —se le caían las lágrimas.

—No digas nada, recuerda este día como el más feliz que he vivido hasta hoy. Y cada vez que miremos las piedras, nos recordaremos tanto que será como estar juntos.

—Es muy poético, pero te extrañaré. No podré verte al mirar la piedra.

—No me verás, pero podrás sentirme y yo seré feliz. Tanto como ahora. ¿Sabes por qué?

—No. ¿Por qué?

—Porque es la primera vez que no me duele la vida, que no me asusta el mundo, que me siento amada y que mi orfandad es una condición en mi historia y no lágrimas cada vez que lo pienso.

—Cambiaste —dijo Gabriel.

—No, amigo de mi vida, no cambié, pude sanar.

—Estarás bien —dijo Guido—. Nosotros, tu familia, te apoyamos.

Gabriel no pudo amarlo más al escucharlo. Luego de esas palabras, sobrevino el silencio, cada uno de ellos tomó entre las suyas una mano de Tiziana que estaba sentada frente a ambos y la energía hizo lo demás, en el recorrido final de regreso por el canal de Beagle.

Elegir

CAPÍTULO 55

Esperar

Algunos finales son justos
y otros, legales.

USHUAIA, FINES DE NOVIEMBRE, 2019

Después de ir a la cabaña indicada por el juez y distribuir el dinero de la operación, Iván, a pesar de la insistencia de Gustavo que lo invitaba a ir a celebrar, se negó y se fue a su casa.

Necesitaba estar solo, ordenar las ideas y llevar a cabo su decisión. Tenía su parte en un bolso, pero no lo había tocado.

Era mediodía cuando pudo sentarse en su sillón a tomar un café negro bien cargado. Pensó en las opciones que tenía a partir de la determinación que había tomado. Miró su móvil. Marcia lo había llamado unas diez veces. Era increíble que se atreviera a buscarlo. Le dolía, pero no del modo que duele el amor, sino de la manera que lastima no haber sido capaz de darse cuenta de que haberla elegido había sido una equivocación desde el minuto uno. Sufría su amor propio.

En su reflexión, pensó por un minuto si el embarazo sería cierto, si ese hijo podía ser suyo y llegara a nacer, y lo recorrió un escalofrío. Nada podía ser peor que ese destino para alguien. Enseguida pensó que ella era demasiado egoísta para continuar con un embarazo que requería cuidados y mucho más para dedicar su vida a la crianza de un bebé, sola. Porque era evidente que Gustavo tampoco se haría cargo. Se preguntó qué hubiera hecho en otro momento de la relación con una noticia así, analizó variables, pero en ninguna se sentía feliz ni se imaginaba padre de un hijo de Marcia. Era difícil ser objetivo, con la traición todavía latiendo en su memoria. Aun así, sentía que no era su problema.

Bebió el café, tomó su móvil y fue a la comisaría. Saludó como siempre a todos, fue a su despacho, escribió un largo mail con varios audios como archivos adjuntos, pero no lo envió. Programó su envío para el día siguiente y se dirigió a la oficina de su superior.

—¿Puedo hablar con usted? —preguntó al comisario.

—Te escucho, Recalde. —En ese momento sonó el teléfono—. Dame un minuto —dijo. Escuchó a alguien y anotó en un papel una dirección que Iván alcanzó a leer y cortó—. Debo irme —dijo apurado.

—No hay problema, puede ser mañana, no es importante —respondió Iván y volvió a su lugar.

Tenía que pensar rápido. La dirección era la de la cabaña del juez, por lo tanto, el comisario era parte de todos los negocios y Gustavo tenía protección, más allá de que él ya no lo hiciera. La única salida era el fiscal. Fue directamente al juzgado federal.

Lo hicieron esperar diez minutos que fueron eternos, en los que toda su vida, con aciertos y errores, se le vino encima. Por un instante pensó en irse de allí, pero el deseo de liberarse de su culpa y tener paz fue más fuerte.

—¡Hola! ¿Qué es eso tan urgente que te trae aquí, Iván? —preguntó. Habían sido compañeros de la escuela secundaria, se conocían de toda la vida.

—Quiero hacer una denuncia, un acuerdo con la fiscalía a cambio de la información y protección. Denunciaré a miembros del cuerpo de policía y también del Poder Judicial. Te daré todo lo que necesitas para desbaratar el negocio de la droga que nunca llega a la incineración.

El fiscal se acomodó en su sillón y se quitó los lentes.

—Te escucho.

—Primero, quiero saber si tenemos un trato. Sabes que, si lo hago, no puedo quedarme en Ushuaia. Pediré mi retiro y desaparezco.

—Eres jefe, para poder acceder a eso tengo que saber que caerán los que están por encima de ti y que no puedan arrastrarte con evidencia.

—Mi responsabilidad llega hasta mirar para otro lado y el trato es que no se me condene por eso. A cambio, pediré el retiro voluntario de la fuerza. No he sido parte activa, hasta hoy, en que fui a retirar mi supuesta parte y pude obtener la información real de los lugares y las personas. El dinero está en ese bolso, no lo he tocado y lo entrego ahora mismo para que sea incautado como prueba. Sé dónde está el resto y te lo diré. Además, tengo grabaciones de audios, hechas con mi propio teléfono.

Desde que había decidido que ese era el último delito que le encubriría a Gustavo, había grabado conversaciones, la reunión con el jefe narco y la que hubo en casa del juez.

El fiscal no pudo evitar pensar en su imagen y en el éxito profesional que implicaría ser el fiscal federal a cargo de poner fin a esa red de corrupción. Su ego le suplicaba que accediera. Después, también lo haría por la justicia. Debía ser al revés, pero no. Pensó primero en su éxito profesional y las ventajas que podría obtener de eso, negociando con las personas correctas.

—Lo tienes. Pides el retiro y te vas cuando sea el momento —respondió por fin. Llamó a su secretaria y pidió no ser interrumpido.

Iván le relató de principio a fin todo lo que sabía sobre el robo de la droga con destino a quema. Comenzó por la denuncia del hombre del cementerio vinculada al suicidio de González quien había actuado no por responsable; sino por el encierro y la depresión al descubrir las maniobras de Gustavo que lo inculpaban. No era inocente, pero tampoco culpable de lo que se lo acusaba. Le contó acerca del "club", le dio ubicación y detalles. Le informó todo lo que sabía acerca del jefe narco. Nombró uno a uno a todos los agentes que sabía involucrados y a los que sospechaba que podían estarlo. Desmenuzó cada dato que conocía acerca de la cadena delictiva relacionada con la droga y llegó al nombre del juez y a su cabaña, brindándole la ubicación exacta. Le hizo oír cada grabación de audio al tiempo oportuno, según su relato; las voces y lo que decían se escuchaban con claridad. Y concluyó contando que su comisario también era parte, ya que había ido a la cabaña después de un llamado en el que había anotado la dirección delante de él. Le entregó el bolso con el dinero y se puso a disposición de la justicia. Además, tomó su teléfono, envió el mail que estaba programado para el día siguiente y se lo hizo saber al fiscal.

Labraron la denuncia formal con carácter reservado, la solicitud de retiro de la fuerza policial, que el mismo fiscal tramitaría y el acuerdo con la fiscalía.

—Esto es lo que haremos: yo me ocuparé de la investigación, ordenaré las medidas que me faltan. Algunos de los involucrados ya están en mi mira. Tú ve mañana a trabajar y a mediodía te retiras, di que te sientes mal. Ya no volverás allí. Perfil bajo, y me tienes al tanto. Yo te diré cuándo y cómo tú desapareces para que no te maten. Habrá mucha gente que perderá mucho dinero por aquí y otros, la libertad.

—Hay algo más.

—¿Qué?

—¿No vas a preguntarme por qué lo hago?

—La verdad, no me cambia en nada saberlo. Supongo que eres un buen policía y ya no soportas callar y mirar para otro lado.

—Además de eso. Puede que Grimaldi te hable de un caso cerrado cuando se vea acorralado. Parte de uno de los audios que recibirás por mail mañana es una conversación con él sobre esa noche.

—Un caso cerrado es eso. Un caso terminado salvo que... ¿Hay cuerpos ocultos? —preguntó.

—No, pero debes saberlo —dijo y le contó lo ocurrido la fatal noche en que, drogado, le disparó a un inocente al que después inculparon y le dio el número de causa.

—No hablará. Fue parte.

—Lo hará cuando esté perdido, de todas formas.

—No hay pruebas, entonces eso no sucedió. Es tu palabra contra la suya, llegado el caso.

Al salir de allí, Iván sintió que su vida había cambiado. Ya no era rehén de su pasado y había hecho lo correcto.

Solo restaba esperar que la justicia hiciera su parte.

CAPÍTULO 56

¿Perfección?

La razón por la que se caen los buenos
es para aprender a levantarse.

BUENOS AIRES, FINES DE NOVIEMBRE, 2019

Bruna había recuperado a la mujer que era y se había perdido en medio del abandono, el escándalo, su embarazo, la decepción, las dudas y el matrimonio con Ramiro. Volvía a ser ella, como consecuencia del encuentro con Vito. Quizá, porque él le había robado su vida al irse y, tres años después, ella se la había arrebatado con el derecho acumulado que tenía a hacerlo. Le costaba creer que había sido capaz de acostarse con él para poner a prueba sus sentimientos y que había salido ilesa de esa cama. Se sentía poderosa al recordar cada palabra que le había dicho, porque eran la verdad. No había sido venganza, no lo disfrutaba desde el dolor de él, pero sí le daba plenitud desde la valoración que había podido darse a sí misma. Su amor propio había sobrevivido y se sentía realizado.

Nada es lo que parece cuando se pasa mucho tiempo idealizando una historia, recordándola como si hubiera sido perfecta y evitando detener el pensamiento en los motivos por los que terminó. Después de lo ocurrido, había aprendido que la perfección solo existe en la mirada personal de cada ser sobre un vínculo. La perfección es subjetiva y cobarde. Es el disfraz que suele utilizar la negación para postergar el dolor que implica enfrentar las expectativas no cumplidas.

Observando su historia, tranquila, con las pausas necesarias y analizando los hechos con absoluta objetividad, Bruna sentía que había perdido muchísimo tiempo esperando lo que nunca llegaría, imaginando un final feliz cuando en realidad lo que había era un final necesario, que siempre había estado ahí, al alcance de su razón.

Sin embargo, la decisión de dejar a Vito atrás no era tan simple. Tenía que ser justa y debía pensar en su hija, Marian, que además era hija de él.

Ramiro seguía haciendo todo para que su amor anidara en ella y se quedara. Él sentía que no estaba todo perdido y Bruna valoraba que él peleara por su amor, por ella y por seguir juntos. Si bien vivían en la misma casa, ella dormía sola y él con su hija o en el sofá, desde que juntos habían llorado y le había pedido espacio y ayuda. No había querido quedarse en el cuarto en favor de su comodidad. Aun así, respetando su distancia y la decisión, Ramiro continuaba con la vida familiar sin resentimiento ni presiones. Convivían en una sana pausa, previa y necesaria, para que ella pudiera volver a sí misma y a sentir con claridad.

Esa noche, él había preparado la cena, compartieron la mesa con la niña, hablaron del día y de los trabajos. Después, Ramiro acostó a la pequeña, mientras Bruna limpiaba la cocina. Cuando Marian estuvo dormida, él bajó.

—¿Quieres tomar una copa de vino más? —la invitó y puso música. Solían disfrutar de eso cuando estaban bien.

—Sí, quiero.

Él las sirvió sorprendido y también, contento. Se sentaron en los

sillones de la sala de estar. Sonaba una *playlist* de música lenta de los años ochenta, en ese momento, "Angels", de Robbie Williams. Bruna pensó que era la canción apropiada para tomar valor y hablar.

—¿Estás bien? —preguntó él, que la veía pensativa.

—Estoy mejor, continúo en mi proceso, pero creo que ya es tiempo de hablar contigo. Valoro mucho todo lo que estás haciendo y tu manera de pelear por mí.

—Te amo y amo a Marian. Es nuestra familia. No hay nada que no haga por ustedes. Intento demostrártelo, pero te extraño y es difícil, a veces, vivir contigo y estar sin ti —dijo con honestidad—. No me refiero solo a dormir separados, sino a los momentos en que te observo distante y no sé en qué lugar está tu mente, ni con quién.

—Necesito que me escuches, sin interrumpirme o no podré continuar. Quiero contarte la verdad, pero si no me dejas hacerlo, será imposible para mí el siguiente paso. Te necesito para continuar.

Él bebió de su copa y la miró, intentando prepararse para lo peor. La verdad en ese contexto sonaba a sufrimiento y que lo necesitara, a un esfuerzo que sería solo de su parte. No obstante, y deseando estar equivocado, aceptó sus términos. El amor que sentía los aceptó, él se hubiera negado, de ser capaz.

—Aquí estoy. Te escucharé hasta el final.

Bruna no sabía por dónde empezar, procuró ordenarse internamente y habló.

—Vito viajó a Buenos Aires para verme. Intentó avisarme, pero yo nunca atendí sus llamadas. Hace días, respondí y estaba aquí, justo enfrente de mi trabajo. Me había visto llegar y me pidió que nos viésemos. Yo no sabía cuál sería mi reacción, no quería encontrarlo en público, así que acepté ir a su hotel —los ojos de Ramiro contenían las lágrimas, pero la dejó continuar—. Llegué allí, me abrazó y me dio todas las explicaciones que él creyó válidas para justificar lo ocurrido. Yo no pude reaccionar, me quedé inmóvil. Hasta que me di cuenta de que, para saber qué sentía, tenía que avanzar –hizo una pausa–. Me acosté con él.

No había otro modo de decirlo. Lastimarlo era inevitable. No lo deseaba, pero lo hizo como parte de la honestidad recuperada, la que se había jurado que jamás se iría de ella otra vez.

–¡Basta! No puedo seguir oyéndote. Lo prometí, pero no puedo.

–Debes hacerlo, porque de eso depende que sigamos juntos. ¡Por favor! –suplicó.

También ella derramaba lágrimas. Él se esforzó, más allá de los límites de su tristeza, y volvió a sentarse, no muy seguro de cuánto podía resistir. Ella continuó:

 –Lo hice para ponerme a prueba, lo hice por mí, me puse en el primer lugar y no me arrepiento, porque me di cuenta de que idealicé a un hombre que nunca supo amarme. Le di a esa historia un valor que nunca tuvo. Lo hice mientras la viví y me quedé en el error después de que él se fue y se lo dije. Regresé a mí en el mismo momento que pude ver con claridad que romanticé lo que está mal. Él hizo daño, no solo a mí, y fue emocionalmente cómodo al huir y fatalmente egoísta al no darme explicaciones. Pretender que ahora eso fue en nombre del amor que sentía y para cuidarme es poner romance y decorado donde hay hechos que indican otra cosa. Le dije todo.

–¿Le dijiste que Marian es su hija? –preguntó casi sin aliento. Eso le importaba más que todo el resto, aunque era un alivio escucharla centrada y coherente frente a la verdad.

–No. No lo hice y no quiero hacerlo. Le dije que no lo amaba, que él pertenecía a mi ayer y que ya no quería regresar allí nunca más. Le pedí que no me llame ni me busque.

—¿Qué hizo él?

—Nada. No me siguió, ni me ha llamado desde entonces.

—¿Y eso dónde me ubica a mí? ¿Qué quieres de tu vida, Bruna? Ya es tiempo, después de esta conversación, quiero todo o prefiero nada.

—Te elijo, te amo. De ahora en adelante, seremos tú, Marian y yo, si aún lo deseas. Acepto que instalemos mi consultorio y volveré a dormir contigo, hoy mismo, si puedes perdonarme. No he sido justa con la única persona que siempre estuvo para mí. Nuestro amor no es un amor de adrenalina, es un amor de certezas, de seguridad, de vida y eso quiero.

Él se quedó pensando en sus palabras un momento.

—Sabes que esa decisión le niega a Marian conocer su identidad biológica. ¿Estás segura de poder sostener eso por siempre?

—¿Tú lo estás?

—Yo sí. Por supuesto. Odio a ese sujeto y Marian es mi hija, la amo.

—Yo también. Lo he pensado mucho. Hay secretos necesarios para que la vida sea justa y tenga sentido. El amor real siempre sabe de secretos acordados. Este será el nuestro.

—¿Lo tenías decidido?

—Dependía de lo que tú me dijeras.

—Y si yo no estuviera de acuerdo, si yo no pudiera perdonarte que te hayas acostado con él, ¿qué harías?

—Supongo que tienes derecho a saber que también lo he pensado. En ese caso, me iría de esta casa con mi hija, a vivir a otro sitio, instalaría mi consultorio y viviría para cuidar de ambas, pero jamás le diría a Vito la verdad. No quiero volver a verlo. Se terminó. No quiero que su pasado ni siquiera salpique la vida de Marian. Recién cuando pensé en la víctima como si hubiera sido ella, tomé conciencia de la gravedad de lo ocurrido.

Sonaba "Miracle", de Foo Fighters cuando Ramiro se acercó a ella y comenzó a besarla despacio. Un beso a la vez, buscando seguridad en sus labios, en sus manos, en su cuerpo, en el alma de sus palabras y en las intenciones de su inconsciente. Bruna se entregó a sentir y sentía. Lo sentía. Nada era lo mismo. Otra vez, nada era igual que antes, pero en esa oportunidad por otras razones. Podía ver a través del amor que Ramiro le había dado siempre. No era lo mismo, porque se entregó a él que era su presente, porque estaba tocando a un hombre que existía y que amaba. Ya no había fantasmas, ni nombres, ni recuerdos que pudieran interponerse entre ellos, nada. Solo ellos. La confusión había muerto. Estaba compartiendo el momento más profundo de su vida con la razón de sus sentimientos más nobles. Lo extrañaba. Y al confirmarlo, comenzó a besarlo con la exigencia de quererlo todo. Una nueva historia comenzaba dentro de la misma historia de amor, la que se escribía en ese tiempo como el culto al amor que era.

Ella lo tomó de la mano, guiándolo hacia las escaleras. Quería dormir con él. Los dos tenían lágrimas en los ojos, se habían encontrado. Se habían agarrado del amor para no naufragar en el sinsentido que viven los que se rinden y el escenario era un hogar que celebraba al mirarlos reencontrarse.

Fue entonces cuando los planes cambiaron. La niña lloró y ambos fueron a su dormitorio a consolarla, el lugar del deseo fue ocupado por el de padre y madre que priorizan a su hija.

–¿Quieres dormir con nosotros, hija? Ven con papi, cariño –dijo él, al tiempo que la pequeña asentía y le estiraba los brazos.

Bruna los miró y eternizó el instante. Ese era su pequeño gran mundo, el que podía resistir los golpes más fuertes, el que había caído herido y de rodillas, y había entendido que la parte más difícil de seguir adelante es no volver a mirar atrás.

ETAPA 5

Seguir

Seguir, pero no como antes, no como si nada o pretendiendo que sea un continuar parecido al pasado. No lo es. No puede serlo. No lo será.

Porque una pérdida, de cualquier naturaleza, que ha dolido, implica cambios que al principio atropellan lo que queda de nosotros y lo arrastran a un proceso ciego, sin tiempo ni esperanza.

Hay que seguir, como si todo, porque así ha sido. Y para seguir, lo primero es integrar nuestro ser a la nueva realidad, no es olvido, es avanzar sintiendo que el dolor va cediendo y que, cada día empieza con o sin nuestras ganas de que lo haga.

Mientras nos fuimos de la persona que nos habita, el resto del mundo siguió por su cuenta, nunca se detuvo para nadie, excepto para quienes recibimos el impacto de una metamorfosis que no deseábamos y no podíamos afrontar. No a la intemperie emocional. No sin reserva de valor. No en ese momento. No con la crueldad de lo abrupto. No sin aire. No sin fuerzas. No desprevenidos. No ese día que iba a ser como cualquier otro.

Las pérdidas son personalísimas, nadie puede vivirlas, ni por otro, ni de la misma manera. Los consejos, las voces, la ayuda que no se pide, la invasión al espacio privado de la angustia, las interferencias de aquellos que por mitigar el dolor no nos permiten conectar con él, solo retrasan el proceso. Son una carga más que se ignora y se deja lejos de la conciencia que intenta sobrevivir activando mecanismos de defensa.

Sin embargo, cuando se ha podido atravesar el duelo, enfrentarlo en silencio, sentir su vacío como una llaga de la que solo salen lágrimas, cuando se ha regresado al nervio de la ausencia, a ese motivo de pérdida en su último lugar de referencia, a la fecha, y a las palabras, en que se nos rompió el corazón, cuando volver ha servido para drenar la energía estancada y se ha podido elegir la vida, es justo entonces cuando esa decisión nos pone de cara a un presente distinto completamente. A una nueva verdad. Y nos integramos a ella. Y construimos un altar con la tierra que hemos elegido guardar en los bolsillos. Y nos sentimos seguros y en paz, porque es un refugio. Allí la vida vuelve a latir y la pérdida se ha transformado en un legado. De recuerdos, de evolución, de crecimiento, de la épica forma en que se ha sido posible sanar, a través de un cambio que construimos con las piezas sueltas y dañadas que el destino dejó en nuestras manos. Un rompecabezas cuyas fichas han cambiado de forma, pero se arma igual y refleja la imagen de algo distinto. Entonces, seguir es el gran paso, el siguiente, el que conseguimos.

Seguir, más fuertes y más solos.

Seguir, aliados de lo que hemos perdido, si fue importante, y alejados de su alcance emocional, si ha sido para nuestro bien.

Seguir, a pesar de sentir la injusticia en la vida de tantas personas que no merecen lo que les es dado.

Seguir, batallando contra las suposiciones de lo que hubiera sido.

Seguir, aunque el mundo duela y crecer le haya quitado brillo a la paleta de sentidos de la vida.

Seguir, aunque los colores del futuro sean otros.

Seguir, siendo uno con lo nuevo.

Seguir, reconociendo que la perfección no existe.

Seguir, sin poner expectativas en lo que no se puede controlar.

Seguir, y acercarse a quienes han estado allí, testigos del dolor porque nos aman, aunque quisieron ayudar a su modo y no como nosotros necesitábamos.

Seguir, intentando la empatía más y mejor.

Seguir, sabiendo que lo peor de las pérdidas es su catálogo inevitable.

Seguir, a pesar de las leyes de vida que son de piedra.

Seguir, a pesar de que las cosas no cuadren.

Seguir y dominar el idioma de la resiliencia.

Seguir, en medio de una revolución de sentimientos donde está todo permitido para recuperar los latidos, aunque nunca hayamos dejado de respirar.

Seguir, bien lejos de las personas tóxicas que auguran el robo de nuestra valiosa energía.

Seguir, sin dar explicaciones a quienes ya decidieron entender lo que quieren.

Seguir, sin perder el tiempo.

Seguir, haciendo todo con la mejor intención.

Seguir y ser amable con la vida, aunque las cosas no salgan como esperamos.

Seguir, sabiendo que nadie nos salvará de nada, porque ese lugar nos corresponde a cada uno por derecho y amor propio.

Seguir, mirando al sol de frente para que las sombras queden detrás.

Seguir, porque la luna tiene un lado oscuro, pero también otro luminoso.

Seguir y asumir riesgos, porque pese a toda adversidad, los momentos de felicidad justifican nuestra existencia.

Seguir, y descubrir que volver a reír es una medalla olímpica que nos hemos ganado al interpelar a nuestro ser y darle permiso para estar mal, porque estar mal está bien, es el cimiento para construir nuestra historia desde el capítulo siguiente.

Seguir, un día a la vez.

Ushuaia, fines de noviembre, 2019

Hacía mucho frío en el fin del mundo, pero ella no lo sentía. Estaba en su auto, estacionado frente a su destino, esperando estar segura de que podría ver a la cara a quienes sabían la verdad que ella imaginaba, pero le había sido negada. No podía pensar en nada que no fuera la razón de su vida. Los recuerdos junto al hombre que amaba se sucedían en imágenes en su mente, algunos la hicieron sonreír por primera vez desde su muerte. Él estaba más cerca, a veces. Al extremo de sentir su presencia invisible. Cerró los ojos y recordó su olor, hasta sintió sus manos sosteniéndole el rostro justo antes de revivir el último beso, sin saber que lo sería. ¿Por qué no había tenido la intuición de retenerlo? ¿Por qué no le había pedido que no fuera a trabajar ese día? ¿Por qué se había dado el lujo absurdo y equivocado de vivir pensando en lo bueno a gran distancia de la posibilidad de lo fatal? ¿Por qué había sentido su inconsciente la seguridad de que a las vidas felices no les llegan las pérdidas inesperadas? ¿Por qué no había sido capaz de evitar su destino? No tenía respuestas, estaba enquistada en su dolor desde el primer día, afuera del mundo, perforando su alma con la muerte de un amor que estaba vivo.

Vio movimientos en la entrada de la edificación que observaba. Era tiempo. Su dolor encontraría el sentido y la revancha que merecía.

Bajó del auto, caminó despacio, ingresó. Siguió su plan en detalle y esperó. Minutos después la hicieron pasar a una antesala. Desde allí veía dentro de la oficina cómo hablaban. Estaban distraídos, era el momento. Tenía el arma lista en su bolsillo. Su mano derecha sudaba una helada tranquilidad.

Adentro del despacho, los policías conversaban.

—Tengo otro asunto. Pagarán el doble. ¿Ya se te ha pasado el ataque de moral?

Estaban completamente desprevenidos cuando una mujer ingresó y les disparó. Dos balas en cada cuerpo. Iván la escuchó decir: "Por Omar Pérez, el amor de mi vida", y aunque tuvo tiempo, nunca sacó su arma. Ese nombre era el de su culpa y solo fue capaz de asumirla. Él había matado a Omar Pérez y solo eso alcanzó a pensar antes de caer.

Gustavo estaba de espaldas a ella. Ambos se desvanecieron. Sangre, caos, ruido, movimientos, gritos y para ella, paz y justicia.

Soltó el arma, se arrodilló y levantó sus brazos, un policía la esposó de inmediato.

Ella repetía en su mente como un mantra: "Hice justicia, por ti. Ellos, te mataron. Te amo, Omar".

Las ambulancias llegaron perforando con sus sirenas la venganza. Dos policías caídos, uno con vida, el otro no.

La muerte de Omar Pérez, en manos de Iván Recalde, drogado aquella noche, encubierta por su compañero Gustavo Grimaldi, motivo de declaraciones falsas de ambos y de una vida perdida manchada de deshonor, volvía a ser protagonista. Una causa cerrada que no lo era tanto, porque iniciaba una nueva por los mismos y, paradójicamente, también diferentes motivos.

La esposa del joven de veintiséis años, una viuda, anónima y destrozada emocionalmente, no había sabido continuar. Un claro ejemplo de la necesidad de ayuda concreta y específica que nunca llegó a ella, un auxilio que hubiera evitado, quizá, ese desenlace, pero no.

A veces, gana el dolor y el desastre se multiplica hasta el infinito.

La paz toma formas inusitadas. A cambio de ella, una mujer, que pudo ser cualquier ser humano, había entregado su libertad y con ella, toda posibilidad de sanar.

Hay pérdidas que se quedan tan adentro que las personas que las sobreviven son ausencia que solo respira venganza.

Entonces, deviene el interrogante implacable, la venganza consumada se convierte en ¿justicia?

CAPÍTULO 57

Intervalo

El tiempo no existe, pero su arte permanece y todo calendario se convierte en un intervalo pequeño en el que habitan las razones de la nostalgia y las de la alegría en simultáneo.

CASI UN MES DESPUÉS
USHUAIA, VÍSPERAS DE NAVIDAD, 2019

Desde aquella primera cena, consecuencia de un malentendido, Lorena y Julio Sandoval, el martillero, habían empezado a verse con frecuencia y también, habían decidido que no querían salir lastimados nunca más de ninguna relación. Por eso iban despacio. Se habían divertido tanto en la primera salida que por un momento Julio había pensado en no decirle la verdad. Por lo menos, no tan al principio, pero el diálogo estaba fresco en sus recuerdos.

—Me ha encantado salir contigo. Algo completamente inesperado, pero confieso que me alegra que hayas enviado ese audio —había dicho ella, antes de bajar de su auto —No sé cómo te animaste, siendo tímido. Menos puedo creer como te llamé.

—Bueno, con respecto a eso… Hay algo que debes saber —dijo. Ya no sonreía. No era importante, pero le preocupaba cómo reaccionaría ella ante la situación. Después de todo, él había aprovechado la oportunidad en silencio.

—¿Qué?

—La verdad es que el audio no era para ti.

—¡Por Dios! —dijo sonrojada y llena de vergüenza—. Discúlpame. No debí llamarte y menos sugerirte esta salida. ¿Por qué dijiste que sí? —dijo con tono de reproche y algo de indignación—. O sea que en realidad era para alguien más —se sintió frustrada por el tiempo que tardó en llegar la respuesta de él.

—No es lo que piensas. No era para una mujer —ella lo miró desconcertada—. Me refiero a que no intentaba invitar a una mujer a salir.

—Prefiero que no aclares nada más —dijo y abrió la puerta del vehículo para irse.

—Era para mi psicólogo —dijo a pura verdad. Ella volvió al asiento—. Él me aconsejó que, para mejorar la manera de expresar mis emociones, sobre todo al principio, para liberar mi bronca, era una opción mandar audios y decir lo que sintiera. Me indicó que, más tranquilo, los escuchara otra vez. Lo hice por un tiempo con mucha ira, pero hoy me sentía bien y me pareció justo hacérselo saber, ya que ha sido de gran ayuda. Se llama Lorenzo López y lo tengo agendado justo a continuación de ti, por eso el error.

—Es un método algo extraño. ¿Quién quiere recibir ese tipo de audios de sus pacientes?

—¡No, no! Esos audios eran para mí. Por mi propio bien, para evitar agredir a mi ex o decir cosas de las que pudiera arrepentirme y, a la vez, para no dejarlas sin expresar hasta que llegara mi día de terapia. Me hizo armar un grupo de WhatsApp con él y luego eliminarlo como integrante. O sea, solo yo podía escuchar lo que decía. Pero hoy eliminé el grupo y me sorprendí enviándole un audio a él para decirle que estaba bien. Cuando me di cuenta de que te lo había enviado a ti, tú llamaste y, en vez de vergüenza, sentí que era una oportunidad. Me alegró.

Ella permaneció callada un instante.

—Solo una pregunta.

—La que quieras, dime.

—¿Preferirías que el error no hubiera sucedido? —preguntó sabiendo la respuesta, pero con la necesidad de escucharla.

—¡No fue un error, tenía que ser! —exclamó convencido y sonriendo—. Te invito a cenar mañana por la noche. ¿Contesta eso tu pregunta?

El había comenzado a reír, él se había sumado a su risa y así habían permanecido, disfrutando de la burla de un destino que había trabajado por ellos en favor de la timidez.

El vínculo estaba basado en divertirse mucho, todo lo tomaban con humor, con el mismo que esa relación había comenzado. Se sentían protagonistas de un buen momento que continuaba. Lorena creía que eso era algo que él le transmitía. No se reconocía con una sonrisa en la cara la mayor parte del tiempo. Él, que estaba igual, le decía que no importaba la causa si se trataba de estar tan bien juntos.

Esa noche, vísperas de Navidad, Julio Sandoval estacionó en la puerta de la casa de Lorena. Ambos vieron a Cayetano mirar por la ventana y apartarse cuando se sintió descubierto. No pudieron evitar reír.

—Siempre serás su pequeña, supongo —dijo él.

—No creo que me sienta una niña, pero definitivamente siempre seré el motivo principal de su vida. Para bien o para mal, mi padre está pendiente de mí. Siempre ha sido así. Ahora, sin mi madre, eso se acentuó todavía más.

—Ya somos dos —dijo y la besó.

—Me gusta que sea así —contestó después de disfrutar la unión de sus bocas.

—¿Cuándo se lo dirás a tu padre?

—Él ya sabe de nosotros.

—¡No me refiero a eso, Lorena!

—Hoy, ahora. Esta noche —respondió feliz.

—¡Bien! Me alegra mucho. ¿Sabes? Me hubiera gustado haber tenido tiempo de darles a mis padres una alegría parecida, pero los perdí muy temprano. De alguna manera se siente bien ser parte de lo que haces.

—Tú eres un ser medicinal. Desde que apareciste, todo ha cambiado para mí.

—¿Cómo sería eso?

—Me das equilibrio, eres paz y también motivo de alegría. Tú me haces bien.

—Me estoy enamorando de ti, Lorena. En realidad, siento que ya te amo —dijo mientras acariciaba su mano.

—Me sucede lo mismo.

Y se besaron con ganas y emoción.

—Ve a hablar con tu padre o voy a secuestrarte hasta mañana —bromeó él.

•• •• ••

Lorena entró a la pequeña cabaña y su padre miraba una película. El café estaba listo. Su aroma se mezclaba con la leña del hogar y era como estar en un paraíso. Por un instante, pensó en la que había sido una difícil lista. "Bebé. Soledad. Vivienda", y sonrió al darse cuenta de que era la página anterior y, a la vez, parecía estar en otro libro. La sentía lejana, profunda y propia, pero distante de su ahora. Tres palabras que habían tenido el poder de gobernar su estado de ánimo y hacerla vivir sumergida en angustia. Habían sido sinónimo de ausencia, dolor y desamor. Sin embargo, en ese momento ya no era así. La misma realidad había mutado a algo diferente. No había sido suerte, ni magia, ni alguien que la había salvado, sino su trabajo en sí misma y en el proceso de duelo de la realidad perdida. Lorena Gael la había rescatado de Lorena Gael a puro amor propio. No había príncipes, ni milagros, ni loterías emocionales en el asunto. Había crecido. Era más fuerte y había conseguido integrar su pasado con un presente que era motivo de felicidad y esperanza.

—¿Cómo te ha ido, hija? —preguntó Cayetano.

—Muy bien, papi. Tan bien que es tiempo de hablar contigo —dijo y se sentó frente a él, quien se puso de pie y le trajo su café.

—Ahora sí, dime. Se trata de una mudanza, ¿verdad? —adivinó.

—Pues sí.

—Sabía, desde que viniste a vivir conmigo, que era temporal, pero ahora me doy cuenta de que voy a extrañarte mucho. Cuéntame, ¿el martillero enamorado te ha conseguido un lindo departamento?

—No exactamente. Tiene que ver con él, sí. Me ha ayudado, pero no es un departamento. ¿Te gustaría que vivamos juntos?

Cayetano se emocionó, pero sabía que debía decir que no.

—Hija, te lo agradezco. Eres muy buena al proponerlo, pero tú necesitas un espacio propio. Tu intimidad. Yo soy grande, tengo otros horarios y terminaré siendo una molestia para ti.

—¿Y si te dijera que la propiedad es una casa no muy grande, pero que tiene otra construida al fondo?

—Bueno, eso es bien interesante, pero no lo sé. ¿Cuánta independencia tendrías tú, conmigo viviendo allí?

—Toda. Somos tú y yo, no le veo el sentido a estar separados.

—Tú me emocionas. Tal vez, podamos ir a verla antes de decidirlo. ¿Ya has hecho una oferta?

—En realidad, he pedido un préstamo y en unos días firmaré la escritura.

Cayetano se quedó sin palabras por un minuto.

—Hija, es cierto que no hay nada que no hiciera por ti, pero debiste

consultarme, yo...

—Espera, papá —lo interrumpió—. No he terminado. Deseo mi propia tierra en los bolsillos, tú me lo dijiste, pero la quiero de la misma higuera. Voy a comprar la casa de tu infancia. Los dueños anteriores construyeron en el fondo, eso no lo vimos cuando estuvimos allí. Cuando fui a verla, todo me pareció perfecto. ¿Qué dices? —Cayetano no pudo evitar las lágrimas. Tenía un nudo en la garganta y la memoria emocionada se había devorado sus palabras—. ¿No dirás nada? —él la abrazó—. Papá, ¿estás bien? —preguntó preocupada, quizá había sido mucho decírselo así de golpe.

—¿Bien? Estoy feliz, hija. Agradecido. ¿Cuándo nos podemos ir allí?

—¿No querías verla primero? —bromeó.

—¡La veo en mi mente hace mucho tiempo!

—Quizá no esté igual, pero será tuya y el árbol se alegrará de verte allí otra vez. Si todo sale como está planeado, pasaremos allí la noche de Navidad. En medio de cajas, pero allí.

Cayetano se sirvió una copa de vino para celebrar, su hija lo acompañó a pesar de tener gusto a café en los labios todavía y brindaron.

—Por ti, hija mía.

—Por ti y por esta posibilidad de hacerte feliz.

A veces, el tiempo tiene un reloj distinto, uno que no alcanza a los humanos, y se demora, se va, se pierde, pero un día cualquiera vuelve a funcionar, como si no hubiera transcurrido. Se detiene y se encripta en la memoria selectiva de un pasado que lo trae de regreso al presente.

CAPÍTULO 58

Acuerdos

No existen deudas emocionales eternas. La vida notifica
con hechos su constancia de cancelación.

Parecía una locura, pero en realidad era la verdad. Natalia, Benito y Greta regresaron juntos a Ushuaia.

Finalmente, Greta se había decidido a viajar, había ayudado mucho que Guido y Gabriel la entusiasmaran en ese sentido. Era mucho gasto para pocos días, pero lo justificaba plenamente el hecho de que vería a Romina y visitaría Amalfi con su esposo. Esa era la verdad a la vista a todos, pero hubo otra: Benito le había pedido ayuda.

—Debes venir, Greta. Natalia está desbordada. El jefe suplente de Romina es su tío, se han cruzado en la escalera de la entrada del municipio. Yo insisto en que debe hablar con él, pero ella no reacciona —le había dicho por teléfono la misma noche de los hechos.

—¿El tío de Romina? ¿El que dormía con Natalia? —preguntó en forma retórica—. ¡No puede ser! Siempre digo que las mentiras salen a la luz de un modo u otro.

—¡Greta! Es él y no se trata de ti, enfócate. Te estoy pidiendo ayuda para nuestra hija —sus palabras detuvieron en seco su sorpresa.

—Quieres que haga semejante viaje… ¿Para qué concretamente?

—Quiero que hables con ella, como nunca lo hiciste antes, sin juicios, ni prejuicios, y luego, nos vamos juntos a Amalfi, aunque sea un día o dos. ¿Qué dices? Debes apurarte y coordinar el regreso en la agencia en el mismo vuelo que nosotros —indicó, al tiempo que le daba la información necesaria.

Conmovida por sentirse parte de ese loco plan, Greta había accedido y en medio de una maratón, había logrado llegar a Roma en pocos días. Un hombre con un cartel la había esperado a su arribo y la había trasladado al hotel. Se sentía más joven. Cuando se lo dijo a Benito, a quien encontró de maravillas, él le respondió que no era juventud, sino la libertad de vivir sin saber qué sucederá al minuto siguiente. Algo de eso había, aunque Greta no lo reconoció en ese momento.

Natalia seguía estancada. No había intentado hablar con Román, ni con su hija y se le hacía difícil compartir el tiempo en salidas. Estaba desconcentrada y reprimía los nervios.

Una vez allí, Greta había descubierto una sensibilidad que creía perdida. La maternidad le había ganado la pulseada. Cuando la tuvo delante, la vio vulnerable, parecida a su padre, y percibió su confusión. Entonces, todo lo ocurrido parecía pequeño y lejano. Era su hija y la amaba. Primero la abrazó.

—Tú y yo iremos por un capuchino a la confitería hermosa que vi en la esquina.

—¡Bienvenida! Por aquí no recibimos órdenes desde que llegamos —dijo con ironía.

Benito, le hizo señas a su esposa para que cambiara esa percepción. Se entendían sin hablar.

—No es la idea, hija. Deseo hablar contigo, pero si no quieres, me dices.

—No quiero hablar, mamá.

—No, me refería a que si no quieres ese lugar… Hablar es necesario. Me lo debes.

—¿Vienes, papá? —pregunto con sabor a súplica por un sí.

—No, voy a descansar un poco —contestó y elevó una plegaria para que quedarse no fuera un error.

Enseguida, ambas estaban mirándose frente a frente con dos capuchinos sobre una mesa.

—Natalia, no voy a dar mi opinión sobre todo lo sucedido, tú la conoces y nada cambiaría. Sin embargo, hay algo que no sabes de ese tiempo, yo hubiera querido ayudarte, lo habría hecho si me hubieses dado la oportunidad. Soy tu madre, te amaba entonces y te amo ahora.

—Justamente, eres mi madre y lo que hice no hubiera logrado jamás tu perdón.

—Te equivocas, yo puedo perdonarte todo, incluso lo que no me has hecho a mí, sino a ti, y de eso se trata. Por eso vine.

—No me molesta que estés aquí, me alegra por papá y porque irán a Amalfi y él quiere conocer ese lugar. Mi ánimo no es el mejor ahora para acompañarlo, pero no entiendo por qué dices que viniste por mí.

—¿De verdad crees que Amalfi me importa? ¿En serio piensas que hay algo que me importe en esta vida más que tú, Guido, tu padre y Romina?

Natalia había visto una mujer empática y humana que no reconocía como su madre, pero era.

—No lo tomes a mal, mamá, pero nunca sentí que yo fuera lo primero en tu vida.

—A eso vine, a enmendar ese error. Viajé para demostrarte que fui capaz de llegar sola hasta aquí, con la única finalidad de esta charla. Mira, criarte ha sido como llevar un caballo al galope con correa:

nunca pude alcanzarte, pero jamás dejé de correr. Has sido impulsiva y algo caprichosa siempre, y no nos hemos llevado tan bien, porque tú eras mi versión reprimida –Natalia no pudo evitar reír–. No te rías, es la verdad. Cuando regresaste embarazada de Europa, no podía dejar de pensar en tu valor y en la fuerza de tus deseos de ser madre a pesar de estar sin pareja.

–Qué sorpresas da la vida, porque si algo no imaginé jamás es que tú tenías un espíritu libre y aventurero.

–Lo tuve, pero no libre, lo he controlado siempre. Hasta este viaje, que era algo osado para mí, pero se trataba de ti y de estar para ti.

–Te lo agradezco, mamá, pero no es tan simple.

–Solo quiero que tengas mi consejo.

–¿Cuál sería?

–Ve a ver al tal Román, habla con él. Dile toda la verdad, tu verdad, y decidan lo mejor para Romina.

–Tú siempre has dicho que la verdad es lo mejor y eso me separaría de ella.

–Lo he pensado mucho y creo que la verdad sigue siendo verdad, aunque se omitan algunas partes dolorosas.

–Mamá, si hay familia Gallace viva y yo aparezco, todos podrían decirle a Romi que su padre se suicidó.

–Puede ser y eso es triste, pero fue su decisión. La causa se la llevó con él. ¿Entiendes?

–¿Me aconsejas que calle mi culpa?

–Te aconsejo que sigas adelante y mantengas a tu hija feliz y a tu lado. El pasado debes sanarlo tú, no es el objetivo trasladarlo sobre sus espaldas cuando ella no puede cambiar ni un centímetro los hechos. Decirle sería condenarla a un dolor que deberá superar y que, a cambio, solo le dejará angustia y resentimiento. Le clavarás una duda en el centro de su presente acerca de cómo habría sido crecer con su padre. Eso no sucedió y no hay manera de saber cómo habría sido.

Algo adentro de Natalia se movió, el peso de la piedra gigante que se arrastraba hacia los bordes de sus hombros quedó en equilibrio, esperando que ella tomara una decisión. Su madre le había dado oxígeno, ya no agonizaba. Sus palabras tenían sentido. La había abrazado fuerte y sinceramente.

—¿Estás segura, mamá?

—Por supuesto. Llámalo, ahora, a la comuna.

Y Natalia había llamado. Estaba de acuerdo.

El encuentro fue en el Coliseo. Natalia necesitaba el valor que allí se respiraba. No hubo café, ni almuerzo, ni cena. Así, despojados de cualquier detalle parecido a una cita, se encontraron en la fuente del Tritón, en la Piazza della Bocca della Verità. Él la esperaba cuando Natalia llegó. La abrazó fuerte sin decir una palabra. Ambos derramaron lágrimas de otro tiempo que llevaban contenidas en el aire que respiraban desde entonces.

—Román, te he pedido que vengas porque imaginarás que no sabía que el jefe de Romina eras tú. Ella desconoce la historia —había comenzado a decir.

—Todavía no me recupero del impacto que fue verte y darme cuenta de que mi sobrina siempre estuvo ahí. ¿Sabes? Soy suplente en ese sector y el legajo de Romina decía Luca, no De Luca. Nunca asocié ni la edad, ni que viniera de Argentina, nada. Cuando te vi y ella nos presentó, lo comprendí todo y tuve que irme para poder reponerme. Desde entonces, espero tu llamada, no me atreví a buscarte. Como un

411

idiota, solo hice arreglar el nombre en el legajo como si eso fuera un poco de reparación histórica.

—Yo vine aquí a intentar sanar mi pasado. Buscarte era una posibilidad, pero empecé por despedirme de Patricio, fui al cementerio. Nunca había podido enterrarlo. Él murió hace solo días para mí. Nunca me casé, hemos sido Romina, mi familia y yo, todo este tiempo. Entonces, tampoco tuve nunca que explicarle a nadie mis insomnios, mis pesadillas, ni mis culpas.

—¿Pudiste sanar? ¿Te sirvió venir?

—Sí, al menos la herida no sangra. Pude dormir bien y sentí paz en ese sentido. Le pedí perdón, como si pudiera oírme, como si estuviera mirándome. Fui muy sincera.

Omitió decir que se arrepentía, no quería herirlo.

—Me hace bien saber eso.

—¿Y tú?

—Yo no he podido perdonarme. Mis padres no soportaron su muerte, en pocos años partieron los dos. Me quedé literalmente solo. Éramos una familia pequeña, lo sabes. Me alejé de todas las personas que nos conocían a ambos, y diría que no he vuelto a disfrutar de nada. Trabajo, siempre serio y a la defensiva, nadie sabe nada de mí.

—¿No te has casado?

—No. No fuiste tú, no fue nadie para mí.

Ambos se quedaron en silencio.

—Román, hay algo que debo resolver y necesito tu ayuda. He pensado durante años que Romina merece saber la verdad, pero no sé si tengo el valor de decírsela y, a la vez, me pregunto si eso no sería alivianar mi carga para complicar su vida. Ahora estás tú cerca de ella, debemos decidir qué hacer. Yo regreso a Argentina muy pronto.

—De ninguna manera le dirás a esa joven, que es feliz y siempre sonríe, en qué escenario fue concebida. Me opongo, absolutamente —dijo sin dudarlo.

—Pero es su origen, es su apellido, tú eres su tío, siento que no puedo negarle, ni negarte eso. Ella vive aquí. Es también su verdad.

—No hay manera de que ella lo sepa sin ser injustos con Patricio. Si le decimos la verdad a medias, y omitimos el engaño, él se habría quitado la vida sin causa. Eso la llevaría a imaginar cualquier cosa. No haré eso. Y si le confesamos todo, ella tomará distancia de ti, sufrirá y perderá tiempo buscando respuestas que solo tú y yo podríamos darle y que no le gustarán.

—Es cierto, pero no quiero hacerlo porque sea más fácil para mí, no quiero más culpas. Quiero pensar en ella, solo en ella y en Patricio. Se lo debo.

—Ambos se lo debemos. Esta historia tiene un pasado que aquí se termina. Tu vida y la mía no han sido vividas en nombre de mi hermano. Donde sea que exista la eternidad, Patricio sabe que éramos jóvenes, que no medimos consecuencias y que no fue con la intención de lastimarlo a él. Como yo lo veo, hemos saldado nuestra deuda. Romina es lo más valioso, debemos preservarla de todo aquello, él desearía eso.

—Supongo que tienes razón, ninguno de nosotros continuó su vida. Hemos seguido vivos, pero no es lo mismo, nos hemos negado la posibilidad de amar y de vivir en pareja. No ha sido juntos, pero tampoco con nadie —dijo pensando en voz alta.

—¿Estás de acuerdo? ¿Prometes callar?

—Sí. Lo haré —respondió luego de encontrarle absoluto sentido a los argumentos y de sentir con certeza que era lo mejor para su hija.

Entonces se miraron, buscando a los que habían sido y un beso se interpuso entre los dos. El sabor era diferente, pero se quedaba. No lograron separar sus bocas hasta varios besos después.

—¿Crees que tenemos una oportunidad? –preguntó él.

—No ahora. Es mucho para mí.

—¿Volverás? ¿O tendré que ir a buscarte?

—Claro que volveré, mi hija vive aquí. No vayas a buscarme, no debemos forzar nada.

—Puedo esperarte el tiempo que sea. Lo hice sin saber que vendrías, imagina teniendo la seguridad de que llegarás.

—Me haces sentir joven y contenta.

—Me sucede lo mismo. Te propongo seguir comunicados y en tu próximo viaje, que espero sea pronto, podemos empezar de cero. Te invitaré a salir y veremos quiénes somos tantos años después.

—¿Hablas en serio?

—Nunca tan en serio en mi vida.

Ella lo besó como única respuesta.

Luego de esa conversación que definió un destino, habían compartido una caminata de la mano y Natalia le había pedido ingresar al Coliseo. Allí tomó un puñado de tierra y la guardó en su bolsillo.

CAPÍTULO 59

Perdón

Ante el arrepentimiento sincero,
el mejor perdón es no juzgar.

ROMA, MEDIADOS DE DICIEMBRE, 2019

La visita de la familia de Romina había sido valiosísima no solo para ella, a quien le había renovado la energía, sino también para Fabio. Lo habían incorporado de manera inmediata y él se sentía un hijo y un nieto más. Habían compartido muchos momentos, en poco tiempo, pero había sido suficiente para sentir un compromiso afectivo hacia todos ellos. Hasta la abuela Greta, llegada a Roma sobre el final del viaje de Natalia y Benito, lo había abrazado fuerte al despedirse en el aeropuerto y él se había emocionado.

Toda esa sensibilidad que los De Luca rezumaban, en sus palabras, en sus silencios, en sus imperfecciones, hasta en la disfuncionalidad de una familia que ellos mismos calificaban de muy especial por sus ostensibles diferencias de pensamiento, había avivado en él la propia. ¿Era un ser sensible?, se preguntaba con miedo a la respuesta.

En su opinión, los De Luca no conocían la crueldad. Fabio estaba convencido de que él tampoco, hasta que comenzó a analizar su comodín. Lejos de los hechos, su sensación era espantosa.

Por esos días, en las vísperas del viaje a la Argentina a pasar las fiestas, se despertaba de noche y el recuerdo le quitaba el sueño. Miraba dormir a Romina y sentía que lo tenía todo, pero no. Su paz estaba inquieta, era un simulacro de tranquilidad que tenía rincones acorralados de culpa.

Durante el día, trabajaba con normalidad y disfrutaba de ella con todo su ser. Amaba al gatito que cuidaban juntos, *Noa* era un depósito de amor. No podían dejar de acariciarlo, besarlo y reírse de sus juegos. Les gustaba verlo crecer. Habían acordado que viajaría con ellos, a pesar de que Orazia había ofrecido cuidarlo. No soportaban pensar en la separación. Dado lo pequeño, viajaba en un bolso especial permitido por la aerolínea. Solo debían hacer algunos trámites adicionales.

Esa mañana era sábado y se quedaron dormidos un rato más. Después, se levantaron y él preparaba el capuchino para los dos. Romina lo observaba y puso una *playlist*. Sonaba un clásico de Roxette: "Spending my time".

—Amor, ¿me lo dirás?

—¿Qué cosa?

—Lo que sea que te tiene preocupado. Tú me conoces bien, lo has demostrado y no te equivocas, siempre sabes cómo me siento o lo que necesito, pero yo te conozco a ti y cuando, estando junto a mí, pasas más de unos minutos sin mirarme, eso es una alerta. A la que le sumo que por momentos te quedas sumido en algún pensamiento, como recién y, además, no creas que no lo sé, te despiertas de noche.

—¿De verdad no puedo estar sin mirarte? —bromeó para ganar tiempo.

—Absolutamente verdad, tú no puedes soltarme nunca del todo. Tu mirada es una red, tus brazos me sostienen a través de ella y me dicen que estás ahí para mí.

—Es cierto, me alegra que lo notaras —respondió evasivo.

—Amor, ¿qué sucede? Lo noto desde que se fue mi familia, pero cada día es peor. ¿Es por el viaje? ¿Deseas que no vayamos? ¿Te arrepentiste?

Él sirvió ambas tazas, respiró hondo y se sentó frente a ella.

—No es eso. Fue mi idea viajar a pasar las Fiestas allá. Por supuesto que no me arrepiento, al contrario, me entusiasma la idea de ir contigo —hizo una pausa—. Es mi comodín —confesó.

—¿Qué pasa con él?

—Me incomoda, me hace sentir una mala persona. He pensado que no estoy a la altura de una familia como la tuya.

—¿Entonces?

—Entonces, nada. Me siento fatal al respecto.

—¿No vas a dejarme? —preguntó en broma, para quitar tensión al momento. Lo notaba mal en serio.

—¡Claro que no!

—¿Quieres hablar de eso?

—No.

—La verdad, no hay nada de tu vida anterior que pueda cambiar mi amor por ti. No tengo problema en no enterarme nunca, ese fue nuestro pacto. Sin embargo, yo liberé mi comodín y vivo más liviana desde entonces. Pude cerrar esa etapa. Terminé mi duelo y pude perdonarme. Estoy más cerca de ti, si eso es posible. De manera que solo te pido que lo pienses —dijo y lo miró fijo—. No me gusta que tu mirada me suelte porque una verdad de tu pasado te afecta.

Él se puso de pie y buscó un libro en la biblioteca, lo abrió y sacó de él una fotografía.

—Este era yo y ella, mi novia —dijo y se la entregó—. Fuimos obesos —pausa—. Soy un obeso recuperado —dijo asumiendo su condición—. Y la dejé porque me recordaba ese pasado de gordo. Fui cruel, era buena. Muy buena. Se llama Tiziana Baltar.

Romina apoyó la taza sobre la mesa y tomó la fotografía. La miró más allá de sus palabras para ver qué descubría.

—Eran felices en esta imagen —fue lo primero que le salió.

—Sí, lo éramos. Nos habíamos encontrado. Dos seres invisibles a la hora del deseo o el amor, a los que nadie hubiera mirado en el mundo pensando en eso, nos conocimos en la misma situación.

—Eso es cruel. ¿El amor no cuenta para ti con kilos de más?

—Ahora sí, no me importaría que tú engordaras, pero he madurado. El tiempo y mi proceso de aceptarme con mi pasado como parte de mi presente llegó a su fin. Puedo controlar lo que como y me mantengo en mi peso. Pero cuando la dejé, verla me recordaba al hombre que fui en la foto y que detestaba entonces.

—¿Y ahora? ¿Qué sientes por este hombre ahora? —preguntó refiriéndose a la foto que le exhibió de frente.

—Él y yo somos la misma persona. Intento ser mi mejor versión física y humana cada día. Por eso me has descubierto, porque mi sensibilidad me reclama que sea justo con esa historia y no sé cómo hacerlo. Me pesa la culpa. No por dejarla, sino por el modo en que lo hice. Fue buena conmigo siempre. Y cuando me ves distraído, estoy con miedo, pensando en que tú puedas dejarme como yo lo hice con ella. Karma. Tú crees en eso, me lo has dicho.

—Amor, también creo en el perdón. En el que pedimos a los demás cuando hemos actuado mal y en el que nos pedimos a nosotros mismos. ¿Le has pedido perdón sinceramente? —preguntó aludiendo Tiziana—. ¿Tú te has perdonado?

—No sé nada de ella desde que la dejé. Desaparecí, me fui de su vida y también de Buenos Aires. No tengo idea si lo ha superado o si ha tenido recaídas. No le pedí perdón luego de eso y tampoco me lo perdono. Me avergüenza y también me duele.

Romina intentaba ponerse en el lugar de la joven.

—¿Y su familia? ¿Tampoco sabes nada de ellos?

—Ella era huérfana. La abandonaron recién nacida. Fue criada en un orfanato de monjas. He sido brutal. Lo sé —reconoció.

—Dime, ¿sientes que debes pedirle perdón?

—Sí. Lo merece, aunque no sirva de nada. Ella lo merece —repitió— y aunque sea egoísta, yo lo necesito para poder seguir.

—Entonces, hazlo.

—Es imposible. Podría estar en cualquier lugar del mundo.

—¿Redes sociales? ¿Su último número de teléfono? ¿Amigos en común? —preguntó buscando una posibilidad para hallarla.

—No tiene, ya he buscado, borré su número cuando vine a vivir aquí y cambié el mío. No tenemos amigos en común.

—Cuando hicimos nuestro pacto comodín, me contestaste que sí habías herido a alguien. Luego, te pregunté si te arrepentías y dijiste que no. ¿Lo recuerdas?

—Perfectamente, preguntaste si había sido necesario, yo dije que sí y luego, si me arrepentía, y contesté que no —dijo apenado.

—¿Te arrepientes ahora?

—Sí. ¿Me juzgas? —preguntó.

—No. Es parte de tu pasado, aunque es bueno saber que lo sientes y que has asumido que la forma en que la dejaste fue cruel. Todos nos equivocamos.

—Ojalá pudiera pedirle perdón por la forma en que la abandoné, pero no sé qué hizo de su vida. Era un tema mío sin resolver, no de ella.

—Si no es posible ubicarla, solo resta que te perdones y le pidas a Dios por que ella esté bien.

—¿No dirás nada sobre la fotografía?

—¿Qué harías si tuviéramos un hijo y fuera obeso?

—Eso no pasaría, porque nunca dejaría que llegara a ese extremo. Hay alertas, modos de prevenir y de controlar. Yo estaré completamente atento a nuestros hijos. Por eso, mi alimentación es sana. Un logro de adulto. Mis padres se reían, era más cómodo, nunca se ocuparon del tema como parte de mi salud. Yo fui obeso toda mi vida —dijo, con mucho dolor en su expresión y derramando algunas lágrimas que conmovieron a Romina. Ella sintió mucha angustia y lo abrazó. Por un rato permanecieron en silencio.

—Amor, donde sea que ella esté, pediremos ambos para que esté bien y tú debes empezar el camino de perdonarte a ti mismo. No estuvo bien, tampoco mi comodín fue un ejemplo de nada, pero aquí estamos y te elijo, como tú me elegiste a mí.

—Te amo —dijo él y la besó con suavidad en sus labios.

—También te amo.

Fabio había madurado porque se aceptaba y, sobre todo, se responsabilizaba de sí mismo en todos los sentidos. Era autocrítico con sus acciones y, más allá de haber terminado con esquemas familiares que le habían hecho daño, enfrentaba su presente. Igual que Romina lo había hecho.

Tener el coraje de descubrir miedos, llenar vacíos y alumbrar partes rotas había sido y era esencial en la relación que los unía. Juntos, aunque cada uno a su tiempo, habían descubierto que la mejor forma de perdonarse era mirar hacia dentro con aceptación, humanidad y respeto.

El amor real no es vivir siempre felices sino enfrentar la vida juntos.

Epílogo

La vida pone las condiciones, cambia las reglas y se interpone en nuestro camino. A veces, nos regala pequeños tramos de felicidad y otras, nos devora el alma con una pérdida inesperada. Nos interpela y nos obliga a decidir, cuando no tenemos ganas de absolutamente nada, ni fuerza para lo mínimo.

No sé si es el destino quien manda. Desconozco de quién son las manos despiadadas que le ponen fecha y lugar al dolor, pero pasa. No solo la muerte provoca ruinas desesperantes, hay otras que viven y laten a la par de corazones rotos, y también, hay que transitarlas.

Entonces, se activa en nuestro ser el caos emocional y todas las salidas parecen conducir a ninguna parte. El tiempo se detiene y los sentimientos se empujan entre sí. Las palabras se ahogan con lágrimas y la injusticia nos clava los ojos en el centro de nuestra verdad y nos desafía hasta que, vencidos, bajamos la mirada.

Nos convertimos en protagonistas del desconsuelo y andamos de memoria, como sobrevivientes.

El proceso de duelo inicia para cada uno de modo diferente y se transita distinto. Quizá, estar mal sea lo común a todos. Tal vez, avanzar dependa de aceptar que estar mal está bien. Hay que conectar con el dolor, dejarlo ser, cuidándonos de no quedar atrapados en la inmovilidad. Aceptar ayuda, si hace falta, pero la que precisamos, no la que otros creen que es mejor.

Seguir, un día a la vez, hasta sentir que volver a reír y ser parte de nuestro presente es posible.

Disfrutar el tiempo que nos es dado y ser capaces de integrar nuestra vida a la nueva realidad, con los cambios impuestos por los hechos, pero también con los que elegimos para sanar.

Que los motivos de alegría sean en cada instancia del camino.

Que tengamos claro que nadie nos salva, a excepción de nosotros mismos.

Es posible encontrar un puñado de valor que alcance para transgredir la angustia. Una porción de vida que nos quepa en las manos y podamos guardar para siempre en la memoria. Algo que nos recuerde el sentido del amor y, a la distancia, nos emocione junto a nuestra mejor versión.

Fue mi padre quien jugaba en la higuera y, siendo un niño, llenó sus bolsillos con tierra de la que fuera su casa y tuvo que dejar. Él me contó esa historia cuando supo que escribiría sobre las pérdidas y la forma de atravesarlas. Yo la convertí en parte real de la ficción, con el deseo de compartir su modo de entender la vida, que admiro.

Con todo mi amor,
Laura G. Miranda

Elegir

AGRADECIMIENTOS

Me encanta la vida al momento de decir "gracias". Significa que me ha dado otra vez esa oportunidad y que fui capaz de recibirla.

Aunque es cierto que estoy sola en mi lugar mientras escribo, también es verdad que no es tan así. Porque, de algún modo, todos los seres que voy a nombrar encontraron la forma de acompañarme, algunos sin saberlo. Por eso, gracias:

A mi papá, Héctor Giudici, por inspirarme todo el tiempo a vivir en mis "ahoras", y por enseñarme que hay que andar el camino, a favor de lo bueno, más allá de las circunstancias. A mi abuela paterna, Elina Ferreyra, por visitarme en mis recuerdos. Ambos, seres esenciales, al momento de crear, siempre, y en esta novela, en particular. Me parezco a ustedes y amo eso. A mi mamá, Susana Macrelli. A mi esposo, Marcelo Peralta. A mis hijos, Miranda y Lorenzo. A mi hermano, Esteban. A mi hermana de la vida, Andrea Vennera y su esposo, Miguel Valdés. A mis mascotas, *Oishi*, *Akira*, *Takara* y *Apolo*, porque integramos esta familia de miembros tan distintos, que funciona a puro amor y diferencias. Porque sin ellos nada sería lo que es. Son mi todo y los vuelvo a elegir cada día.

A Milagros Brito, porque el tema central de esta novela me

encontró mientras ella compartía un viaje especial y una decisión que me conmovió y admiré. Luego, por sus palabras y por dejar que "un día a la vez" sea su legado en esta historia.

A Belén Moroni, porque es esa clase de persona que todos quieren en su vida y yo tengo la bendición de tener en la mía. Por estar durante mis procesos de creación, esté donde esté.

A mi amiga Flor Trogu, porque otra vez fue lectora a la par de mi escritura y pasó por todos los estados de ánimo junto a las fuertes vivencias de mis personajes. Por latir al ritmo de sus sentimientos y de los míos como autora.

A mis amigos Stella Maris Carballo y Guillermo Longhi, porque son ejemplo a seguir siempre. Por dejarme ser parte junto a todo lo que la vida les impone y por sus verdades en estas páginas.

A mi amiga Valeria Pensel, por validar cada concepto de esta historia en su propia vida, por sentirla suya.

A mi querida Lorena Pronsky, por llegar a mi vida y por los capuchinos compartidos, mientras descubrimos que creemos en lo mismo. Por ese: "Ya, te firmo que es así", que me hizo llorar de emoción.

A Gabriela Exilart, porque juntas pudimos sanar los lados dañados de una amistad que nos pedía volver mientras yo escribía. Porque apoyó con absoluta confianza mis convicciones en torno a lo que pretendo transmitir con este libro.

A Carmen de Llopis y a Marcela Favereau, por desear y pedir lo mejor para mis libros y para mí.

A mi prima María Dolores Giudici, por ser mis ojos en la comuna de Roma.

Al licenciado en Psicología Juan Pablo Peralta, por su opinión profesional respecto del duelo, las etapas tradicionales y las que me animo a proponer como alternativa.

A mi entrenador, Ovi Marcuzzi Gordillo (@ovi_team), porque mi trabajo en el *gym* liberó mi mente y eso se refleja en esta historia, en la que me entregué por completo a dar lo mejor de mí, convencida de que todo cambio es posible.

A Luciano Dubarri, por mostrarnos el alma de Ushuaia y haber sido parte cuando ese gran escenario se quedó en mí. Por elegir el nombre de un personaje que adoro.

A Julio César Miranda, mi amigo genial, porque a su lado descubrí que a esta historia le faltaba otra para su vida, la imaginé y se la regalo. En él, a todos los Gabriel que esperan la suya. Sepan que pido por eso.

A mi editora, Marcela Aguilar, por abrazar este desafío desde que le propuse la idea, por dejarme crear sin condiciones, por los libros que me recomendó, por nuestras conversaciones, por estar con palabras y hechos. En especial, por reconocer en el relato de mi padre el título maravilloso de esta novela.

A Susana Estévez, por la absoluta entrega en su lectura, por cada sugerencia, por animarme a ir por más, por creer en el propósito de esta historia.

A todo el equipo de V&R Editoras y Verá Romántica, por hacer brillar mis libros desde sus lugares de trabajo entregando lo mejor. También a V&R Editoras México y V&R Editoras Brasil, porque sus países y su gente son también míos de la mejor manera.

A todas y cada una de las librerías de Argentina, a sus dueños y a su personal, por darles a mis libros los mejores lugares, en vidrieras, mesas principales y redes sociales, por recomendarlos entre sus clientes, desde que son novedad y, en forma ininterrumpida, después de eso. Lo veo, me lo cuentan y me emociona cada vez, otra vez. Lo valoro muchísimo.

A mis lectoras y lectores, por la incondicionalidad que los define.

Por hacerme parte de sus vidas, por su amor y reconocimiento. En días difíciles, sus mensajes son un motivo para que todo tenga otro sentido y en buenos tiempos, hacen mejor la alegría.

Una vez más, sepan, mi editorial, las librerías y mis lectores, que sin ustedes y su manera de dar, mi presente no sería posible. Gracias por tanto.

A las pérdidas, las mías, las que observé y las que acompañé hasta hoy, porque me motivaron a buscar salidas donde había candados, porque pude entender, crear y compartir lo que funcionó para mí.

Al amor propio, que merece su lugar y sostiene las historias de amor.

A la "Tierra en los bolsillos" que junté, atesoro y me hace sonreír.

Seguir

Elegir

PLAYLIST

- "Secrets, One Republic
- "Thinking out loud", Ed Sheeran
- "Trouble", Coldplay
- "Better days", One Republic
- "Otherside", Red Hot Chili Peppers
- "Wrecking ball", Miley Cyrus
- "La isla de bonita", Madonna
- "Live to tell", Madonna
- "Someone you loved", Lewis Capaldi
- "Am I dreaming", Lil Nas, *ft.* Miley Cyrus
- "Stay", Rihanna, *feat* Mikky Ekko
- "Sorry", Madonna
- "Sign of the times", Harry Styles
- "Demons", Imagine Dragons
- "Next to me", Imagine Dragons
- "Poles apart", Pink Floyd
- "It ain't over till it's over", Lenny Kravitz
- "November rain", Guns and Roses
- "Take me to the church", Hozier
- "Feel Good, Lira
- "All by myself", Celine Dion
- "Try", Pink
- "Million reasons", Lady Gaga
- "Tiro al aire", Nats (disponible en YouTube)
- "Angels", Robbie Williams
- "Miracle", Foo Fighters
- "Spending my time", Roxette

Elegí esta historia pensando en **ti**
y en todo lo que las mujeres románticas
guardamos en lo más profundo
de **nuestro corazón** y solo en contadas
ocasiones nos atrevemos a compartir.

Y hablando de compartir, me gustaría
saber qué te pareció el libro...

Escríbeme a
vera@vreditoras.com
con el título de esta novela
en el asunto.

VeRa

yo también
creo en el amor